A marquesa de Havisham

Os Sedutores de Havisham . 3
LORRAINE HEATH

A marquesa de Havisham

1ª reimpressão

Tradução: A C Reis

Copyright © 2016 Jan Nowasky

Título original: *The Viscount and the Vixen*

Publicado mediante acordo com a HarperCollins Publishers.

Todos os direitos reservados pela Editora Gutenberg. Nenhuma parte desta publicação poderá ser reproduzida, seja por meios mecânicos, eletrônicos, seja via cópia xerográfica, sem a autorização prévia da Editora.

EDITORA RESPONSÁVEL
Flavia Lago

EDITORA ASSISTENTE
Carol Christo

PREPARAÇÃO
Andresa Vidal Vilchenski

REVISÃO
Anita Silveira
Bruna Emanuele Fernandes

CAPA
Larissa Carvalho Mazzoni
(sobre a imagem de Oleg Gekman/ Shutterstock)

DIAGRAMAÇÃO
Larissa Carvalho Mazzoni

Dados Internacionais de Catalogação na Publicação (CIP)
Câmara Brasileira do Livro, SP, Brasil

Heath, Lorraine

A marquesa de Havisham / Lorraine Heath ; tradução A C Reis. -- 1. ed.; 1. reimp. -- São Paulo : Gutenberg, 2020. (Os sedutores de Havisham ; 3)

Título original: The Viscount and the Vixen.
Sequência de: O segredo do conde

ISBN 978-65-86553-04-8

1. Romance histórico 2. Romance norte-americano I. Título II. Série.

20-34814   CDD-813

Índices para catálogo sistemático:
1. Romances : Literatura norte-americana   813
Maria Alice Ferreira - Bibliotecária - CRB-8/7964

A **GUTENBERG** É UMA EDITORA DO **GRUPO AUTÊNTICA**

São Paulo
Av. Paulista, 2.073, Conjunto Nacional . Horsa I
23º andar . Conj. 2310-2312 . Cerqueira César
01311-940 . São Paulo . SP
Tel.: (55 11) 3034 4468

Belo Horizonte
Rua Carlos Turner, 420
Silveira . 31140-520
Belo Horizonte . MG
Tel.: (55 31) 3465 4500

www.editoragutenberg.com.br

Para Jill Barnett,
quem, vinte anos atrás,
presenteou-me espontaneamente
com seu apoio ao meu trabalho,
cujos incentivo e bondade me
ajudaram a acreditar que talvez,
só talvez, pudesse escrever histórias que
as leitoras apreciariam.
Obrigada.

— Nós mal nos conhecemos. Não sei muito bem o que esperar de você.

– Você vai agradecer por estar na minha cama e por estarmos longe do quarto do meu pai, pois, assim, ele não poderá ouvir seus gritos de prazer.

– Seu maldito arrog...

A boca de Locksley desceu sobre a dela, enquanto ele a puxava para si. O tecido não servia de barreira contra o calor que emanava de seu corpo para o dela, como se o visconde já estivesse começando a possuí-la, como se cada aspecto dele fosse penetrá-la antes que a noite terminasse.

Nos últimos dois anos, ela havia aprendido a separar a mente do corpo, a sabedoria de não se importar, a deixar as emoções de lado, a se manter à parte da realidade do que estava de fato acontecendo.

Mas Locksley derrubava suas barreiras como se ela as tivesse construído com gravetos. Ele não se contentava em apenas tomá-la. Ele queria possuí-la. Portia sentia isso na pulsação do pescoço dele, onde ela tinha colocado os dedos, na vibração de seu peito, enquanto ele grunhia e aprofundava tanto o beijo que Portia sentiu como se ele estivesse tentando extrair a sua alma...

Capítulo 1

Mansão Havisham, Devonshire
Primavera de 1882

Killian St. John, Visconde Locksley, passou pela sentinela silenciosa que estava parada à entrada sem prestar muita atenção no relógio de carvalho. Ele tinha 6 anos quando aprendeu que os ponteiros deveriam se mover, que o objetivo do relógio era marcar a passagem do tempo. Mas, desde a morte da mãe de Locke, o tempo tinha parado de forma abrupta – ao menos para o pai dele.

Quando uma criança não possui outra fonte de conhecimento, ela aceita aquilo que vivencia como a verdade absoluta das coisas. Locksley acreditava que os criados de qualquer casa limpavam apenas os aposentos que eram usados. Na Mansão Havisham, a criadagem arrumava o quarto em que ele dormia, a pequena sala de jantar onde fazia suas refeições, a suíte de seu pai e a biblioteca onde ele às vezes trabalhava, sentado à escrivaninha. Os aposentos restantes eram mistérios escondidos atrás de portas trancadas.

Ou melhor, ficaram assim até que o Duque de Ashebury e o Conde de Greyling, acompanhados de suas esposas, foram mortos em um acidente ferroviário pavoroso, em 1858. Pouco depois da tragédia, seus filhos pequenos foram levados à Mansão Havisham para ficar sob a guarda do pai de Locksley. A chegada deles também trouxe toda sorte de conhecimentos, como a confirmação de que seu pai era um louco delirante.

Locke, então, entrou na pequena sala de jantar e parou, de repente, ao avistar seu pai sentado à cabeceira da mesa, lendo o jornal que o mordomo, diligente, passava a ferro todas as manhãs. Normalmente, o pai fazia as refeições em seus aposentos. Mais espantoso ainda era que o cabelo branco, sempre desgrenhado, tinha sido aparado e escovado; o rosto estava barbeado, e as roupas, passadas. Locke não conseguiu se lembrar de outra ocasião em que seu pai tivesse tomado tanto cuidado com a aparência. Nas raras vezes em que ele saía de seu santuário, parecia mais um espantalho descarnado.

Com a chegada de Locke, o mordomo serviu café em uma xícara delicada de porcelana antes de sair para lhe buscar um prato. Como ele costumava comer sozinho naquela sala, em geral faziam refeições pequenas e simples. Não havia um bufê com pratos variados para escolher. Apenas um prato vindo da cozinha com o que quer que a cozinheira tenha preparado.

O pai ainda não tinha notado Locke, mas o senhor da casa tendia a passar boa parte do dia e da noite absorto em seu mundo particular, onde abundavam as lembranças de tempos mais felizes.

– Ora, esta é uma boa surpresa – Locke disse ao se sentar, tentando esquecer por um momento de suas preocupações com as finanças decadentes da propriedade. Sua inquietação fez com que levantasse antes do amanhecer e o manteve na biblioteca por mais de duas horas, à procura de uma resposta que continuava a não aparecer. Locke decidiu, então, que precisava se alimentar para pensar melhor. – O que provocou essa mudança na sua rotina?

O pai virou a folha impressa, ajeitou o jornal na mesa e o alisou com uma passada do antebraço.

– Achei que era melhor me aprontar antes da chegada de minha noiva.

Com a xícara a meio caminho da boca, Locke semicerrou os olhos. A memória de seu pai vinha se tornando cada vez mais nebulosa, mas com certeza ele não estava sentado ali esperando a chegada da mãe de Locke; certamente o pai não acreditava que esse era o dia de seu casamento. Abrindo os olhos e voltando a xícara ao pires, Locke observou aquele camarada excêntrico que ele amava, apesar de todas as suas esquisitices. Seu pai parecia um lorde qualquer começando seu dia. Contudo, ao contrário de qualquer outro lorde, ele acreditava que sua falecida esposa assombrava o pântano.

O mordomo voltou e colocou diante de Locke um prato com uma pilha de ovos, presunto, tomates e torradas. Antes que o homem voltasse a seu posto junto à parede, Locke o interpelou.

– Gilbert, você ajudou meu pai a se vestir esta manhã?

– Sim, milorde. Como ele não tem camareiro, senti-me honrado por poder cuidar dessa tarefa. – Gilbert se curvou e cochichou: – Ele também insistiu em tomar banho, milorde, e nem é sábado. – Gilbert arqueou as espessas sobrancelhas brancas, como se aquela fosse mesmo uma grande novidade, então endireitou as costas, parecendo bastante orgulhoso do fato de ter ajudado o marquês a se banhar no meio da semana.

– Você sabe por que ele se deu a tanto trabalho?

– Sim, milorde. Ele vai se casar esta tarde. A Sra. Dorset está preparando o banquete de casamento, e a Sra. Barnaby está limpando a sala da frente desde cedo, pois é lá que os votos serão trocados. É um dia esplêndido, de fato, pois teremos, mais uma vez, uma lady residindo em Havisham.

Só que não havia lady nenhuma, exceto na mente distorcida e enlouquecida de seu pai.

– Essa lady tem um nome?

– Estou certo de que sim, milorde. A maioria delas tem.

Há muito tempo Locke tinha aprendido que era necessário ter paciência com os poucos membros da criadagem que foram restando ao longo dos anos. As vagas que surgiam nunca eram preenchidas, e conforme ocorriam mortes ou aposentadorias, os empregados eram promovidos. De qualquer modo, talvez estivesse na hora de se pensar em contratar um mordomo mais jovem, embora fosse difícil imaginar a Mansão Havisham sem Gilbert no comando. Ele era submordomo antes de assumir a posição, o que aconteceu quando o mordomo anterior faleceu dormindo, quase vinte anos antes. Além do mais, era provável que existissem poucos profissionais mais bem preparados para trabalhar – e aceitar – as esquisitices que aconteciam entre aquelas paredes.

– E você saberia me dizer qual é esse nome? – Locke perguntou. *Madeline Connor, talvez? Minha mãe?*

– Se deseja saber da minha noiva – o pai retrucou, dobrando o jornal e batendo-o na mesa –, por que não me pergunta? Estou sentado bem aqui.

Porque Locke não queria enfrentar a tristeza que tomaria seu pai quando ele se desse conta da verdade: sua noiva estava morta há trinta anos. Ela pereceu na noite em que lutou bravamente para trazer ao mundo seu único filho.

– Quando ela vai chegar? – Locke perguntou, complacente, vendo, pelo canto do olho, Gilbert se retirar para seu lugar.

– Por volta das 14 horas. O casamento acontecerá às 16. – Ele levantou a mão e meneou os dedos deformados. – Eu quis conceder a ela algum tempo para me conhecer.

Que estranho. Os pais de Locke tinham se conhecido na infância e gostaram um do outro desde o primeiro momento, segundo seu pai.

– Então você não a conhece? – ele perguntou, arqueando uma das sobrancelhas.

– Nós nos correspondemos. – O velho levantou o ombro descarnado.

Locke percebeu que podia existir algo mais preocupante do que seu pai acreditar que estava vivendo trinta anos no passado, na véspera do casamento com a mãe de seu filho.

– Por favor, diga qual é o nome dela.

– Sra. Portia Gadstone.

Locke não conseguiu deixar de arregalar os olhos para o pai. Aquilo estava se tornando pior, muito pior do que tinha imaginado.

– Uma viúva, imagino.

– Não, Locke, estou tomando como esposa uma mulher que já tem marido. Use a cabeça, garoto. É claro que se trata de uma viúva. Não tenho tempo para garotas assustadiças que demandam paciência e treinamento. Quero uma mulher que saiba o que fazer com o corpo de um homem.

Locke não conseguia acreditar que estava tendo aquela conversa ridícula com o pai.

– Se o que você está procurando é prazer sexual, posso lhe trazer uma mulher da vila. Por que se dar ao trabalho de se casar?

– Eu preciso de um herdeiro.

Embora ficar boquiaberto fosse indecoroso para um lorde, ainda assim, Locke ficou.

– Eu sou seu herdeiro.

– Mas não tem planos de se casar.

– Eu nunca afirmei que não me casaria. – Na verdade, ele estava decidido a nunca amar. Sabendo que seu pai tinha se afundado na loucura após perder o amor de sua vida, Locke não desejava dar seu coração a nenhuma mulher e correr o risco de ir pelo mesmo caminho.

– Então, onde está essa mulher com a qual vai se casar? – o pai perguntou, olhando ao redor como se esperasse que uma noiva se materializasse na sala a qualquer momento. – Faz dois meses que você completou 30 anos. Eu me casei aos 26, fui pai aos 30. Mas você só quer saber de se divertir.

Nem tanto quanto antes, e se ele levasse suas responsabilidades mais a sério, era provável que também enlouquecesse.

– Eu vou me casar. Um dia.

– Não posso me arriscar. Necessito de outro herdeiro. De jeito nenhum vou deixar que o ganancioso primo Robbie e seu filho bêbado herdem tudo. Garanto que não vou permitir que meu título desça por esse ramo da nossa família. Nem a Mansão Havisham. Você será o primeiro herdeiro, claro, mas quando bater as botas, seu irmão, que será pelo menos trinta anos mais novo – dependendo da fertilidade dessa garota que vem aí –, estará pronto para assumir. Espero que ele não tenha a mesma aversão ao casamento, e que arrume logo o próximo herdeiro.

O pai estava com a respiração pesada, como se tivesse corrido ao redor da sala enquanto proferia sua diatribe. Locke se pôs de pé.

– Pai, você está doente?

O velho abanou a mão.

– Estou cansado, Locke, apenas cansado, mas preciso garantir meu legado. Eu deveria ter me casado antes, garantido um sobressalente. Mas estive tomado pelo luto. – Ele afundou na cadeira como se pouca força lhe restasse. – Sua mãe, que Deus a tenha, deveria ter ido para seu merecido descanso em vez de ficar por aqui à minha espera.

Declarações desse tipo sempre deixavam Locke arrasado, e tornavam o trato com o pai ainda mais difícil. A mãe não vagava pelo pântano à espera do marido. Era seu pai quem se recusava a deixá-la ir.

– Eu vou me casar, pai. Vou lhe fornecer um herdeiro. Não vou permitir que seus títulos e propriedades passem para o primo Robbie. Só tenho que encontrar a mulher certa. – Uma mulher grosseira que ele nunca, jamais conseguisse amar.

– A Sra. Portia Gadstone pode ser essa mulher, Locke. Veja, se você gostar dela quando a conhecer, serei um cavalheiro e sairei de cena, dando-lhe minha bênção para que você se case com ela esta tarde mesmo.

Como se Locke estivesse disposto a isso. Infelizmente para a Sra. Gadstone, ele pretende colocá-la para fora assim que ela chegar.

> O Marquês de Marsden precisa de uma mulher forte, saudável e fértil para lhe fornecer um herdeiro. Envie sua candidatura aos cuidados desta publicação.

Com a carruagem sacolejando pela estrada acidentada, Portia Gadstone dobrou o anúncio que tinha recortado de um jornal e o guardou de volta em sua bolsa. Voltando sua atenção para a paisagem desolada, refletiu que a paisagem não era tão desolada quanto sua própria vida. Aceitar se casar sem escrúpulos nem remorsos com um homem que toda Londres sabia ter perdido a sanidade resumia sua situação.

Sua vida estava em ruínas, ela não possuía um centavo e não tinha a quem recorrer.

Mas o casamento com o marquês servia maravilhosamente aos seus planos. Havisham era uma grande propriedade em Devonshire, nos arredores de Dartmoor. Isolada. Ninguém aparecia para visitar. O marquês nunca saía. Era improvável que pensassem em procurar por ela ali. Mas se alguém a procurasse, ela seria uma marquesa, uma mulher poderosa – disposta a empregar esse poder, se necessário, para proteger a si mesma e a tudo que amava.

O marquês tinha lhe enviado dinheiro para a viagem, mas, temendo que descobrissem sua fuga, ela não viajou de trem nem de carruagem particular, optando por um lugar na carruagem postal. O cocheiro, um sujeito alto e corpulento, era bastante gentil, não a incomodou e, com sorte, se esqueceria de tê-la visto assim que a deixasse em seu destino.

Ela enfiou a mão na bolsa e pegou uma bala de hortelã, colocando-a na boca. Portia estava viajando há tempo demais, sentia-se cansada e faminta, mas reclamar não a livraria daquela situação. Era sempre melhor continuar com a tarefa, não importando quão desagradável pudesse ser, e esse dia estaria repleto de eventos desagradáveis. Mas ela aguentaria firme e garantiria que o marquês nunca se arrependesse de tomá-la como esposa.

Depois que fizeram a curva, ela viu a edificação monstruosa – preta como a alma de Satã, com torres, torreões e cúspides lançando-se em direção ao céu – pairando sobre ela, ficando maior a cada batida dos cascos dos cavalos no chão. Não podia ser outra que não a Mansão Havisham. Um arrepio percorreu sua coluna. Se ela tivesse qualquer outra opção... Mas não tinha.

Casando-se com o marquês, ela entraria para o círculo da aristocracia. Marquesa de Marsden. Seria respeitada apenas por sua posição ao lado dele. E o filho que ela desse para ele estaria em segurança, sob a proteção do marquês.

Ninguém ousaria fazer mal à criança. Ninguém ousaria fazer mal a Portia.

Nunca mais.

Parado diante de uma janela no andar superior, observando a entrada da propriedade, Locke gargalhou da cena lá embaixo. Ela tinha chegado em uma carruagem postal. Uma carruagem postal, pelo amor de Deus. Será que aquela farsa poderia ficar ainda mais ridícula?

Ele não conseguiu ter uma visão precisa dela. A mulher parecia bem pequena, delicada, com curvas. Ela vestia preto. Não era bom agouro para o sucesso de um casamento. Um chapéu preto ridiculamente grande cobria sua cabeça, e, sobre seu rosto, havia um véu. Ele imaginou que ela pudesse ter cabelo castanho-escuro. Difícil de dizer.

O cocheiro corpulento lutou para tirar um baú grande do teto da carruagem e colocá-lo aos pés da mulher. O homem tocou o chapéu, voltou ao seu assento e foi embora. Ninguém se demorava em Havisham.

Ela deu meia-volta e começou a marchar, determinada, na direção da residência. Locke correu escada abaixo. Ele tinha que pôr um fim naquela loucura o quanto antes.

Batidas ecoaram pelo saguão quando ele lá chegou. Ela estava mesmo decidida a usar a aldrava. Locke escancarou a porta. Ela tinha levantado o véu e ele se pegou encarando olhos do tom mais incomum que já tinha visto. A cor lembrava uísque; tentadora, inebriante e ameaçando levar um homem à ruína.

– Estou aqui para me casar com Sua Excelência – ela disse, numa voz rouca que provocou a atenção de tudo que se situava abaixo da cintura de Locke. Diabos! Em vez de ir até à vila para arrumar uma moça para seu pai, ele deveria arrumar uma para si mesmo. Era óbvio que estava há tempo demais sem uma companheira, já que aquela voz rouca foi suficiente para lhe provocar uma ereção. – Pegue meu baú.

Ele endireitou o corpo, o que o deixou muito mais alto do que ela.

– Acredita que eu seja o criado?

Ela o examinou lentamente, da cabeça aos pés, de um modo que fez a pele dele se eriçar, como se ela passasse os dedos por onde seus olhos deslizavam. Depois de completar a análise, ela levantou seu narizinho empinado.

– Mordomo, criado... isso não me importa. O baú precisa ir para dentro. Traga-o.

– Você também acredita que Lorde Marsden, depois de vê-la, ainda assim vai querer se casar?

– Tenho um contrato com ele. Ou nos casamos ou ele me pagará uma bela multa.

Era possível que seu pai tivesse mencionado esse detalhe. Era óbvio que Locke tinha subestimado os problemas que o pai podia provocar a partir de seus aposentos. Locke pensava que o velho fazia pouco mais do que olhar saudoso, pela janela, na esperança de conseguir enxergar seu amor flanando pelo pântano.

– Minha querida – o pai dele enunciou, aparecendo, de repente, ao lado de Locke, pegando a mão da moça e dando-lhe um beijo, enquanto fazia com que ela passasse por Locke e entrasse no saguão. – É um prazer imenso conhecê-la.

Abaixando-se em uma mesura graciosa e completa, ela sorriu para o pai dele como se o marquês fosse a resposta para todos os desejos infantis que ela já teve.

– Milorde, sinto-me encantada por estar aqui. Mais do que consigo dizer.

Locke apertou os olhos. Por que qualquer pessoa do mundo ficaria encantada de estar naquele lugar que mais parecia o inferno na terra? Ainda assim, havia uma honestidade intrigante na voz dela que ele não podia negar. Seria a noiva uma atriz assim tão boa?

– Locke, pegue o baú, depois venha nos encontrar na sala de estar.

O pai parecia totalmente apaixonado. E isso não era bom, nem um pouco bom, se Locke ainda tinha alguma esperança de desfazer aquele contrato.

– Primeiro vou com vocês à sala de estar. O baú está em perfeita segurança. Ninguém vai levá-lo. E não vou perder nenhuma palavra dessa conversa.

– Você é bastante impertinente para um criado – ela o repreendeu, com atitude o bastante para demonstrar que estava assumindo sua posição de senhora da casa e lembrando-o de seu lugar.

– Eu concordaria, se fosse um criado. Mas, como parece que vou me tornar seu filho antes que o dia acabe, permita-me que eu me apresente: Killian St. John, Visconde Locksley, ao seu dispor. – Irônico, ele fez uma reverência exagerada. Ela devia ser tão louca quanto o pai dele, ou uma mulher com a intenção de se aproveitar da loucura do velho. Locke apostava na segunda opção. Havia uma precisão calculista nos olhos dela. E ele não confiava neles... nem nela.

Ela fez uma nova mesura, completa e elegante, mas para Locke não teve sorriso e nenhuma emoção. A rapidez com que ela envergou sua armadura o fascinou, ainda mais porque ela o avaliou – corretamente – como uma ameaça. Essa mulher não era boba.

– É um prazer, milorde.

Oh, ele duvidava muito que fosse.

– Por aqui, minha querida. Temos pouquíssimo tempo para nos conhecermos antes das núpcias. – O pai de Locke a levou até a sala de estar e a acomodou em uma poltrona perto da lareira. A poeira levantou quando ela se sentou na almofada macia. Isso dizia muito da competência da faxineira.

O pai ocupou a poltrona de frente para ela. Locke se sentou no sofá, escolhendo a ponta mais distante, como se buscasse o melhor ângulo para observá-la. Era uma moça jovem, não podia ter muito mais que 25 anos. As roupas eram bem-feitas e estavam em excelentes condições. Nenhum remendo, nada de farrapos.

Portia Gadstone levantou os braços para alcançar o grampo do chapéu, levantando também os seios empinados. Eles eram do tamanho perfeito para encher as palmas das mãos dele. As mesmas mãos que poderiam cingir a cintura dela, puxando-a para si. Por que diabos ele estava reparando em coisas que em nada ajudariam sua estratégia?

Ela tirou o chapéu e ele prendeu o fôlego. O cabelo era de um vermelho ígneo que rivalizava em brilho com as chamas da lareira. Os fios pareciam pesados, abundantes, na iminência de desabarem em cascata a qualquer momento. Locke imaginou quantos grampos ele teria que remover para soltar todo aquele cabelo. Não muitos, ele apostaria. Dois, três no máximo.

Mudando de posição para diminuir o desconforto de seu corpo que reagia como se não tivesse estado perto de uma mulher desde os tempos de escola, ele estendeu o braço pelas costas do sofá, na tentativa de aparentar uma indiferença que não sentia. Não ligava para o cabelo, nem para os olhos ou o corpo dela. Muito menos para aqueles lábios cheios, suculentos, da cor de rubis. Ele só ligava para os motivos dela. Por que uma mulher jovem e atraente estaria disposta a se casar com um homem velho e decrépito como seu pai? Devia haver muitos jovens de boa aparência suspirando por ela. Portia chamava a atenção. Então, o que ela esperava conseguir ali que não conseguiria em outro lugar?

– Agora, minha querida... – o pai dele começou a falar, inclinando-se para frente.

– Aqui estamos, milorde! – exclamou a Sra. Barnaby ao entrar carregando um serviço de chá. Seu cabelo, quase inteiramente grisalho, estava puxado para trás no coque apertado de sempre; seu vestido preto, passado com perfeição. – Chá e bolos, como o senhor pediu. – Depois de colocar a bandeja na mesinha que havia entre as duas poltronas, ela se endireitou, inclinou a cabeça para o lado, analisando a recém-chegada, e franziu o cenho. – Ela é bem nova, milorde.

– Uma velha não vai me dar um herdeiro, vai, Sra. Barnaby?

– Tem razão. – Ela fez uma mesura breve, os joelhos artríticos rangendo ao fazê-lo. – Bem-vinda a Havisham, Sra. Gadstone. Devo servir o chá?

– Não, eu posso cuidar disso. Obrigada.

– Oh. – Os ombros da Sra. Barnaby desmoronaram. Ela ficou nitidamente decepcionada por ser dispensada antes de ouvir algo interessante que pudesse compartilhar na área de serviço.

– Isso é tudo, Sra. Barnaby – o marquês disse com delicadeza.

Arqueando o peito com um longo suspiro, ela se virou para sair. Locke estendeu a mão.

– Eu fico com as chaves, Sra. Barnaby.

Ela bateu a mão sobre o grande chaveiro pendurado em seu quadril largo, como se Locke lhe tivesse pedido as joias da Coroa, e ela estivesse disposta a defendê-las com a vida.

– As chaves são de minha responsabilidade.

– Talvez eu necessite delas mais tarde. Depois eu as devolvo. – A necessidade dele dependia do desenrolar daquela conversa.

Com uma expressão amuada, ela as entregou, relutante, antes de sair da sala emitindo ruídos de indignação. Locke não entendia por que a criada se apegava com tanta tenacidade às chaves, quando eram mais para decoração do que uso. Ele supôs que fossem um símbolo da posição que a governanta ocupava na casa – posição que conquistou ao permanecer, quando muitas das criadas tinham saído em busca de paragens mais verdes. Ou menos assombradas.

Voltando sua atenção para a Sra. Gadstone, Locke observou, fascinado, como ela despia lentamente uma luva preta de pelica, como se se divertisse expondo algo proibido. Centímetro por centímetro frustrante. De qualquer modo, ele parecia incapaz de desviar o olhar enquanto a mão macia e imaculada era revelada. Sem cicatrizes. Sem calos. Sem pintas. Ela teve o mesmo cuidado ao despir a outra mão, e ele lutou contra si mesmo, que imaginava aquelas mãozinhas perfeitas e sedosas deslizando alegremente por seu peito nu. Com cuidado, ela depositou as luvas sobre as pernas, como se não tivesse nenhuma noção do efeito que a lenta revelação de sua pele podia ter em um homem. Locke, contudo, apostaria metade de sua futura fortuna que ela sabia exatamente o que estava fazendo.

– Lorde Marsden, como prefere seu chá?

A voz rouca dela vibrou pela coluna dele, descendo até se acomodar em seu púbis. Maldição. Ela soava como uma mulher recém-saciada.

– Com bastante açúcar, por favor.

Locke a observou despejar o chá, acrescentar vários cubos de açúcar, mexê-los e oferecer a xícara ao marquês com um sorriso terno, que ele retribuiu como se estivesse grato pela oferta, embora, na verdade, detestasse chá.

– E como prefere seu chá, Lorde Locksley?

– Acredito que, sendo minha madrasta, deveria me chamar de Locke.

Ela fitou Locke, os olhos agudos como um sabre afiado. Deus, ela desejava estraçalhá-lo. Ele gostaria de vê-la tentar.

– Ainda não sou sua madrasta, Lorde Locksley, sou? Fiz alguma coisa para ofendê-lo?

Inclinando-se à frente, ele apoiou os cotovelos nas coxas.

– Estou apenas tentando entender por que uma mulher tão jovem e linda como você estaria disposta a se deitar de costas para que um homem tão murcho como meu pai possa se esfregar em seu corpo.

– Locke! – gritou o pai. – Você foi longe demais. Saia já daqui.

– Está tudo bem, milorde – ela disse, calma, sem nunca desviar seu olhar desafiador de Locke, sem estremecer nem corar; apenas arqueando uma sobrancelha fina para ele. – Não vejo como a posição preferida de seu pai para o sexo seja da sua conta. Talvez ele vá me possuir de pé, enquanto me penetra por trás. Ou apoiada sobre os joelhos. Ou de cabeça para baixo. Mas posso lhe garantir que nada nele vai estar murcho. – Então ela baixou aqueles malditos olhos cor de uísque para o baixo-ventre de Locke, que amaldiçoou a traição de seu membro. Com detalhes estarrecedores, surgiram em sua mente imagens dele com ela em todas as posições que Portia mencionou. Ele ficou tão duro e desconfortável que não teria conseguido se levantar para ir embora, se quisesse.

E ela sabia muito bem disso.

– Chá, milorde?

– Não. – A negativa saiu estrangulada. Parecia que todo seu corpo pretendia traí-lo.

Os lábios suculentos dela se curvaram num sorriso convencido, triunfante. Ela se virou para o marquês.

– Posso lhe servir um bolo de acompanhamento, Lorde Marsden?

Apesar da inocência das palavras, tudo que Locke quis foi puxá-la para si, tomar sua boca e descobrir se o gosto era tão picante como parecia.

Capítulo 2

— Parabéns! — Marsden exclamou, batendo palmas, os olhos verdes animados. — Posso dizer, Sra. Gadstone, que certamente colocou meu filho no seu devido lugar. Muito bem!

— Por favor, você tem que me chamar de Portia.

Embora enfrentar Locksley tivesse lhe conquistado alguns pontos com Marsden, Portia precisou de todo seu autocontrole para evitar que a mão tremesse ao entregar o bolo ao marquês. Tremores percorriam seu corpo como uma cachoeira interminável. Não era apenas uma justa indignação que a fazia tremer. Era também uma atração estranha e indesejável pelo Visconde Locksley que estimulava cada porcaria de terminação nervosa que ela possuía.

Embora nunca o tivesse visto, tinha ouvido muitas histórias a respeito dele, tinha escutado tantas mulheres falarem de sua beleza que soube quem ele era no momento em que o visconde abriu a porta. Ela não estava preparada, contudo, para o magnetismo que seus incríveis olhos verde-esmeralda provocaram nela, nem para o desejo que a atingiu com tanta força que quase fez com que ela desse meia-volta e saísse correndo atrás da carruagem. O cabelo dele, preto como a meia-noite, mais comprido do que mandava a moda, servia para acentuar ainda mais o tom brilhante daqueles olhos. Nunca, em toda sua vida, Portia teve reação tão visceral a qualquer homem. Que ela o achasse tão inacreditavelmente atraente era perturbador além da conta, totalmente inaceitável e por demais perigoso.

Apesar do modo grosseiro e desagradável como o visconde a tinha recebido, Portia sabia que ele estava tentando proteger o pai, e isso só fazia com que ela o respeitasse e admirasse ainda mais. Infelizmente para ele, Portia também tinha que proteger alguém, e iria fazê-lo a qualquer custo, com qualquer meio de que dispusesse: sua inteligência, seu corpo, sua alma. Ela usaria tudo, da maneira que fosse necessário – não importando quão desagradável ou repulsiva –, para atingir seu objetivo.

Com o canto do olho, ela o viu enfiar a mão dentro do paletó e retirar algo de um bolso interno. Um recorte de jornal que ele começou a desdobrar. Com base no tamanho do papel, ela sabia exatamente o que estava escrito. Parecia que ele estava se preparando para disparar um novo ataque naquele embate tácito de vontades. Portia preparou suas defesas.

– Você gosta do campo, Sra. Gadstone? – o marquês perguntou, afável. Portia pensou que teria gostado de conhecê-lo quando era jovem. Ela desconfiava de que ele tinha sido encantador.

– Forte – Locksley declarou antes que ela pudesse responder.

Ao contrário do filho, que carecia de qualquer charme. Embora fosse difícil acreditar nisso, de acordo com o que se insinuava nas conversas das mulheres em Londres. Se Portia fosse acreditar naquelas histórias, ele teria conquistado e levado metade delas para a cama.

Marsden soltou um suspiro, evidenciando seu aborrecimento.

– Eu lhe mostrei o anúncio para que você pudesse ver as qualificações que eu procurava, não para usá-lo contra a Sra. Gadstone – o marquês disse. – Eu e ela já nos correspondemos inúmeras vezes. Sei que ela possui todas as exigências que busco numa mulher para me dar um herdeiro.

– Então você não deve fazer nenhuma objeção a que eu me certifique. – O olhar duro de Locksley pousou sobre ela como algo pesado, que poderia esmagar uma mulher mais fraca. – Forte – ele repetiu. – Perdoe minha impertinência, Sra. Gadstone, mas você não parece ter força suficiente para empurrar essa poltrona de um lado da sala até o outro.

– Eu tenho, contudo, força pra chamar um criado para fazer isso por mim.

– Quantas casas você visitou onde o chá era servido pela governanta? – Locke levantou as chaves que tinha requisitado antes e as sacudiu, seu tilintar ecoando entre ele e Portia. – A criadagem da casa conta apenas com o mordomo, a cozinheira e a governanta.

– Com certeza vocês têm meios para contratar mais criados.

– Nós temos, mas meu pai se sente mais à vontade com a criadagem que temos no momento.

Ela sorriu, terna, para Marsden.

– Então eu também vou me sentir à vontade assim.

– Contrate quantos criados quiser – disse o marquês.

Locksley apertou o maxilar enquanto ela se esforçava para manter uma expressão neutra. Parecia que ele não era o único empenhado em uma batalha de vontades com ela. Havia uma agudeza no marquês que contrariava os boatos de que estava louco. O jeito protetor dele a tranquilizava quanto a ter tomado a decisão correta em responder ao anúncio.

– Saudável – Locksley rosnou.

Dessa vez, ela não conteve o convencimento.

– Nunca estive doente em toda minha vida.

– Nem quando criança?

– Nem quando criança. Nunca tive cólica. Nunca tive febre. Ainda tenho todos os meus dentes, que também são saudáveis. Gostaria de contá-los? – Ela se arrependeu dessa oferta quando os olhos dele ficaram sombrios, como se Locke fosse contá-los passando a língua neles. Portia esperou, com a respiração suspensa, pela resposta dele, ficando agradecida quando Locke apenas estalou a língua e negou com a cabeça.

– Vou aceitar sua palavra.

Ela ficou surpresa com o fato de ele acreditar em alguma coisa que ela dissesse. Enquanto ele a estudava, Portia esperava, temendo o último item, esperando que ele pudesse poupá-la...

– Fértil?

Maldito. Essa era a parte difícil.

– Eu tive um filho. A criança mais doce que já existiu. Morreu antes de completar um ano.

Locksley estremeceu, e seus olhos foram tomados de arrependimento, como se ele desejasse não ter ido tão longe com as perguntas.

– Sinto muito por sua perda. Não era minha intenção fazê-la sofrer.

Pelo menos ele era capaz de sentir compaixão, mesmo que estivesse submetendo Portia a um exame. Ela devia ter parado nesse ponto, mas tinha ido longe demais para deixar qualquer dúvida quanto à sua aptidão. Embora fosse se casar com o marquês, era evidente que o filho desempenharia um papel importante na vida deles. Locksley era, afinal, o primeiro na linha de sucessão. A função dela seria fornecer o herdeiro reserva. Era imperativo que ela e Locksley não ficassem se estranhando o tempo todo.

– O garoto era forte, saudável. A morte não foi por um problema dele. A mulher que deveria estar cuidando dele... foi negligente. – Ela se virou para Marsden. – Não vou contratar babá nem governanta para cuidar do nosso filho. Eu mesma vou ser responsável por ele. O garoto vai chegar à maturidade, bom e nobre, merecedor do nome da sua família.

– Nunca duvidei disso, minha querida. – Ele levantou uma sobrancelha para o filho. – Terminou seu interrogatório? Temos apenas uma hora antes do vigário chegar.

Ela se perguntou como ele sabia o horário sem consultar o relógio de bolso. O relógio sobre a lareira estava quebrado, era óbvio, pois mostrava 11h43 quando ela entrou na casa, e continuava a exibir o mesmo horário, embora ela sentisse que uma eternidade de segundos intermináveis havia se passado.

– Eu gostaria de alguns momentos a sós com a Sra. Gadstone – disse Locksley. – Para garantir que ela compreende exatamente com o que está concordando.

– Como já disse – começou o marquês –, nós já nos correspondemos. Eu lhe contei tudo.

– Tenho certeza que sim – o filho disse. – Mas, às vezes, um ponto de vista diferente pode ser mais esclarecedor.

– Não quero que você a espante para fora daqui.

O olhar dele deslizou até Portia.

– Ela não me parece alguém que se espanta com facilidade.

Foi respeito que ela ouviu na voz dele? Ou um desafio?

Pegando o molho de chaves, Locke esticou o corpo esguio e comprido.

– Permita que eu lhe mostre sua nova casa, Sra. Gadstone. Prometo que me comportarei como um verdadeiro cavalheiro.

Portia não queria ficar a sós com Locksley, e não por temer que ele não se comportasse. Ela tinha quase certeza de que ele se comportaria. Sua preocupação residia no fato de ele ser atraente demais, tentador demais. Másculo demais. Ela sabia, pelas fofocas, que ele não levava uma vida dissoluta por completo, mas costumava viajar por partes selvagens, difíceis, do mundo. Com ombros largos, ele era musculoso, mas não em demasia. Seu corpo possuía certa elegância. Portia podia imaginá-lo habilmente cortando a água a nado, galopando pelo pântano e brandindo um machado para cortar madeira.

Ela deveria recusar, garantir-lhe que não seria necessário. Portia estava decidida. Como se deduzisse a lógica dos pensamentos dela, Locksley baixou um pouco o queixo, fitando-a com o olhar penetrante. Um desafio. Maldito!

Lentamente, ela recolocou as luvas. Se ele lhe oferecesse o braço, ela gostaria de ter uma camada de material separando sua pele da dele. Levantando-se, ela inspirou fundo, fortificando-se.

— Eu ficaria encantada se fizesse uma excursão pela casa.
— Você não é obrigada a ir com ele — Marsden disse.
— Não se preocupe. Tenho certeza de que ele vai se comportar. E quero me tornar uma boa amiga do seu filho. — Portia olhou para o futuro enteado, que, para seu próprio bem, deveria manter à distância. — Vamos, então?

Locksley se aproximou dela e lhe ofereceu o braço. Ela engoliu em seco e colocou a mão no antebraço estendido. Ela tinha se enganado. A pelica da luva não oferecia nenhuma proteção contra o calor da pele dele, a firmeza de seus músculos e a masculinidade pura que irradiava daquele homem. Se acreditasse que ele não a chamaria de covarde, Portia recuaria naquele instante e diria ter mudado de ideia. Mas se havia algo que ela podia afirmar com certeza era que nunca tinha sido covarde.

Ela conseguiria se defender dele, manter distância entre os dois.

O problema era que ela não sabia ao certo se queria essa distância.

Quando Portia colocou a mão no braço de Locke, o corpo dele reagiu como se ela tivesse encostado nele seu corpo nu. O que diabos havia de errado com ele para ter uma reação tão forte à proximidade daquela mulher? Maldição! Iria até a vila naquela noite mesmo. Não conseguiria ficar em casa, imaginando-a na cama do pai...

Ele cerrou os dentes até o maxilar começar a doer. Não deixaria sua imaginação ir por aí.

Levando-a até o corredor, ele amaldiçoou cada inspiração que preenchia suas narinas, seus pulmões, com a fragrância de jasmim que emanava dela. Não era o aroma comum de rosa que vinha dela. Não havia nada de comum em Portia. Ainda assim, ele não conseguia compreender por que ela iria se casar com um velho, quando poderia facilmente ter um jovem.

— Eu gostaria de pedir desculpas por minha falta de sensibilidade ao questionar sua fertilidade. Não pretendia evocar lembranças tão devastadoras. — A dor que brilhou nos olhos dela ao falar do filho atingiu Locke como um soco na boca do estômago. Se pudesse voltar no tempo, ele cortaria a própria língua antes de começar aquele interrogatório estúpido.

— O garoto nunca está longe dos meus pensamentos, Lorde Locksley. A morte dele me assombra e guia minhas ações. E isso está a seu favor, pois me faz entender sua causa. Sei que está tentando proteger seu pai de alguém que poderia tirar vantagem dele. Mas eu lhe garanto que não quero mal ao marquês.

– Ainda assim, Sra. Gadstone, não consigo entender por que você não tenta encontrar o amor e nem está disposta a se casar com um homem que é, pelo menos, trinta e cinco anos mais velho que você.

– Já conheci o amor, milorde. Ele me deu pouca segurança. E, agora, eu desejo segurança.

– Por quanto tempo você foi casada?

– Ficamos juntos durante dois anos.

– Como ele morreu?

– Doença. – Ela suspirou. – Ele teve uma febre.

– Mais uma vez, meus sentimentos. Há quanto tempo foi isso?

– Seis meses. – Ela levantou os olhos para ele, arqueando de leve os lábios. – Você deveria pedir ao seu pai para deixá-lo ler nossa correspondência. Todas as suas dúvidas estão esclarecidas lá.

Ele duvidava disso. Locke desconfiava que uma vida inteira não fosse suficiente para conseguir as respostas para as milhares de perguntas que tinha a respeito dela.

– Todos os relógios da casa estão quebrados? – ela perguntou quando passaram por um relógio de pêndulo no corredor.

– Pelo que sei, nenhum deles está quebrado – Locke começou a dizer enquanto a conduzia por um lance de escadas. – Foram simplesmente parados na hora do meu nascimento, momento em que minha mãe faleceu. – Meia hora foi todo o tempo que ela teve para segurá-lo, todo o tempo que Locke teve para conhecer o amor da mãe.

– Como foi que sua mãe morreu?

– Eu a matei. – No alto da escada, ele se virou e a encarou, surpreso de ver o horror que marcava as feições delicadas de Portia. Parecia que a correspondência que ela manteve com o pai não respondeu a todas as perguntas. – Durante o parto. Por que você acha que ele me batizou de Killian?

Ela arregalou os olhos.

– Estou certa de que é apenas uma coincidência. Ele não seria tão cruel com uma criança, a ponto de chamá-la de "kill", que, em inglês, significa matar.

– Não sei se a intenção dele era ser cruel. Meu pai só queria garantir que nenhum de nós jamais se esquecesse. Acredito ser importante que você compreenda o que sua vida aqui, na Mansão Havisham, implicaria. Vamos começar por aí, está bem? – Locke remexeu no molho de chaves até encontrar a que procurava, enfiou-a na fechadura, girou-a e abriu a porta. Ele tirou as teias de aranha com a mão antes de estender o braço para o salão imenso, com suas paredes de pé-direito duplo recobertas de espelhos. – O salão de festas. Eles deram um baile magnífico aqui, no Natal anterior à morte da minha mãe.

Portia hesitou só por um segundo antes de passar pela porta e parar no patamar. Dali saía uma escada que descia até o piso do salão com cheiro de bolor. Com cuidado, na expectativa de que o piso sem brilho desmoronasse sob seus pés a cada passo, ela se aproximou do guarda-corpo. Ela tentou agarrá-lo com as mãos, em busca de algum tipo de apoio, mas estava coberto por uma camada espessa de pó. Até onde se podia enxergar, tudo estava coberto por uma camada poeirenta, decorado com teias de aranhas. As cortinas vermelhas desbotadas estavam recolhidas, revelando partículas de poeira que dançavam ao sol da tarde que penetrava pelas janelas encardidas. Os raios de sol tocavam os vasos cheios de hastes secas e murchas de flores que haviam morrido há muito tempo.

– Até chegarmos aqui, passamos por vários aposentos com portas fechadas. Estão todos abandonados como este? – ela perguntou com a voz baixa, quase reverente. O ambiente parecia exigir silêncio.

– Estão. Depois que minha mãe morreu, meu pai ordenou que não mexessem em nada, que tudo na casa deveria ficar como estava no momento em que ela morreu.

Tentando imaginar que tipo de impacto podia sofrer um garoto crescendo num ambiente assim, ela olhou para ele por sobre o ombro. Ele estava com a coluna ereta, e seu rosto não demonstrava tristeza nem felicidade, nem mágoa ou alegria. Locksley estava acostumado àquela tentativa bizarra de se manter tudo como estava.

– Mas nada permanece igual, nada fica sem mudar.

– Não, não fica.

– Você é um adulto agora. E tenho a impressão de que é você quem cuida das coisas. Por que não manda arrumar esses quartos? Restaurá-los?

– Porque isso aborreceria meu pai. Da mesma forma que contratar mais criados, ter rostos diferentes andando pela casa iria perturbá-lo.

Então ele morava naquela casa melancólica, repleta de lembranças vazias, pelo pai. Ela não pôde deixar de pensar que ele era um homem capaz de muito amor, muita compaixão. Portia teve um pensamento fugaz, acreditou que se confessasse a verdade para ele, Locksley cuidaria de acertar tudo. Que tola era ela de pensar que o visconde a olharia com qualquer outro sentimento que não repulsa. Não, ela estava sozinha nisso, tinha que cuidar de suas próprias necessidades, proteger o que era dela.

– Você não pode competir com ela, Sra. Gadstone. Com minha mãe.

– Não tenho sequer intenção de tentar fazê-lo. Sei o que seu pai quer, o que ele precisa de mim. Aceito os limites de nosso relacionamento, quaisquer que sejam.

– Por que está disposta a se contentar com tão pouco?

Porque era a única oportunidade que ela tinha para conseguir tudo aquilo.

– O filho que eu der para ele será um lorde.

– Ele será o sobressalente. Não vai herdar nada até eu morrer.

Na verdade, ela não acreditava que esse filho fosse herdar qualquer coisa. Locksley um dia se casaria, teria seu próprio herdeiro.

– Ainda assim, será o Lorde O-Nome-Que-Escolhermos St. John. Ele andará nos círculos certos, terá oportunidades... terá um bom casamento. Quanto a mim, serei uma marquesa, também vou frequentar os círculos certos e terei segurança. Ele me prometeu uma casa de viúva. – Ela o fitou por cima do guarda-corpo. – Vamos descer?

– Se você quiser.

Não era exatamente o que ela queria, mas precisava se distrair das dúvidas que começavam a surgir. Se havia outro modo de ela se salvar, Portia não enxergava.

Ele lhe ofereceu o braço, que ela teria recusado, não estivesse com nojo de usar o corrimão coberto de poeira e teias.

Conforme ele começou a conduzi-la pela escada revestida pelo desbotado carpete vermelho, Portia não gostou de notar como o rapaz era forte e robusto, tampouco que cheirava a sândalo com laranja.

Quando chegaram ao centro do salão, ela retirou a mão do braço dele e girou lentamente, imaginando como aquele ambiente tinha sido um dia, com uma orquestra tocando no palco, convidados valsando, Lorde e Lady Marsden dando atenção a todos.

– O que você vai fazer depois que ele morrer? – ela perguntou em voz baixa.

– Perdão?

Virando-se para encará-lo, ela se deu conta, pela expressão confusa dele, que embora Locksley considerasse seu pai velho e *murcho*, ainda não tinha aceitado que o homem estava no fim da vida, que não estaria ali para sempre.

– Quando seu pai morrer, você vai devolver a mansão a seu esplendor?

– Ainda não tinha pensado nisso.

E não tinha mesmo. Ela podia ver nos olhos dele, e gostou de Locksley por isso. Como deve ter sido crescer ali, sozinho... Só que ele não cresceu sozinho.

– O Duque de Ashebury e o Conde de Greyling foram os pupilos do seu pai, moraram aqui quando eram crianças.

– Isso mesmo.

– As pessoas se referem a vocês como os Sedutores de Havisham.

Ele arqueou uma sobrancelha, e seu olhar ficou intenso como se pudesse enxergar a alma dela e ler cada uma das histórias escritas ali.

– Parece que você já anda nos círculos certos.

Droga. Ela não estava sendo cautelosa como deveria ao falar com ele.

– Eu leio os jornais de fofocas. – Precisando distraí-lo, ela se voltou para a parede de janelas e portas de vidro que davam para fora. – Podemos ir até o terraço?

– Claro. Faz parte da excursão.

Ele foi na frente, puxou um ferrolho e abriu a porta.

– Por favor. – Sinalizou para ela sair.

Portia saiu para a varanda de pedra e caminhou até o guarda-corpo de ferro forjado, olhando para o que, obviamente, há muito tempo havia sido um jardim, mas que a natureza tinha tomado posse. Ainda assim, aqui e ali restavam evidências do esmero com que aquele lugar fora cuidado.

– Não há jardineiro.

– Não. A criadagem de fora é composta de um cavalariço-chefe, que também serve de cocheiro, e dois garotos que ajudam no estábulo.

– Que pena. Eu gosto tanto de jardins e flores. Então seu pai nunca sai de casa?

– Essa resposta não foi dada na correspondência?

– Não pensei em perguntar – ela disse, olhando para ele.

Cruzando os braços sobre o peito, ele apoiou o quadril no guarda-corpo, uma expressão viva da pura masculinidade.

– Eu imagino o que mais você pode não ter pensado em perguntar.

– Eu tentava apenas conhecê-lo melhor, milorde. Não pensei em perguntar se saía de casa. Tive as respostas para as perguntas que me importavam.

– Talvez eu deva mesmo ler a correspondência de vocês. Eu gostaria de saber quais perguntas lhe importam.

– Sou um livro aberto, milorde.

– Duvido muito disso.

– Você é um tipo desconfiado.

– Estou errado?

Não, ele não estava. Ela tinha segredos que manteria muito bem guardados dele e de seu pai. Portia duvidava que o marquês se importasse com seus segredos, mas desconfiava que Locksley, sim – e muito. Marsden queria apenas um herdeiro, mas o filho queria compreendê-la.

– Imagino que você vá para Londres na Temporada? – ela perguntou. Seriam bem-vindos os meses em que ele estaria longe.

– Às vezes. Não tanto quanto deveria, mas não gosto de deixar meu pai sozinho. Embora, ao que parece, ele é capaz de travessuras esteja eu aqui ou não.

– Comigo aqui, você não estaria deixando seu pai sozinho. Poderá ir para Londres o quanto quiser. Eu também soube que você gosta de viajar. Para onde está planejando ir?

– Faz alguns anos que não viajo. Não tenho planos para o futuro próximo.

– Mas, de novo, comigo aqui, terá liberdade para fazer o que quiser, ir aonde tiver vontade.

– Por que estou com a impressão de que você está tentando se livrar de mim?

Por que ela estava mesmo e ele não era bobo. De qualquer modo, ela sabia o valor de uma boa história.

– Só estou tentando ser uma boa *mãe* para você. Dar-lhe um pouco de liberdade. Aliviar seu fardo.

Descruzando os braços, ele deu um passo à frente e levou o polegar aos lábios dela, depois os contornou lentamente, seu olhar fixo na boca de Portia. Uma onda de calor a assaltou. Embora ele estivesse apenas acariciando-lhe os lábios, a sensação era de que ele passava o polegar pela essência dela.

– Tenho que confessar, Sra. Gadstone, que tenho muita dificuldade em vê-la como minha mãe.

– Você prometeu se comportar. – Soando ofegante, a voz rouca, todo o seu corpo atento ao dele, Portia o amaldiçoou por sua capacidade de provocar o que ela se esforçava tanto para manter protegido.

– E prometi mesmo. Mas você ainda não está casada. E me parece que deveríamos ao menos provar um ao outro antes do casamento.

Ele se aproximou. A mão dela levantou, de repente, parando no centro do peito dele, aquele peito firme e duro. Embaixo dos dedos, ela podia sentir as batidas ritmadas do coração de Locksley, a tensão que emanava dele.

– Não – ela disse.

Os olhos dele ficaram pesados, sonolentos.

– Está com medo de gostar demais?

Aterrorizada de que pudesse de fato gostar. Embora ele estivesse, sem dúvida, testando a lealdade dela.

– Estou noiva do seu pai.

Ele inclinou a cabeça para o lado.

– Noiva é um pouco de exagero, não acha? Você respondeu a um anúncio. Não é como se ele tivesse visto você num salão de baile, ficado enfeitiçado por sua beleza e a cortejado. Até hoje vocês nunca tinham se visto.

– Ainda assim, vamos nos casar.

– Que mal pode haver em uma simples prova? – Embora a mão dela o empurrasse, ele conseguiu se aproximar até sua respiração esquentar a face dela. – Ele nunca vai saber.

– Eu vou saber.

– Então está com medo. Aposto que está tão atraída por mim quanto eu estou por você.

– Você perderia essa aposta.

– Prove. – Os lábios dele, quentes e macios, pousaram no canto da boca de Portia. – Prove que não se sente atraída por mim, que não há nada entre nós. – Ele tocou o outro canto da boca com os lábios. – Com certeza, sua decisão de se casar com meu pai não vai ser desfeita por um beijo.

Aquilo era perigoso, tão perigoso. Ela precisava empurrá-lo para longe, sabia que essa era a atitude sábia, mas sua força pareceu abandoná-la enquanto ele mordiscava seu lábio inferior. Portia fechou os olhos quando o calor a assaltou. A delicadeza de Locksley desmontou as defesas dela. Fazia tanto tempo que ninguém a tratava de modo tão delicado, que ninguém a provocava com um beijo leve no canto da boca. Ela não conseguiu evitar que o gemido escapasse, e nesse som ele deve ter ouvido a rendição dela, porque a delicadeza sumiu e a boca dele caiu sobre a dela, quente, exigente, faminta e gulosa. Portia deveria tê-lo empurrado, chutado, pisado em seu pé, mas a tensão vinha crescendo entre eles desde o momento em que Locksley abriu a porta. Ele era jovem e viril. Qual era o mal de um último beijo da juventude, de ser abraçada por músculos fortes, rígidos, de ter os seios apertados contra um peito largo e firme? Tudo dentro dela gritava para que fugisse. Mas a boca dele fazia uma mágica magnífica, deliciosa.

E Portia se derreteu nos braços dele.

Capítulo 3

Esse foi o pior erro que ele cometeu na vida. Pior até do que a vez em que enfureceu o chefe de uma tribo ao flertar com a filha do homem, ou a vez em que foi nadar no rio Nilo e quase se tornou o prato principal de um crocodilo, ou quando avaliou mal o clima e foi pego por uma tempestade de neve no Himalaia.

Ele sabia que tinha cometido um grave erro de avaliação ao provocar Portia até ela, finalmente, abrir a boca e se entregar ao seu ataque. Se tivesse pensado por um instante que seu pai nutria um afeto sincero por essa mulher, se a tivesse visto como outra coisa que não o meio para um fim, não teria se permitido isso, teria ficado à distância, mantendo sua promessa de ser um cavalheiro.

Mas aqueles lábios suculentos que disparavam réplicas mordazes, que se curvavam só um pouco para cima quando ela sorria, que prometiam prazer nos braços dela, eram tentadores demais para que qualquer homem mortal resistisse. Ele queria apenas um gosto, um gostinho, e então seguiria, nessa noite mesmo, em busca de uma mulher na taverna.

Só que então ele percebeu que isso seria quase impossível. Ela tinha gosto de hortelã, e Locke desconfiou que, se procurasse na bolsa dela, encontraria um estoque de balas desse sabor. Sem dúvida, ela tinha chupado uma bala dessas, do mesmo modo que nesse momento estava chupando a língua dele, levando-o à loucura, fazendo com que ele apertasse ainda mais os braços ao redor dela. Portia era ousada, atrevida, tão corajosa quanto Locke. E seu pai queria uma mulher que soubesse o que fazer com o corpo de um homem.

Ele tinha o um palpite de que a Sra. Portia Gadstone sabia como virar um homem do avesso, espremendo-o até ficar seco, fazendo-o pedir mais.

Desgrudando sua boca de Portia, ele a encarou. Os olhos dela estavam fumegantes, sua respiração, curta. Endireitando os ombros, ela recuou e se encostou no guarda-corpo, sustentando o olhar dele como se não tivesse feito nada de que pudesse se envergonhar.

– Espero que tenha gostado da prova, milorde. Depois que eu estiver casada com seu pai, não poderá mais inspecionar a mercadoria.

Tão tranquila, tão calma, mas o rubor nas faces a denunciava. O beijo a tinha afetado mais do que ela tentava demonstrar. O que a tinha feito aprender a disfarçar suas emoções dessa forma? O que tinha acontecido para que ela tivesse tanto receio de revelar o que sentia de verdade?

Aquela mulher não revelava nada. Locke duvidava que fosse descobrir algo a respeito dela lendo a correspondência. Pelo menos, não descobriria nada que não fosse superficial. Cada palavra que ela pronunciava era calculada para revelar apenas o necessário. Mas ele também era um mestre em se manter distante, em entregar muito pouco. Locke não queria conhecer bem ninguém, e queria menos ainda que os outros o conhecessem. Desse modo, o coração ficava mais bem protegido. Se ninguém fosse importante, ninguém conseguiria fazer com que ele afundasse em desespero. Proteger sua sanidade a qualquer custo, esse era o mantra de Locke.

– Posso lhe garantir que você não tem com o que se preocupar. Nunca trairei meu pai. E mulheres casadas nunca foram do meu gosto. Não tenho nenhum respeito por quem engana os outros.

Ele pensou ter captado a mais ligeira das reações. Embora, talvez, fosse apenas uma demonstração de alívio quando ela soube que, depois do casamento, ele lhe daria mais espaço.

Com um suspiro, ela olhou ao redor.

– Acredito que já vi o bastante, Lorde Locksley. Seu pai deve estar começando a ficar preocupado. Devo voltar para ele.

– Depois de tanta intimidade, tenho certeza de que podemos ser um pouco menos formais. Você pode me chamar de Locke – ele disse e ofereceu o braço.

– Eu posso encontrar o caminho. – Como se para provar, ela seguiu em frente, os sapatos estalando nas pedras, depois na madeira, quando passou pela porta.

Seguindo-a a uma distância discreta, ele apreciou aquela visão: Portia com a coluna ereta e rígida, a oscilação provocante dos quadris estreitos. Ele fechou a porta do terraço, seguiu-a escada acima, e começou a trancar a entrada do salão de baile.

– Isso é mesmo necessário? – ela perguntou. – Apenas com adultos morando aqui, deve ser suficiente apenas dizer a todos para não abrirem as portas.

Depois de trancar a porta, Locke se virou para ela.

– Aparentemente, o fantasma da minha mãe não consegue passar por portas trancadas. Assim, quanto mais portas estiverem trancadas, mais provável será que ela continue lá fora, no pântano.

Boquiaberta, Portia o encarou com os olhos arregalados de surpresa.

– Ora essa, em toda a correspondência que trocaram, meu pai se esqueceu de mencionar que a propriedade é assombrada?

– Com certeza você não acredita nisso.

– Claro que não. Mas ele acredita. Posso lhe garantir que, quando meu pai a visitar em seu quarto, esta noite, ele lhe aconselhará a trancar a porta depois que ele sair e a nunca dormir com a janela aberta. Nunca vá ao pântano à noite. Pois minha mãe pode pegar você.

– Histórias para fazer garotos se comportarem.

– Eu não sou mais garoto, mas as histórias continuam válidas.

– Imagino, então, que devo me sentir aliviada por não acreditar em fantasmas. – Dando meia-volta, ela começou a descer a escada.

Ele gostava demais daquela vista, e tinha que apreciá-la enquanto podia. Locke tinha falado a verdade; não trairia o pai. Depois do casamento, ele a evitaria como se ela fosse portadora da peste.

Locke a alcançou no saguão, e apenas alguns centímetros os separavam quando adentraram na sala de estar. O marquês estava jogado na poltrona, os olhos fechados.

– Meu Deus. – Portia levou a mão ao peito e se virou para Locke, os olhos demonstrando pânico. – Ele está morto?

Ela parecia genuinamente preocupada. Também com a morte prematura dele, antes do casamento, Portia perderia a casa de viúva e tudo o mais que o marquês tinha lhe prometido. O velho emitiu um ronco trovejante. Soltando um guinchinho, ela deu um pulo para trás.

Rindo, Locke passou por ela.

– Para alguém que não acredita em fantasmas, você se assusta com facilidade.

– Eu receei que ele estivesse morto.

– Ainda não; meu pai costuma pegar no sono em momentos inesperados. – Ele se ajoelhou ao lado da poltrona, segurou o ombro do pai e o sacudiu de leve. – Pai, acorde.

As pálpebras do velho se agitaram e ele abriu os olhos, sem foco, distantes.

– Linnie está me chamando?

O apelido carinhoso de Madeline, a mãe de Locke, que aparentemente detestava ser chamada de Maddie.

– Não.

– Que bom. Então tenho tempo de me arrumar para o jantar. Ela odeia que eu me atrase.

– A Sra. Gadstone vai jantar com você esta noite.

Era mais fácil trazê-lo para o presente do que magoá-lo obrigando-o a encarar a verdade do passado.

– Sra. Gadstone? Eu não conheço nenhuma Sra. Gadstone.

Locke olhou por sobre o ombro e arqueou uma sobrancelha para Portia. *Está vendo no que vai se meter?*

Ela deu um passo na direção do marquês.

– Eu sou a Sra. Gadstone, milorde. Portia Gadstone.

O rosto do marquês se iluminou e ele estalou os dedos.

– É claro, é claro. Agora lembrei. Você gostou do passeio pela residência, minha cara?

– Foi bastante instrutivo.

Um modo delicado de se expressar, Locke pensou.

– Sente-se e conte-me como foi. Mas antes, onde está o vigário? Ele deveria estar aqui, a esta altura.

– Com certeza deve estar a caminho – Locke garantiu. *Se você de fato o informou de que precisaria vir para cá.* Ele esperava que seu pai só tivesse imaginado ter chamado o vigário.

Portia se sentou na poltrona. Locke se sentou na ponta do sofá, mais perto dela dessa vez, embora não conseguisse compreender por que desejava uma distância menor entre eles.

– Pai, ocorreu-me que talvez seja melhor aguardarmos alguns dias antes de seguirmos com o casamento, para dar à Sra. Gadstone a oportunidade de compreender melhor como será a vida dela aqui.

– Isso não é prático nem econômico, Locke. Concordei em pagar a ela cem libras por cada dia que o casamento for adiado.

– Não entendi.

– Eu assinei um contrato. Se ela não se casar hoje, tenho que lhe pagar cem libras por dia até o casamento. Se eu cancelar o casamento, terei que pagar dez mil libras.

Locke se pôs de pé num átimo.

– Você enlouqueceu?

Claro que sim. Ele tinha enlouquecido anos atrás.

– Tive que dar a ela alguma garantia de que não faria essa viagem a troco de nada. De que minhas intenções eram honradas. E que eu não estava querendo me aproveitar.

Mas ela estava se aproveitando. Locke olhou para Portia, que ostentava um sorriso sedutor, embora quase inocente. Os olhos dela brilhavam de satisfação, como se ela o tivesse superado. A bruxinha. Ela tinha mencionado o contrato. Quando entrou pela porta da casa, Portia sabia que, não importava o quanto se opusesse, o casamento aconteceria, ou teriam que lhe pagar uma compensação vultosa. Ela tinha dito isso.

Ele ficou tão intrigado por aqueles malditos olhos que não pensou em questioná-la.

– Quero ver essa droga de contrato.

– Achei que iria querer – ela disse, simpática. Da bolsa, tirou uma carteira de couro, desfez o nó e dali retirou várias folhas de papel dobradas. Ele as arrancou da mão dela e começou a vasculhar o conteúdo.

– Rasgar o contrato não vai servir de nada – ela afirmou, alegre. – Meu advogado tem uma cópia.

– Eu também tenho uma cópia.

Não está ajudando, pai.

Ele leu o texto com cuidado. O Marquês de Marsden podia estar louco, mas não era um idiota. Ele devia ter incluído alguma escapatória para si. E lá estava, escondida cuidadosamente em meio ao palavrório. Locke quase riu alto. O velho matreiro. Ele era esperto.

Locke deslizou o olhar para Portia Gadstone e, pela primeira vez, viu com clareza o que ela era de verdade. Uma mercenária, caçadora de títulos, alguém tão desesperada para mudar de classe social que faria o que fosse necessário para atingir seu objetivo, incluindo se aproveitar de um lorde idoso. O tipo de mulher de que ele nunca conseguiria gostar, que jamais amaria, e a quem nunca entregaria seu coração.

Ela era perfeita.

– Eu me caso com ela.

Capítulo 4

Horrorizada, ainda abalada pela afirmação de Locksley, Portia observou-o se virar para Marsden.

– Imagino que você não tenha objeções a fazer.

– Nenhuma. – O marquês sorriu. – Eu esperava mesmo por este desfecho, no fim das contas.

Locksley se virou para ela.

– O que você me diz, Portia? É muito melhor ser minha mulher do que minha madrasta, não acha?

– Não. – A palavra saiu dura, abrupta, mas por dentro ela estava gritando: *Não, não, não, não, não!* Não podia se casar com o visconde. De modo algum. Estava ali para se casar com o marquês. Um velho que pensava precisar de um herdeiro quando já possuía um. Não seu filho vigoroso, que lhe causava palpitações toda vez que olhava para ela, que fazia seu corpo esquentar quando a tocava, e toda ela derreter, transformando-se em uma poça fumegante, quando a beijava. Ela não podia, não iria, casar-se com *ele*.

– Não – ela repetiu com a autoridade de sua convicção.

Estalando a língua, ele jogou os papéis no colo dela e se esparramou no sofá em uma pose insolente, o braço apoiado no encosto, os dedos tamborilando alegremente.

– Então o contrato está anulado e terminamos por aqui.

– Não. – Ela olhou, implorando, para Marsden. – Você e eu vamos nos casar. Foi isso que acordamos.

O marquês lhe deu um sorriso triste, as rugas se movimentando em seu rosto.

– Foi o que discutimos na nossa correspondência, mas o contrato foi redigido com algumas diferenças. Ele diz que você deve me fornecer um herdeiro.

– Não posso lhe dar um herdeiro se não estiver casada com você – ela insistiu.

– Mas pode dar um herdeiro para ele tendo um filho comigo – Locksley disse, a voz estalando de arrogância.

Portia se voltou para ele de súbito, querendo arrancar o sorriso convencido e presunçoso daquele rosto lindo. Ele pensou que tinha vencido quando nem sabia por que ela combatia, o que estava em jogo. Se ela lhe contasse... Deus, se Portia contasse, ele não teria compaixão, não compreenderia. Ele a jogaria na rua com a mesma violência com que sua família a tinha tratado.

– O contrato determina que você se case e forneça um herdeiro ao Marquês de Marsden. Mas não especifica com quem você deve se casar. Se me der um filho, em essência estará fornecendo um herdeiro para ele. Na verdade, dessa forma o contrato faz mais sentido. Se der um filho para o meu pai, estará apenas lhe fornecendo um sobressalente. Que pode ou não vir a ser um herdeiro. Dê-me um filho e terá nos fornecido o próximo na linha de sucessão. Honestamente, Portia, não sei por que não se atira em mim. É isso que você quer, não? Um filho que herde títulos, propriedades, poder, riqueza. Será que se opõe a se tornar uma mera viscondessa, e não uma marquesa? O título de marquesa virá com o tempo, mas talvez não cedo o bastante para sua vaidade.

Ela percebeu a aversão, a repulsa na voz dele. Como o casamento com ela podia ser agradável quando ele a odiava antes mesmo da cerimônia?

Mas caso Portia se recusasse, para onde iria? O que faria? Como sobreviveria? Ela não podia voltar para sua vida anterior. Isso a destruiria. *Ele* a destruiria.

Ela se levantou e virou para a lareira. Fria, tão fria. Portia desejou que estivesse acesa, mas duvidou que mesmo isso pudesse aquecê-la, quando estava gelada até os ossos. Ela precisava encontrar um motivo para Locksley não a querer, ao mesmo tempo garantindo que Marsden ainda se casasse com ela.

– Mas com certeza você deve querer uma mulher nobre, vinda de uma linhagem altiva, para ter do seu lado.

– Essa era uma das exigências do meu pai. Não é, necessariamente, uma das minhas.

– Meu filho é um bom homem – o marquês disse. – Você não conseguiria encontrar um melhor.

– Oh, eu desconfio de que ela conseguisse. Pai, por que você não vai lá fora ver se o vigário está chegando? Diga-lhe que precisamos de um pouco mais de tempo.

– Ótima ideia. Vocês dois precisam de um momento para se entender.

Ela ouviu o ranger de ossos quando o marquês levantou, os passos arrastados enquanto saía da sala. Ela não queria ficar sozinha com Locksley. Nunca mais ela queria ficar a sós com esse homem.

Portia estava bastante ciente da presença de Locksley ao seu lado, do calor e do poder que emanavam dele, ainda que não a estivesse tocando. Por que ele tinha que a afetar dessa forma?

– Você me avaliou bem, Portia, quando disse que eu queria proteger meu pai. Vou fazer o que for necessário para protegê-lo de qualquer um que ouse se aproveitar dele ou queira prejudicá-lo.

– Já lhe disse que não quero fazer nenhum mal a ele. Só vou lhe dar companhia, mais um filho; livrá-lo da solidão.

– Não acredito que não vá se aproveitar dele. Como viu, a cabeça dele nem sempre está perfeita.

Ela o encarou.

– E você vai se casar com uma mulher que detesta?

– Não tenho nenhum interesse em amor. Nunca tive. Vi como o sentimento levou meu pai à loucura. Não vou seguir pelo mesmo caminho. Mas preciso de um herdeiro. E não poderia arrumar coisa melhor do que uma mulher disposta a me deixar possuí-la por trás, de joelhos ou de cabeça para baixo.

Portia cerrou os olhos bem apertados. Ela tinha tentado chocá-lo, colocá-lo em seu lugar, fazer com que se afastasse. Mas sua estratégia não produziu os resultados que esperava.

Ele levou o dedo ao queixo dela. Abrindo os olhos, ela recuou, estremecendo.

Locksley inclinou a cabeça, e, sarcástico, levantou um canto daquela boca sensual.

– Não foi essa a reação no terraço.

– Maldito.

– Você não pode negar que existe certa atração entre nós, então você ao menos vai ter isso. Posso lhe garantir que, na minha cama, você terá prazer.

– Nem um pouco arrogante de sua parte.

– Eu viajei pelo mundo todo. Aprendi muitas coisas. Você se beneficiará desse conhecimento.

– E fora da cama?

– Vamos ser educados um com o outro. Respeitosos. O dia será seu para fazer o que quiser. A noite será minha.

O modo como os olhos dele ficaram sombrios com as últimas palavras deixou claro, para ela, como a noite seria dele. Portia não temia o que ele faria com ela; temia apenas não conseguir resistir ao encanto de Locksley. Já tinha se apaixonado por um homem que exibia confiança, ousadia, firmeza, mas todas as facetas dele empalideciam quando o comparava a Locksley, que não apenas sabia seu lugar no mundo, como era seu dono, comandava-o. Portia tinha a impressão de que ele nunca hesitava, nunca duvidava de si mesmo. Sentia-se atraída por essa autoconfiança como uma mariposa por uma chama brilhante. Locksley podia destruí-la facilmente se ela não tomasse cuidado. Mas sem o visconde, ela não teria nem mesmo uma chance de sobreviver.

– Eu vou receber uma mesada?

Ele abriu um sorriso sombrio.

– Claro que sim, minha pequena mercenária.

– De quanto?

– Quanto seria do seu agrado? – ele perguntou.

– Um milhão de libras por mês.

Ele riu, um som profundo que a envolveu, atravessou e se alojou em sua alma.

– Cinquenta – ele disse, enfim.

– Cem.

– Setenta e cinco.

Ela podia se virar com isso, economizar o bastante para que nunca mais ficasse sem nada, para que não dependesse totalmente da bondade dele.

Locksley levou a mão ao rosto dela, e dessa vez ela ficou como estava, deixou que ele a tocasse.

– Você nunca irá sofrer em minhas mãos. Posso ser muito generoso.

Ela quase riu de escárnio. Portia tinha ouvido isso antes. Mentiras ditas de modo tão bonito. Ela era jovem e ingênua, e acreditou nas falsidades o bastante para depositar nelas todos os seus sonhos e esperanças. Nunca mais ela acreditaria no encanto de um homem a ponto de esquecer-se de si mesma.

– Caso você precise de um lembrete, sempre teremos isto.

Ele cobriu a boca de Portia com a sua, fazendo com que abrisse os lábios, e sua língua começou a acariciá-la lentamente, criando sensações que ela se recusaria a admitir que lhe trouxessem qualquer tipo de alegria.

Portia já tinha perdido sua vantagem. Locksley não iria se afastar e permitir que ela se casasse com Marsden. E ela não podia se arriscar a ir embora sem nada. De repente, o visconde era sua única esperança. Se ela não o irritasse ainda mais, se fosse agradável como esposa, talvez ele a protegesse com a mesma determinação e a mesma vigilância com que protegia o pai.

Então ela se pôs na ponta dos pés, abraçou o pescoço dele e apertou os seios contra o peito de Locksley. Ele sabia que Portia era uma viúva; não fazia sentido bancar a donzela tímida. Ela sabia como dar prazer a um homem. Não teria nenhuma dificuldade em manter intimidade com ele.

Com um grunhido, ele a apertou mais, inclinando um pouco a cabeça para aprofundar o beijo. O desejo fez o corpo dele vibrar. Carência. Ela conseguiu sentir, em sua barriga, o quanto ele a queria. Portia sabia que era perigoso, inconsequente, aceitar os termos dele sem conhecer nada a seu respeito, a não ser o que tinha ouvido em fofocas. Mas entre duas alternativas desfavoráveis, ele era a melhor.

Recuando, com a respiração pesada, ele deslizou o polegar pelos lábios latejantes e inchados de Portia.

– Tire um dia para pensar – ele disse. – Para mim, cem libras valem o preço da certeza de que você sabe o que está fazendo. Então ele a soltou abruptamente, o que fez com que ela cambaleasse para trás, e se dirigiu para a porta. Por alguma estranha razão, as palavras dele eliminaram todas as dúvidas de Portia.

– Eu não preciso de um dia.

Isso o fez parar. Ele deu meia-volta.

– Já tomou sua decisão?

Ela tinha tomado no momento em que respondeu ao anúncio. Não tinha escolha. Nunca tinha tido qualquer escolha.

– Eu vou me casar com você.

Locke ficou estarrecido com o alívio repentino que sentiu. Ele não tinha se dado conta, até então, da intensidade com que queria que ela dissesse sim. Não que quisesse uma esposa, mas ele a queria em sua cama, com aquela boca suculenta, suas respostas afiadas e os olhos cor de uísque. Ele gostava do modo como Portia o desafiava, e desconfiava de que ela o desafiaria todas as noites. Os dois podiam se divertir um com o outro. Não era o motivo ideal para um casamento, mas também não era o pior.

Ele estendeu a mão para ela e a observou inspirar fundo antes de se aproximar e depositar sua mão na dele. Locke apertou de leve os dedos e colocou o braço dela na curva de seu cotovelo, dando tapinhas na mão dela, que descansava em seu antebraço.

– Vangloriar-se é vulgar – ela disse.

– Você faria o mesmo se nossos papéis estivessem invertidos. – Ele arqueou uma sobrancelha diante da expressão de contrariedade dela. – Você sabe que faria.

Portia deu um meio sorriso que lhe deu vontade de que a cerimônia já tivesse acontecido, para que pudesse fechar a porta e possuí-la contra a parede.

– Eu acho que vamos nos dar maravilhosamente bem – ele disse com convicção absoluta. – Nós nos entendemos.

– Não tão bem quanto você pode achar.

– Bem o bastante. – Ele deu de ombros. – Eu sei tudo o que preciso saber. – Ele não precisava conhecê-la melhor, não queria conhecê-la melhor. Locke não viria a gostar dela. Portia era o meio para um fim. Uma companheira de cama. Um herdeiro para Havisham. Não queria mais nada dela.

Quando eles chegavam ao saguão, a porta da frente foi aberta, o pai entrou, trazendo o vigário, e sorriu animado:

– Ela aceitou se casar com você em vez de mim?

– Aceitou.

– Ótimo. – Marsden se aproximou, pegou a mão dela e a apertou. – Eu não poderia ficar mais feliz. Você também vai ficar, minha cara, eu prometo. Permita que eu lhe apresente o Reverendo Browning.

Browning era pouca coisa mais velho que Locke, sendo relativamente novo no posto. Locke não sabia por que o incomodava ver o vigário segurando a mão dela por mais tempo do que ele julgava necessário. Ele não estava sentindo ciúmes. Não se importava com ela o bastante para ser ciumento. Mas era possessivo.

– Vigário. – Ele não pretendia que a palavra saísse como um latido, mas saiu, fazendo com que o magricela desse um salto para trás, soltando Portia e ficando com o rosto manchado de um vermelho indecoroso.

– Lorde Locksley, parabéns. Vamos prosseguir com a cerimônia?

Locke olhou para sua noiva.

– Preto parece mau agouro para um casamento. Você tem algum vestido que não seja preto no seu baú?

Ela concordou com a cabeça.

– Que mulher que valha alguma coisa não tem outro vestido que não preto?

Locke esperava que ela valesse alguma coisa em muitas áreas.

– Por que não damos à minha noiva a oportunidade de se arrumar, depois da longa viagem que fez? – Ele supôs que tivesse sido longa. De repente, ele percebeu que não fazia ideia de onde ela vinha. Não importava. Ela podia ter vindo de Tombuctu, e ele não se importaria. – Preciso pegar o baú da minha noiva. Depois, me juntarei a vocês, cavalheiros, na biblioteca, para um brinde antes da cerimônia.

Ainda desconcertada com a mudança súbita de planos, Portia observou seu futuro marido sair pela porta. Marsden bateu de leve em seu ombro.

– Estou muito contente, minha cara.

– Eu vim para me casar com você.

Ele a encarou com tristeza.

– É melhor deste modo.

E ela se perguntou se casá-la com o filho era o plano do marquês desde o início. Portia tinha confundido loucura com estupidez. Que tola. Mas ela desconfiou que almas desesperadas pudessem ser facilmente enganadas.

Locksley voltou para dentro a passos largos, com o baú sobre o ombro. Portia imaginou que ele fosse pedir ajuda para um dos cavalariços, mas era óbvio que tinha avaliado mal a força dele. Ele poderia matá-la com facilidade, se assim desejasse, e poderia ter vontade de fazê-lo, se um dia soubesse a verdade a seu respeito. Ela teria que tomar muito cuidado com ele.

– Vou lhe mostrar seu quarto. Suba a escada na minha frente – ele ordenou.

Ela quase reclamou do tom de voz, mas se deu conta de que, sem dúvida, ele ainda lhe daria muitas ordens. Esse era o preço que ela precisava pagar por sua segurança. Portia começou a subir a escadaria.

– Não sei se já conheci algum lorde que consegue carregar um baú com tanta facilidade.

– Quando se viaja, é vantajoso ser capaz de cuidar de seus próprios suprimentos e equipamentos.

– Pensei que você contratasse alguém para isso.

– Para algumas coisas, sim, mas gosto de garantir que nunca fico sem nada. – No patamar, ele disse: – À esquerda.

O corredor era largo o bastante para que eles pudessem caminhar lado a lado, e estava limpo, arrumado. Mas não havia flores nem qualquer decoração para torná-lo um ambiente agradável.

– O quarto do meu pai é este. – Ele se virou um pouco para a esquerda.
– O da minha mãe fica ao lado. Não preciso dizer que você nunca deve
entrar lá.

Ainda assim, ele sentiu necessidade de dar esse aviso. Portia se perguntou se chegaria o dia em que ela não se irritaria com ele.

– Onde é o seu quarto?

– No fim do corredor, última porta à direita.

– E o meu?

– No fim do corredor, última porta à direita.

Portia parou de andar. Locke se virou para ela e arqueou uma sobrancelha.

– Não vou ter meu próprio quarto? – ela perguntou. Marsden devia
ter preparado um aposento, ou esperava que ela ficasse no dele? Portia não
se importaria de dividir um quarto com o marquês, mas com Locksley?
Ela tinha certeza de que ele dominaria o espaço.

– Não vejo motivo, certo? Você vai ficar comigo a noite toda.

– Ainda assim, seria agradável ter um espaço onde eu possa ser eu mesma.

– Não está sendo você mesma agora?

Ele precisava desconfiar de tudo o que ela dizia?

– Só quero dizer que seria muito bom ter meu próprio santuário,
onde possa relaxar.

– Meu quarto é grande, com uma área de estar que deve ser suficiente.
Não vou incomodá-la durante o dia.

– Porque você tem a biblioteca. Vou me sentir como uma prisioneira
se ficar confinada a um quarto.

– Você pode usar a sala de estar. – Ele deu meia-volta. – Por que diabos
você trouxe neste baú? Está pesado como o inferno.

Então, ele era humano, afinal, não algum deus que conseguia carregar
o mundo nos ombros. Ela sentiu uma satisfação cruel ao perceber isso.

Ele chegou ao fim do corredor.

– Você pode abrir a porta?

Portia ficou tentada a demorar para abri-la, mas precisava mantê-lo
com bom humor, para garantir que as coisas entre eles fossem o mais
agradável possíveis. Após abrir a porta, ela o seguiu para dentro do quarto,
observando-o depositar o baú aos pés da cama imensa, e não conseguiu
evitar se imaginar deitada ali, com o corpo grande e musculoso dele sobre
o seu. Ela sentiu a boca ficar seca como serragem.

Circulando pelo quarto permeado pelo aroma de sândalo e laranja
de Locksley, Portia não ficou surpresa com a absoluta masculinidade do

ambiente, com a mobília de madeira escura, o papel de parede com listras vinho, o tecido da mesma cor revestindo as poltronas e o sofá diante da lareira. A decoração também era um pouco espartana, com o mínimo de mobília, sem bugigangas entulhando as superfícies, sem nada que pudesse fornecer qualquer indício quanto aos gostos dele. Locksley só se importava com o que pudesse ser útil. Ela precisava cuidar para que ele a considerasse útil.

– Não tem penteadeira – ela disse.

– Perdão? Virando-se, ela o viu encostado indolentemente em um dos postes da cama.

– A maioria das mulheres precisa de uma penteadeira para poder se arrumar.

– Vou encomendar uma para você.

Era bem possível que houvesse uma, sem uso, em um dos quartos, mas como nada podia ser mexido...

– Obrigada.

– Enquanto isso, vou mandar a Sra. Barnaby vir ajudá-la.

– Obrigada. Não vou me demorar.

– Demore o quanto precisar. O vigário não vai a lugar algum. Nem eu. – Ele foi até a porta, parou e se voltou para ela. – Ainda não é tarde demais para mudar de ideia.

Era tarde demais antes mesmo de ela chegar a Havisham.

– Você precisa melhorar suas técnicas de sedução.

A risada dele ecoou pelo quarto.

– Acredito que vamos nos dar bem, Portia.

– Espero que sim. Os anos vão demorar a passar se não nos entendermos.

– Vamos esperar por você na biblioteca. A Sra. Barnaby vai lhe mostrar onde é.

E assim ele saiu, deixando-a sozinha com seus receios. Abrindo sua bolsa à procura de algo familiar que a reconfortasse, Portia pegou uma bala de hortelã e a colocou na boca. Então deixou a bolsa sobre a cama, caminhou até a janela e olhou para o abandono da terra que circundava a residência. Se o marquês nunca saía, talvez ela pudesse cuidar da terra. E, com certeza, naquela mansão imensa, conseguiria encontrar um aposento para chamar de seu.

Ela encostou a testa no vidro, sentiu as lágrimas se aproximando e amaldiçoou a própria fraqueza. Ela ia conseguir o que desejava, só que não com a pessoa que esperava. Em vez de alguns anos de casamento, teria uma vida. Uma eternidade se passaria antes que conseguisse sua casa de viúva, sua independência. Ela e o visconde se dando bem ou não, os anos que se seguiriam seriam mesmo extremamente longos.

Entrando na biblioteca, Locke foi recebido pela risada robusta de seu pai e do vigário. Ele acreditava que um homem de Deus deveria ser mais solene, mas era óbvio que Browning estava apreciando a bebida que o marquês havia lhe oferecido. Os dois homens estavam sentados diante da lareira, cada um segurando um copo contendo líquido âmbar.

Locke foi até o aparador, serviu-se dois dedos de *scotch*, e juntou-se a eles, apoiando o ombro na cornija.

Parecendo estar alegre demais, o pai ergueu o copo.

– Vivas ao noivo.

Tomando um gole, Locke refletiu:

– Existe a pequena questão da licença.

O pai bateu no próprio peito.

– Licença especial bem aqui.

– Posso? – Locke estendeu a mão.

O pai levou a mão ao bolso interno do paletó, tirou um papel dobrado e o entregou a Locke, que o abriu rapidamente.

– Meu nome está na licença.

O marquês nem teve a decência de parecer constrangido.

– Faz dois anos que estou tentando casá-lo. Vai me culpar por dar um empurrãozinho na situação?

– E se eu não tivesse sido tão fácil de manipular?

– Também tenho uma licença em meu nome. Eu não quebraria a promessa que fiz a essa moça de que ela casaria hoje. Não faça essa cara insatisfeita. Você se sente atraído por ela. Isso ficou óbvio na sala de estar. Aposto que a beijou quando ficaram sozinhos.

Locke nunca duvidou da inteligência do pai, apenas da capacidade dele em se manter na realidade.

– O que você sabe de fato a respeito dela?

– É uma mulher forte, saudável e fértil. Ela tem o necessário para lhe dar um herdeiro. Você trancou seu coração, Locke. Estou ciente disso, então nunca levei em conta se poderia vir a amá-la.

Aparentemente, amor também não era uma exigência daquela mercenária.

– Quantas mulheres responderam ao seu anúncio?

– Ela foi a única. – O marquês fez uma careta. – Parece que eu tenho a reputação de louco. O que me torna um noivo indesejável. De qualquer modo, sua mãe não gostaria que eu me casasse de novo. Mas ficará empolgada quando souber que você se casou.

O vigário começava a se remexer na poltrona, como se estivesse percebendo, naquele momento, que as coisas dentro daquela casa não eram muito corretas. Locke não conseguia lembrar de uma visita anterior do religioso.

– Você está bem, Browning?

– Ah, sim. Só estou pensando que tudo isto é bem pouco convencional.

– Você não ouviu falar que a família St. John raramente é convencional?

– A igreja está muito contente com os novos bancos que o marquês está fornecendo – ele disse, como se receasse tê-los insultado.

Então foi assim que o pai tinha conseguido que o vigário fosse celebrar o casamento na residência. Deveria ter adivinhado. Todo mundo tinha um preço, incluindo sua linda noiva. Ele não lhe guardaria rancor por causa disso, mas também não conseguiria sentir carinho por ela. Ele a veria como pouco mais do que uma refinada...

Todos os pensamentos de Locke se desfizeram quando ela entrou no aposento. O vestido azul-marinho sem mangas revelava uma pele de alabastro que o traje preto escondia. O pescoço era longo, encaixando-se em ombros delicados. Mais abaixo, o começo de elevações que indicavam que Locke tinha avaliado mal o modo como ficariam os seios dela em suas mãos. Era provável que transbordassem. Ele quis tirar aquelas luvas brancas, que lhe cobriam até os cotovelos, tão lentamente quanto ela mesma tinha tirado as luvas pretas. Portia tinha arrumado o cabelo de uma maneira que exigia que ele o desalinhasse.

Antes que esmagasse o copo, ele o colocou sobre a cornija. Locke quis pegá-la nos braços, carregá-la até seu quarto e possuí-la naquele mesmo instante. A cerimônia poderia ficar para mais tarde. O olhar sensual que ela lhe deu deixava claro que Portia sabia o caminho exato percorrido pelos pensamentos dele.

– Ela não é uma bela visão? – exclamou a Sra. Barnaby.

Ela era uma visão de sensualidade pura, e sabia muito bem disso. Ah, a diabinha. Pretendia fazer com que ele sofresse até poder levá-la para a cama.

Ah, sim, eles iriam se dar maravilhosamente bem.

Com passos largos, ele cobriu a distância que os separava. Pegando a mão enluvada, ele manteve seus olhos nos dela e lhe beijou os dedos.

– Eu aprovo.
Ela bateu os cílios enquanto um canto de sua boca suculenta se levantava.
– Achei mesmo que aprovaria.
– Afaste-se, Locke – o pai disse, empurrando-o com o ombro. – Você não deve ficar assim tão perto da noiva até a hora dos votos. Meu filho é um selvagem. Permita-me que a leve até a sala.

Com certeza ele se sentiu incivilizado, bárbaro, quando seu pai ofereceu o braço a ela, que colocou a mão pequena, delicada, sobre ele. Locke se consolou na certeza de que, assim que a cerimônia terminasse, ele a levaria para a cama.

Fuja, fuja, fuja!
A cabeça dela repetia esse refrão constante enquanto o marquês a levava até a sala de estar. Sentindo como se estivesse vivendo em um pesadelo, Portia se esforçava para conter a tremedeira que ameaçava começar a sacudi-la a qualquer instante. Nunca, em toda sua vida, ela tinha visto um desejo tão descontrolado nos olhos de um homem. Quando Locksley pegou sua mão e colou os lábios nela, não importou em nada o fato de Portia estar vestindo luvas. O calor que emanava dele era tanto que ela se sentiu queimada.

Quando passaram pelo saguão, ela soube que, se fosse inteligente, iria direto para a porta de saída. Portia não era inocente com relação aos homens e a tudo de que eram capazes, mas ela desconfiava que nenhuma de suas experiências a tinha preparado para o que Locksley poderia fazer. A princípio ela pensou que ser provocadora lhe daria superioridade, e tudo que conseguiu foi perceber que, com Locksley, não saberia com o que estava lidando.

Mesmo nesse instante ela sentiu o olhar dele cravado em sua nuca, perambulando por seus ombros nus, deslizando até seus quadris e subindo de novo. As mãos dele, sem dúvida, seguiriam a mesma trilha à noite. Por quê? Por que ela não tinha lido o contrato com mais cuidado? Por que seu advogado não tinha indicado os problemas? Por que o visconde precisava ser tão protetor com relação ao marquês?

Quando entraram na sala, Marsden colocou a mão em suas costas e o vigário se posicionou em frente à lareira. Locksley se pôs ao lado do religioso. Ele fazia Downing parecer um anão. Ela nem quis pensar como Locksley a faria se sentir pequena à noite. Engolindo em seco, ela decidiu não deixar que o tamanho ou o comportamento dele a intimidassem. Ouvindo passos apressados, ela se virou para ver três criados entrarem na sala. Todos pareciam pouca coisa mais jovens que o marquês.

– Permita-me apresentar a criadagem – o marquês disse. – Eles vão servir de testemunhas. Gilbert, nosso mordomo principal, Sra. Dorset, a cozinheira e, é claro, a Sra. Barnaby, que você já conheceu.

Todos fizeram uma reverência, sorrindo animados, tranquilos como se aquele fosse um acontecimento cotidiano.

– É um prazer – ela murmurou, tentando convencer sua cabeça de que aquilo estava mesmo acontecendo, ao mesmo tempo que se perguntava se poderia haver um conjunto mais estranho de convidados em um casamento.

– Eu lhe trouxe isto – disse a Sra. Dorset, estendendo-lhe um punhado de flores murchas, sorrindo esperançosa. – Uma noiva deve ter um buquê. Eu mesma colhi as flores na campina.

– Obrigada. São lindas.

A mulher fez uma mesura antes de recuar para se juntar aos outros. Marsden levou Portia até o vigário e esperou – enquanto ela calculava mentalmente a distância até a porta, pensando se não deveria fugir dali.

Browning pigarreou.

– Quem entrega a noiva?

– Eu – Marsden anunciou, colocando a mão dela no braço de Locksley antes de recuar um passo e se colocar ao lado do filho, aparentemente servindo agora de padrinho dele.

O vigário tagarelou a respeito do caráter sagrado do matrimônio, como se nem ela nem Locksley compreendessem muito bem a importância do que estavam fazendo, como se aquilo tudo não fosse uma farsa total e completa. Cada palavra atingia Portia como uma marreta. Se fosse decente, ela interromperia aquele ultraje. Mas, na verdade, se fosse decente, ela não estaria ali. Ela mantinha o olhar focado na gravata de Locksley, em como seu nó era perfeito. Era tão mais fácil do que encarar os olhos dele, onde enxergaria acusação, desaprovação, porque esteve disposta a se casar com o pai dele para obter vantagens – só que a vantagem que Locksley imaginava que ela queria não era, de fato, a que Portia desejava obter.

Após o vigário recitar os votos que ela deveria repetir, Portia abriu a boca para falar, mas o dedo de Locksley veio por baixo de seu queixo, queimando-a enquanto levantava sua cabeça, obrigando-a a encarar seus olhos. Por que diabos esse homem não tinha a decência de usar luvas em uma ocasião tão solene?

– Não faça seus votos para minha gravata.

– Não era minha intenção. – Portia não se consolou com o fato de que essa era uma das menores mentiras que tinha contado nesse dia. Por que ele tinha que tornar o momento tão mais difícil, insistindo para que se entreolhassem enquanto pronunciavam os votos?

– Repita as palavras para ela, Browning – Locksley ordenou.

– Eu me lembro quais são – Portia retrucou, detestando o modo como ele a observava, como se esperasse que ela se comportasse de algum modo abominável. Mesmo sabendo que deveria ir embora, ela parecia não conseguir despregar os pés daquele lugar. Era algo mais que os dedos e olhos dele que a mantinham aprisionada. Era a autoridade absoluta que ele emanava. Locksley nunca se submeteria a outra pessoa. Ele defenderia o que era seu. Portia teve certeza disso, e depois de casados, ela seria dele.

Portia pensou que deveria ter negociado condições melhores do que uma mesada e ficar com o dia para si, mas já era tarde. Depois de todo seu cuidadoso planejamento, ela se rendeu fácil demais quando importava. Mas ela não se arrependeria, não quando estava atingindo seu objetivo principal.

Com muito mais tranquilidade do que realmente sentia, Portia reiterou as frases, grata por estarem ausentes quaisquer referências a amor. Dessa forma, pelo menos, as promessas que estavam fazendo eram honestas, não hipócritas. Ela iria cuidar, honrar e obedecer, na doença e na saúde, até a morte.

Ainda assim, não estava preparada para ouvir os mesmos votos sendo repetidos na voz forte e profunda de Locksley, cujos olhos penetravam-na como se ele quisesse gravar os votos na alma dela. Enfim, os dedos dele largaram seu queixo, mas mesmo sem esse apoio, ela parecia não conseguir desviar os olhos.

– Nós temos uma aliança? – o vigário sussurrou, afinal.

– Ah, sim. – Marsden apalpou os bolsos, um após o outro, como se tivesse se esquecido de onde tinha colocado a joia. – Aqui está. – Ele o entregou para Locksley. – Era da sua mãe.

– Ao ouvir essas palavras, Portia sentiu um aperto tão forte no estômago que quase teve que se dobrar.

– Tem certeza disso? – Locksley perguntou em voz baixa.

– Absoluta.

Solenemente, ele se virou para Portia, pegou-lhe a mão... que ela fechou num punho.

– Não posso. – Ela olhou para Marsden, para a esperança e a alegria que brilhavam naqueles olhos verdes como os do filho. – Você amava sua esposa. Seu filho e eu não nos amamos. Este é apenas um casamento de extrema conveniência. Você não pode querer que eu use o anel dela.

– Linnie quer que você o use. Eu mostrei suas cartas para ela. Linnie aprova você.

Oh, Deus, ele era louco mesmo. Talvez Locksley não estivesse apenas salvando o pai dela, mas também ela do pai. Só que o visconde não se importava nem um pouco com ela; por que ligaria se ela ficasse atrelada a um louco?

– Convença seu pai – ela implorou a Locksley. – Amarre um pedaço de barbante no meu dedo. Será a mesma coisa.

– Depois que meu pai toma uma decisão, não tem como fazer com que volte atrás.

– Mas isso é um escárnio do que eles viveram.

– Não, querida, não é – Marsden disse. – É um testamento de nossa crença de que você será uma esposa boa e honesta para nosso amado filho.

Só que ela não era boa. Se fosse, não teria sido levada até aquele momento. Se fosse boa, teria ido embora.

Locksley apertou a mão dela.

– Estenda os dedos.

– Você não pode estar querendo fazer isso.

– Eu também não queria me casar hoje, mas aqui estou eu. Abra a mão e vamos acabar com isso.

Relutante, ela fez o que ele pediu, e ficou assistindo enquanto ele deslizou a luva pelo braço dela, por cima da mão, e depois a entregou para o pai. Inspirando fundo, ele colocou o anel com pequenos diamantes e esmeraldas no dedo dela. A peça serviu perfeitamente, o que, por alguma razão, tornou a situação ainda pior. Portia sentiu o peso extremo da aliança, o calor que ela tinha absorvido da pele de Locksley enquanto ele a segurava.

– Com esta aliança, eu me caso com você – ele disse, solene.

Portia levantou o olhar para ele, e a magnitude do que tinham acabado de fazer dificultava sua respiração. Ela estava casada. Com o Visconde Locksley. Não era o que tinha planejado fazer. Ela sentiu um impulso insano de se desculpar, de lhe dizer que sentia muito. Ela seria a melhor esposa que pudesse, mas isso não significava que ele não acabaria odiando-a. Que ela própria viesse a se odiar.

– Eu os declaro Lorde e Lady Locksley. Pode beijar a noiva.

O marido dela – o marido dela! – baixou a cabeça e lhe deu o que ela imaginou que seria o último beijo casto que lhe daria em toda a vida. A boca de Locksley roçou de leve na dela, como se pouco antes não tivessem tido um momento tão intenso. Ele mal se afastou e Marsden colou os lábios na bochecha dela.

– Bem-vinda à família. Você não imagina como me deixou feliz, hoje!

Portia desejou também poder sentir um pouco dessa felicidade. Então ela se viu rodeada pelos criados, que lhe apertavam a mão e a abraçavam, felicitando-a.

Mas quando Portia olhou por sobre o ombro para o marido, viu-o olhando para ela como se tivesse acabado de descobrir algo sobre ela que preferiria não saber.

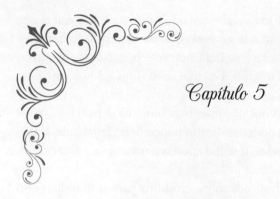

Capítulo 5

Locke não pôde arrastar a noiva para o quarto logo após a cerimônia porque a Sra. Dorset tinha preparado um banquete que estragaria se não fosse servido imediatamente. À mesa da sala de jantar pequena, ele sentou à frente do pai, com a esposa – sua esposa! – à esquerda, perto de seu coração frio, e o vigário à direita.

Enquanto bebia o vinho, ele refletiu sobre a possibilidade de sua esposa mercenária ter, ao que parecia, uma consciência. O fato de que ela tivesse questionado se deveria aceitar a aliança surpreendeu-o além de qualquer medida. Locke imaginava que ela fosse salivar ao dar uma olhada nas pedras reluzentes. Mas não. Ela não se sentiu à vontade com a joia. De vez em quando, em meio aos pratos da refeição, ela mexia no anel, virava-o como se desejasse retirá-lo.

Locke não pensou que fosse porque a aliança simbolizava que ela estava casada, mas porque simbolizava o amor, e entre eles isso não existia. Nem mesmo uma fagulha. E nunca haveria. Ambos sabiam disso.

– De onde é sua família, Lady Locksley? – Browning perguntou, e ela se retraiu um pouco, por óbvio ainda não acostumada àquele modo de tratamento.

Outra surpresa. Ele pensava que Portia adotaria o título imediatamente, insistindo para que fosse tratada assim.

– Yorkshire – ela disse em voz baixa.

– A propriedade da família do Conde de Greyling fica em Yorkshire – Locke disse, perguntando-se por que não tinha pensado em fazer essa mesma pergunta mais cedo. Mas antes ele não dava a mínima para o lugar de onde ela vinha. Só queria que ela fosse embora o mais rapidamente possível. – Evermore.

Pela primeira vez, desde que tinham se sentado, Portia olhou para Locke. Ele não soube por que ficou tão satisfeito em conseguir a atenção dela.

– Não conheço esse lugar – ela disse.

– Você deve avisar Grey e Ashe do seu casamento – o pai ordenou. – Eles precisam vir nos visitar – ela disse.

– Eu gostaria de conhecer seus amigos – ela disse.

– Eles são mais irmãos que amigos. – Ele tinha 6 anos quando os garotos chegaram. Eles cresceram juntos, compartilharam aventuras, travessuras e uma perda, esta última criando entre eles um vínculo mais forte do que teria sido possível sem ela.

– Então você tem muita sorte de tê-los.

E, de repente, Locke imaginou quem ela tinha. A maioria das mulheres enchia a igreja de parentes e amigas.

– Também vamos ter que convidar sua família para nos visitar.

Com delicadeza, ela tocou os lábios com o guardanapo.

– Não tenho família.

– Nenhum parente que possa se animar com o fato de que agora é uma viscondessa?

– Nenhum.

Então quem diabos ela queria impressionar? Não que ela própria não estivesse conquistando bastante para si mesma. Talvez isso fosse o suficiente e aquilo tudo fosse só para ela. Ela e seu filho. Ela queria que os futuros filhos nascessem com privilégios. Com Locke como pai, com certeza seriam privilegiados.

– Lorde Marsden... – ela começou.

– Você tem que me chamar de pai – ele a interrompeu.

– Eu não conseguiria ser tão atrevida.

– Somos parentes agora. Eu insisto.

Ela curvou a cabeça um pouco, como se concordasse, mas Locke não acreditou, nem por um instante, que ela fosse realmente ceder ao pedido de seu pai. Portia estava apenas tentando evitar uma discussão durante o jantar. A esposa dele aprendia rápido.

– Será que você faria a bondade de me contar um pouco da infância de Locksley?

Por que raios ela perguntaria isso ao seu pai?

Rindo, o marquês se recostou na cadeira.

– Ele não quis responder ao seu interrogatório? Não, imagino que não.

Tomando outro gole de vinho, Locke observou Portia, procurando entender o que ela estava tentando conseguir ali. Incomodava-o imensamente que ela parecesse interessada de fato. Ela não ligava para ele, então o que esperava ganhar ao ficar sabendo qualquer coisa sobre seu passado?

– Ele não gostava de usar sapatos – o marquês contou. – As pessoas pensavam que eu cuidava mal dele porque Locke estava sempre correndo descalço por aí, mas a verdade é que ele se recusava a ficar com os sapatos.

– Eu gostava de sentir a grama na sola dos pés – ele se sentiu obrigado a admitir. – Além do mais, é mais fácil escalar as coisas com os pés descalços.

– Ah, sim, ele era um macaquinho. Trepava em tudo. Árvores, escadas. Uma vez eu o encontrei encolhido perto do teto da biblioteca. Aquilo quase me causou uma apoplexia. De alguma maneira, ele havia se encaixado no canto da sala e conseguido subir se apoiando nas paredes. Tinha só 3 anos. Se tivesse caído... Ainda hoje começo a suar quando penso no que poderia ter acontecido. Depois que consegui descê-lo em segurança, dei-lhe uma surra que quase acabou com ele. Mais tarde eu me arrependi; tive medo de acabar com o gosto dele por aventura. Uma semana depois ele estava escalando as prateleiras de livros.

Portia o analisava com tanta intensidade que ele quis mudar de posição na cadeira. Em vez disso, bebeu mais vinho. Locke não queria que ela o entendesse, decifrasse, nem soubesse os detalhes de sua criação. Isso não serviria de nada. Da parte dele, Locke pensava que os dois nem precisavam conversar.

– Você não teve medo de subir tão alto? – ela perguntou.

– Eu nem me lembro desse fato.

– Mas se lembra de trepar nas coisas?

– Árvores, muros. Onde quer que eu conseguisse firmar as mãos ou os pés.

– Você ainda faz isso? – Ela pareceu interessada de fato, o que aumentou seu sentimento de culpa, pois estava interessado em apenas uma coisa dela.

– Em uma das minhas viagens escalei uma montanha pequena. Trepar tem sua utilidade. – *Vou trepar em você antes de a noite acabar.* Portia ficou corada, de repente, e ele imaginou se ela tinha lido seus pensamentos. – Quem sabe eu não levo você para escalar, um dia desses?

– Eu gostaria. Eu subia em árvores quando garota. Gostava de me esconder. Eu era um pouco espevitada.

– De quem você se escondia?

Ela deu uma risada leve.

– Ah, você sabe. Brincadeiras. Esconde-esconde, esse tipo de coisa.

Baseado no modo como ela desviou o olhar, Locke não teve certeza de que ela falava de brincadeiras. Mas o que importava? Por que estavam falando disso? Ele não queria saber da infância, ou do passado dela, ou de nada. Ele não queria vê-la como uma garotinha de tranças levantando a saia para subir numa árvore.

O que importava agora era que ela estava em busca de vantagens, e por causa disso, ele tinha começado o dia solteiro e terminara casado – e ainda precisava experimentar de verdade a mercadoria.

Portia voltou a atenção para o pai dele.

– O senhor também trepava em árvores, milorde?

– Linnie estava sentada em uma árvore quando a conheci. Era ela que gostava de escalar. Convenceu-me a subir. Desafiou-me, na verdade. Ela me chamou de covarde. Eu precisava mostrar para ela. Então subi. Do nosso galho assistimos a noite caindo. Foi tão lindo. Com ela, vi aquele espetáculo como nunca tinha visto; reconheci a grandiosidade daquilo. Mas então chegou a hora de voltar para casa. E eu congelei. Eu ficava bem desde que estivesse olhando para cima. Quando olhava para baixo, meu estômago revirava.

– E como você desceu? – Portia perguntou.

– Ela me pegou pela mão. "Mantenha seus olhos nos meus", ela disse. "Não vou deixá-lo cair". Eu tinha 12 anos e ela, 8. Não tirei meus olhos dela. E, mesmo assim, caí, com tudo.

– E se machucou muito?

Ele piscou para Portia, sorrindo com a lembrança feliz.

– Eu caí de *amor* por ela. Então é natural que Locke tivesse esse gosto por subir nas coisas. Ele puxou da mãe.

Locke não sabia disso, nunca tinha ouvido essa história. Ele só sabia que o pai e a mãe se interessaram um pelo outro desde pequenos. Para não entristecer o pai, ele sempre evitou fazer perguntas a respeito da mãe. Talvez também para não entristecer a si próprio, porque não queria saber o que havia perdido por não ter os dois pais presentes em sua vida.

– Você a amou por muito tempo – Portia disse, a voz carregada de um sentimento de espanto.

– Por toda a minha vida. Bem, exceto pelos meus primeiros 12 anos, mas eles quase não contam. Quando a conheci, foi como se minha vida começasse de novo. – Ele deu um tapa na mesa antes de levantar a taça de vinho. – E por falar em recomeçar a vida, estamos aqui para comemorar um casamento. Ao meu filho favorito e à minha nova filha. Que vocês nunca tirem os olhos um do outro.

Portia levantou a taça, mas não olhou para Locke. Ele desconfiou que fosse porque ela não queria que o marido visse as lágrimas que se acumulavam, mas seu perfil mostrava-as brilhando no canto do olho. Era uma revelação. Ela tinha sentimentos, e um coração mole que não queria que ele percebesse.

Entornando o vinho que restava em seu copo, Locke sentiu uma necessidade intensa de dizer para Portia que ele não deixaria que ela caísse. Mas guardou seus pensamentos para si mesmo, porque sabia, por experiência, que esse caminho levava à loucura.

Depois do jantar, enquanto o marquês acompanhava o vigário até sua carruagem, Portia e Locke se retiraram para a biblioteca, onde ele serviu uma taça de vinho do Porto para cada um. Eles se sentaram diante da lareira, em um silêncio constrangedor, sendo o crepitar do fogo que ardia o único som que se podia ouvir. Mas, apesar de todo calor que a lareira gerava, Portia parecia não conseguir se aquecer.

Seu marido – bom Deus, um marido cujos olhos nunca a largavam, como se temesse que a esposa tentasse fugir com a prataria da família. Ele pensava que Portia era uma mercenária, quando ela sabia muito bem que dinheiro não poderia protegê-la tão bem quanto a posição dele na sociedade. Portia pensou que talvez ele a estivesse despindo mentalmente, mas por que se dar a esse trabalho quando podia levá-la para o quarto e arrancar suas roupas com a velocidade que desejasse? Baseada nos beijos ardentes de antes, ela desconfiava que o sexo entre eles seria rápido e violento. E frequente. Portia não conseguia se lembrar de ter conhecido outro homem que parecesse tão viril e capaz – mesmo sem fazer nada além de sentar, beber vinho do Porto e olhar para ela.

– Quanto tempo leva para se despedir de um vigário? – ela perguntou, enfim, encarando as chamas porque era mais fácil do que olhá-lo nos olhos e ver ali o desejo por ela. Saber o quanto ele a queria era um tipo de moeda de troca, se ela pudesse saber como gastá-la sem deixar Locksley furioso.

– Desconfio de que meu pai tenha se esquecido que estamos esperando por ele e se recolhido para dormir.

Ela ousou, então, olhar para ele, para o modo como seus dedos longos se curvavam ao redor do pé da taça, e tentou não pensar em como se curvariam ao redor de seu corpo mais tarde.

– Não seria bom ver como ele está?

– Ele já é adulto.

Inclinando a cabeça, Portia lhe deu um sorriso triste.

– Mas hoje mesmo você pensou que ele era incapaz de escolher uma esposa.

– Existe uma grande diferença entre a pessoa decidir se está na hora de dormir e escolher uma esposa.

Bem, ele tinha razão, precisava admitir. Engolindo em seco, ela se obrigou a sustentar o olhar dele.

– Imagino que vamos consumar nosso casamento esta noite.

Sem tirar os olhos dela, ele baixou um pouco a cabeça.

– Depois que você terminar seu Porto e estiver um pouco mais relaxada.

– Eu estou relaxada.

Ele apenas a observou. Ela não estava relaxada, droga. Mas era imperativo que consumassem o casamento, que ele não pudesse afirmar que ela era uma esposa imprópria, que ele não tivesse qualquer justificativa para anular o matrimônio. Mas Portia não queria que ele percebesse seu desespero, nem que compreendesse sua importância na vida dela.

– Talvez eu deva subir e pedir ajuda para a Sra. Barnaby, para me preparar...

– Eu vou cuidar de todos os preparativos necessários.

– Eu só quis dizer que ela pode me despir...

– Eu vou despir você.

– Pensei em ter alguns momentos sozinha, para me preparar, vestir uma camisola...

– Você não vai precisar de camisola.

– Em algum momento...

– Esta noite, não.

– Você vai me interromper o tempo todo?

Ele lhe deu um sorriso diabólico que continha promessas indecentes.

– Não vejo motivo para atrasar nossa subida até o quarto com palavras que não vão mudar nada. Termine seu vinho.

Portia tomou apenas um gole, não gostava do fato de que ele lhe desse ordens. Ela também tinha suas expectativas, que não incluíam se curvar a cada capricho do marido. Ele podia muito bem esperar até ela estar pronta.

Olhando ao redor, Portia se deteve em um canto distante da sala.

– Foi ali que você se encaixou para escalar até o teto?

Ele não se deu ao trabalho de olhar para trás.

– Pelo que entendi, sim.

Aquela sala possuía um pé-direito inacreditavelmente alto, uma lareira imensa, janelas grandiosas e vários locais para se sentar.

– Entendo por que seu pai ficou aterrorizado. Se caísse, você poderia ter quebrado o pescoço.

– Mas não caí. Você gostaria de outra bebida no lugar do Porto?

Meneando a cabeça, ela tomou mais um gole do vinho doce e encorpado.

– Você não bebeu muito vinho durante o jantar – ele observou.

– Não gosto tanto assim de vinho. Para mim, um pouco é o bastante. Imagino que você beba demais. – Embora ela nunca tivesse ouvido qualquer história a respeito de Locksley bêbado.

– Prefiro manter o controle da minha razão – ele disse.

Sem dúvida porque tinha testemunhado o pai perder o controle da própria sanidade. Mas ela se pegou gostando de Marsden; achava-o cativante. O pai dela tinha sido um homem controlador, rígido. Ela acreditava que Locksley não estaria morando ali se o pai dele fosse igual. Com certeza não teria o impulso de protegê-lo a ponto de se casar com uma mulher que, antes desse dia, nem sabia que existia.

– Quando você era garoto, tinha medo do seu pai? – ela perguntou.

– Quando eu era garoto, não tinha medo de nada. – Ele inclinou a cabeça para trás e para o lado, indicando o canto da parede. – É óbvio.

– E agora, você tem medo de alguma coisa?

– De ficar louco. O que vai acabar acontecendo, se eu demorar muito para levar você para a cama. – Colocando a taça de lado, ele levantou, pairando sobre ela.

O coração de Portia debatia-se contra as costelas. Ela virou o que restava de seu vinho e imaginou, nervosa, se deveria pedir outro. Ele estendeu a mão para ela. Uma mão imensa. Nada nela parecia suave. Portia viu calos e evidências de cortes, pequenas cicatrizes aqui e ali. Imaginou o que ele fazia para ter mãos que pareciam mais as de um trabalhador do que de um cavalheiro. Sem dúvida eram lembranças de suas aventuras.

Antes que ela pudesse decidir se devia, de fato, pedir que ele servisse sua taça, ele a tirou de sua mão e a colocou na mesinha ao lado da poltrona. Debruçando-se, ele envolveu os dois cotovelos dela com as mãos e a colocou de pé.

– Para uma mulher que falou tão à vontade sobre sexo esta tarde, você parece bem nervosa.

– Nós mal nos conhecemos. Não sei muito bem o que esperar de você.

– Você vai agradecer por estar na minha cama e por estarmos longe do quarto do meu pai, pois assim ele não poderá ouvir seus gritos de prazer.

– Seu maldito arrog...

A boca de Locksley desceu sobre a dela enquanto ele a puxava para si. O tecido não servia de barreira contra o calor que emanava do corpo dele para o dela, como se o visconde já estivesse começando a possuí-la, como se cada aspecto dele fosse penetrá-la antes que a noite terminasse.

Durante sua curta vida, Portia havia passado por raros momentos de puro terror. Esse foi um deles. Nos últimos meses, ela havia aprendido a separar a mente do corpo, a sabedoria de não se importar, a deixar as emoções de lado, a se manter à parte da realidade do que estava de fato acontecendo. Esse era o motivo pelo qual ela sabia que podia ficar debaixo de um homem trinta anos mais velho sem sentir nojo, sem lágrimas, sem arrependimentos.

Mas Locksley derrubava suas barreiras como se Portia as tivesse construído com gravetos. Ele não se contentava em apenas tomá-la. Ele queria possuí-la. Portia sentia isso na pulsação do pescoço dele, onde ela tinha colocado os dedos, na vibração de seu peito, enquanto ele grunhia e aprofundava tanto o beijo que Portia sentiu como se o marido estivesse tentando extrair a sua alma.

Ela não era ignorante quanto aos modos dos homens, mas Locksley parecia desafiar tudo o que ela sabia e compreendia. Nunca conheceu um homem com um apetite tão poderoso, que desse a impressão de que a paixão que crescia entre eles consumiria não apenas ela, mas também ele, que parecia ansiar por isso.

Ele pôs as mãos uma de cada lado da cabeça dela, inclinando-a um pouco, para se posicionar melhor para o ataque. Mas, apesar de toda a voracidade, Portia não sentiu, nem por um instante, que não pudesse recuar, que não fosse possível interrompê-lo, se ela quisesse.

Mas ela não queria recuar. E era isso que a aterrorizava. Que, de algum modo, Locksley conseguisse avivar a sensualidade dentro dela, que ele a fizesse reaquecer todos os sonhos que tinha quando era jovem e inocente. Que a fizesse acreditar que, talvez, ainda fossem possíveis, que ainda existissem.

Desgrudando a boca de Portia, com a respiração pesada, ele a encarou.

– É isso que eu quero. O fogo e o vigor. Não o ratinho assustado. Eu quero a leoa na minha cama.

Uma leoa? Se ele soubesse a verdade sobre Montie... Ele a pegou nos braços como se Portia não pesasse mais do que uma nuvem no céu. Até então, ela nunca havia sido carregada por um homem. Não quis admitir como aquilo a fez se sentir segura e protegida, enquanto Locksley saía da biblioteca, determinado. Mas se ela tinha aprendido algo nesse dia, era que ele fazia tudo com determinação.

Portia sabia, sem qualquer dúvida, que estava a ponto de se tornar, de verdade, a mulher dele. Não existiria volta depois que ele a possuísse.

Enquanto subia a escada, dois degraus de cada vez, um sentimento de culpa assaltou a consciência dela. Portia sentiu que deveria confessar tudo, antes que fosse tarde demais. O casamento poderia ser anulado. Ela poderia ir embora, humilhada e envergonhada, e encontrar um modo de sobreviver, de proteger tudo o que precisava de proteção. Como se, de repente, uma resposta milagrosa fosse se revelar, quando até então não tinha aparecido.

Eles passaram pela porta fechada do quarto do marquês. Os passos dele encurtaram rapidamente a distância até o quarto do canto direito, na extremidade do corredor.

Locksley a desejava. Portia podia sentir isso na tensão que irradiava dele. Podia dar tudo o que ele queria, tudo o que ele desejava. Ele podia pedir qualquer coisa, que ela não recusaria. Ele podia exigir o que quisesse, que Portia não lhe negaria. Ela faria com que Locksley se sentisse grato por tê-la. Garantiria que ele não iria se arrepender.

Quanto ao arrependimento dela própria... Portia encontraria forças para ignorá-lo ou viver com ele. Ela estava perto demais de ter o que desejava – o que necessitava para sobreviver – para deixar que a culpa vencesse sua sensatez. Passar fome ou banquetear. Frio ou calor. Morte ou vida.

Ele abriu a porta, entrou e a fechou com um chute. Ela imaginou que seria jogada na cama, que suas saias seriam levantadas até a cabeça, e que com uma estocada vigorosa ele tomaria aquilo que a lei agora lhe dava o direito de possuir.

Em vez disso, ele a colocou de pé, vagarosa e delicadamente, no centro do quarto. A cama jazia atrás dele, ameaçadora, mas, de repente, ele pareceu não ter mais tanta pressa, como se a loucura que o tinha impelido até ali, com tanto anseio, tivesse sido domada, controlada. Mas o calor que Portia viu nos olhos dele disse-lhe que essa loucura, perigosa, pairava por perto, que havia algo de primitivo nele que, uma vez libertado, poderia destruí-la.

Ela deveria ter ficado amedrontada, aterrorizada, até. Ainda assim, Portia não conseguiu sentir nada além de admiração, de uma necessidade de levá-lo para a cama e lhe dizer para fazer o que quisesse com ela. Locksley não a estava tocando, e mesmo assim tremores desciam em cascata por seu corpo. Suas terminações nervosas fervilhavam, e sua pele parecia ansiar pelo toque dele. Fazia tanto tempo que ela não ansiava pelo toque de um homem.

Desde que perdeu a inocência. Desde que conheceu o que era traição.

Sem pressa, acompanhando o decote do vestido, ele deslizou com suavidade a ponta de um dedo de um ombro ao outro, passando pela elevação de um seio, depois o seguinte, antes de subir até o ombro oposto, mal tocando o tecido, marcando a pele dela com um calor que destruía seu plano de permanecer indiferente. Os olhos dele nunca abandonaram os dela, e Portia receou que fosse possível ler a confusão e o desalento em seu olhar.

Portia devia ter imaginado que aquele homem não se contentaria com frieza na cama.

O dedo dele percorreu o mesmo caminho de volta, até o começo da trilha que tinha mapeado como um explorador.

Ele desceu por toda a extensão dos braços dela, até a ponta dos dedos, antes de voltar a subir.

– Eu gosto dos seus braços nus – ele disse, a voz baixa, gutural, grave. – No futuro, não use luvas.

Após o jantar, Portia não as tinha recolocado. Por mais que quisesse, não conseguia se arrepender disso naquele momento.

– Seria indecoroso.

Um canto da boca dele se levantou, e seus olhos escureceram.

– Antes de esta noite acabar, você vai perceber que eu gosto de muitas coisas indecorosas. Vire-se.

Portia tinha dito que ele poderia possuí-la por trás. Agora não podia repreendê-lo por querer exatamente isso. Erguendo o queixo, invocando sua determinação férrea, ela se virou e só então ousou fechar os olhos, esperando o ataque.

– Você ficou tensa de novo – ele disse.

– Já disse que não o conheço bem o suficiente para saber o que esperar.

– E eu já disse para esperar prazer.

– Você está demorando um bocado para começar.

A boca quente de Locksley pousou no local em que o ombro dela encontra o pescoço.

– Nós temos a noite toda, Lady Locksley. – Ele subiu, dando leves mordiscadas até chegar à orelha. – Eu quero você quente, molhada, implorando para que a possua.

Um arrepio de expectativa deslizou pela coluna dela.

– Talvez seja você quem vai implorar, milorde.

Com a língua, ele delineou a orelha da esposa.

– Estou contando com isso.

Ela virou a cabeça, de repente, seu olhar encontrando o dele.

– Você quer que eu o faça implorar?

– Eu quero que você tente. – Ele sorriu e deu um beijo na têmpora dela. – Mas ainda não. Não até eu ter o prazer de tirar suas roupas.

E os grampos do cabelo, aparentemente, porque ele enfiou os dedos na cabeleira dela, removendo um grampo após o outro e os jogando no chão sem qualquer cuidado. Olhando para frente, encarando o fogo fraco que ardia na lareira, ela tentou entender aquele homem. Ele a queria. Não havia dúvida disso, mas ainda assim adiava o sofrimento com uma doçura que ela ainda não tinha experimentado.

Quando o cabelo de Portia desmoronou, ele grunhiu com satisfação, recolhendo um punhado em suas mãos.

– Passei o dia todo desejando fazer isso. E eu queria tocá-lo. Tão grosso e sedoso.

– Está rebelde.

– Eu gosto de rebeldia.

– Até na esposa?

– Não sei responder isso, pois faz poucas horas que tenho uma. Mas gosto de amantes rebeldes.

Portia odiou a fagulha de ciúme que a agitou, reconheceu a ironia de sua reação. Ela mesma não era exatamente uma virgem.

– Quantas amantes você já teve?

Ele arrumou lentamente o cabelo dela sobre um ombro e beijou sua nuca.

– O bastante para saber como lhe dar prazer.

Ela fechou os olhos. Parecia que a ideia que ele tinha de prazer envolvia um bocado de tortura. Os lábios viajaram pelo ombro dela, e então, com os dedos, traçou a pele onde esta encontrava o tecido. Como um toque tão leve podia afetá-la tanto, ondular pelo corpo até alcançar o cerne de sua feminilidade? Quando respondeu ao anúncio, Portia estava esperando sexo sem paixão. Não estava preparada para todas as sensações que ele trazia à vida sem precisar se esforçar.

Ela sentiu um puxão nos fechos do vestido, e ficou muito consciente de que ele os estava abrindo por completo, e assim o tecido começou a se soltar e abrir. O vestido era pesado e começou a deslizar de seus ombros.

Ela levou as mãos ao corpete para mantê-lo no lugar. Por que ele não tinha diminuído as luzes?

Percebendo que ele passava por ela, Portia abriu os olhos e o viu parado à sua frente.

– Baixe os braços – ele disse em voz baixa. Não era bem uma ordem, mas ainda assim ela pensou que ele não aceitaria qualquer desobediência. Ela queria um casamento amigável, sem confronto de temperamentos, sem agressões.

Fechando os punhos, ela os baixou aos lados do corpo. Com apenas um dedo de cada mão, ele empurrou os ombros do vestido até que a peça caísse do corpo dela. Os olhos dele baixaram até o volume dos seios, e ela percebeu o calor ali, embora ainda estivesse coberta pelo espartilho e pela *chemise*. Mais uma vez, Locksley deslizou o maldito dedo pela linha onde a pele encontrava o tecido. Portia queria empurrar os seios contra as palmas dele, queria um toque firme, completo, não aquela provocação irritante que incendiava cada uma de suas terminações nervosas.

– Vire-se – ele ordenou, e ela sentiu uma satisfação perversa no fato de a voz dele parecer estrangulada. Pelo menos ele não estava indiferente. Quando chegasse a vez de Portia tirar as roupas dele, ela também o faria lentamente, insistiria nisso. Ele também sofreria.

Agora que estava olhando para a cama, contudo, ela não sabia se conseguiria ir tão devagar. O corpo dela ansiava por carícias decididas, pela firmeza do corpo dele pressionando sua pele macia.

Uma série de puxões enquanto ele soltava os fechos do espartilho. Então este também caiu, deixando-a apenas com o tecido fino da *chemise*. De novo, ele se colocou na frente dela, os olhos ficando mais profundos.

– Eu julguei mal o tamanho dos seus seios – ele disse. – São menores do que eu pensava.

– Decepcionado?

Ele meneou lentamente a cabeça.

– Não.

Ele segurou o seio dela, e Portia não conseguiu segurar o gemido, quase desabando no chão, quase pegando a mão livre dele para pressioná-la contra o outro seio. Era tão boa a sensação do toque firme daquela palma grande, dos dedos massageando-a como se testassem a extensão do que ela tinha para oferecer. Ela quis gritar para que ele arrancasse tudo, que a levasse para cama e a possuísse.

Dessa vez, quando começou a deslizar o dedo pela linha do decote, passou-o por baixo do tecido, afastando-o, aproximando-se da elevação, e ela percebeu que a ponta do dedo iria roçar o mamilo...

Um grito horrendo, quase um rugido selvagem, assustou-a e fez com que ele praguejasse baixo antes de se dirigir à janela e puxar a cortina de lado.

– O que foi isso? – ela perguntou.

– Espere aqui. – Ele seguiu para a porta.

Como se ela pudesse ir a algum lugar em seu estado de seminudez.

– O que houve?

Mas ele saiu pela porta, fechando-a atrás de si.

Ela correu até a janela, abrindo mais a cortina pesada, e olhou para fora. Uma lua quase cheia cobria a paisagem de azul, fornecendo luz suficiente para que ela pudesse ver, à distância, uma figura sombria correndo pelo pântano. Então ela enxergou outra figura. Essa ela conseguiu reconhecer. Era seu marido que saía correndo da casa para ir atrás, obviamente, da pessoa que ela já não conseguia enxergar.

Teria sido o pai dele lá fora? Só podia ser. Portia não conseguia imaginar Locksley correndo atrás de qualquer outra pessoa. O que o marquês estaria fazendo lá fora, e o que tinha gritado?

Embora tivesse ouvido boatos, ela não tinha acreditado que o Marquês de Marsden era louco de verdade – afinal, não estava trancado num asilo. Talvez ela tivesse se enganado.

Capítulo 6

Locke não entendia por que ainda se preocupava em correr. Ele sabia exatamente onde encontraria seu pai, onde sempre acabava por encontrá-lo. No túmulo da Marquesa de Marsden.

Até aquela noite, ele nunca tinha entendido por que o pai insistira em enterrar a mãe perto de uma árvore na propriedade da família, em vez de sepultá-la no cemitério ao lado da igreja da vila, onde todos os seus ancestrais descansavam. Mas após ouvir aquela história no jantar, Locke se perguntou se aquela era a árvore em que seu pai conheceu a garota que mais tarde se tornaria o amor de sua vida.

Quando viu o pai se aproximando do túmulo, Locke soube que o velho ficaria ali, que não planejava vagar pelo pântano, então diminuiu o passo, aproximando-se lentamente. A lua estava tão brilhante que ele nem tinha se preocupado em levar um lampião. Locke se esforçava para não ficar irritado com a interrupção. Com certeza ele não quis abandonar sua noiva, cuja curiosidade, imaginava, tinha feito com que ela espiasse pela janela para ver pai e filho em disparada pelo pântano, correndo como se tivessem os cães do inferno nos calcanhares.

A essa altura, sem dúvida Portia começava a se dar conta do destino do qual ele a tinha salvado. Mas Locke ainda se esforçava para compreender sua própria decisão súbita de se casar com ela. Para proteger seu pai, sim, mas ele poderia ter feito isso pagando a ela a quantia exorbitante que o contrato estipulava. Talvez se as minas estivessem rendendo bem, se ele não tivesse melhor uso para o dinheiro...

Não, mesmo assim ele hesitaria muito antes de entregar uma pequena fortuna a uma mulher ardilosa que não tinha feito nada além de responder ao anúncio de um louco. Sem dúvida ela imaginava que seria paga para desaparecer, embora talvez, na verdade, tivesse conseguido exatamente o que buscava. Era difícil dizer. O que Locke sabia era que tinha deixado Portia em chamas, como lenha para a lareira.

Locke sentia a tensão crescendo toda vez que sua pele tocava a dela. Não importava que não fosse nada mais do que a ponta do dedo. Portia reagia como se ele tivesse deitado todo seu corpo nu sobre ela. Locke mal podia esperar o momento de fazer isso.

Ele queria ir devagar, para saborear o momento, mas, diabos, mais de uma vez chegou perto de rasgar as roupas dela e arrancar as dele próprio. Ele a queria deitada naquela cama, olhando nos seus olhos enquanto a possuía. Com um grunhido, afastou os pensamentos. Mais tarde haveria tempo para tudo isso. Nesse momento, precisava lidar com o pai.

Ao se aproximar do homem deitado sobre o túmulo, Locke pôde ouvir os soluços, as súplicas. Como se a falecida tivesse o poder de arrancá-lo deste mundo e levá-lo para o dela.

Locke não acreditava que o pai corresse um risco real ali fora. De vez em quando aparecia uma serpente ou raposa, mas as criaturas eram mais temerosas do que agressivas. Uma vez, quando garoto, Locke viu um lobo, mas ninguém acreditou nele, pois lobos não costumavam andar por aqueles lados. Durante algum tempo, ele receou estar louco como o pai, vendo criaturas que não existiam. Mas se fosse o caso, ele certamente teria imaginado mais coisas. Aquela criatura linda o tinha encantado.

Assim, ele não receava que seu pai fosse atacado por algum animal selvagem. Mas estava velho, era frágil, e uma noite passada no pântano não lhe faria bem.

Locke parou, à espera de que os soluços diminuíssem, mas os lamentos continuaram.

– Por que você não vem me buscar, Linnie? O garoto está casado. Não vai ficar sozinho.

Então o que gerou toda a encenação daquele dia foi mais do que a necessidade de um herdeiro.

– Estou pronto. Venha me buscar.

Apertando os dentes, Locke tentou não ouvir o desespero na voz do pai. Enfim, quando já não aguentava mais ouvir as súplicas do pai, ele ajoelhou e pôs a mão no ombro do marquês.

– Pai, está na hora de voltarmos para dentro de casa.

– Por que ela não vem? Você já está casado. Meu trabalho está feito.

Então ele tinha acertado quanto ao espetáculo do dia. Tudo aquilo fora planejado como meio de garantir uma esposa para Locke.

– Eu só quero ficar com ela de novo – o pai disse.

– A névoa está aumentando. O frio vai gelar você por dentro. Vai acabar morrendo. Precisamos voltar.

– Não posso. – Ele soltou outro soluço, que soou como se tivesse sido arrancado do peito. – Não posso abandonar sua mãe de novo. Ela virá me buscar se eu ficar aqui.

Não, pai, ela não virá.

– Nós precisamos voltar para dentro – Locke insistiu.

– Deixe-me aqui. Pelo amor de Deus, deixe-me aqui dessa vez.

– Não posso.

– *Eu* não posso deixá-la, não de novo. Não me obrigue.

Quantas vezes eles tiveram essa conversa? Quantas vezes Locke o seguiu até ali? Quantas vezes ele esperou até a névoa lhes encharcar as roupas e gelar os ossos? Mas o pai estava fraco demais para enfrentar os rigores da noite. Com resignação, Locke pegou o pai nos braços. Ignorando seus protestos débeis, ele se ergueu e começou o caminho de volta para casa.

Normalmente, depois que o pai se recolhia, Locke trancava a porta do quarto em que o marquês dormia. Nessa noite, contudo, sua cabeça estava em Portia, em buscar refúgio no calor do corpo dela. Ele tinha negligenciado a rapidez com que a mente de seu pai perdia contato com a realidade.

O pai não lhe opôs resistência. Os soluços diminuíram, sumindo por completo quando eles chegaram à casa. Locke passou por vários corredores e subiu a escada. Entrando na suíte do marquês, ele colocou o pai na cama.

– Vamos tirar essas roupas molhadas e sujas de você. – Enquanto Locke removia as roupas do pai, este mal reagia; apenas olhava para a janela.

– Eu sinto saudade dela, Locke. Imensamente.

– Eu sei.

– Você não pode saber. Nunca amou uma mulher. Você não consegue compreender como ela pode se tornar parte de sua alma, parte do seu ser. E quando ela se vai, deixa um vazio, um vácuo que ninguém, nada, pode preencher.

Locke ficou feliz por nunca ter amado, por não dar esse poder a nenhuma pessoa.

Após deixar o pai de ceroulas, pegou a camisola, passou-a pela cabeça dele, e começou a vestir as mangas nos braços finos.

– Eu errei ao obrigá-lo a se casar? – o marquês perguntou.

– Você não me obrigou. Nós poderíamos ter pagado a multa do contrato. Ou eu poderia ter deixado que ela se casasse com você.

– Você gosta dela, então?

– Acho que ela vai ser uma distração interessante, e com certeza é bem atraente.

– Talvez consiga amá-la – o pai murmurou, absorto.

– Não – o filho lhe garantiu, sem demora. – Casei com Portia porque sei que é o tipo de mulher que eu nunca conseguiria amar.

– Como deduziu isso no pouco tempo que esteve com ela?

– Ela é uma caçadora de títulos.

– Acho que aí é que você se engana. Sem dúvida ela está caçando algo, mas duvido muito que seja um título.

Locke não gostou da incerteza que o percorreu. Ele a tinha avaliado com precisão. Estava certo disso.

– Não importa mais. Está feito.

Enfim, depois que o pai estava vestido, ele levantou as cobertas.

– Para dentro – Locke disse.

– Tranque a porta.

– Pode deixar.

– Mas abra a janela. Talvez sua mãe venha me visitar mais tarde.

Ninguém o visitaria, mas ainda assim Locke foi até a janela, virou o trinco e a abriu. A abertura era pequena demais para que seu pai passasse por ali – e, mesmo que conseguisse, a altura em relação ao solo seria um impedimento. Embora o marquês pudesse rezar para morrer, não era do feitio dele tirar a própria vida.

Voltando à cama, Locke ajeitou as cobertas ao redor do pai antes de diminuir a chama no lampião.

– Boa noite, pai.

Ele se virou para a porta e parou de repente, ao ver Portia junto ao batente. Locke imaginou há quanto tempo ela estava ali e o que teria ouvido. Não que importasse. Ele tinha sido sincero com ela em relação aos seus motivos para se casar. Ela seria tola se tivesse alguma ilusão.

– Olá, minha querida – o pai disse.

– Eu queria ter certeza de que você está bem. – O olhar dela voou de Locke para Marsden, e assim ele não soube com quem ela estava preocupada. Portia tinha vestido a camisola. Sem o vestido e as anáguas, dava para ver que ela era um pouco mais magra do que ele tinha imaginado, parecia um pouco mais vulnerável. Ele afastou esse pensamento. Não havia nada de vulnerável na mulher que o tinha enfrentado naquela tarde.

– Estou bem, querida, apenas cansado. – O pai fez um gesto com a mão. – Pode ir, Locke. Vá ficar com sua noiva. Eu vou esperar por sua mãe.

Ele fechou os olhos, suspirou e meneou a cabeça. Quando os abriu, não gostou de ver a expressão de Portia demonstrando piedade.

– Durma bem, milorde – ela disse antes de seguir para o corredor.

Após sair, Locke fechou a porta e trancou a chave.

– É seguro trancá-lo aí dentro? – ela perguntou.

– Mais seguro do que não trancá-lo. Gilbert virá destrancar antes de o sol nascer. – Ele ficou surpreso com a preocupação nos olhos dela. Se tivessem lhe perguntado, ele teria respondido que Portia não se importava com ninguém, a não ser ela mesma, mas ela de fato parecia preocupada com seu pai. – Ele vai ficar bem. É melhor isso do que deixá-lo vagando pelo pântano. Se ele não tivesse gritado, talvez não soubéssemos de nada até de manhã, e quem sabe em que estado ele estaria a essa altura?

– Então ele costuma sair com frequência?

Locke inclinou a cabeça.

– Geralmente consigo pegá-lo antes que ele saia da casa. Esta noite eu tinha outras preocupações.

Um candeeiro no corredor fornecia luz suficiente para que ele pudesse vê-la corar. Ela endireitou a coluna e levantou o queixo.

– Acredito que devamos retomar de onde paramos.

Locke imaginou se era possível que uma mulher manifestasse menos entusiasmo com a ideia de fazer sexo. Talvez ele estivesse indo devagar demais para o gosto dela. Depois que a livrasse das roupas, ela teria muita satisfação de ficar com ele. Mas primeiro...

– Depois de sair correndo atrás do meu pai, vou precisar de um banho antes de me deitar com você.

Ele pensou ter visto alívio no rosto dela, até que Portia soltou um suspiro.

– Oh, um banho seria ótimo.

Ele praguejou contra si mesmo por não pensar que, depois da viagem, ela poderia ter preferido algo além de apenas trocar de roupa.

– Eu geralmente tomo banho em um quarto ao lado da cozinha. Mas posso trazer a banheira aqui para cima...

– Não é necessário. Para mim está ótimo usar o lugar que for mais conveniente.

Ele esperava que ela fosse mais exigente, que insistisse mais em ser mimada. Locke não gostava desses aspectos inesperados dela que ele estava descobrindo. Queria que Portia fosse exatamente o tipo de mulher que ele tinha preconcebido: o que põe seus próprios desejos e necessidades em primeiro lugar.

– Precisarei de um tempo para esquentar a água. Quando o banho estiver pronto, venho chamá-la, tudo bem?

– Você mesmo vai preparar o banho?

– Não vou acordar nossos criados idosos a esta hora da noite. – Verdade seja dita, era ele quem sempre preparava o próprio banho e cuidava da maioria das próprias necessidades.

– Então não quero que você tenha todo esse trabalho por mim.

– Não é trabalho. Vou preparar só um banho. Que nós vamos tomar juntos.

E lá veio o rubor de novo, só que dessa vez num tom mais avermelhado. Não era muito cavalheiresco da parte dele se divertir fazendo-a corar, mas era o que estava acontecendo. Isso o fazia querer sorrir, e há muito tempo ele não abria um sorriso completo, sincero. Há muito tempo não tinha alegria de verdade em sua vida. Desde que os pupilos de seu pai tinham chegado à maioridade e voltado para suas propriedades ancestrais.

Ah, era ótimo quando ele os encontrava em Londres ou quando viajavam juntos, mas alegria ali – em sua propriedade e residência – era quase inexistente. Ele estava conformado desse modo. Era como as coisas deviam ser. Mas, de repente, ele sentiu a fagulha de algo que não conseguiu identificar muito bem, percebeu que poderia desfrutar de momentos alegres com ela também fora do quarto, além dos momentos prazerosos que teria na cama.

O olhar dela passeou por seu corpo, que reagiu contraindo todos os músculos. Quando ela enfim o tocou, ele estava pronto para explodir.

– Levando em conta que você é imenso – ela disse –, não vejo como nós dois podemos caber, juntos, numa banheira.

– A banheira é bem grande. – Era um dos poucos luxos que ele tinha se permitido. Feita especialmente, para que ele pudesse se esticar dentro dela. Embora fosse necessário esquentar vários caldeirões de água para enchê-la, isso não o incomodava. Ele apreciava um bom banho relaxante. E iria apreciar ainda mais com Portia junto dele. Ela aquiesceu.

– Precisarei prender o cabelo.

– Como eu disse, vai demorar até o banho estar pronto. Eu venho chamá-la.

– Estarei à espera. – Os lábios dela se ergueram no menor dos sorrisos.

Ela deu meia-volta e se encaminhou para o quarto dele... deles. Um sentimento de culpa pesou na consciência de Locke, deixando-o incomodado.

– Portia?

Ela se virou para ele.

Engolindo em seco, ele pigarreou.

– Não sei há quanto tempo você estava parada ali, e o quanto pode ter ouvido...

– Não tenho ilusões com relação à sua opinião sobre mim, milorde, ou o que deseja de minha pessoa. Para ser bem honesta, esperava que fosse apenas levantar minhas saias e fazer comigo o que bem quisesse. Estou bastante aliviada por descobrir que está disposto a me conceder alguma consideração.

– Você casou comigo pensando que eu a possuiria a força?

– Eu casei com você sabendo que as mulheres têm muito pouco a dizer sobre como são tratadas.

Ele não iria fazer perguntas sobre o casamento anterior dela. Portia tinha dito que amava o marido. Com certeza ele não a tinha maltratado.

– Eu lhe disse que você teria prazer na minha cama.

– Os homens com frequência mentem, Lorde Locksley. Ou superestimam sua capacidade de... satisfazer.

Com uma opinião tão baixa dos homens, por que diabos ela estava ali?

– E mesmo assim você quis se casar de novo?

– Como já mencionei, eu quero segurança. – Aquele sorrisinho de novo, como se risse de uma piada que só ela conhecia. – Os homens têm a tendência de não escutar quando as mulheres falam. Vou estar à sua espera.

Quando ela começou a se afastar dessa vez, Locke não a deteve. Ele não se sentiria culpado porque Portia tinha plena consciência de que, para ele, aquele arranjo não tinha nada além de físico. Considerando o pouco que gostavam um do outro, ele poderia muito bem dispensar o banho, mas Locke queria que o sexo fosse demorado e satisfatório – e ele a queria mais do que uma vez antes de a noite terminar.

Virando-se, ele foi em direção à escada. Ele tinha oferecido trazer uma garota da vila para seu pai, e podia até ter pensado em arrumar uma para si, mas a verdade era que ele não tinha o hábito de se aproveitar das mulheres da região – nem mesmo das que estavam dispostas. Sua obrigação era cuidar do bem-estar delas; não podia tirar vantagem de seu *status*.

Ele buscava seus prazeres em Londres, e fazia tempo que não ia para lá. Então, Locke estava ansioso para ficar íntimo de sua jovem noiva, principalmente porque ela sabia muito bem o que fazer com o corpo de um homem. Seu pai tinha refletido bem a esse respeito; nada de uma mulher assustadiça, mas uma que parecesse capaz de lhe ensinar uma ou duas coisas.

Embora ele ainda não tivesse entendido como faria para possuí-la de cabeça para baixo.

Na cozinha, ele colocou três caldeirões de água para esquentar no fogão, depois foi até o aposento que, muito tempo atrás, tinha sido designado como a sala de banhos. Ele colocou água fria até metade da banheira de cobre. Quando a água no fogão começasse a ferver, ele a despejaria ali. Locke gostava do banho quente, fumegante. Ele se perguntou se dessa forma estaria bom para sua esposa.

Sua esposa.

Soltando uma gargalhada, ele se perguntou como esse termo acabou sendo associado a ele. Curvando-se, ele abriu bem os braços, apoiando-se nas laterais da banheira, e gargalhou de novo. Normalmente, não tomava decisões precipitadas, e com toda certeza não tinha acordado naquela manhã pretendendo estar casado ao fim do dia.

Ainda assim, aconteceu. O que diabos ele estava pensando? Locke não podia negar que ela era uma moça atraente, e a ideia de tê-la em sua cama não lhe era repulsiva. Mas tomá-la como esposa quando não sabia nada a seu respeito, exceto que nunca poderia amá-la?

Ele deveria ter lhe pagado a multa contratual. Com algum esforço, ele teria conseguido convencê-la a diminuir o valor. Que o diabo o carregasse. Locke pensou que nunca tinha conhecido uma mulher tão audaciosa e firme quanto ela. Ele apostaria as minas de estanho que Portia não tinha chegado pensando que se casaria de fato, mas que apenas esperava ir embora com uma bela quantia na bolsa.

Ele queria vencê-la, superar sua arrogância e sua capacidade de olhar para ele como se soubesse o quanto Locke queria possuí-la. Que tolo era.

Então por que simplesmente não levantou sua saia e a possuiu? Porque Locke a queria molhada e faminta por ele, da mesma forma que ele estava duro e desesperado por ela. Talvez não houvesse nada além de físico entre os dois, mas, por Deus, Locke extrairia o máximo da situação. Ele iria atormentá-la, torturá-la. Iria fazer com que Portia implorasse para ser possuída.

Sua gargalhada, profunda e desagradável, ecoou ao seu redor. Ele poderia ter tudo isso sem se casar com ela. Portia não era imune a ele. Os poucos momentos em que ficaram juntos no terraço provaram isso. Ele poderia tê-la convencido a ir embora com alguns trocados.

Só que Locke não quis que ela fosse embora.

Essa era a verdade que ele não conseguia explicar, da mesma forma que não sabia dizer como tinha encontrado veios de estanho na terra.

Meneando a cabeça, ele se endireitou. Acabou se casando anos antes do que tinha planejado, com uma mulher que não tinha o menor interesse em conhecer.

Isso não era verdade. Ele queria conhecê-la. Conhecer seus seios, suas costas, o paraíso entre suas coxas. Queria se acostumar com os gritos de prazer dela, com as mãos de Portia acariciando-o, com a intimidade dela apertando-o.

Mas, primeiro, o banho.

Ele despejou um dos caldeirões de água fervente na banheira. A água atingiu uma temperatura agradável. Ele reservaria os outros até descobrir o quão quente ela gostava do banho. O que era gentil da parte dele.

Quando se preparava para sair da sala de banho e ir buscá-la, Locke deteve-se e olhou para o ambiente espartano. Um banco de madeira que ele usava para calçar as botas, alguns ganchos na parede onde pendurava as roupas. Não era o mais romântico dos lugares. Eles não podiam consumar sua relação ali, mas podiam, certamente, revelar-se um para o outro e provocar-se...

Maldição. Ele deixaria que ela tomasse banho sozinha. Cortejar uma mulher ao lado da cozinha não era cortejar de verdade. Não que ela precisasse disso. Portia já era sua esposa, mas ele sabia muito bem que a primeira vez que ficassem juntos daria o tom do casamento. Ele queria noites agradáveis, prazerosas, quentes, com sua mercenariazinha.

Mas quando chegou ao quarto, encontrou-a encolhida, adormecida, sobre as cobertas, como se só quisesse relaxar um pouco enquanto o esperava. Uma mão descansando debaixo do rosto, a outra encostada na barriga, como se protegendo o lugar em que o filho dele iria crescer. O bebê que deixaria seu pai feliz. Seu herdeiro.

O peso disso tudo pousou, intenso, em seu peito. Ele tinha planejado se casar, providenciar um herdeiro. Só que não tão cedo. Mas Locke não podia culpar o pai por forçá-lo. Ashe e Grey já tinham seus herdeiros. Estava na hora de ele também ter o seu.

O mais silenciosamente possível, ele se aproximou da cama e observou a esposa. Dormindo, ela parecia mais nova, mais inocente, mas uma mulher com aquela língua afiada não podia ser tão inocente. Pela primeira vez, ele imaginou como o casamento anterior dela tinha sido, como o marido dela a tinha tratado. Portia o amou.

Portia nunca amaria Locke.

Ele não estava preparado para a pontada que aquele pensamento provocou. Locke não precisava de amor, não o queria, e com toda certeza não o daria. Uma irritação por estar curioso a respeito dela o tomou. Locke não tinha nenhum interesse na esposa, a não ser no conforto que forneceria a seu corpo e no herdeiro que lhe daria. Um herdeiro e um sobressalente.

Apareceu-lhe a imagem de uma garotinha ruiva olhando para ele com olhos de uísque. Locke não queria uma filha. Não queria sentir nada. Ele não queria nada que desafiasse sua sanidade. Era melhor não amar, perder-se no trabalho, na administração das propriedades, em cuidar de seus deveres. E estes exigiam que ele plantasse sua semente nessa mulher. Ele o faria do modo menos emotivo possível. Cuidaria para que Portia nunca tivesse qualquer dúvida com relação ao caráter estritamente comercial do relacionamento deles. Ele a usaria do mesmo modo que ela tinha planejado usar seu pai. Para conseguir aquilo que necessitava. Além disso, Portia podia ir para o inferno.

Ela também podia tomar banho pela manhã. Tinha ficado tarde. Não fazia sentido acordá-la. Ele não queria uma parceira letárgica.

Debruçando-se sobre a cama, Locke pegou os cobertores e os dobrou sobre ela. Segurando a respiração, ele a observou se remexer, acomodando-se debaixo das cobertas, e se esforçou para não imaginá-la se remexendo e se acomodando debaixo dele.

Dando meia-volta, ele saiu na direção da sala de banho, com esperança de que a água tivesse esfriado, porque nesse momento ele precisava desesperadamente de um banho gelado para apagar seu desejo.

Capítulo 7

Portia não conseguia se lembrar da última vez que tinha dormido tão profundamente. Sentir-se assim tão descansada quase bastava para fazer com que acreditasse estar em segurança. Com um gemido baixo, alongando-se com certa preguiça, ela abriu os olhos devagar, observando o quarto imerso numa luz fraca, viu o marido no lavatório, onde passava com cuidado uma navalha pelo pescoço, e chegando até o queixo.

Ele vestia apenas calças. Portia sentiu a boca secar enquanto admirava os ombros largos e as costas musculosas. Ela tinha visto e sentido que ele não passava seus dias à toa, mas ainda assim, a perfeição daquele físico bronzeado era um tanto perturbadora. Nenhum grama em excesso o estragava. Ele era todo músculos trabalhados, tendões esticados e força. Ela ficou hipnotizada, observando o movimento dos músculos enquanto Locksley se barbeava.

— Estou vendo que você acordou. — A voz profunda dele cortou o silêncio.

O olhar dela encontrou o do marido, refletido no espelho oval pendurado acima do lavatório, e ela se perguntou há quanto tempo ele a estaria observando. Portia sentiu o rosto esquentar.

— Você não me acordou para o banho.

— Seria muita crueldade. — Ele inclinou a cabeça para trás e começou a barbear o outro lado. — Você parecia ter encerrado o dia. Um banho estará pronto para você assim que quiser. A Sra. Barnaby não vai demorar para esquentar a água.

Inspirando fundo, ela tentou recuperar o equilíbrio.

– Imagino que você vá voltar para a cama. – Ela se sentiu grata por suas palavras saírem com força e vigor, sem dar qualquer indício de que ela tremia com a ideia de vê-lo tirar as calças e subir nela.

Um canto da boca de Locksley se ergueu, mas seu olhar não deixou o dela.

– O sol já nasceu. Perdi minha chance.

Mesmo sabendo que o quarto não estava iluminado com velas, ela sentou na cama e olhou para a janela. Não podia passar muito da alvorada. Ela baixou os olhos para o travesseiro ao lado, com a marca de onde a cabeça dele tinha repousado. Locksley tinha dormido com ela, que estava envolta em um casulo de cobertores. Ele não poderia ter tocado nela, mesmo que quisesse. Portia arrastou o olhar de volta para ele.

– Mas nós precisamos consumar o casamento.

Secando o rosto, ele se virou para ela e seu sorriso aumentou.

– Ansiosa para me ter, é isso?

– Eu apenas quero garantir que tudo esteja dentro da lei, para que você não possa anular o casamento por capricho.

Ela detestou o modo como o marido a observava, como se pudesse explorar sua alma, cada recôndito dela. Ele inclinou a cabeça para o lado.

– Ficarei sabendo hoje de algo que me fará querer desfazer o casamento?

– Não, claro que não. – Ela esperava que ele nunca ficasse sabendo. E faria tudo que pudesse para garantir que ele não descobrisse. – Mas, como mencionei ontem, eu quis me casar por segurança. Não posso me sentir segura se você pode afirmar que não cumpri minhas obrigações de esposa.

– Obrigações? – Meneando a cabeça, ele estendeu a mão para pegar a camisa pendurada nas costas de uma cadeira. – Você acaba de me convencer de que devemos esperar até à noite, pois parece que vou precisar de mais tempo do que pensava para garantir que você não veja o sexo entre nós como uma obrigação. – Ele vestiu a camisa e começou a abotoá-la.

Ela saiu apressada da cama.

– Você pode demorar o quanto quiser agora.

– Acontece, querida esposa, que minhas responsabilidades exigem que eu visite as minas hoje. A noite não demora a chegar.

Não demoraria, ela sabia. Estava sendo tola de se preocupar com esse detalhe. Que mal faria esperar mais um dia? Além do mais, ela teria a chance de se acostumar com a ideia de que faria sexo com um marido jovem, viril e extremamente masculino, e não com um homem curvado e enrugado. Ela podia preparar suas defesas para que ele não tivesse a impressão de poder controlá-la com um toque.

Locksley pegou a gravata.

– Você não tem um criado pessoal – ela disse. Uma observação, não uma pergunta.

– Você já conheceu todos os criados da casa.

Aproximando-se, Portia deu um tapa de leve nas mãos dele.

– Pode deixar comigo.

– Eu não tinha pensado nesta vantagem de ter uma mulher.

– Você está debochando de mim.

– Estou provocando. Existe uma diferença.

– Ontem você não me pareceu ser do tipo provocador.

– Você não me pareceu ser do tipo que faz algo pelos outros.

Ela ergueu os olhos para os dele, mais uma vez perturbada pelo quanto ele parecia estudá-la.

– Parece que nós dois estávamos errados.

– Pronto – ela deu uma ajeitada no nó da gravata dele e pegou seu colete.

Locksley se virou para o espelho e levantou o queixo um pouco.

– Você fez um trabalho excelente.

– Eu costumava dar o nó para Montie. – Segurando o colete aberto para ele, puxando-o pelos braços de Locksley até os ombros, ela fez uma careta diante do deslize. Ele a fazia perder a concentração, mas, com um pouco de sorte, talvez Locksley não tivesse prestado atenção nas palavras dela.

– Montie? – ele repetiu, voltando-se para ela.

Parecia que a sorte não estava a seu favor nesse dia. Ela começou a abotoar o colete preto de seda.

– Meu primeiro marido.

– Você sente saudade dele? – Um músculo tremeu no maxilar dele, como se tivesse sido contraído, fazendo-a pensar que ele desejava não ter feito a pergunta.

– Não – ela respondeu com sinceridade, pegando o paletó e abrindo-o para que ele pudesse se virar e enfiar os braços na peça. Só que ele não se virou.

– Pensei que você o tivesse amado.

– E amei. No final, não muito. – Ela não sabia o que a tinha feito admitir isso. Havia odiado Montie no final. Desprezava-o após descobrir a dor que ele era capaz de infligir, após perceber que ele não era merecedor do seu afeto.

Por um instante pareceu que Locke fosse dizer alguma coisa, manifestar sua tristeza pelo fato de o amor dela não ter durado. Em vez disso, ele apenas lhe deu as costas. Ela quase riu de sua tolice, por pensar que ele pudesse ligar para o fato de o coração dela ter se partido de forma tão insensível.

No dia anterior, Locksley afirmou não ter qualquer interesse no amor. Na verdade, ela também não. O amor tinha lhe roubado a família e levado Portia à ruína. E, se não tivesse cuidado, o amor ainda poderia destruí-la e acabar com o que ela estava se esforçando para conseguir.

O paletó lhe caiu como uma luva; era óbvio que tinha sido feito sob medida. Não havia motivo para ela passar as mãos nos ombros dele, como se o tecido precisasse ser alisado, mas ela não conseguiu se conter em fazê-lo.

Ele se afastou e passou a mão com vigor numa das mangas, embora ela não tivesse visto nenhuma sujeira ali.

– Preciso ver uma papelada na minha escrivaninha, depois vou descer para o café da manhã. Se quiser me acompanhar, depois do seu banho, sua presença será bem-vinda. – Ele olhou para ela. – Embora não seja uma exigência. Afinal, é dia. Se não vier à mesa, fique tranquila que retornarei à noite, e o casamento será consumado com a pressa devida.

Já que seria consumado com pressa, poderiam resolver naquele momento mesmo. Ela podia fazer com que isso acontecesse.

– Pode me ajudar a me vestir?

– A Sra. Barnaby cuidará disso. Eu não tenho nenhum interesse em colocar roupas em você. Só em tirá-las.

Com isso, ele saiu, fechando a porta atrás de si. Portia inspirou fundo. Por um breve instante, ela receou que ele pudesse ser um perigo para seu coração. Graças a Deus o tinha avaliado corretamente no dia anterior. Locksley era exatamente o tipo de cretino arrogante que ela nunca conseguiria amar.

Quando Portia acordou com um gemido suave, Locksley precisou de toda sua força para não pular na cama e possuí-la naquele instante. Não importava que estivesse com o rosto ensaboado nem que ela o tivesse distraído tanto que quase cortasse a própria jugular. Ele podia pensar em modos piores de morrer do que com aquele som delicioso ecoando nos ouvidos. Como uma mulher conseguia ser tão sensual ao acordar?

Parado junto à janela da biblioteca, observando a neblina começar a se dissipar, ele admitiu que não precisava ver nenhuma papelada. Só queria dar tempo a ela para se banhar e, assim, talvez, poder tomar café da manhã com ele. Locke também podia adiar a visita às minas, mas estar ao alcance dela sem tocá-la seria um teste para sua sanidade. Embora Portia tivesse se oferecido durante o dia, eles tinham feito um acordo que Locke pretendia manter. O dia era dela, a noite, dele. Uma exceção os colocaria num caminho perigoso, e ela podia decidir que ele não deveria ter todas as noites. Mas Locke não pretendia desistir de nenhuma delas.

Quando ele enfim chegou à sala do café da manhã, ficou decepcionado ao encontrá-la vazia, a não ser por Gilbert, que imediatamente lhe serviu o café antes de ir fazer seu prato. Aborreceu-o que ela pudesse decepcioná-lo. Locke não gostava dela, de modo que não fazia nenhum sentido que pudesse provocar nele qualquer emoção que fosse. Irritou-o que continuasse pensando nela uma hora depois de tê-la deixado. Era óbvio que ela não tinha se preocupado com ele. Afinal, já tinha conseguido seu título, sua mesada, um banho...

O último pensamento desapareceu de sua cabeça assim que ela entrou, as faces coradas e rosadas, o vestido de um azul profundo, botões subindo até o pescoço, descendo até os pulsos. Pelo menos não era aquele preto pavoroso no qual ela chegou. Pelo menos ela não estava sendo hipócrita, fingindo estar de luto após se casar com outro homem. Ela estava pondo seu pesar de lado, o pouco pesar que podia ter. Ele não conhecia o marido dela, não queria ter conhecido, mas ainda assim aborrecia-o que o homem tivesse conseguido perder o amor dela. Ter tido e não lhe dar valor, não ter conseguido mantê-lo...

Ele meneou a cabeça, recusando-se a seguir por esse caminho, e se levantou. Aproximando-se da cadeira ao lado, ele a puxou. O rubor dela se acentuou.

– Você não precisava ter me esperado.

– Uma pequena cortesia para minha esposa.

Ela se aproximou devagar, cautelosa, como se esperasse que ele a jogasse na mesa e a possuísse. Com esse pensamento passando por sua cabeça, Locke percebeu que podia ter sido imprudente convidá-la para o café da manhã.

Quando ela sentou, ele inspirou a fragrância persistente de pele limpa, banho e uma aplicação recente de jasmim. O corpo dele reagiu como se ela tivesse começado a desfazer aquela provocante carreira de botões. Ele voltou apressado para sua cadeira antes que Portia pudesse ver o quanto ela o afetava. Mas depois que ele enfim se acomodou e olhou para ela, ela levantou discretamente os lábios, sinalizando que sabia o impacto que causava nele.

Locke receou que ele próprio fosse corar, maldição dos infernos. Por sorte, Gilbert escolheu aquele momento para entrar trazendo um prato.

– Dê esse para Lady Locksley – Locke disse, pegando despreocupado o jornal, como se ainda tivesse frieza suficiente para entender qualquer coisa que fosse ler.

– Bom dia, milady – Gilbert disse. – Prefere chá ou café?

– Chá, por favor.

Gilbert a serviu enquanto Locke lia três vezes a primeira frase do artigo principal. Não conseguia se concentrar com ela à mesa.

– Seu pai virá comer conosco? – ela perguntou quando o mordomo saiu para buscar outro prato.

Colocando o jornal de lado, Locke percebeu que ela parecia bem mais jovem nesse momento. Menos cansada, menos preocupada. Mais linda. O dia anterior tinha sido uma aparição, uma aberração. Ele pigarreou.

– Meu pai geralmente faz as refeições no quarto. Ontem foi uma exceção.

– Então você come sozinho?

– O vinho me faz companhia.

– No café da manhã?

Ele sorriu.

– Não. No café eu tenho o jornal.

– Não deixe que minha presença o impeça de ler. Você não precisa me fazer sala.

– Não planejava fazer isso. – Ele podia parecer mais cretino? – De onde você viajou até aqui?

Ela parou com o braço estendido quando se preparava para pegar o chá, parecendo ponderar a resposta, ou podia ser, apenas, que a pergunta a tivesse feito parar. Ocorreu a ele que, apesar de todas as informações a seu respeito que deu a ela na noite anterior, Portia tinha revelado muito pouco sobre si mesma.

– Londres – respondeu, afinal.

Sem dúvida seu pai sabia onde ela estava, pois tinha que enviar a correspondência para ela.

– Você chegou na carruagem postal. Era de se pensar que meu pai lhe enviaria dinheiro para que pudesse viajar com mais conforto.

– Ele enviou. – Ela ergueu a xícara, tomou um gole pequeno, os lábios roçando a borda, a infusão quente. O que havia de errado com ele para pensar que nunca tinha visto nada mais provocante em toda a vida? Ela lambeu o lábio inferior, depois o superior. – Pensei em um uso melhor para o dinheiro. Melhorar meu guarda-roupa, por exemplo.

– Não acredito que seu marido não lhe deixou nenhum tostão.

– Ele não me deixou nada. O dinheiro dele foi gasto em jogatina e prazer. Então eu estava desamparada e desesperada quando vi o anúncio do seu pai. – Ela baixou um pouco a cabeça. – Você não vai comer?

Ele baixou os olhos para o prato diante de si. Levantando a cabeça, viu Gilbert parado em seu local de sempre. Como o mordomo tinha colocado o prato diante de Locke sem que ele percebesse? Gilbert não era o mais ágil nem o mais silencioso. Era ela. Portia conseguia, de algum modo, absorver toda a atenção que ele possuía. Locke precisava parar de fazer perguntas para a esposa. Ele não iria se compadecer das tramoias dela, não importava em que situação de penúria o primeiro marido a tivesse deixado.

– Você disse que iria visitar as minas hoje – ela falou.

– Sim, logo após o café da manhã.

– Você pode dar minha mesada antes de sair?

Ele quase riu. Como era fácil esquecer de que o casamento com ela tinha um preço.

– É claro, minha mercenariazinha. Assim que terminarmos de comer.

– Então é bom começarmos, não é? – Ela voltou sua atenção para os ovos cremosos

Pelo amor de Deus, ele não conseguia dizer por que mais cedo tinha convidado Portia para comer consigo – exceto que, por alguns instantes, ela tinha feito a sala não parecer tão solitária.

Capítulo 8

Portia precisava tomar tanto cuidado ao responder as perguntas dele que era exaustivo. Nunca existiu um marido. Ela não era uma viúva. Mas existiu um amor que ela pensava ser infinito. Que tola ela tinha sido. Mas não cometeria o erro de se apaixonar de novo. Ele não estava interessado nisso, nem ela – o que deveria fazer com que fossem perfeitos um para o outro. Mas isso só fazia com que ela passasse o tempo todo com um nó no estômago. Portia poderia ter feito o marquês gostar dela. Mas não teria chance de conseguir o mesmo com aquele visconde obstinado.

Mesmo assim, ela sentia uma necessidade insana de ser o mais honesta possível com ele. Se Locksley descobrisse toda a verdade, perceberia que ela tinha limitado sua farsa ao mínimo possível. Claro que, se ele descobrisse a verdade integral, tudo estaria perdido, pois seria provável que a matasse. Que envolvesse seu pescoço com aquelas mãos fortes e a estrangulasse até a morte.

Mas Portia não podia se preocupar com o futuro, precisava se concentrar no presente. E, no momento, ele a conduzia pelo corredor até a biblioteca. Os dois entraram numa sala que, ela teve certeza, poderia facilmente se transformar em seu ambiente favorito. Embora a biblioteca estivesse arrumada, possuía um cheiro de mofo que não deveria ser atribuído apenas a todos os livros que preenchiam as prateleiras. Ela se perguntou há quanto tempo a sala não era ventilada, os tapetes batidos e as cortinas, lavadas.

Ele andou até a pintura de cachorros em uma caçada, abriu-a para o lado como se fosse uma porta, revelando um cofre. Embora não pudesse ver muito bem o que ele fazia, Portia ouviu uma série de estalidos metálicos. Então houve um estalo, o tilintar de moedas seguido por mais estalos, e, em seguida, ele voltou a pintura para seu lugar.

Locksley se aproximou dela e estendeu a mão. Portia levantou a dela, virada para cima. Ele deixou cair uma bolsa de veludo no centro da palma. Ela sentiu uma tentação incrível de abrir a bolsa e contar o dinheiro, mas o peso parecia correto e deveria existir certa confiança no relacionamento deles. Então o marido lhe deu um sorriso que só podia ser descrito como "decepção", antes de se dirigir à escrivaninha.

– Tudo bem, pode contar – ele disse.

– Eu confio em você.

Ele olhou por sobre o ombro.

– Não confia, não.

Ele conseguia ler a mente dela? Isso seria inconveniente.

– Se mais tarde eu descobrir que está faltando, sei onde o encontrar.

Ele apoiou o quadril na borda da escrivaninha e cruzou os braços diante do peito largo.

– Eu vou comprar qualquer coisa que você necessitar. Por que precisa de uma mesada?

– Para as coisas que não são necessárias?

– Por exemplo?

Ela deu de ombros.

– Uma boina frívola. – *Uma residência.* – Um par extra de sapatos. – *Comida.* – Chocolate. *Uma nova vida. Segurança.*

– Você é minha esposa, Portia. É meu dever cuidar de você.

– Cuidar da minha pessoa, sim, mas e do meu coração? Arrisco dizer que aí está seu limite.

– Eu quero que você seja feliz aqui.

Ele quase conseguiu fazer com que ela se sentisse culpada por se aproveitar... quase. Mas havia muito em jogo. Ela mostrou a bolsa de veludo.

– Estou sendo.

Ele se afastou da mesa.

– Preciso ir até as minas. Aproveite seu dia. E esteja preparada para esta noite. Você não vai conseguir outro adiamento.

– Eu não pedi adiamento – ela se apressou em lembrá-lo. – Eu estava disposta pela manhã, mas você me rejeitou.

Locksley se aproximou dela, parando à distância de um fio de cabelo.

– Você não consegue imaginar como foi difícil para mim. – Ele aninhou o rosto dela em sua mão grande, poderosa. – É provável que isso vá me atormentar pelo resto do dia, mas, minha nossa, você tem os lábios mais beijáveis que eu já vi.

Então a boca de Locksley desceu sobre a dela, provando o que disse. E droga, como os lábios dele também eram beijáveis. Carnudos, numa boca larga, com a língua habilidosa nas carícias. Portia se viu colada nele, sem saber se foi ele que a puxou ou se foi ela quem se aproximou. Não importava. O importante era o modo como as mãos dele passeavam por suas costas e seu pescoço, decididas, possessivas; o modo como ele inclinou a cabeça para saboreá-la por completo, permitindo que ela também o saboreasse intimamente. O que quer que ele tivesse comido no café da manhã, tinha sido lavado pelo café preto. Ela não tinha se surpreendido por ele não começar o dia com chá. Portia desconfiava que Locksley fosse um homem de desejos fortes em todas as questões: bebidas, comidas, café, mulheres.

Ele não iria possuí-la delicada ou gentilmente. Ele poderia até começar devagar, mas quando a coisa esquentasse, ele a esmagaria, sendo exigente como nesse momento, insistiria para que ela não se segurasse, para que entregasse tudo que tinha.

Ele podia ser o lorde da casa, seu marido, o chefe da família, mas quando estivessem na cama, ela seria sua igual. Portia tinha aprendido com o melhor. Ela não se intimidaria, não permitiria que ele a dominasse entre os lençóis. Eles seriam parceiros de verdade, iguais. Talvez chegasse o dia em que ele se arrependeria de tê-la como esposa, mas ela jurou, nesse momento, que Locksley jamais se arrependeria de tê-la como amante.

Desgrudando sua boca, ele a encarou, a respiração rápida e pesada. Ela passou a língua lentamente pelos lábios dele, para ficar com um último gosto. O gemido dele, enquanto seus olhos escureciam, foi de uma criatura atormentada.

– Nos vemos à noite, Lady Locksley – ele grunhiu, depois deu meia-volta e saiu apressado da biblioteca.

Ela não pôde fazer muito mais do que ficar encarando as costas dele. Portia tinha imaginado que ele a deitaria na escrivaninha para possuí-la ali mesmo. Bom Deus, ele era um homem capaz de incrível autocontrole e objetividade. Não seria fácil dobrá-lo à sua vontade.

Por outro lado, era essa característica dele que a empolgava. Ele podia se defender contra qualquer um. Poderia protegê-la, desde que Portia lhe desse um motivo forte para isso. Um filho seria esse motivo. Ela precisava garantir que eles consumassem o casamento naquela noite.

Com as moedas acomodadas no bolso da saia, Portia passou meia hora na biblioteca, olhando os livros, tentando encontrar alguma coisa para ler, para ocupar seu tempo. Mas não era a variedade de literatura que ela queria explorar, mas a própria residência, mesmo que não fosse nada além de uma série de portas trancadas. Só que fechaduras têm chaves.

Ela descobriu o caminho até a área de serviço e encontrou a Sra. Barnaby em uma cadeira de balanço, em seus aposentos, tomando uma xícara de chá.

– Sra. Barnaby – Portia disse.

A mulher mais velha arregalou os olhos e se levantou de imediato, os ossos rangendo no processo.

– Milady.

– Sra. Barnaby, eu gostaria que me emprestasse suas chaves por algum tempo.

Assim como tinha feito no dia anterior, a governanta bateu a mão no grande chaveiro.

– Elas são de minha responsabilidade.

– Sim, eu sei. E irei devolvê-las até o fim do dia.

– Sinto muito, Lady Locksley – ela meneou a cabeça –, mas não posso dar as chaves para a senhora.

– Oh, eu acho que pode.

– Não posso. – Ela sacudiu a cabeça com determinação.

Com um suspiro profundo, Portia estendeu a mão.

– Você pode e vai me dar as chaves.

– A senhora não manda em mim.

– Eu sou a lady da residência.

– Vamos ver o que Sua Senhoria vai dizer a respeito.

Antes que Portia reagisse, a mulher saiu correndo – mais rápido do que Portia a julgava capaz – do quarto.

– Sua Senhoria foi até as minas – ela gritou às costas da governanta.

– Não o visconde – gritou por sobre o ombro a Sra. Barnaby. – O marquês. De jeito nenhum ele concordaria com isso.

Portia quase a chamou de volta, quase cancelou seu pedido, mas agora era uma questão de orgulho. Ela não seria intimidada, nem incomodaria o marido com isso. Ela tinha quase certeza de que ele concordaria com sua posição, mas ela esperava diminuir as preocupações dele, não as aumentar.

Que o marquês concordasse ou não com o direito de ela ter acesso às chaves era outra questão. Portia desconfiava de que isso dependesse de como estivesse a cabeça dele naquela manhã.

Ela seguiu a Sra. Barnaby escada acima e esperou do lado de fora do quarto do marquês enquanto a mulher batia vigorosamente na porta.

– Entre – ele gritou.

Com um gesto afetado, a Sra. Barnaby abriu a porta e entrou. Portia foi logo atrás. O marquês estava sentado em uma poltrona perto da janela, olhando para fora.

– Ela quer as minhas chaves – anunciou, afoita, a Sra. Barnaby.

Olhando por sobre o ombro, Marsden apertou os olhos. Ele parecia menor, mais frágil.

– Quem quer suas chaves?

– Lady Locksley.

– Lady Locksley?

Oh, bom Senhor, ele já tinha esquecido quem ela era? Portia deu a volta na Sra. Barnaby.

– Milorde...

– Ah, sim. – Ele ergueu um dedo torto. – Lady Locksley. Se ela quer as chaves, Sra. Barnaby, entregue-as para ela.

– Mas ela não é a marquesa. Não é a senhora da casa.

– Ela é a mulher do meu filho. Ele cuida dos nossos negócios agora, o que a torna a senhora da casa. Entregue-lhe as chaves.

– Nós não sabemos o que ela vai fazer.

– Suspeito, Sra. Barnaby, que vá destrancar uma porta.

– Eu posso fazer isso por ela.

– É óbvio que ela mesma quer fazer isso. Não cabe a nós questionarmos a viscondessa. Então, entregue as chaves a ela.

Com uma expressão amuada, semelhante a que deu a Locksley no dia anterior, a Sra. Barnaby soltou o chaveiro de sua cintura e o entregou a Portia, que o pegou sentindo como se tivesse vencido uma batalha.

– Eu vou precisar delas de volta – disse a Sra. Barnaby, que parecia estar prestes a chorar.

– Sim, claro. Vou devolvê-las esta tarde.

Bufando, a governanta saiu do quarto pisando duro.

Portia se aproximou de Marsden na ponta dos pés, mas ele parecia ter voltado sua atenção para além da janela.

– Sinto muito por termos vindo perturbá-lo com essa bobagem – ela disse em voz baixa.

– A Sra. Barnaby é uma boa pessoa, mas tem seus costumes. Faz muito tempo que ela não precisa responder a uma patroa, começou a achar que era a senhora da casa. Foi meu erro nunca a corrigir. O erro foi se solidificando com o tempo. Locke encerrou suas viagens e veio para cuidar das coisas.

– Não é nenhum problema. Eu e ela vamos acertar tudo e nos daremos muito bem.

– Tenho certeza que sim, minha querida. – O olhar dele voltou para a janela.

Portia se sentou na poltrona em frente a ele.

– Nós sentimos sua falta no café da manhã.

– Você e meu filho precisam de tempo a sós para se conhecer. Eu o vi sair a cavalo mais cedo. Desconfio que esteja indo até as minas. – Marsden piscou para Portia. – Ele lhe deu nosso herdeiro, noite passada?

Portia refletiu que, quando alguém chega a certa idade, não sente mais necessidade de controlar o que diz.

– Eu peguei no sono.

Uma expressão de choque tomou as feições dele.

– Pensei que ele teria mais entusiasmo, que seria mais viril. Não imaginava que pudesse ser tão bicho-preguiça, que a deixasse pegar no sono como se ele não estivesse lá.

Ela soltou uma risada constrangida.

– Não, não foi nada disso. Ele estava preparando um banho depois da excursão ao pântano. Eu estava à espera dele e peguei no sono.

– Ah, e ele foi educado demais para acordá-la. – Marsden meneou a cabeça. – Um homem não pode ser assim tão educado em sua noite de núpcias. Prepare-se. Ele irá encontrá-la duas vezes mais excitado esta noite.

As faces dela ficaram tão quentes que Portia ficou surpresa por não entrarem em combustão. Ela precisava desviar a conversa daquele rumo.

– Está procurando sua esposa?

Ele negou com a cabeça.

– Ela não aparece durante o dia. O sol não lhe faz bem. Então eu espero, observo as sombras se movendo com a luz do dia, aumentando conforme o sol desce, até que a escuridão a traz de volta para mim.

– Você a amava muito.

– Ela era tudo. Ainda é. – Ele franziu o nariz. – Ela fica brava comigo. Diz que desperdicei minha vida. Mas Ashe, Albert e Edward casaram-se, todos, por amor. Mesmo que Albert e Edward tenham se casado com a mesma mulher.

Portia sabia que Albert tinha morrido e que Edward e a viúva do irmão se casaram na Suíça, o que causou um escândalo e tanto na nobreza.

– E agora Locke está casado. Até que não me saí mal com eles. Como é que desperdicei minha vida?

– Não acho que tenha desperdiçado – ela disse, convicta.

– Você é muito gentil. Locke vai acabar apaixonado por você.

Ela sentiu o peito apertar.

– Não preciso de amor, milorde.

– Todos precisamos de amor, querida. Quanto mais pensamos não precisar, mais necessitamos.

De novo, um tópico que ela queria evitar.

– Gostaria que eu lesse para você? – ela ofereceu.

Ele negou com a cabeça.

– Vá fazer o que você queria com as chaves.

– Eu quero conhecer a residência, mas não vou mexer em nada.

Ele concordou com a cabeça e seus olhos assumiram uma expressão distante. Portia suspeitou que o tivesse perdido, que ele estava no pântano com seu amor. Levantando, ela se inclinou e deu um beijo na cabeça do marquês. Ele praticamente não percebeu.

Segurando as chaves, ela saiu do quarto, perguntando-se por onde começar. Pelos quartos. Ela encontraria um aposento para transformar secretamente em seu. Mas se lembrou do que Locksley havia dito. Quando ela o usaria? Ela passaria praticamente todas as horas da noite na cama dele.

Decerto havia outro aposento que lhe serviria melhor. Um escritório pequeno, uma sala de estar, de visitas, um cantinho escondido para onde ela pudesse escapar para ter paz. Ela não precisaria contar para ninguém. Seria seu santuário particular. E parecia que o marquês não andava pela residência; as ações dela não o incomodariam, pois era improvável que ele fosse parar no quarto que ela decidisse limpar.

E limpeza era uma questão de ordem. Ela tinha visto a evidência do descuido quando Locksley lhe mostrou o salão de bailes, o que se repetia em cada quarto em que ela entrava. Teias de aranha, pó, piso apodrecido. O odor sufocante da falta de uso. Ela precisava de um quarto com muitas janelas, para poder arejá-lo rapidamente.

Mas enquanto Portia perambulava pelos vários quartos e salas, a melancolia começou a se apossar dela, a sufocar qualquer otimismo. Ela conseguia imaginar uma época em que todos aqueles aposentos eram bem-cuidados, quentes e acolhedores, sendo motivo de orgulho para o marquês e a marquesa.

Uma tristeza maior ainda a tomou quando ela se deu conta de que Locksley nunca conheceu a casa em seu esplendor. Ele cresceu com o abandono e a dilapidação. As portas trancadas não podiam conter aquilo. Sabendo o que havia do outro lado das portas, ela podia sentir a decadência se infiltrando nos corredores. Teria sido melhor para todos se a estrutura tivesse sido consumida por chamas após a morte da marquesa.

Então ela abriu uma porta que a fez se sentir grata por a casa ainda estar de pé. A luz se esgueirava por aberturas nas cortinas, mas era suficiente para Portia ver que tinha entrado em uma magnífica sala de música. Janelas cobriam uma parede. Perto delas jazia o maior piano de cauda que já tinha visto. Grandioso. Ou seria, se a madeira escura estivesse encerada e brilhante.

Ela se aproximou com a reverência que o instrumento merecia.

Fazia anos que ela não punha os dedos num teclado, desde que tinha saído de casa. Ela se ofereceu para tocar para Montie, mas ele lhe disse que, com relação a Portia, a única música que lhe interessava era a que produziam entre os lençóis. Ela ficou envaidecida, enlevada com a ideia de que ele a desejava tanto. Demorou um tempo até ela compreender que ser desejada para apenas um objetivo resultava numa existência muito solitária.

Do tipo que ela teria com Locksley. Pelo menos o visconde era honesto com ela, deixando claro que só queria dela o mesmo que Montie queria, mas Montie a tinha cortejado com palavras bonitas e promessas de amor. Mesmo que Locksley fizesse o mesmo, agora ela estava mais sábia, não acreditaria nele. Portia não abriria seu coração para o visconde, apenas as pernas.

Ao se aproximar do piano, ela teve vontade de chorar, porque anos tinham se passado sem que fosse tocado, sem que qualquer pessoa ouvisse a música gloriosa com que ele preencheria o ar. Sem ser admirado, sem ser amado, seu potencial nunca alcançado. Apertando uma tecla, encolhendo-se quando um som minúsculo reverberou, ela não se surpreendeu com o fato de que o piano precisava ser afinado, o que poderia ser providenciado com facilidade.

Devagar, ela começou a girar, parando quando reparou no retrato em tamanho real que estava pendurado sobre a imensa lareira de pedra, a imagem de uma mulher. Ela não era especialmente atraente, mas havia carinho em seus olhos, em seu sorriso. Portia não conhecia ninguém que sorrisse enquanto posava, mas ela não conseguiu imaginar aquela mulher sem uma expressão feliz. Sentindo-se atraída pela pintura, ela se aproximou alguns passos. Com base no estilo do vestido azul-royal, ela devia ser a última marquesa, a esposa falecida de Marsden. Estava coberta de pó e teias de aranha, mas retinha uma qualidade etérea que parecia brilhar, ainda que o ambiente talvez tivesse embaçado a pintura.

— Que felicidade a sua de ser tão amada — Portia sussurrou.

Estendendo os braços, ela completou o giro, sua alegria crescendo enquanto notava as várias áreas de estar, as prateleiras com livros, estatuetas e vasos, além dos vários elementos de decoração dispostos como se esperando para serem libertados de sua mortalha de pó.

Batendo as mãos, ela soltou o menor dos gritinhos. Portia tinha encontrado sua sala.

Era fim de tarde quando Locke, coberto de suor e sujeira, entrou na cozinha. Ele não sabia por que acreditava que, se trabalhasse nas minas ao lado dos mineiros, era mais provável que a sorte lhes sorrisse e eles poderiam descobrir um veio de estanho rico, após dois anos de nada. Os homens tinham ficado pouco à vontade quando ele começou a cavar com eles. Locke era um lorde. Demorou um pouco para que aceitassem sua ajuda e determinação. Mas ele gostava de exercitar os músculos, de ir até o limite da exaustão física. Isso evitava que sua mente viajasse pelo caminho do desespero. Nesse dia, o trabalho o ajudou a não quebrar a promessa feita à esposa, de que o dia pertenceria a ela.

Locke não deveria tê-la beijado antes de sair, porque o sabor permaneceu com ele por tempo demais, manteve seu corpo tenso e carente até o momento em que desceu pelo poço da mina, onde sempre existia o perigo de que não conseguisse sair.

Assim, talvez o pai dele tivesse razão. Ele precisava mesmo deixar o próximo herdeiro de prontidão. O primo Robbie sem dúvida se livraria das minas e venderia a terra, já que não estava preso ao título. Ele não daria valor à linhagem ou ao que os marqueses que o antecederam construíram.

— Você chegou um pouco cedo — a Sra. Dorset disse, um sorriso de cumplicidade no rosto. — Embora, para ser sincera, eu esperava que viesse ainda antes, por causa de sua esposa. Faz algum tempo que estou esquentando a água do seu banho.

Ele tinha o hábito de se lavar depois de um dia nas minas, e essa era a razão pela qual tinha estabelecido a sala de banho perto da cozinha. Pela conveniência de estar perto da água quente e para não deixar um rastro de sujeira pela casa. Embora se sentisse ansioso para estar com sua esposa – o que não o deixava muito satisfeito –, Locke não queria que ela o visse naquelas condições, que soubesse que ele enfrentava um trabalho árduo para garantir o futuro da família, nem o quanto lhe custava, de verdade, setenta e cinco libras por mês. Eles não eram um casal que compartilharia alegrias e problemas. Eram apenas companheiros de cama. Ou seriam, a partir dessa noite.

Mesmo assim, depois que terminou de se banhar e barbear, Locke sentiu falta dos dedos dela fazendo o nó de sua gravata enquanto vestia as mesmas roupas daquela manhã, que havia tirado antes de sair. As minas exigiam roupas mais resistentes.

Quando saiu da sala de banho, ele quase tropeçou na Sra. Barnaby, que parecia estar esperando por ele.

– Ela pegou as minhas chaves – a Sra. Barnaby anunciou, com as mãos na cintura e a testa franzida.

– Ela?

– Sua esposa.

– Para quê?

A governanta fez uma cena ao revirar os olhos.

– Para abrir portas.

Era o que ele tinha imaginado. Pensando bem, sua pergunta era inócua. Ele não tinha se preocupado em pensar como Portia preencheria seu dia. Obviamente, perambulando pelos corredores e enfiando o nariz onde não devia.

– Ela ainda não as devolveu e está quase anoitecendo. As chaves são de minha responsabilidade. Eu avisei Sua Senhoria...

– Você falou com meu pai sobre isso?

Ela aquiesceu.

– Eu queria a aprovação dele antes de entregar as chaves para ela, que não é a marquesa.

– Ela é, contudo, a lady da casa.

A governanta arregalou os olhos ao ouvir o tom enérgico de Locke, que não pretendia ter soado tão autoritário, mas apesar do quão pouco ele podia gostar de Portia e seus dedinhos gananciosos, ela era sua esposa e seria tratada com o devido respeito.

Os cantos da boca da Sra. Barnaby viraram para baixo.

– Seu pai disse a mesma coisa.

É claro que sim.

– Onde posso encontrar Lady Locksley? – ele perguntou.

– Não sei. Não sou a guardiã dela. Está andando por aí, eu acho.

A resposta não o agradou. Ele e o pai tinham sido muito descuidados com os criados. Talvez estivesse na hora de estimular a Sra. Barnaby a se aposentar. Locke refletiria a respeito. Enquanto isso, precisava encontrar a esposa.

Portia podia estar em qualquer lugar daquele mausoléu imenso. Enquanto andava pela casa, ele refletiu que ela devia ter saído em busca de aposentos que pudesse utilizar sem ele saber. No andar de cima, então. Ele deveria ter perguntado há quanto tempo ela estava com as chaves.

Havia cerca de cinquenta quartos. Quanto tempo seria necessário para que ela visitasse todos, até encontrar um que a agradasse?

Portia precisava compreender que ter o próprio quarto seria um desperdício. Cada momento de cada noite deveria ser passado com ele. Locke tinha deixado isso muito claro.

Ele estava na metade da escada quando parou, refletindo. Talvez ela quisesse apenas conhecer a casa. Locke e os pupilos de seu pai também tinham explorado a residência, roubando as chaves da governanta e se esgueirando nos quartos à meia-noite. Talvez ele devesse planejar uma pequena aventura com sua esposa e levá-la para uma excursão de madrugada, quando tudo rangia e estalava. Ele pensou nela se agarrando nele...

Não, Portia não era do tipo que se agarrava de medo. Locke sabia disso instintivamente. Era provável que ela fosse à frente.

A noite estava caindo. Logo ela viria à procura dele. Locke devia apenas se acomodar na biblioteca e esperar. Só que, enquanto descia a escada, ele percebeu que não estava com vontade de esperar por ela. Ele queria encontrá-la, descobrir o que Portia estava aprontando. Era possível que ela estivesse pensando em recolher objetos que pudessem ser vendidos por um bom valor, coisas cuja falta, ela podia acreditar, não seria notada. Mas a verdade era que ele não conseguia vê-la como uma ladra, não importava o quanto dinheiro parecesse essencial para ela. Quando ela lhe pediu as setenta e cinco libras, pela manhã, ele ficou irritado; mais ainda quando percebeu que ela queria contar o dinheiro. Eles tinham um arranjo comercial. Segurança em troca de um herdeiro. Era tolice dele querer censurá-la quando sabia, desde o começo, que ela só se importava com títulos e dinheiro.

Portia não iria roubar nada, mas ele desconfiava que ela estivesse fazendo uma lista, tentando determinar quanto dinheiro havia ali. Ela devia estar sendo metódica. Se estava destrancando cada porta, examinando o conteúdo de cada quarto, Locke duvidava de que ela já tivesse chegado ao andar de cima. Sem dúvida ela ainda devia estar em algum lugar do térreo.

Ele marchava com velocidade pelos corredores, experimentando as portas. Trancada, trancada, trancada.

Mas ao se aproximar do fim de um corredor monstruosamente comprido e largo, avistou uma nesga de luz que só podia vir de uma porta aberta. Com passos mais silenciosos, ele se aproximou com cuidado e espiou dentro, sem estar preparado para a visão que o recebeu.

Com um lenço cobrindo o cabelo e as mangas enroladas acima dos cotovelos, ela estava ajoelhada perto de uma estante, tirando volumes da prateleira de baixo, limpando-os e colocando-os de lado. De repente, ela soltou um guincho e pulou para trás. Locke viu uma aranha enorme sair da estante e passar correndo...

Portia levantou um pouco a saia e interrompeu definitivamente a fuga da criatura com uma pisada firme.

Ele olhou para o pé que tinha descido com uma determinação ímpar.

– Você está usando uma das minhas botas? – ele perguntou, incrédulo.

Assustando-se, ela virou para ele, os olhos arregalados e a deliciosa boca suculenta entreaberta.

– Você chegou.

Ele não gostou do modo como as palavras dela pareceram penetrar em sua armadura, deixando-o feliz por estar em casa. Locke estava acostumado a tomar seu banho, um drinque, jantar e ler algo. Sozinho. Sempre sozinho até ir ver o pai antes de se recolher. Solidão era a palavra de ordem de suas noites. Ela iria mudar tudo isso, quisesse ele ou não.

– Cheguei, de fato. A bota?

Levantando a saia, ela esticou o pé, virando-o para um lado e para outro, parecendo surpresa por ver o calçado de couro brilhante cobrindo boa parte de sua perna.

– Seus pés são muito maiores que os meus, o que facilita matar as aranhas estando um pouco mais longe delas. – Portia levantou os olhos para ele. – Há uma quantidade absurda dessas criaturas aqui. E são muito grandes. E feias.

– Aranhas-cardeal, sem dúvida. Dizem que o Cardeal Wolsey tinha aversão a elas.

– Homem esperto.

Aproximando-se dela, Locke perguntou-se por que se sentia atraído por ela mais do que nunca. Portia estava parecendo mais uma varredora de rua do que a esposa de um lorde. Ainda assim, ele se sentia atraído.

– Tem uma teia de aranha no seu cabelo...

– O quê? Não! – Ela começou a bater na própria cabeça.

– Fique parada. – Locke segurou os pulsos dela.

Embora parecesse apavorada, ela não se mexeu. Locke nem sabia dizer se ela estava respirando. Aqueles olhos de uísque expressavam uma dose de confiança que ele não queria decepcionar. De algum modo, ela parecia mais vulnerável com o risco de pó na face. Ele não gostou de vê-la naquelas condições. Preferia a Portia forte e resistente. Locke passou o dorso da mão pelos fios sedosos que estavam grudados no cabelo e no lenço dela, retirando-os.

– Pronto. Já tirei.

– Detesto aranhas.

– Então detestaria descer nas minas.

– Você desce nas minas? – Ela franziu a testa.

Locke não pretendia revelar como passava os dias.

– Às vezes. Afinal, somos os proprietários. É necessário que eu as inspecione. – Uma mudança de assunto era necessária. – O que você está fazendo aqui?

– Parece-me que a resposta é óbvia.

Com o perigo das aranhas afastado, ela voltava a ser sua versão azeda. Com a qual era mais fácil de lidar.

– Então creio que a pergunta certa é por que você está fazendo isso quando já lhe disse que mudanças incomodam meu pai?

– Tenho certeza de que esta sala é longe o suficiente dele para que o marquês nunca saiba o que eu fiz. – Ela recuou e abriu os braços, como se quisesse abraçar tudo que os rodeava. – É uma sala tão magnífica. Como eu poderia deixá-la como estava?

Portia correu até o piano. A luz do poente desenhou a silhueta dela, mesmo assim ele pôde ver seu sorriso brilhante.

– Não é lindo? Vai ficar, depois que eu o encerar. Posso tocar para você às noites.

– Eu tenho outra coisa para você *tocar*.

Os ombros dela desabaram, e toda sua exuberância pareceu vazar como ar escapando de um balão.

– Sim, é claro. Como fui boba de pensar que poderíamos ter algo mais. – Ela deslizou o dedo por uma curva do piano, inspirando fundo. Decepção irradiava dela.

Locke detestou lhe ter arrancado o sorriso.

– Você toca?

– Sim. – Portia olhou para ele. – Não toco desde que saí de casa, então estou totalmente sem prática, e o piano precisa ser afinado, de modo que se eu tocasse agora a experiência não seria agradável para você. Mas esta sala... deve ter sido tão exuberante um dia.

Ele tentou se convencer de que ela queria aquela grandiosidade para si. Que desejava o esplendor da sala para aumentar sua própria majestade, mas Locke não conseguiu acreditar que isso era verdade. Havia uma sinceridade na voz dela que o fez pensar que Portia estava sendo mais franca com ele naquele momento do que tinha sido desde que ele abriu a porta para ela, na tarde do dia anterior. Não tinha nada a ver com dinheiro, títulos, ganhos pessoais. Ela estava enxergando aquela sala como devia ter sido. Durante toda a sua vida, Locke fez o possível para não ver nenhum daqueles aposentos como tinham sido no passado; não quis enxergar o potencial deles, nunca desejou imaginar risos ecoando nas paredes, alegria subindo até o teto, felicidade se esparramando por tudo. Aquelas salas serviam apenas de prova que nada de bom podia vir do amor, que era melhor evitar...

– Essa é sua mãe? – ela perguntou com carinho, interrompendo seus pensamentos.

Ele não queria que Portia fosse carinhosa ou delicada. Queria que ela fosse tão fria quanto as moedas que desejava. De qualquer modo, ele acompanhou o olhar dela até o retrato pendurado sobre a lareira. Seu pai possuía uma miniatura daquela mesma mulher, que carregava sempre consigo e às vezes mostrava a Locke. Os olhos dela, o sorriso, sempre o atraíram. Quando garoto, ele se ressentia dela por ter morrido, por tê-lo abandonado. Passaram-se muitos anos até que ele compreendesse que ela não tinha tido escolha.

Olhando para ela atrás de uma película de sujeira, ele entendia por que seu pai a tinha amado. Embora existisse apenas nas pinturas a óleo, sua imagem parecia vibrante. Ela possuía a habilidade de aquecer seu coração, de fazê-lo se sentir culpado por não ter aceitado a oferta de Portia de tocar piano para ele.

– É ela.

– A princípio, não a achei bonita, mas depois de a admirar de diferentes ângulos, cheguei à conclusão de que ela era muito linda.

– Linda o bastante para deixar um homem louco.

– Seu pai ficou louco ao perdê-la, mas ela, não. Existe uma diferença.

Locke a encarou. Um canto da boca e uma sobrancelha de Portia se ergueram.

– Você ficaria louco se eu morresse – ela disse, provocando-o.

Ele meneou a cabeça devagar, sem disposição para brincar com aquele assunto.

– Não vou lhe dar meu coração, Portia. Fui bem claro quanto a esse aspecto do nosso relacionamento. Podemos anular o casamento amanhã se você entrou nesta transação acreditando que poderia, de algum modo, me conquistar.

Ela empalideceu, provavelmente devido à menção da anulação do casamento, o que a privaria de tudo aquilo que buscava ganhar.

– Não tenho nenhuma ilusão quanto ao que deseja de mim, milorde. Acredito que devamos nos apressar para consumar este casamento.

Por que aquele tom de voz altivo dela fazia com que ele se sentisse um cretino, quando devia apenas confirmar o motivo daquele casamento? Locke tocou a sujeira no rosto dela, que ficou imóvel, completamente imóvel. Com o olhar dela acompanhando, ele deslizou o dedo pela mancha, que passava pela boca e chegava ao queixo.

– Você está precisando de um banho. Vou levar a banheira até o quarto.

– Você não precisa se dar tanto trabalho.

Ele não queria que ela demonstrasse consideração, droga. Ele precisava que ela exigisse ser mimada.

– Como você deve ter descoberto esta manhã, a sala de banho é gelada. – Levando o polegar até o queixo dela, Locke esfregou a sujeira, perguntando-se por que aquilo o fascinava, por que gostava de vê-la tão desarrumada. – A Sra. Barnaby quer as chaves de volta.

– Claro. Vou devolvê-las agora mesmo.

Ele subiu o polegar até o lábio inferior, acariciou-o, pensou em mordê-lo, mas se sua boca chegasse perto da dela, era provável que a jogasse sobre o piano, do qual ela parecia gostar tanto, e a possuísse ali mesmo, naquele instante. Isso daria uma boa polida no instrumento. Mas ela precisava de um banho. E ele precisava comer e beber. E Locke não queria possuí-la com pressa e violência. Pelo menos não da primeira vez.

Todos os outros aspectos do relacionamento deles podiam ser difíceis e constrangedores, mas ele não toleraria nada disso na cama, o que exigiria paciência da parte dele. Locke aguentaria a tortura de não a possuir por enquanto. Mas antes de a noite terminar, ele tornaria seu o corpo dela.

Quando Locke a acompanhou para fora da sala, Portia ficou surpresa – baseada no modo como os olhos dele ficaram sombrios enquanto ele massageava seu queixo – por ele não a ter jogado sobre algum sofá e levantado suas saias.

Depois que saíram, ela trancou a porta, já receando o encontro que teria pela manhã com a Sra. Barnaby para pegar de novo as chaves. Ela tomaria a sala para si, Locksley gostasse disso ou não. Quando ele não estivesse por perto, ela se distrairia tocando piano. Portia entendia que a casa era dele, e, portanto, também as regras, mas algumas precisavam ser quebradas.

Continuando pelo corredor, ela se deu conta de seus passos desiguais, com sua sapatilha estalando no chão, e o pé com a bota estalando.

– Como você está conseguindo manter a bota no pé? – ele perguntou.

– Eu enfiei jornal na ponta e nos lados, para preencher o espaço ao redor do meu pé. Um truque que aprendi com a minha mãe, que sempre comprava sapatos um pouco maiores, para que pudéssemos crescer neles e, assim, aproveitá-los por mais tempo.

– *Pudéssemos?* Você teve irmãos?

Portia fez uma careta. Quanto menos ele soubesse a seu respeito, melhor seria para ela. Embora tivesse ficado extremamente decepcionada por ele não mostrar interesse em ouvi-la tocar piano, ela encontrava algum consolo no fato de ele querer apenas seu corpo. Era improvável que Locksley lhe fizesse perguntas ou se aprofundasse em seu passado. Mas ela queria limitar suas mentiras, porque a verdade era sempre mais fácil de lembrar.

– Duas irmãs e um irmão.

– Noite passada você disse que não tinha família.

Porque não tenho.

– Estão mortos?

Teria sido tão mais simples responder que sim.

– Não. Mas eles não aprovavam Montie. Então tive que escolher entre ele e minha família.

– Você o escolheu.

Ela concordou.

– Mas com certeza depois que ele morreu...

– Minha família não quis nada comigo.

– Mesmo que agora esteja casada com um nobre?

– Eu poderia me casar com um príncipe e eles não me perdoariam. – Portia sentiu que ele a estudava. Ela tinha falado demais. Locksley iria continuar com as perguntas e, quando soubesse a verdade, a anulação que ele tinha sugerido iria se tornar realidade. O que ela estava querendo ao ser tão descuidada com o que revelava?

– Por aqui – ele disse, virando num corredor.

Confusa com a orientação, ela parou, apontando para outro corredor.

– O caminho para a cozinha é por aqui. Tenho certeza.

– Vamos fazer um desvio.

– Por quê?

– Não cabe a uma mulher questionar seu marido.

Ou qualquer homem, ela sabia bem disso. Se tivesse questionado Montie, talvez não estivesse agora nessa posição duvidosa. Mas ela não cometeria o mesmo erro de confiar cegamente.

– Você não me parece ser do tipo que deseja uma ovelha como esposa.

– Como você bem sabe, eu não queria uma esposa.

Isso era verdade, ela pensou. Então, quando Locksley recomeçou a caminhar, ela o seguiu. Mais cedo, Portia tinha aberto as portas desse corredor. Ela sabia que nenhum aposento ali continha qualquer coisa nefasta, algo que pudesse lhe preocupar.

– Mas você precisa de um herdeiro, então algum dia iria querer uma esposa.

– Querer, não. Nunca quis, mas, um dia, acabaria arrumando uma.

– Então minha chegada apenas adiantou sua programação.

Parando em frente a uma porta, ele a encarou.

– Não diga isso como se não fosse nada e você tivesse me feito um grande favor. – Antes que ela pudesse retrucar, ele estendeu a mão. – As chaves.

– Aí só tem um escritório.

– Eu sei. – Ele estalou os dedos. – Chaves.

Ela depositou o chaveiro na manzorra dele, e Locke começou a procurar a chave.

– Você não fez um inventário muito detalhado dos quartos – ele murmurou.

– Eu não fiz nenhum inventário. – Por algum motivo, ela se ofendeu por ele pensar que ela pudesse fazê-lo. – Você achou que eu estava procurando a prataria? Eu apenas tinha a esperança de encontrar um quarto que me servisse de santuário.

Ele segurou uma chave entre o indicador e o polegar.

– Então você apenas espiou dentro dos aposentos e continuou.

– Na maioria dos casos, sim. Até que descobri a sala de música. Foi como se ela tivesse falado comigo.

Ele arqueou uma sobrancelha sobre aqueles olhos verdes penetrantes.

– Você percebe que isso a faz parecer maluca.

Ela bufou.

– As paredes não falaram, literalmente, comigo. Eu só quero dizer que achei a sala acolhedora.

– Mesmo com as aranhas?

Ela torceu a boca.

– Nem tanto acolhedora depois que encontrei esses bichos. – Ela bateu o pé com a bota no chão. – Mas eu estava conseguindo lidar com elas.

– Estava mesmo.

Antes de Locke se virar, Portia pensou ter visto um brilho de admiração nos olhos dele. Locksley destrancou a porta, abriu-a e entrou. Ela o seguiu.

– Este era o escritório da marquesa – ele anunciou ao se aproximar de uma escrivaninha pequena.

Ela conseguiu ver, então. Com a mobília delicada, as cores mais claras. Poderia ter sido uma sala alegre se tivesse mais que uma janela estreita.

Na escrivaninha, Locksley levantou uma porta deslizante, revelando diversos nichos e escaninhos. Depois, abriu uma gaveta, de onde retirou outro chaveiro, muito menor do que o usado pela governanta. Ele o ofereceu a Portia.

– Para que você não tenha que incomodar a Sra. Barnaby no futuro.

Ela olhou para o molho de chaves, perguntando-se por que seus olhos estariam ardendo. Locksley estava fazendo mais do que lhe entregar peças de ferro. Essa era uma demonstração de que ele confiava nela, de que Portia tinha um lugar naquele casa, na vida dele. Locksley estava lhe entregando sua liberdade, que era mais do que ela tinha conseguido em muito tempo. Devagar, solene, ela pegou o chaveiro.

– Não sei o que dizer.

– Não há nada a ser dito. Você é a senhora da casa. Tem direito a um molho de chaves.

Claro que ele precisava arruinar o gesto com uma resposta seca, mas ela não deixaria que ele acabasse com seu entusiasmo.

– Como sabia que estavam aqui?

– Vou lhe contar durante o jantar. No momento, estou faminto e você ainda precisa de um banho.

– Estou ansiosa para conhecer essa história. – Ela se virou para sair.

– Lembre-se – ele disse às suas costas. – Não use luvas.

Ela olhou por sobre o ombro, dando-lhe um olhar maroto.

– Não me esqueci. Na verdade, pretendo usar muito pouco além do vestido. Menos coisas para lhe dar trabalho mais tarde. Pense nisso durante o jantar.

Usando calçados diferentes, a saída de Portia não foi tão graciosa quanto ela teria gostado, mas o gemido baixo dele, sua cabeça curvada e os dedos cravados na escrivaninha logo atrás a deixaram muito satisfeita. A noite podia pertencer a ele, mas seria de acordo com os termos dela.

Capítulo 9

Portia iria deixá-lo louco. Locke teve certeza disso enquanto bebericava seu uísque, olhando para a escuridão através da janela da biblioteca, esperando por ela.

Depois de levar banheira e água para cima, ele sentiu uma tentação incrível de ficar encostado em uma parede enquanto ela tirava as roupas, entrava na banheira e deixava a água cobrir sua pele. Mas Locke duvidava que, se ficasse, ela chegaria a molhar o mindinho do pé antes que ele a deitasse de costas. Ele a desejava com uma fúria que não queria reconhecer. Nunca uma mulher o tinha afetado da mesma forma que ela.

Então ele saiu do quarto apenas para provar – mais para si mesmo do que para ela – que conseguia.

Ele nunca teria imaginado encontrar Portia de quatro fazendo faxina. É verdade que a Sra. Barnaby já não era uma criança e que seu esforço, no dia anterior, para arrumar a sala de estar tinha sido deficiente, mas ela conseguiu tornar a sala habitável. E ela era a governanta. O trabalho dela era cuidar da casa.

Mas Portia tinha começado a cuidar ela mesma das coisas. Ficou constrangida ao vê-lo preparar o banho. Ela não queria ser mimada. Locke não esperava isso, não sabia o que pensar dela. Toda mulher com quem ele já tinha se envolvido queria ser adulada, insistia nisso. De fato, elas queriam elogios constantes, numerosos presentes e atenção exclusiva.

Baseado na razão de Portia estar ali, no que ela esperava conseguir, o que buscava, ela deveria querer ser mais mimada que qualquer outra mulher que ele tinha conhecido. Mas ele a encontrou coberta de pó e teias de aranha, com sujeira no rosto e nas mãos. Havia algo de errado com ele por achar isso tão incrivelmente sensual. Esposas de lordes não chafurdavam na imundície. Mesmo assim, ela parecia à vontade nessa situação.

Quem *era* Portia Gadstone St. John?

Um pouco tarde para se perguntar isso, camarada.

Ele não queria se sentir intrigado ou fascinado por ela. Não queria conhecê-la. Locke queria apenas sexo, satisfazer seu desejo, garantir que Portia fizesse por merecer o título que lhe foi proporcionado pelo casamento.

Ao ouvir passos leves, ele olhou por sobre o ombro. Cristo, ela estava linda. Se entrasse num salão de baile com aquele vestido roxo que revelava seus ombros tão sugestiva e sedutoramente, ela conseguiria centenas de pretendentes. Por que responder ao anúncio de um velho? O que isso importava agora? Ela era sua esposa.

– Você se livrou da bota, pelo que vejo – ele disse quando ela se aproximou, os sapatinhos de cetim aparecendo de vez em quando por baixo da barra da saia.

– Você está comigo agora. Acredito que vá me proteger de eventuais criaturas de oito patas.

Locke teve o pensamento fugaz de que a protegeria de qualquer coisa.

– Pelo movimento da sua saia, parece que você não está usando anáguas. – Ele não esperava que Portia fosse honrar a promessa de não vestir roupa de baixo. Achou que ela estivesse apenas o provocando.

Ela inclinou a cabeça, abrindo um sorriso malicioso.

– Nada de anáguas. Apenas o espartilho. Do contrário, meu corpete ficaria com um volume indecente.

A boca dele secou.

– Apenas o espartilho?

– Apenas o espartilho. Bem, e meias. São necessárias para os sapatos. Mas você não precisa tirá-las para me possuir. Nem os sapatos, aliás.

Ele a imaginou nua, exceto pelas meias e sapatos, as pernas para cima...

– Calçola? – ele perguntou.

Ela negou com a cabeça, os dentes mordendo o lábio inferior.

– *Chemise?*

Outro sorriso provocante.

– Apenas o espartilho.

– Jesus. – Enquanto virava o restante do uísque, Locke não deixou de ver a expressão de satisfação dela. Seu pai tinha razão. Com certeza havia vantagens em se tomar uma mulher experiente como esposa. Ele começava a se perguntar por que os homens cobiçavam tanto noivas virgens. – Uma bebida antes do jantar?

– Não, obrigada.

Bem, ele precisava de mais uma. A caminho do aparador, passou pela escrivaninha. Ocorreu-lhe que poderia possuí-la ali mesmo. Ela não usava roupa de baixo; seria fácil levantar-lhe a saia até a cintura, desabotoar a calça e entrar nela antes do jantar. Mas Locke tinha a impressão de que ela veria isso como uma vitória. Ele resistiria um pouco mais.

– O jantar está servido, milorde – anunciou Gilbert.

Que pena. A bebida teria que esperar.

Indo até Portia, ele lhe estendeu o braço. Ela colocou a mão na curva do cotovelo e apertou.

– Eu não faria objeções à escrivaninha – ela disse, com doçura, antes de soltá-lo e sair da biblioteca, balançando os quadris, provocadora.

Por entre os dentes cerrados, ele soltou uma imprecação violenta. Ele ficou tão preocupado em salvar seu pai de Portia que nem pensou que ele próprio precisaria ser salvo.

Montie sentia-se atraído por ela, desejava-a. Ele deixou isso claro na noite em que se apresentou. Mas nunca olhou com a mesma intensidade escaldante com que Locksley a fitava. Embora estivesse sentado à frente dela, há vários passos de distância, Portia percebia muito bem o desejo vibrando nele enquanto o vinho era servido. Talvez *desejo* fosse uma palavra muito branda.

Ele quis deitá-la na escrivaninha e devorá-la. Portia viu isso nos olhos dele. Ela não sabia se tomava como insulto ou elogio a capacidade de ele controlar seus impulsos.

Ela faria bem se não o provocasse dessa forma tão descarada, para não dar a impressão de que era algum tipo de devassa, mas Portia precisava que o casamento fosse consumado antes do próximo nascer do sol. Era o único modo de garantir que aquele arranjo não pudesse ser facilmente desfeito. Era o único modo de garantir alguma proteção no caso de Montie descobrir onde ela estava escondida.

Ela tinha sido cuidadosa, nunca usando seu nome durante as viagens, nunca usando um dos meios de transporte principais. Daí a necessidade de usar a carruagem postal, onde não se faziam perguntas além do destino.

Ela se sentia relativamente segura, e sempre havia a chance de Montie ficar feliz com sua ausência quando a descobrisse.

Ainda assim, um casamento consumado seria essencial à sua estratégia. Ela se recusava a se sentir culpada porque seu plano tinha sofrido complicações e ela agora era esposa do visconde, não do marquês. Ela não repensaria seu plano apenas porque Locksley mostrou um momento de bondade ao lhe dar um molho de chaves. Nem porque ele parecia se importar de verdade com o pai. Nem porque ele parecia capaz de destruí-la com pouco mais que um toque.

E embora pudesse dizer para si mesma que queria consumar o casamento por motivos pessoais, Portia não podia negar que a amostra que ele tinha lhe dado da paixão que a esperava na cama fez com que o corpo dela também vibrasse de desejo, e ela desejou até que ele a tivesse possuído na droga da escrivaninha. Que já tivesse acabado com isso. Que parasse de torturá-la com aquela demonstração de autocontrole.

Gilbert interrompeu seus pensamentos ao colocar a tigela de sopa de tartaruga à sua frente. Então ele colocou uma diante do visconde.

Locksley franziu a testa.

– Você pode trazer toda a comida, Gilbert. Não temos convidados esta noite.

Então Locksley jantava do mesmo modo que tomava o café da manhã, facilitando a vida dos criados, sem ostentação. Portia não conseguia imaginar Montie sendo tão atencioso. Na verdade, sabia que ele nunca seria. Criados existiam para servir e ele gostava de ser servido. Ele nunca tinha sido grosseiro, mas era extremamente habilidoso em garantir que as pessoas ao seu redor soubessem o lugar delas. Portia sentiu o coração estilhaçar quando, enfim, entendeu qual era seu lugar.

– A Sra. Dorset disse que não podemos mais servir tudo em um só prato; não agora que temos uma lady na residência – Gilbert explicou, parecendo se sentir culpado.

– Então você vai ficar andando de um lado para outro durante o jantar.

– Parece que sim, milorde.

Locksley suspirou.

– Então, pelo amor de Deus, ponha o vinho na mesa para que eu mesmo possa me servir.

– A Sra. Dorset...

– Não vai ficar sabendo.

– Muito bem, milorde. – Depois de servir o vinho, ele se retirou para o canto.

Locksley parecia insatisfeito; um homem que não gostava de ser servido. Portia se recusou a deixar que essa descoberta a fizesse gostar dele. Seus planos cuidadosamente pensados tinham sido arruinados por ele – ainda que por motivos elogiáveis. Ela provou a sopa. Deliciosa. Não era de admirar que ninguém discutisse com a Sra. Doset sobre como a sopa devia ser servida.

– Você ia me contar como sabia das chaves – ela disse em voz baixa.

Um brilho de diversão dançou nos olhos dele. Locksley se recostou e ergueu a taça de vinho.

– É verdade. Os pupilos do meu pai e eu gostávamos de nos considerar aventureiros intrépidos. Nós tirávamos o molho de chaves da Sra. Barnaby depois que ela adormecia e, tarde da noite, explorávamos todas essas salas.

– Com o tamanho deste lugar, isso deve ter demorado anos.

Ele concordou, dando um gole no vinho.

– Quase três, pelo que me lembro. Éramos como arqueólogos vasculhando as ruínas de uma civilização antiga, catalogando nossas descobertas, mas tomando cuidado para que nada parecesse fora do lugar.

Embora ele parecesse à vontade falando disso, Portia percebeu a tristeza – e a culpa – que tocaram brevemente o verde dos olhos dele. A civilização antiga era a vida de seus pais. Ela imaginou como teria sido crescer com tão pouco conhecimento do passado.

– E quando você cresceu, continuou suas explorações, mas no restante do mundo.

– Por algum tempo.

– Sente falta das aventuras?

Gilbert retirou as tigelas e retirou-se pela porta. Locksley tamborilou o copo.

– Espero que ela não tenha preparado comida em demasia. Não gosto de desperdício.

– Amanhã eu falo com ela. Posso? Vou aprovar o cardápio para garantir que não haja excesso.

Ele assentiu.

– Você vai ver que é mais fácil lidar com ela do que com a Sra. Barnaby.

Uma mulher que mandava na cozinha? Portia duvidava que seria fácil, mas ela própria tinha sido criada para administrar uma casa. Ela daria conta dessa tarefa com facilidade.

– Você não respondeu minha pergunta. Sente falta de viajar?

– Às vezes – ele disse e lhe deu um sorriso hipnotizante de tão maroto. – Mas um pouco de aventura vai acontecer muito em breve na minha vida, não é, Lady Locksley?

Uma sensação de calor ruborizou a pele dela.

– Você sempre precisa levar a conversa por esse caminho?

– É você quem está sentada aí sem calçolas.

– É uma delícia, na verdade. A seda tocando meus países baixos.

Ele soltou uma risada.

– Deus, você sabe provocar. A maioria das mulheres tem vergonha de falar sobre sexo.

– Você gosta que eu não tenha?

Ele levantou o copo, brindando.

– E como! Portia não confiou no sorriso que ele lhe deu. Locksley a tinha deixado vencer fácil demais. Ela teve a sensação de que o marido a faria pagar por isso mais tarde – com gritos de prazer que fariam as janelas tremerem. O que ela conhecia de prazer, Portia desconfiou, empalideceria perto do que ele seria capaz de lhe dar. Ela ansiava por isso, mas também tinha medo.

Gilbert entrou e colocou um prato de carneiro e batatas diante dela. Portia ergueu os olhos e viu que Locksley a estudava. Ela começava a desejar ter vestido pelo menos as calçolas.

– Como estavam as coisas nas minas? – ela perguntou.

Ele apertou os olhos, o rosto endurecendo com frieza.

– Não se preocupe, minha mercenariazinha, sua mesada está garantida.

– Eu não estava... – ela se interrompeu, incapaz de culpá-lo pela opinião baixa que tinha a seu respeito. Portia tinha mesmo lhe dado a impressão de que só estava ali para lucrar. A desconfiança e a repulsa dele lhe serviam de escudo. Mas esse escudo começava a ficar pesado demais para empunhar. – Eu só estava perguntando do seu dia. Se foi agradável. É o que boas esposas fazem.

Um canto da boca dele se torceu.

– Você está planejando ser uma boa esposa?

– Dentro do razoável.

– Pelo menos você é honesta – ele disse depois de soltar uma gargalhada.

Só que ela não era. Portia desejou poder ser, mas a opinião que ele tinha a respeito dela já era ruim do jeito que as coisas estavam. Em vez de levá-la para a cama, ele se livraria dela. Com toda pressa.

– Eu gostaria que as coisas fossem agradáveis entre nós.

– Depois que terminarmos o jantar, tudo vai ficar muito agradável.

Ela deu uma bufada grosseira.

– De novo, você sempre precisa ir por aí? – Portia queria um homem que a desejasse por algo mais que seu corpo. Marsden teria gostado de companhia.

Ela deveria ter insistido em se casar com o marquês. Não que esse homem teimoso, obstinado, teria permitido, não importando que razões ela lhe desse.

— Pensei em você durante boa parte do meu dia — ele disse em voz baixa.

Ela revirou os olhos.

— Em me levar para cama, eu sei.

— Às vezes. — Ele baixou os olhos para o vinho, e deslizou o dedo lentamente pela haste da taça, como, sem dúvida, faria com ela em breve. Parecia que ele não era o único cujo pensamento ia com frequência para o quarto. — Às vezes eu me pegava imaginando o que a trouxe até aqui, de verdade.

O olhar de Locksley, exigente e envolvente, trombou com o dela. Se ela acreditasse por um instante que ele realmente se importava com ela, que seria decente quando soubesse, ela teria confessado tudo.

— Foi o anúncio do seu pai. — Ela detestou que as palavras tivessem saído de sua boca como um coaxo.

— Você sabia que ele é chamado de Marquês Maluco de Marsden?

Ela concordou.

— É por esse motivo que você passa tão pouco tempo em Londres? — ela perguntou.

— Como você sabe quanto tempo eu passo em Londres?

— Acredito já ter mencionado os jornais de fofoca. Verdade seja dita, sou viciada neles. Você e os outros Sedutores são citados com frequência. — Ela franziu a testa. — A propósito, como foi que esse apelido surgiu?

— Tivemos nossas aventuras na juventude. Mas sempre nos perdoavam. Nosso passado nos tornou personagens tão trágicos que conseguíamos nos safar de muita coisa que aprontávamos.

— Vocês também eram conhecidos por serem irresponsáveis.

— E éramos. Uma vez, Ashe quase virou jantar de um leão. E, é claro, Albert morreu num safári, deixando o título para Edward, que fingiu ser Albert durante meses. Foi uma loucura.

— Lembro-me de ter lido a respeito nos jornais. Foi um escândalo e tanto quando a verdadeira identidade dele foi revelada.

— Foi mesmo. E, em seguida, ele fez algo ainda mais audacioso ao levar a viúva do irmão para a Suíça e se casar com ela. Isso ainda não foi muito bem aceito, mas as pessoas estão começando a se conformar. Quando eles vierem nos visitar, espero que você os receba bem.

— É claro. Não posso atirar a primeira pedra.

Ele a encarou.

— E por que não, Lady Locksley?

Ela congelou, com medo, inclusive, de respirar. *Eu sei o que é ser banida, expulsa, desgraçada.*
— Já atiraram pedras na sua direção? — ele perguntou.
Muitas.
— Como já falei, minha família não aprovou Montie. E a dele, não *me* aprovou. Mas nosso amor era grande o bastante para nada disso importar.
— Essa última parte acabou se revelando uma mentira, mas a versão mais jovem dela acreditou nesse amor de todo coração.
— Mas você não está procurando amor agora.
— Não, milorde. Fechei meu coração para o sentimento. É mais fácil assim. — Outra mentira, motivada pelo conhecimento de que Locksley nunca a amaria, e que seria inútil desejar algo diferente. Por outro lado, ela também nunca o amaria.
Mas a vida com Montie a ensinou a esconder seus sentimentos, e ela tinha se tornado muito boa nisso. Portia só esperava que não tivesse aprendido a escondê-los de si mesma.

Ela lambeu o resto do pudim na colher, devagar, provocadora, enquanto emitia pequenos gemidos que o fizeram endurecer, que deixaram a pele de Locke tesa e sua respiração, irregular. Ele não teve dúvida de que Portia sabia muito bem que o estava torturando — e isso a deliciava.
Ele quis socar alguma coisa. Quis beijar cada centímetro dela. Quis rir, uma gargalhada espalhafatosa que ecoaria por todos os cantos da residência. Locke não conseguia se lembrar de quando tinha apreciado tanto uma mulher — e ele ainda tinha que desfrutá-la por completo.
O pudim dele, por outro lado, estava intocado.
— Você quer a minha sobremesa, também? — ofereceu quando ela pôs a colher de lado.
— Você não gosta de pudim? — ela perguntou.
— Não tenho muito apetite por doces, e deve ser por isso que gosto de você. É tão azeda.
Surpresa tomou conta das feições dela.
— Você gosta de mim?
Ele tinha dito isso? Maldição, tinha mesmo. Sem pensar nas repercussões, ou em como ela poderia interpretar as palavras. Sem pensar que ela poderia encontrar esperança de algo mais entre eles.

– Você me desafia, Portia. Não posso negar que gosto desse aspecto do nosso relacionamento. Não me agradam mocinhas que ficam miando.

– E as que ronronam? – Ela lhe deu um olhar lascivo.

Ah, sim. Com toda certeza ele a queria ronronando.

– Tem mais alguma coisa para ser servida, Gilbert? – ele perguntou.

– Não, milorde. O pudim era o último prato.

Graças a Deus. Ele empurrou a cadeira para trás e se levantou. Por um instante, ele pensou em convidá-la para um conhaque na biblioteca. Mas Locke estava cansado de adiar o inevitável, de fingir ser um cavalheiro quando ela conseguia, com tanta facilidade, transformá-lo num bárbaro que só pensava em possuí-la dos pés à cabeça.

Ele se sentiu como um predador enquanto andava até a ponta da mesa em que ela estava, e sua expressão deve ter deixado alguns de seus pensamentos muito claros, porque ela pareceu um pouco receosa dele. Ótimo. Portia podia levar vantagem fora da cama, mantendo-o duro e pronto para ela, mas, por Deus, a vantagem seria dele assim que deitassem no colchão. Ele puxou a cadeira dela e esperou que a esposa levantasse com toda a elegância, que se afastasse da mesa...

E a pegou nos braços, tirando um pouco de satisfação do gritinho que ela deu.

Com o rosto perto do dele, ela o encarou.

– Claro que você pretende apreciar um drinque após o jantar.

Tudo o que ele queria era sorver o uísque dos olhos dela. Não que ele fosse tolo o bastante para declarar essa tolice.

– Acho que já adiamos demais essa questão.

Locke observou os movimentos delicados da garganta de Portia enquanto ela engolia. Muito em breve ele estaria mordiscando esse pescoço. Então ele teve muita consciência do desenho das pernas dela, do calor que emanavam para seus braços. Nada de anáguas. Ele gostou muito da sensação.

Locke pensou ter detectado um tremor passando pelo corpo dela, um pouco antes de o queixinho redondo dela se mover uma fração, confirmando a anuência de Portia. Enquanto lambia os lábios, ela colocou a mão no pescoço dele, os dedos sentindo o pulso latejando num ritmo errático. Ela baixou os cílios, convidativa.

– Estou ansiosa para descobrir se você é tão bom quanto diz.

Se soubesse que esposas podiam ser mais provocantes e sedutoras que as prostitutas mais caras que tinha conhecido, talvez Locke tivesse se casado mais cedo. Ele deve ter grunhido, ou soado como se estivesse sufocando, porque assim que saiu da sala caminhando com urgência, ela deu uma risada leve, passando a mão por parte do peito e do ombro dele, o que conseguisse alcançar. Aproximando-se, ela mordiscou sua orelha.

– Continue com isso, sua diabinha, e não vou conseguir subir a escada.

– Eu gosto que você me queira.

Querer era uma palavra mansa demais, mas ele não desejava assustá-la revelando o desespero real com que a desejava. E não queria lhe dar todo esse poder sobre ele. Antes que a noite terminasse, Portia não conseguiria sequer andar. Ele já sabia que uma vez só não seria suficiente. Diabos, uma dúzia de vezes poderia não ser suficiente.

Quando chegaram à escada, ela descansou a cabeça no ombro dele, e uma onda protetora o assaltou de um modo que quase o fez cambalear. Alguma coisa naquele gesto que demonstrava tanta confiança fez com que ele se arrependesse de querê-la com apenas um objetivo: aquecer sua cama. Desde o instante em que tinha aberto a porta para ela, Locke sentiu um desejo insano de possuí-la, de conquistá-la... de vencê-la.

Ele não acreditava nem nela nem nos motivos que ela tinha para se casar com seu pai. Isso não tinha mudado. Ele estava decidido a vencê-la em seu próprio jogo – quando ele pensou melhor, percebeu que podia ter entrado na armadilha dela, mas não viu motivo para se arrepender. Não quando era garantido que logo ela estaria se contorcendo debaixo dele. E como iria se contorcer.

Portia podia provocá-lo e brincar de garota assanhada, mas ele seria o senhor da noite.

No alto da escada, ele virou no corredor em direção ao seu quarto, e percebeu com clareza que a respiração dela ficava mais curta, que havia uma expectativa que a agitava. Ela incitava os desejos dele com tão pouco esforço. Ele estava louco de querê-la tão desesperadamente.

Locke passou pela porta do quarto do pai, parou, praguejou. Ele não queria ser incomodado naquela noite. Nada de interrupções. Uma vez que a tivesse em seu quarto com a porta fechada, Locke não queria abri-la até de manhã.

– Nós devíamos ver como seu pai está – ela disse, a voz suave.

Ele não gostou do aperto que sentiu no peito por Portia parecer estar mesmo preocupada com seu velho. Não importava o que ela sentia pelo marquês. Locke não iria gostar dela, recusava-se a abrandar o modo como a tratava, não seria envolvido por ela. O relacionamento deles era definido por distanciamento emocional, o que servia muito bem aos dois. Ainda assim, ele baixou os pés dela até o chão.

– Só vou demorar um instante. Espere aqui.

Ele estava se aproximando para lhe dar um beijo rápido nos lábios quando as feições dela foram tomadas por uma raiva que o paralisou.

– Não sou um cachorro para receber ordens – ela disse. – Eu quero dar boa-noite ao marquês e é o que vou fazer. Com ou sem seu consentimento.

Ele pensou em lembrá-la da obrigação de uma esposa – obedecer ao marido em tudo –, mas isso resultaria, sem dúvida, numa briga, porque ela era do tipo que não obedecia quem quer que fosse. Essa era uma das características de Portia que o atraía. Além do mais, ele gostava de que ela não fosse uma flor murcha, que o enfrentasse de igual para igual e até pisasse nos seus calos se necessário. Mas ele precisava de algum tipo de vitória, então se aproximou para um beijo rápido antes de se virar para a porta e bater rapidamente na madeira.

– Entre – o pai disse.

Abrindo a porta, ele sinalizou para que ela fosse na frente. Portia entrou com um floreio vitorioso. Ela precisava ser domada, mas Locke não queria matar seu espírito. Parado atrás dela, ele se esforçou para não calcular quantos segundos seriam necessários para desfazer os laços do vestido dela.

– Doze – seu pai anunciou.

Locke olhou por sobre o ombro dela para o pai, sentado junto à janela.

– Perdão?

– Você vai precisar de doze segundos para abrir esses laços.

O maxilar dele ficou tenso. Locke não gostava de ser lido com tanta facilidade.

– Oito.

– Não estamos aqui para discutir meus laços – ela ralhou com os dois, e ele gostou que ela não tivesse gaguejado nem hesitado diante do que eles estavam falando. – Estamos aqui para ver se você precisa de algo antes que nós nos recolhamos.

– Preciso de um herdeiro. Mas isso depois que vocês se recolherem.

– Sinceramente, milorde, você precisa expandir seus interesses. Talvez queira que eu leia um pouco para você.

– Não – Locke grunhiu.

Ela olhou para trás, inocente, mas ele sabia que não havia nada de inocente nela. Aquela mulher malvada só estava tentando torturá-lo um pouco mais.

– Nós não vamos ler para ele esta noite – Locke rosnou.

– Como quiser. – Ela se virou para o marquês. – Sentimos sua falta no jantar.

– Prefiro comer aqui.

– A solidão não combina com você, milorde.

– Eu nunca estou sozinho, minha querida. E você tem que me chamar de pai.

Isso a fez corar. Ela não se sentia à vontade com isso, o que fez Locke se perguntar por quê.

– Bem, se você não precisa de nada, nós vamos para a cama – Locke disse.

– Está um pouco cedo para a cama – o pai retrucou.

Locke se esforçou para não olhar feio para o pai. Instantes atrás eles não estavam discutindo os laços dela e um herdeiro?

– Eu tive um dia longo.

As rugas no rosto do pai apontaram para baixo.

– Eu o vi sair a cavalo, para as minas, imagino. Ultimamente você tem ido bastante para lá. Tem algo errado?

Ele não pretendia discutir os problemas com o pai. Nunca. Muito menos nessa noite.

– Está tudo bem.

Portia olhou para ele com uma expressão de dúvida que Locke não quis interpretar.

– Eu vou trancar a porta, agora – ele disse com delicadeza para o marquês. – Eu só queria que você soubesse.

Locke não queria se sentir culpado com isso. Era mais para a proteção do pai do que para qualquer outra coisa.

– Tem certeza de que tem tudo de que precisa?

– Eu não tenho tudo de que preciso desde que sua mãe morreu. Mas não importa. Vocês não precisam ficar ouvindo os resmungos de um velho. Vá se deitar com sua mulher. Deem-me um herdeiro.

Com essas palavras do pai, sua culpa diminuiu, e ele notou que as orelhas de Portia ficaram vermelhas. Ela parecia ficar ruborizada mais do que ele pensava. Só que nem sempre no rosto. Interessante. Ele teria que explorar mais essa possibilidade. Gostou da ideia de vê-la corar em outras partes.

Adiantando-se, ela beijou o marquês no rosto.

– Bons sonhos, milorde.

– Pai – ele insistiu.

Ela sorriu, aquiesceu, tentou parecer constrangida, mas não repetiu a palavra. Locke teve o pressentimento de que ela nunca o chamaria assim. Ela passou por ele e saiu do quarto.

– Ela é uma beleza, não acha? – o pai perguntou, recuperando a atenção de Locke. – Mais bonita que sua mãe, mas não conte isso para ela. – Ele bateu no peito. – A beleza de sua mãe era toda por dentro. Portia também tem um bocado de beleza interna. Não se esqueça de olhar lá dentro.

A mulher era uma sedutora alcoviteira. Que seu pai não conseguisse ver isso só reforçava que Locke tinha tomado a decisão correta ao se casar com ela. Portia teria seu pai na palma da mão cinco segundo depois que a certidão de casamento estivesse assinada.

– Eu só preciso que ela esquente a minha cama. Não preciso gostar dela para isso.

– Não seja bobo, Locke. Abra esse maldito coração.

Para que eu transforme minha vida num inferno, caso ela morra? Melhor não.

– Durma bem, meu pai.

Quanto a Locke, ele não pretendia dormir a noite toda.

Capítulo 10

Parada no corredor, Portia se esforçou para ignorar Locksley dizendo para o pai que não gostava dela. Portia procurou se consolar com o fato de que ele parecia não a desprezar. E ele tinha lhe dado as chaves. Talvez não existisse nenhum afeto entre eles, mas o relacionamento entre os dois seria cordial. Pelo menos fora da cama. Ela desconfiava que, na cama, a relação seria selvagem.

Ele saiu, fechou a porta e a trancou, parando por um segundo, como se precisasse de um momento para se livrar da sensação de melancolia que parecia tê-lo envolvido após passar algum tempo com o pai. Então ele a encarou, sem revelar nada de suas dúvidas, suas preocupações ou seus problemas.

– O que há de errado com as minas? – ela perguntou.

Ele apertou o maxilar, estreitando os olhos.

– Não há nada de errado com as minas.

– Você respondeu depressa demais... e tão tenso... que percebi que não queria discutir o assunto com ele.

– Não queria mesmo. – Ele se aproximou dela. – Meu pai adora as minas. Se começasse a falar delas, continuaria por horas. Não estou com paciência para isso essa noite.

Ele a pegou nos braços e seguiu na direção do quarto.

– Parece que você não está com paciência nenhuma – ela disse.

– Sinta-se grata por isso.

Tão brusco, e mesmo assim não era um homem insensível, de quem ela deveria ter medo. Um homem insensível teria colocado o pai num hospício. Um homem insensível não aguentaria esquisitices dos criados. Um homem insensível já a teria possuído.

Ele entrou no quarto, fechando a porta com um chute. Dessa vez, ele a colocou no chão perto da cama, de onde conseguiria jogá-la sobre o colchão.

– Vire-se – ordenou.

Afastando qualquer temor, qualquer desejo de conhecê-lo melhor antes que Locksley fizesse o que queria com ela, Portia se virou, o olhar parando na colcha grossa, imaginando se deveria puxar os lençóis. Mas ela desconfiava que nada do que estava para acontecer seria muito correto.

Sete segundos foi todo o tempo de que ele precisou para desfazer todos os laços do vestido dela. O dedo calejado dele deslizou pela borda inferior do espartilho, na parte de baixo das costas, sobre a curva das nádegas. Então a sua boca, quente e molhada, seguiu pelo mesmo caminho, fazendo surgir um calor úmido entre as pernas da esposa. A tortura doce era quase maior do que ela conseguia aguentar. Finalmente, ele se endireitou e começou a abrir os fechos do espartilho. Graças a Deus, porque ela mal conseguia respirar com a expectativa que a agitava.

Ela quis provocá-lo com o que não estava usando, mas lhe ocorreu o pensamento fugaz de que Locksley poderia tomá-la com facilidade demais. Pouca coisa separava sua pele, sua feminilidade, dele.

Seis segundos para soltar o espartilho. Ela levou a mão à barriga para evitar que suas roupas caíssem. Definitivamente, ele estava mais rápido nessa noite. Em menos de um minuto ela estaria deitada de costas. Locksley passou o dedo pela coluna dela; para baixo, para cima. Ele colocou as palmas nas omoplatas dela e lentamente movimentou as mãos pelos ombros, afastando o vestido até que a peça caísse no chão. O espartilho caiu na sequência.

– Quem pensaria que uma mulher com costas tão delicadas seria tão forte? – ele perguntou, e ela pôde jurar ter ouvido admiração na voz dele. – Afaste-se das roupas.

Ela fez como ele mandou, então se virou.

– Você vai ficar... – *me dando ordens a noite toda?* Essa parte morreu nos lábios dela. Portia pensou que nunca alguém tinha olhado para ela com tanta fome; um animal faminto disposto a qualquer coisa para saciar seus desejos.

– Cristo, você é linda. – Ele envolveu os seios dela com as mãos, apertando os mamilos entre os polegares e indicadores, não forte nem fraco demais, como se soubesse exatamente o que ela precisava.

Engolindo em seco, ela resistiu ao impulso de pegar o vestido e se cobrir. O olhar dele, tão quente, tão intenso, fez com que se sentisse exposta. Diabos, ela estava mesmo exposta, em desvantagem.

– Tire o paletó.

– Só o paletó? – Ele sorriu, ameaçador.

Ela levantou o queixo, tentando parecer mais corajosa do que se sentia.

– Tudo.

O sorriso dele cresceu, tão danado, tão provocador, prometendo tanto.

– Como minha mulher mandar.

Ela não esperava que ele fosse obedecer, pois nunca tinha se sentido em pé de igualdade com Montie, mas Locksley não bancava o lorde com ela. Então ele atirou o paletó no chão e levou os dedos aos botões do colete. Sem pensar, ela deu um passo à frente e cobriu as mãos dele com as dela. Portia sentiu a tensão crescendo nele. O que Locksley estava tentando provar ao ainda não a ter possuído? Que podia resistir ao seu charme? Ela podia sentir como essa batalha era difícil. Ela devia sentir pena dele, mas queria fazer o marido se render.

– Eu faço isso.

Sem nunca tirar seus olhos dos dela, ele baixou a cabeça, anuindo, e abriu os braços. Ela não confundiu o gesto com submissão, sabia que se tratava de uma mera pausa na guerra.

– Não precisamos estar em conflito – ela disse em voz baixa enquanto abria os botões.

– Não estamos. Arrisco dizer que temos o mesmo objetivo: colocar você na cama. – Ele sacudiu os braços para tirar o colete, que foi parar onde o paletó tinha pousado.

Ela desfez o nó da gravata.

– Mesmo assim, sinto como se estivéssemos numa competição.

A mão dele foi parar embaixo do queixo dela e – com o mínimo esforço – inclinou-lhe a cabeça para trás.

– Você quer me vencer.

E queria mesmo, droga. Ela queria que Locksley ansiasse por ela, que implorasse, que ficasse à sua mercê. Ela queria ter o controle, porque, antes, não teve. Depois de soltar a gravata, ela a jogou de lado.

– Você não me ama. – Ela começou a desabotoar a camisa dele. – Nunca irá me amar. – Portia retirou as abotoaduras de ônix preto, segurando-as na palma da mão, sem saber o que fazer com algo evidentemente tão caro e bem feito.

Locksley recolheu-as e levou-as até a mesa de cabeceira, onde as deixou. Ele tirou a camisa pela cabeça e a jogou no chão, antes de se virar para Portia. Ela tinha visto o corpo magnífico dele ao acordar naquela manhã, mas ainda assim ficou sem fôlego. Os músculos delineados, o modo como a pele recobria uma forma esculpida com perfeição.

Seus olhos nunca largando os dela, ele se sentou numa poltrona próxima e começou a tirar as botas.

– Você não gosta de mim – ela continuou, e detestou soar tão ofegante, detestou que sua voz tivesse ficado tão rouca e grave só de pensar em passar a língua pelo mamilo dele, por suas costelas, em ir descendo até provar a essência dele.

– Mais cedo eu disse que gostava de você.

– Você me comparou ao pudim, o que é bastante lisonjeiro. Mas aí você disse para seu pai que não precisava gostar de mim para fazer sexo.

Ele estreitou os olhos.

– Não era para você ouvir isso.

– Mas ouvi. Isso não me incomoda. – *Muito.* – Também não gosto de você. – *Uma mentirinha.* Não era difícil gostar de um homem que transpirava toda aquela sensualidade, que se movia como um grande predador. – Mas eu gostaria de garantir, pelo menos, que você me deseja.

Terminada a tarefa, ele se levantou e caminhou até ela, seu olhar percorrendo cada centímetro de pele visível, e Portia desejou ter pensado em tirar as meias e os sapatos enquanto ele removia as botas. Ela se sentiu desajeitada por ainda estar com essas peças.

Parando, ele envolveu um dos seios dela, e passou o polegar pelo mamilo teso.

– Nunca desejei tanto uma mulher.

Ele desceu a boca sobre a dela, firme, exigente. Seus braços se fecharam ao redor de Portia, apertando-lhe os seios contra seu peito, enquanto suas mãos cingiam os lados da coluna dela e subiam. Um calor exuberante a envolveu e suas pernas fraquejaram. Ela enfiou os dedos nas costas dele, em busca de algo sólido onde se segurar.

Locksley arrastou os lábios pelo pescoço e pela clavícula dela, lambendo e mordiscando, deixando uma promessa de devorá-la ao fim de tudo. Ela não duvidava de que acordaria pela manhã descobrindo-se coberta de pequenas manchas de amor. Amor. Ela quase bufou. Nunca haveria amor entre os dois. Mesmo o que se passava entre eles nesse momento não se parecia em nada com amor. Era apenas a tomada de posse do que ele havia ganhado pelo casamento; ele se tornando proprietário do que era seu por direito.

Ela deveria ter se ressentido disso, da facilidade com que ele a fazia querer se render, da simplicidade com que inflamava os desejos dela. Portia nunca tinha ansiado que um homem a possuísse tão por completo como queria, naquele momento, que ele unisse seu corpo ao dela. Nem mesmo Montie. Apesar de seu amor por ele, nunca sentiu essa necessidade intensa, esse medo de que, se ele a soltasse de repente e se afastasse, ela poderia morrer.

Ele desceu com a boca e Portia arqueou as costas, ofertando os seios como se para um deus. A boca dele aprisionou um mamilo, que chupou com determinação. Exclamando devido ao prazer que a sacudia, ela levantou a perna até o quadril dele, pressionando o centro de sua feminilidade contra a dureza dele. Mesmo através do tecido, ela pôde sentir o calor escaldante.

Grunhindo baixo, uma das mãos – com os dedos abertos – segurando as costas dela, ele deslizou a boca até o outro seio, enquanto a mão livre agarrou a parte de trás da perna que ela tinha levantado e viajou até o joelho, subindo e descendo enquanto ela ondulava encostada nele, o que a deixava cada vez mais molhada, ansiando por mais intimidade. Aonde a respiração dela tinha ido parar? Por que seu batimento cardíaco não diminuía?

De repente, Portia se viu mais uma vez nos braços dele, e antes que pudesse entender muito bem sua posição, ele a jogou na cama, seguindo-a com um urro selvagem, e tomando novamente sua boca, a língua mergulhando fundo, como se ele receasse deixar inexplorado algum recôndito. Mas como seria possível, quando ele a explorava como um cartógrafo? Ela nunca tinha se sentido tão afetada por um beijo, mas ele tinha provocado fagulhas dentro dela desde a primeira vez em que colou a boca na sua. Portia detestava admitir que poderia passar uma vida inteira beijando-o sem se cansar.

Locke relutava em admitir que talvez nunca conseguisse beijá-la o suficiente. O modo como a boca suculenta de Portia se movia debaixo da dele, acolhendo-o, fez com que ele ansiasse pela fenda dela recebendo seu membro e se fechando ao redor dele. Porque ele a queria tão desesperadamente, lutava para controlar as necessidades de seu corpo, recusando-se a ceder rápido demais à tentação que ela era. Mas antes que a noite terminasse, ele planejava conhecê-la de todas as maneiras possíveis.

Portia era admiravelmente linda, impecável por completo. Ela conseguiria deixar de joelhos qualquer homem que quisesse. Ele jurou ali mesmo nunca ficar de joelhos por ela.

Com a respiração difícil, ele desgrudou a boca de Portia, enfiou os dedos nas madeixas sedosas dela e começou a remover os grampos.

– Teria sido mais fácil fazer isso enquanto estávamos de pé – ela disse, ofegante.

– Eu não queria que nada me obstruísse a vista. – Ele arrumou o cabelo dela sobre os travesseiros, aquele ruivo magnífico em forte contraste com o branco imaculado. Enquanto isso, as mãos dela deslizavam pelo peito, pelos ombros e costas dele, como se Portia não conseguisse tocá-lo o bastante. A satisfação de saber que ela o queria tanto quanto ele a desejava foi diferente de tudo que Locke conhecia.

Erguendo o tronco, ela passou a língua pelo mamilo dele. Segurando-a pela nuca, ele a apoiou e se entregou à tortura de sentir os dentes dela em sua pele sensível, até que uma mordida rápida fez suas bolas endurecerem. Ele nunca tinha estado com uma mulher que pudesse considerar sua igual na hora de dar prazer. A ousadia dela o inflamou. Se não tivesse mantido as calças, já estaria enterrado nela – e essa era a única razão pela qual ainda não as tinha tirado. Locke não sabia por que, mas se tratando dela, ele queria mais do que apenas dar vazão ao seu desejo. Se aquilo fosse tudo que os dois teriam, ele queria que valesse o preço de sua liberdade.

Talvez ele não a amasse, talvez não gostasse muito dela, e talvez nem mesmo confiasse em Portia por completo, mas honraria os votos que tinha feito. Ele lhe seria fiel, iria respeitá-la e honrá-la como uma esposa deve ser honrada. Mas por trás da porta fechada, ele queria que Portia fosse selvagem, indomável, ousada e descarada, uma sedutora de primeira.

Ela o mordiscou e enterrou as unhas em suas nádegas. Puxando o cabelo dela – com delicadeza e vigor –, Locke arrastou os dentes pelo pescoço comprido. Ela fechou os olhos, entreabrindo os lábios. Pelo menos ela não tentava fingir ser imune aos encantos dele. Ele tinha ficado preocupado que ela pudesse querer se manter fria e irritadiça, que tentasse negar o que ele mais queria dela.

Mas ali, pelo menos, não havia joguinhos entre eles. Havia apenas um desejo básico que ameaçava destruir a sanidade de Locke.

De repente, ele a soltou, sua boca abandonando a dela, e Portia caiu para trás, sobre um monte de travesseiros macios. Ela estava acostumada a ser possuída rapidamente, a ter pouquíssimas preliminares. Ela pensou que poderia morrer se ele não abrisse as calças e fosse diretamente ao assunto. Locksley estava entre suas pernas, sentado nos calcanhares. Seria bem fácil para ele abrir seus botões e se libertar para invadi-la. Portia estava muito molhada. Ele deslizaria para dentro sem dificuldade.

O olhar dele a percorreu, e ela o sentiu com a mesma vivacidade com que sentiu os dentes dele, instantes antes. Ele começou a deslizar os dedos pela parte de dentro das coxas dela, bem devagar, do alto das meias até seus pelos avermelhados. Para cima, para baixo. Para cima.

– Pare de me torturar – ela disse, agarrando-lhe os pulsos.

Os olhos dele escureceram, e Locksley lhe deu um sorriso malicioso.

– Eu mal comecei.

Ele se aproximou dos pés dela.

– Eu pensei que você me quisesse. – Ela detestou o próprio tom petulante, mas parecia ser incapaz de revelar sua decepção por ele não a atacar como um homem possesso.

– Ah, mas eu quero. Só não estou convencido de que você me quer.

Como ela poderia não o querer? Locksley era todo feito de músculos firmes e definidos. O peito largo e a barriga reta. Ela observou aqueles músculos se contraindo e expandindo enquanto ele tirava seu sapato, jogava-o de lado e fazia o mesmo com o outro. Ele envolveu o pé esquerdo dela com suas manzorras poderosas e começou a massagear a sola do pé, o arco, o calcanhar, parecendo estudar seu pé como se fosse o aspecto mais interessante de Portia.

Seus pés nunca tinham sido tratados tão maravilhosamente assim. A sensação era tão boa que ela quis fechar os olhos e mergulhar naquele carinho, mas Portia não conseguia tirar seus olhos dele, não queria perder nenhum de seus movimentos, o modo como ele abriu os lábios e levou o pé dela até a boca, beijando-lhe os dedos, o dorso, o tornozelo, antes de lhe fitar os olhos, um desafio nas profundezas verdes enquanto colocava o pé ainda coberto pela meia no fecho de suas calças, na protuberância dura.

Aceitando o desafio, ela começou a massagear com o pé aquela extensão maravilhosa, um pouco assustadora. Ela queria vê-lo, todo ele, tão nu como ela.

Inclinando-se um pouco, ele começou a desatar o laço que mantinha a meia em seu lugar acima do joelho. Depois de solto, ele baixou um pouco a meia, revelando dois centímetros de pele, depois a subiu de novo, ocultando um centímetro. Revelando dois, ocultando um, a ponta dos dedos dele brincavam na pele dela, criando pequenos tremores deliciosos que borbulhavam em Portia. Ela quase enlouqueceu antes que a meia fosse retirada por completo, deixando o pé nu dela apoiado na calça dele. Ela apertou com mais força, sentindo grande satisfação quando o viu apertando o maxilar.

Sem esperar que ele desse atenção ao seu outro pé, ela o colocou no peito dele, dando liberdade a seus dedos para lhe circular o mamilo. Essa meia saiu com tanta velocidade que ela não ficaria surpresa se a descobrisse rasgada quando a recolhesse do chão mais tarde.

Com um rosnado selvagem, ele abriu as pernas dela, deitou-a de barriga para cima e soltou um sopro frio que agitou os pelos entre as coxas. Então ele colocou a boca nela, abrindo-a com os dedos, a língua a acariciando lentamente. Ela gritou diante do prazer inesperado que a sacudiu.

Portia apertou os olhos, para não ver Locksley se regozijar diante de sua reação, mas como ele poderia demonstrar reação se continuava fazendo sua mágica com a boca, chupando e mordiscando, massageando e estimulando aquele botão inchado? Quando ela enfim abriu os olhos, não viu nenhum regozijo, mas apenas um homem decidido a provocar onda após onda de sensações.

Deslizando o braço por debaixo das coxas dela, erguendo-as um pouco, ele segurou os seios dela, e com os dedos começou a lhe estimular os mamilos. Ela arqueou os quadris, facilitando-lhe o acesso, que ele aceitou. O crescente foi lento, porém intenso. Ela enfiou os dedos no cabelo dele, arranhou os ombros firmes com os dedos. Ele tinha lhe prometido prazer. Com toda certeza, Portia não esperava que ele o entregasse dessa forma. Ela nem mesmo sabia que isso era possível.

Ela se sentiu mais especial nesse momento do que jamais se sentiu com um homem que amava. Lágrimas fizeram seus olhos arderem. Lágrimas porque tinha sido uma tola. Lágrimas porque devia estar sendo uma tola nesse momento, ao dar liberdade ao seu corpo para experimentar todas as sensações que Locksley despertava dentro dela.

Com a língua, os lábios, os dedos e murmúrios, ele a estimulava a se soltar, a voar. Investidas longas e lentas de sua língua, veludo áspero na seda, dois de seus dedos entrando nela, abrindo-a antes que sua língua a lambesse. Ele a explorava por completo, intensamente. Ela queria resistir à atração da entrega total e completa... e, ao mesmo tempo, queria aceitar aquele presente absoluto, altruísta.

O corpo de Portia se contraiu, arqueou... rendeu-se.

O prazer passou em ondas por ela, através de cada terminação nervosa, cada músculo, cada centímetro de pele, da ponta dos pés até o couro cabeludo, latejando, expandindo, contraindo.

Fechando os olhos bem apertados, ela gritou – uma bênção, uma maldição – enquanto seu corpo entrava em convulsão e seus membros debatiam-se. Apenas as mãos dele segurando seu tronco a mantinham ancorada à cama. Ela lutou por fôlego, equilíbrio, enquanto os lábios dele se abriam num sorriso de satisfação. Ele a soltou e se afastou.

A cama balançou com os movimentos dele, mas Portia estava letárgica demais para notar. Quando ela enfim conseguiu reunir força para abrir os olhos, ele pairava sobre ela, sem calças, o membro grosso despontando, orgulhoso, e aquela visão roubou o pouco fôlego que lhe restava. Ele era magnífico, poderoso.

– Você pareceu gostar – ele disse.

– Não banque o convencido – ela ralhou.

Ele deu uma risada profunda, dobrou os cotovelos, aproximando-se, e mordeu de leve os lábios dela.

– Eu sabia que nossa relação seria boa na cama.

Só que não tinha sido boa para ele, ainda não. E ela precisava disso, precisava que ele despejasse sua semente dentro dela. Erguendo o corpo, ela colou a boca no pescoço dele, levantou os quadris, ciente de que ele estava muito próximo.

– Possua-me. Faça-me sua.

Com um grunhido, ele movimentou o quadril para frente, seu membro deslizando fundo com determinação, alargando-a, preenchendo o vale entre as coxas dela.

– Oh, Cristo – ela murmurou. Portia pensou que deveria ter doído, porque ele era muito maior do que ela estava acostumada, mas ele tinha garantido que ela estivesse molhada, mais do que pronta para recebê-lo. Ela não queria que ele demonstrasse tanta consideração. Não queria gostar dele. Seria tão mais fácil se ela não sentisse nada por Locksley.

Mas enquanto ele se movimentava dentro dela, Portia receou ter avaliado mal o poder da intimidade que eles iriam compartilhar. Naquele exato momento, ele não estava simplesmente fazendo sexo, preocupado com seu próprio prazer. Ele acariciou o seio dela, fechou a boca em torno do bico, chupou-o. Ele passou a mão pelas costas dela, segurou-a pelo quadril, ajustou a posição para conseguir ir mais fundo. Era maravilhoso; cada estocada realizada com determinação, com um objetivo. Ela pôde senti-lo, com a ponta dos dedos, ficando tenso. Portia soube que ele estava no limite, que a próxima investida poderia ser a última, preenchendo-a com sua semente. A ideia do clímax dele a inflamou. Ela não conseguia tirar os olhos dele. Até o cabelo preto de Locksley estava envolvido, batendo na testa dele durante os movimentos. O prazer dela começou a crescer de novo, uma pressão interna foi aumentando.

Portia não queria essas sensações, não queria o modo como seu corpo se curvava ao redor do dele, se agarrava a ele como se Locksley fosse sua única esperança de salvação. Mas ele se recusava a ser ignorado. Ele continuava a atormentá-la com sua boca, suas mãos e seu pau – todos trabalhando em conjunto para garantir que ela se perdesse em um redemoinho de prazer.

Arqueando o corpo debaixo dele, mais uma vez ela gritou quando um orgasmo a atingiu e estrelas explodiram dentro dela. Ele deu uma última e poderosa estocada que quase a levantou da cama, e soltou seu grunhido, que ecoou ao redor dela, quando seus músculos espasmaram sob os dedos dela. Locksley escondeu o rosto na curva do ombro de Portia, sua boca cobrindo o pescoço dela com umidade enquanto ele lutava para recuperar o fôlego. Locksley mantinha o corpo elevado, mas quando ela começou a recuperar a razão, percebeu que os braços dele tremiam com o esforço. Portia fechou as mãos em volta deles.

– Relaxe – ela pediu.

– Vou esmagar você.

– Sou mais forte do que pareço.

Ele riu e, pela primeira vez, ela pensou que o riso podia estar marcado por um pouco de alegria. Ele se apoiou nos cotovelos, pôs as mãos dos lados do rosto de Portia e passou os dorsos pelas faces dela.

– Estou pensando que agora, talvez, você possa mover aquela poltrona da sala – ele disse.

– Agora não; eu mal consigo levantar um dedo no momento. De manhã, quem sabe.

Locksley sorriu, como se aquela fosse uma piada particular deles, e Portia percebeu que aquele sorriso poderia ser devastador para seu coração. Porque ela gostou demais desse sorriso, gostou de como ele humanizava o marido.

Ele rolou de cima dela, para fora da cama, e começou a se afastar. Sentando-se, ela pôs os pés no chão.

– Espere aí – ele disse ao chegar no lavatório e mergulhar um pano na água. – Eu limpo você.

Ela parou, não por causa da ordem dele, mas porque Montie nunca tinha lhe feito essa gentileza. Era ela quem tinha que cuidar desse assunto quando eles terminavam.

– Você não precisa fazer isso – Portia disse.

Ele olhou por sobre o ombro.

– Eu quero fazer. – Com um brilho maroto no olhar, ele voltou para a cama. – Se eu tiver sorte e fizer isto direito, vamos começar outra rodada.

Capítulo 11

Ele fez direitinho, o que os levou a outra rodada. Uma que foi mais rápida que a primeira, mas não menos intensa. Ela era tão apertada que a princípio Locke pensou que fosse virgem. Mas não havia sangue para limpar. E ela estava muito à vontade com um corpo de homem para nunca ter estado com um antes. De qualquer modo, ele ficou pensando que Portia foi pega de surpresa pelo prazer que sentiu.

Eles finalmente afastaram as cobertas. Ela estava deitada de costas, um braço levantado, a mão brincando com o cabelo dele. Locke descansava apoiado num cotovelo e passava os dedos pelo esterno da esposa, descendo pelas costelas. Quando desceu pelo flanco até o quadril, descobriu que ela sentia cócegas. Quem iria imaginar?

– Eu nunca fiz isso – ela disse em voz baixa.

Ele congelou, a mão a um centímetro de envolver o seio dela.

– Você era virgem? Mas foi casada. Não teve sangue.

Ela riu um pouco, passando os dedos pelo cabelo dele.

– Não, eu digo ficar assim deitada, depois, como... não sei dizer. É como se o prazer ainda não tivesse se dissipado por completo, e nós o mantemos vivo com os toques.

– Seu marido não a tocava depois? – Ele quis morder a língua por ter feito a pergunta, odiou ainda mais a pontada de ciúmes que sentiu porque outro homem a tinha conhecido tão bem quanto ele.

– Ele sempre dormia logo depois. – Ela meneou a cabeça.

– E você? – Locke segurou o seio dela.

Portia ergueu um ombro.

– Eu me sentia solitária. Ficava olhando para ele. – Ela emitiu um som que foi parte riso, parte bufada. – Estou sendo tola. Não quero falar de antes.

Ele não queria saber que Portia tinha considerado o amor menos que satisfatório, que ela pudesse ter aprendido que esse sentimento não valia a dor que produzia. Ele pôs a mão nas costelas dela e a sentiu ficar tensa – sem dúvida imaginando que ele desceria pelo flanco, para atormentá-la com cócegas. Outra noite, talvez. Não nessa. Essa noite era para criar confiança, para que todas as seguintes pudessem ser tão boas – ou melhores – do que a primeira.

– Radiância – ele disse.

– Perdão?

– Uma mulher com quem eu... passei algum tempo, descreveu como "radiante" o modo como ela se sentia depois do sexo, e disse que eu não podia ir embora nem cair no sono até a sensação passar. Ela chamava de "radiância".

– Eu me sinto radiante, mesmo. Ela era bonita? – Portia meneou a cabeça. – Desculpe. Você não tem que responder.

Ela parecia estar com ciúmes, e Locke gostou disso.

– Você consegue me imaginar com uma mulher feia?

Ela o observou até Locke ficar desconfortável e se perguntar se estava na hora de começar outra sessão antes que a conversa fosse por um caminho que ele não queria seguir.

– Consigo – ela disse, afinal. – Mas você estaria com ela num ato de bondade.

– Não sou santo. Eu gosto de beleza nas minhas mulheres. – Curvando-se, ele passou a língua pelo mamilo dela, e ficou satisfeito ao ouvi-la suspirar. Então levantou a cabeça e olhou para o rosto dela. – Mas existem vários tipos de beleza no mundo, e alguns não são claramente visíveis. Até as aranhas, que você odeia. Elas conseguem tecer teias intricadas e lindas.

– Você consegue ver além da superfície das coisas.

– Eu reconheço que nem tudo pode ser julgado pela aparência.

– Você teria casado comigo se eu fosse um sapo?

Se aqueles olhos cor de uísque continuassem sendo tão desafiadores...

– É provável. Embora eu me sinta muito grato por você não ser.

Os lábios dela se curvaram um pouco para cima, e ela moveu a mão até a nuca de Locksley.

– Bem, de qualquer modo, você ficou com a voz do sapo.

– Como?

As faces dela ganharam uma cor rosa pálida.
- Minha voz. É grave. Como a de um sapo.
- É uma das coisas mais sensuais em você.
Ela pareceu ficar surpresa de verdade.
- Você não sabia disso? - ele perguntou.
Ela balançou a cabeça lentamente.
- Já me disseram que é desagradável.
- Seu marido?
A resposta dela não foi nada mais que um rubor intenso. Ele não conseguiu se conter.
- Desculpe-me por perguntar, mas por que diabos você se casou com ele? O sujeito parece um cretino completo.
Rindo, ela rolou para o lado e escondeu o rosto no peito dele. Locke não quis admitir como gostou de tê-la ali, com a respiração tocando sua pele, a sensação do sorriso dela se abrindo.
- Ele era mesmo. Eu só não percebi até ser tarde demais.
Os ombros esguios e delicados dela tremiam com seu riso. Locke fechou os braços ao redor dela e a trouxe para mais perto. Bom Deus, amor nunca trazia nada de bom mesmo. Fez com que seu pai ficasse louco, fez Portia se casar com um homem que não a merecia. Ele deveria ter deixado o assunto por aí. Ele já sabia tudo que precisava saber, mas sua natureza competitiva recusou-se a permanecer em silêncio.
- Você ficava satisfeita com ele?
A risada dela parou de repente. Ela inclinou a cabeça para trás, e ele curvou a dele para frente. Locke não sabia por que era tão necessário que estivesse fitando os olhos dela quando Portia respondesse. Mesmo que a resposta fosse: *Não é da sua conta; vá para o inferno.*
- Às vezes - ela sussurrou. - Mas não como fiquei com você, esta noite.
A boca dele, firme e exigente, cobriu a dela. Portia ficaria satisfeita com ele pelo menos mais uma vez antes de cair no sono.

Locke a acordou antes do dia raiar, para que pudesse tê-la mais uma vez antes da luz do sol entrar no quarto. Então - embora ela o tivesse convidado a ficar -, para provar a si mesmo que ainda possuía força de vontade suficiente para resistir aos encantos dela, ele se vestiu e foi para a biblioteca estudar seus livros-razão. Só que ele ficou vendo-a na poltrona diante da lareira naquela primeira noite. Era provável que eles passassem muitas noites ali. Ali, ou no quarto, ou vagando pelos corredores. Não era como se ele fosse lhe dar uma abundância de opções.

Não que ela precisasse de opções. Ela estava ali para esquentar sua cama, fornecer-lhe um herdeiro. Não estava ali para fazê-lo rir. Nem para fazê-lo querer lhe dar mais de qualquer coisa.

Ela também não deveria deixá-lo feliz por sua presença, quando Locke entrou na sala do café da manhã após se cansar de ficar fitando uma poltrona vazia na biblioteca. Ela estava usando o mesmo vestido azul-escuro do dia anterior, o que devia indicar que iria arrumar a sala de música mais um pouco. Ele se conteve e não levantou as saias dela para ver se estava calçando, de novo, uma de suas botas.

— Bom dia — ele disse ao se sentar. — De novo.

Ela corou.

— Bom dia, milorde. Não tive a oportunidade de cumprimentá-lo antes.

— Você me saudou muito bem sem palavras, e me proporcionou uma manhã muito boa, na verdade. — Ele quase riu ao ver Gilbert ficar vermelho como uma beterraba ao lhe servir o café.

— Vou pegar seu prato, milorde — ele disse, apressado, antes de sair rapidamente da sala.

— Acho que você o deixou constrangido — Portia disse, erguendo a xícara de chá.

— Não sei se algum dia ele já ficou com uma mulher.

— Sério? — Ela arregalou os olhos.

— Não é como se Havisham apresentasse muitas oportunidades para encontros. Por que você acha que viajei pelo mundo?

— Pelas aventuras.

— A maioria das mulheres é uma aventura.

Ela começou a cortar o bacon.

— Tenho certeza de que perco, em comparação.

— Está querendo um elogio?

Erguendo a cabeça, ela o encarou, meneando a cabeça.

— Não.

Ele teria deixado o assunto para lá, se não soubesse do cretino com quem ela tinha sido casada.

— Nunca fiquei mais intrigado por uma mulher.

— Mas você deve ter conhecido mulheres exóticas.

— Algumas, e se continuarmos falando delas, talvez eu me lembre dessas mulheres o suficiente para mudar minha resposta.

– Nenhuma delas é memorável?

Não desde que Portia entrou pela porta da casa.

Gilbert voltou e colocou o prato diante de Locke, então assumiu sua posição junto à parede. Locke não queria falar de suas conquistas na frente do mordomo, nem dar a impressão de que precisava tranquilizar a esposa. Criados não deviam ter opinião, mas, mesmo assim, ele não queria ser alvo da censura do velho senhor, então pegou um pouco de ovo.

– Eu preciso ir até a vila. Sei bem que o dia é seu e não quero interferir, mas pensei que talvez você quisesse me acompanhar.

Ele quis observar o rosto dela, julgar sua reação, então desistiu de fingir que se importava com a comida no prato e olhou diretamente para ela. Locke não gostou de achar a surpresa dela tão gratificante.

– Eu gostaria muito de ir – ela afirmou.

Ele gostou menos ainda do alívio que sentiu com a resposta.

– Ótimo. Eu quero colocar um anúncio no *Arauto da Vila*, o jornal local, informando que estamos procurando algumas criadas para trabalhos gerais, e alguns rapazes para carregar coisas para lá e para cá até você conseguir entrar em contato com o escritório de registro de criados em Londres, para contratar profissionais de verdade.

– Você vai contratar criados?

– Não posso deixar minha mulher chafurdando na lama. Se você pretende limpar a sala de música, precisa de alguém para ajudá-la. E vai precisar contratar uma camareira. A Sra. Barnaby não pode ficar subindo e descendo a escada com aqueles joelhos rangendo.

O sorriso que ela lhe deu fez seu peito apertar de um modo desconfortável. Era como se ela pensasse que ele tinha lhe concedido a dádiva mais maravilhosa do mundo.

– Não preciso mandar buscar criados de verdade ou camareiras em Londres. Gosto da ideia de contratar gente da região. Posso ensinar às garotas o que elas precisam saber... com a ajuda da Sra. Barnaby, claro.

Garota esperta, para fazer a governanta se sentir útil.

– E Gilbert pode ensinar aos rapazes como um criado deve se comportar. Não pode, Gilbert? – ela perguntou.

Em toda sua vida, Locke nunca tinha visto o mordomo ficar mais empertigado. Ele aquiesceu.

– Tendo eu mesmo começado aqui como criado, agradeço a oportunidade de manter alguns jovens fora das minas. Perdi dois irmãos para elas. Eram apenas garotos na época.

A tristeza encheu os olhos dela.

– Sinto muito por sua perda – ela disse.

– Muito obrigado, milady, mas já faz quase quarenta anos.

– A mineração é mais segura hoje em dia – Locke disse.

– Nunca é seguro quando se tem que ir para debaixo da terra – Gilbert resmungou.

– Está contradizendo o homem que paga seu salário, Gilbert? – Locke perguntou.

– Não, milorde. – Ele permaneceu olhando para frente.

– As minas estão mais seguras? – Portia perguntou para Locke.

– Estão, e não permito que crianças trabalhem nelas.

Ela se recostou na cadeira como se tivesse descoberto algo importante sobre ele.

– Você se importa com as crianças.

– Eu me importo com o trabalho bem-feito, e crianças às vezes são descuidadas. – Ele não soube por que não contou para ela que, uma vez, viu uma criança sem vida ser tirada das minas, e não queria ser responsável pela morte de outro corpo tão pequeno. – Elas são mais adequadas para brincar do que trabalhar.

– Você pode bancar o rabugento o quanto quiser. Eu sei que se importa com elas.

– Pense o que quiser. Foi uma decisão administrativa.

– Eu sempre penso o que eu quero. Portanto, estou mais convencida do que nunca de que buscar criados em Londres não é a opção correta. Vamos treinar nossos empregados aqui, oferecer outras oportunidades de emprego.

– Não vamos abrir uma escola de criados. Duas criadas para serviços gerais e dois criados.

– E uma camareira – ela o lembrou.

Ele anuiu.

– E um criado de quarto para você.

– Eu não preciso de criado.

Ela torceu os lábios mostrando desaprovação – sem dúvida quanto à teimosia dele, não para a falta de um ajudante para vesti-lo.

– Acho que seu pai deveria ter um.

– Ele quase não sai do quarto. O que o sujeito iria fazer?

– Acho que você tem razão.

Claro que sim. Ele não era de discutir só por discutir, embora precisasse admitir que nunca tivesse gostado tanto de enfrentar alguém como no caso dela. Locke gostava que ela o desafiasse, de que Portia não tivesse medo de dizer o que pensava. Ele voltou a atenção para os ovos.

– Você tem traje de montaria?

– Não gosto de cavalos. São grandes demais, com dentes enormes. Prefiro ir de carruagem.

As palavras dela o surpreenderam, pois ele a tinha imaginado como alguém que adoraria galopar pelo pântano, com o cabelo solto e esvoaçante.

– Pensei que você fosse destemida.

– Não quando se trata de cavalos. Um incidente na minha infância me marcou.

– Não notei nenhuma marca em você, e olhe que lhe fiz um exame bem minucioso.

Ela lhe deu um olhar enviesado e levou a mão ao peito.

– Aqui dentro.

O incidente deve ter sido pavoroso, para deixá-la com tanto medo de cavalgar. Ele quase perguntou a respeito dos detalhes, mas não quis saber de nenhuma infelicidade que tivesse acontecido com ela na infância, não queria sentir nenhuma compaixão por ela.

– Vamos de carruagem, então. Hoje. Mas vamos ter que trabalhar essa sua aversão a cavalos. Eu gosto de cavalgar. E desconfio que você também poderia gostar.

– À noite? No pântano? Esse é o único horário que teríamos, pois garanto que nunca vou montar em um cavalo durante uma hora que me pertença.

– Eu quase sempre cavalgo pelo pântano à noite. Pode ser revigorante.

– Pensei que houvesse uma ordem para não sairmos à noite... a menos que seja absolutamente necessário.

– Eu lhe pareço alguém que obedece a ordens?

– Não. – Ela lhe deu um sorrisinho maroto. – Quando foi a primeira vez que você desobedeceu a essa ordem?

– Quando eu tinha 15 anos. Havia uma lua enorme no céu, uma lua de sangue. Eu queria estar debaixo da luz dela, então saí de casa de fininho, selei o cavalo e cavalguei até de manhã.

– Durante esse tempo todo você nunca viu o fantasma da sua mãe?

– Nunca.

– Quem sabe quando você saiu de fininho, ela entrou de fininho.

– Duvido.

Com tristeza lhe subindo aos olhos, ela mirou as janelas.

– Uma parte de mim gostaria que seu pai a visse de fato.

– Acho que é suficiente que ele acredite vê-la.

Portia voltou sua atenção para ele, uma ruga suave entre as sobran-celhas.

– Não consigo imaginar um amor tão grande.

– O seu não foi assim?

Ela negou lentamente com a cabeça, a melancolia assaltando-a em ondas.

– Não, nem mesmo no começo, quando nosso amor era recente e não tinha sido posto à prova.

– E seus pais? Eles não se amavam?

– À maneira deles, acho que sim. – Ela levantou, encerrando o assunto. Locke não sabia muito bem por que tinha perguntado. – É melhor eu ir me arrumar para sairmos.

Portia saiu da sala e Locke se deu conta de algo muito estranho: ele queria muito que o amor que tinha custado tanto a Portia tivesse sido imenso.

Capítulo 12

O cabriolé aberto tinha só um banco, de modo que Portia foi sentada ao lado de Locksley, que conduziu com perícia os dois cavalos. Ela não ficou surpresa com a habilidade dele nem com o fato de Locksley ter escolhido um veículo que dispensava o cocheiro. Ele estava acostumado a se virar sozinho e não parecia se incomodar com isso, nem considerava que fosse seu direito ser servido. Portia sabia que precisava parar de compará-lo a outros homens que tinha conhecido, mas não conseguia evitar. Além da força física, ele possuía também uma força interna. Ela não conseguia imaginá-lo sucumbindo à loucura, duvidando de si mesmo, questionando suas habilidades – não conseguia imaginá-lo sendo outra coisa que não confiante em suas ações e crenças.

Ela ficou muito feliz quando Locke a convidou para sair com ele. Embora gostasse de ter um tempo para si, ela queria ser algo mais do que uma parceira sexual. Ela queria significar alguma coisa para ele, o que era uma bobagem de se querer, mas, ainda assim, essa era sua vontade.

Embora não estivessem conversando, havia um conforto na quietude. Ela achou agradável ficar em silêncio com ele, porque Locke não estava tentando desvendá-la. Às vezes, quando ele fazia perguntas, Portia levantava a guarda, receando que ele pudesse descobrir alguma coisa que ela não quisesse revelar. Ele era inteligente demais, perspicaz demais. Se Locke não fosse tudo isso, ela agora estaria casada com o pai dele. E não estaria passeando com o marido.

A vila surgiu antes do que ela esperava.

– Nós podíamos ter vindo caminhando – ela murmurou.

– Não tenho tempo. Preciso ir até as minas.

– Você não tem um capataz para cuidar disso? – ela perguntou.

– Eu gosto de ficar de olho nas coisas.

– Inclusive em mim, imagino.

– Especialmente em você.

Ela ficou chocada com a dor que as palavras dele provocaram.

– Eu não vou fugir com a prataria.

– Não achei que fosse fugir. Você é inteligente o bastante para saber que eu a encontraria. E a faria pagar.

Portia desconfiou que ele a faria pagar do modo mais gostoso possível. Ele não parecia ser do tipo de homem que machucaria uma mulher.

Diminuindo o ritmo da carruagem, ele fez os cavalos pararem diante de uma casa com uma placa que informava *Arauto da Vila*. Na vitrine, havia o que parecia ser a primeira página de uma edição recente, que proclamava: "Lorde Locksley Casou!".

– Parece que o vigário ficou ocupado divulgando nosso casamento – Locksley resmungou.

Ela não sabia se ficava lisonjeada ou alarmada.

– Qual o alcance desse jornal?

– Não é muito grande, mas acredito que possamos mandar imprimir mais um exemplar, se quiser enviá-lo pelo correio para sua família.

Ela o fitou, sem se surpreender por ver que ele a observava, estudava sua reação.

– Eles não vão se importar.

– Não lhe daria satisfação fazer com que saibam que você não se saiu mal?

– Não sou tão mesquinha para me satisfazer ostentando minha boa sorte. Você acha que o vigário informou nosso casamento para o *Times*?

– Duvido que ele tenha pensado que Londres pudesse se importar conosco.

– Seu pai teria pensado.

– Difícil. A vida dele gira em torno de Havisham. Ele não se importa com quem me casei, só com o fato de que estou casado.

Locksley desceu, prendeu os cavalos e deu a volta no veículo para lhe oferecer a mão.

– Está decepcionada por não anunciarmos sua posição recém-adquirida?

Ela não o culpava por pensar mal dela, mas Portia estava ficando cansada disso, principalmente depois da noite passada, quando ele parecia contente por estarem juntos. Colocando a mão na dele, ela ergueu o queixo.

– Mas foi anunciada. A vila inteira deve saber.

Contudo, ninguém que andava pela rua correu para cumprimentá-los, o que não a incomodou nem um pouco. Ela só desejava ter a tranquilidade de saber que a notícia de suas núpcias ainda não tivesse chegado ao *Times*. A possibilidade de que a novidade nunca aparecesse no jornal londrino lhe dava mais tranquilidade do que ele podia imaginar. Ela estava a salvo, protegida, escondida, exatamente como queria.

Portia desceu, tentou afastar as mãos dele, mas os dedos de Locke se fecharam com mais firmeza ao redor dela.

– Por que eu fico sempre com a impressão de que você nunca é totalmente honesta comigo? – ele perguntou.

– Por que eu fico sempre com a impressão que você é um tipo inacreditavelmente desconfiado? – ela retrucou. Portia queria responder que nunca tinha mentido para ele, mas havia uma ou duas coisinhas que ela tinha contado que não eram verdade, ou, pelo menos, não eram da forma como ela as tinha revelado.

– Se eu não fosse desconfiado, você teria se casado com meu pai. Vai negar, depois da noite passada, que está feliz por isso não ter acontecido?

– Desconfio que eu conseguiria dormir mais se estivesse casada com ele.

Locksley sorriu, e ela teve que se segurar para não estender a mão e tocar o canto daquela boca deliciosa que tinha feito coisas maravilhosas com ela depois que o sol se pôs.

– Sugiro que você tire uma soneca quando voltarmos para Havisham – ele disse –, se sono é o que deseja, pois terá ainda menos tempo para isso esta noite.

– E quando é que você vai dormir, milorde?

– Quando estiver satisfeito com você.

– Está me desafiando para garantir que isso nunca aconteça?

– Você aceitaria o desafio?

Ela começou a curvar os lábios no mais provocante dos sorrisos, então se interrompeu. Ela não queria fazer joguinhos com ele, não queria ser o que tinha sido para Montie.

– Eu faria meu melhor, se fosse isso que você quisesse.

Ele franziu a testa.

– O que você estava pensando neste momento?

Ela sacudiu a cabeça.

– Uma tolice. Impossível. Vamos ao que viemos? Antes que as pessoas comecem a se perguntar por que estamos parados aqui como se fôssemos um casal de tolos.

– Você pode ser muitas coisas, Portia, mas não é tola. Eu apostaria minha vida nisso.

– E eu que já estava me acostumando a ter você por perto.

– Está dizendo que eu perderia essa aposta?

– Todos somos tolos em um momento ou outro, milorde. É a única forma pela qual podemos nos tornar sábios.

– Talvez um dia você me conte sobre essas lições de tolice.

– Espere sentado.

– Pode deixar. Bem, vamos arrumar esses criados para você.

Ele afrouxou os dedos e pegou a mão dela, colocando-a em seu antebraço, depois entraram no escritório do jornal. O cheiro de tinta era pungente. A prensa gráfica ocupava boa parte do reduzido espaço.

– Lorde Locksley! – exclamou, levantando-se, um homem de cabelo grisalho que estava sentado atrás de uma escrivaninha. – Pelo que soube, devo-lhe minhas felicitações.

– Arrisco dizer, Sr. Moore, que você escreveu a respeito no jornal.

O rosto do homem ficou manchado de vermelho, o rubor subindo até entrar por baixo do cabelo.

– O vigário me contou sobre o casamento, e é meu dever relatar as notícias, o que fiz imediatamente. Eu o ofendi?

– De modo algum. Lady Locksley, permita-me apresentar-lhe o Sr. Moore, intrépido repórter e proprietário do jornal.

Os dedos dele estavam manchados de tinta, as lentes de seus óculos eram grossas e ela o imaginou trabalhando até tarde para escolher as melhores palavras para transmitir as notícias que precisavam ser dadas.

– É um prazer, Sr. Moore – ela disse.

Ele fez uma reverência completa.

– O prazer é meu, milady. O Reverendo Browning afirmou que você era linda. É bom saber que um religioso não mente.

Ela percebeu um calor subindo por seu rosto, e Locksley pigarreou alto, como se para fazer o jornalista saber que tinha sido absolutamente inconveniente com o elogio. Moore teve um sobressalto, deu um passo para trás e seu olhar ficou voando dela para o visconde.

– Como posso ajudar? – ele perguntou.

– A *viscondessa* precisa de criados – Locksley disse, enfatizando o título da esposa. – Queremos colocar um anúncio no *Arauto*.

Moore ficou ainda mais empertigado, e ela imaginou se era porque um lorde estaria usando seu amado jornal, ou se porque isso prometia mais dinheiro no seu bolso.

– Que ótimo, milorde.

– Também vamos precisar de alguém para afinar o piano. – As palavras do marido a deixaram pasma, pois Portia pensava que a afinação do piano estivesse proibida e a discussão a respeito encerrada. – Temos alguém na vila ou precisamos pedir em Londres?

– O Sr. Holt pode lhe ajudar nisso. É ele quem faz a manutenção do órgão da igreja.

– Informe-o, então, de que precisamos dele em Havisham.

– Sim, milorde. O que gostaria que seu anúncio informasse?

– Vou deixar isso para Lady Locksley. – Ele foi até a janela e olhou para fora, e Portia seguiu Moore até a escrivaninha entulhada. Ela pensou que, talvez, seu marido estivesse descontente consigo mesmo por perguntar do afinador, pois isso indicava que tinha lhe dado permissão para tocar o piano. Ou, talvez, ele apenas não estivesse à vontade com as mudanças que ela queria fazer.

De qualquer modo, a alegria que dançava dentro dela era aguda e inconfundível. Ele podia resmungar, mas não lhe negaria o que ela quisesse. Mas Portia não queria que ele fosse bondoso demais, não queria gostar dele, porque isso só aumentaria o peso de sua culpa. Ela faria todo o possível para tornar a casa deles um lugar agradável para se viver.

Como era estranho que, ao fugir de casa, ela acreditou estar conquistando sua liberdade, e agora, casada, encontrava mais do que tinha conhecido até então.

Quando o anúncio estava do seu gosto, ela foi se juntar ao marido na janela.

– Terminamos.

– Ótimo. – Ele ofereceu-lhe o braço, que ela aceitou. – Obrigado, Sr. Moore – ele disse antes de sair com a esposa.

– O anúncio será publicado no jornal de amanhã – ela disse quando eles chegaram à calçada. – Acho que é quando vou começar as entrevistas.

– Suspeito que você vá começar as entrevistas hoje. O anúncio é apenas uma formalidade. Moore é o maior fofoqueiro da vila.

Ela soltou uma risada curta.

– Sério?

Ele lhe deu um sorriso lacônico.

– Ele não é de espalhar notícias falsas, mas é um "arauto" maior que o próprio jornal.

– Você não gostou que ele tenha me achado linda.

– Achei inconveniente a forma como ele se expressou. Você é minha lady, não minha amante. Mas como faz mais de trinta anos que não havia uma lady na residência, imagino que os moradores daqui esqueceram as boas maneiras. Essa é a única razão pela qual não enterrei o nariz dele com um soco.

Ela arregalou os olhos, estarrecida pelas palavras de Locke.

– Você teria batido nele?

– Portia, você é minha mulher. Vai ser tratada com o respeito que merece ou vou querer saber o motivo.

E se ela não merecesse respeito? Portia não pensaria nisso, colocaria o passado para trás, iria se tornar uma mulher que de fato merecia esse respeito, que era digna de ser esposa dele.

– *Você* me respeita? – ela perguntou.

– Como eu percebo você não é a questão. Agora eu tenho outro assunto para tratar. Vamos andando?

– Eu gostaria de conhecer melhor a vila. Acho que vou passar algum tempo aqui.

– Esbanjando sua mesada mensal? – ele perguntou quando eles começaram a andar.

Ela não iria gastar nem uma única moeda. Iria guardar tudo para o caso de chegar um momento em que se visse sozinha de novo.

– Pensei que você fosse pagar por tudo que eu precisasse.

– Nada frívolo.

Como a afinação do piano? Honestamente, ela não sabia o que pensar daquele homem.

– Quem vai decidir o que é frívolo?

– Eu, é claro.

– Não consigo entender você, Locksley. Por um lado, parece ser inacreditavelmente autoritário, por outro, é incrivelmente gentil.

Ele fez uma careta, surgiram vincos profundos em sua testa, e os olhos ficaram duros como pedras preciosas.

– Não sou gentil.

– Você me deu as chaves.

– Porque não queria lidar com uma Sra. Barnaby resmungona todos os dias. Não confunda praticidade com gentileza.

– Vou me lembrar disso. – Portia se perguntou por que ele fazia tanta questão de não conquistar o afeto dela. Imaginou que isso devia estar relacionado à aversão que ele sentia pelo amor. Talvez Locksley receasse que, se Portia viesse a gostar dele, ele acabasse correspondendo.

Ficou óbvio, enquanto eles caminhavam pelas ruas, que muitos dos moradores conheciam Locksley, e havia uma deferência nos cumprimentos que o casal recebia: um toque no chapéu, uma mesura rápida, um "milorde, milady" em voz baixa. Abordagens muito diferentes do encontro que tiveram com o Sr. Moore. Ela não teve dúvida de que providenciaria algum tipo de presente para os moradores no Natal. A vila em que Portia foi criada ficava perto da propriedade de um conde, e a condessa sempre entregava uma cesta de comida para a família de Portia no Natal. Portia considerava a mulher tão elegante, tão refinada, tão bem vestida, mas parecia bastante óbvio que ela ia até sua casa somente por dever. Portia não queria dar às pessoas da vila a impressão de que se imaginava superior a elas, de que considerava sua tarefa um dever. Para ela seria um prazer fazer algo pelos menos afortunados, não importava que sua contribuição fosse pequena ou trivial.

Enquanto caminhavam, ela contou cinco tavernas. Portia desconfiou que seu marido tivesse frequentado todas.

Locksley virou em outra rua. Eles passaram por uma hospedaria e um ferreiro. No fim da rua havia uma grande edificação com portas enormes que estavam abertas. A placa informava: "Armários e Assemelhados".

O marido a levava na direção desse estabelecimento. Ela sabia muito bem o porquê de estarem ali, e, de repente, não quis que ele lhe desse outro presente. Firmando os pés, Portia resistiu até que ele parasse e olhasse para ela, que meneou a cabeça.

– Não preciso de uma penteadeira.

– Você me disse que as mulheres precisam.

– Eu estava sendo difícil.

Ele arqueou uma sobrancelha.

– Ao contrário de agora, em que está sendo fácil?

– Você está permitindo que eu tenha criados. Está providenciando a afinação do piano. Posso me virar sem uma penteadeira. Ou posso encontrar uma em um quarto abandonado.

– Eu já disse que essa não é uma opção.

Ela não conseguia explicar por que não se sentia à vontade com isso. Apenas não se sentia.

– Eu não esperava que você fosse tão generoso.

– Eu lhe disse que seria.. Pensou que eu fosse um mentiroso?

– Não, é que... é muita coisa... e muito cedo. – Contudo, era reconfortante saber que ele não estava tentando ser gentil, mas apenas cumprindo sua palavra.

– Não tenho tempo para discutir, Portia. Preciso ir às minas. Já estamos aqui, e se não cuidarmos disso agora, vou ter que voltar à vila outro dia. Vamos resolver isso logo, sim?

Ele não esperou por uma resposta, apenas recolocou a mão dela em seu braço e a levou até a grande edificação. Lascas de madeira recobriam o chão; a fragrância acre do cedro pairava no ar. Três homens trabalhavam. Dois deles pareciam ser um pouco mais velhos que Locksley. O terceiro era bem mais novo. Um dos homens mais velhos parou de aplainar uma tábua e foi ao encontro deles. Uma camada fina de serragem cobria seu rosto e suas roupas.

– Milorde – ele disse quando se aproximaram e curvou a cabeça para ela. – Milady. Parabéns aos dois por suas núpcias recentes.

Ela supôs que suas roupas revelavam que ela era a nova viscondessa. A última coisa que esperava na vida era ser tratada como nobre, ainda que por meio do casamento.

– Obrigado, Sr. Wortham – Locksley disse. – Estamos aqui porque Lady Locksley está precisando de uma penteadeira. Pensei que você poderia nos ajudar nisso.

– Com certeza, milorde. Será uma honra. Eu diria que faz quase trinta anos que não fabricamos algo para Havisham. Esse privilégio coube ao meu pai.

– Então parece que já passou da hora – Locksley disse.

– Pode ser, milorde. – O olhar de Wortham voou de Portia para Locksley. – Acontece que o último móvel que fizemos para Havisham nunca foi entregue. E, por acaso, era uma penteadeira. O marquês mandou fazer uma para a esposa... – Ele mudou o apoio de uma perna para outra. – ...como surpresa para depois... – Ele pigarreou. – ...do nascimento. E então ele não quis mais a penteadeira. Mas nós a guardamos mesmo assim. Milorde gostaria de vê-la?

– Sim – Locksley respondeu, sucinto.

Wortham se virou e Locksley deu um passo para acompanhá-lo, mas Portia segurou seu braço. Locksley parou e olhou para ela.

– Você não pode estar pensando em ficar com essa penteadeira – ela disse.

– Por que não? – Ele a encarou com firmeza.

– Era o presente do seu pai para sua mãe.

– Que ele nunca veio buscar. Está esperando aí há trinta anos.

Ela quis sacudi-lo pelos ombros, para ver se conseguia enfiar um pouco de bom senso nele.

– Você não tem nenhum sentimento aí dentro?

Ele suspirou fundo, como se sua paciência com ela estivesse esgotando.

– Sr. Wortham – ele chamou o marceneiro –, a peça já foi paga?

– Sim, milorde.

Locksley deu um olhar significativo para ela.

– Não faz sentido mandarmos fazer outra penteadeira quando já temos uma perfeita nos esperando, sem uso.

– E se acontecer de seu pai vê-la...

– Isso não vai acontecer. Não existe motivo para ele entrar no nosso quarto.

– Mas e se ele a vir sendo levada pelo corredor até o quarto?

– Duvido que ele vá se lembrar, Portia. Ele raramente lembra qual é o dia da semana.

– Mas era o presente dele para a esposa.

O fôlego abandonou Locksley com uma bufada rápida.

– Pelo menos veja como é – ele disse. – Se for horrenda mandamos fazer outra.

Só que não era horrenda. Era simplesmente a peça de mobília mais linda que Portia já tinha visto. Tinha seis gavetas, três de cada lado do grande espelho oval. A moldura do espelho era uma faixa de rosas entalhadas. As pernas do móvel eram grossas e curvas, com faixas de flores esculpidas à sua volta.

– É maravilhosa.

– O jacarandá deixa o móvel bem elegante – Wortham disse.

Era mais que o tipo de madeira. Eram todos aqueles detalhes intricados.

– Você acha que Lady Marsden sabia que algo tão refinado estava sendo feito para ela?

– Acho que não, milady.

– Que triste.

– Nós não sabíamos o que fazer com ela, já que Sua Senhoria tinha pagado pelo móvel. Durante todos esses anos temos encerado e mantido esta peça. Uma pena não ter sido usada.

Ela olhou para Locksley. Ele observava a penteadeira como se fosse apenas um bloco de madeira, não algo que tinha sido criado com muito cuidado.

– Seu pai era muito talentoso, Sr. Wortham.

– Sim, milady, era sim. Ele ficaria muito contente de saber que a peça está sendo usada e admirada.

– Desconfio que minha mãe também – Locksley disse em voz baixa. Portia olhou para ele, que apenas deu de ombros.

– Pelo que eu soube dela, era uma mulher muito generosa. Detestaria que esta peça fosse desperdiçada.

– Acho que faz sentido ficarmos com ela. – Portia concordou.

– Quando pode entregá-la, Sr. Wortham? – Locksley perguntou.

– Amanhã, milorde.

– Ótimo. Vou lhe pagar em dobro sua taxa habitual de entrega, e ainda vou lhe dar um bônus pelo cuidado que dispensou ao móvel ao longo dos anos.

– Não é necessário, milorde.

– Pode não ser necessário, mas com certeza é merecido.

– É melhor não discutir com ele – Portia disse ao Sr. Wortham. – Depois que ele decide alguma coisa, pode se tornar bem teimoso.

Ela conseguiu ver a boca de Locksley se curvando em um sorriso enquanto ele se virava, dando-lhe as costas. Portia não sabia dizer por que gostava de fazê-lo sorrir, ou por que seu comentário para Wortham a fez se sentir tão... esposa. Conhecer seu marido a preenchia de um sentimento de satisfação, mas também de um certo medo, porque Portia receava que ele tivesse o poder de destruir o que restava de seu coração frágil.

Então ela pensava que o conhecia bem, não é? Bem o bastante para falar dele para um prestador de serviço como se fossem amigos. Locke não gostou, porque ela podia mesmo estar começando a entendê-lo. E gostou menos ainda das características dela que ele começava a adivinhar. Locke sabia que Portia iria arregalar os olhos de surpresa e prazer quando ele mencionasse o maldito afinador de piano. Ele sabia que ela não se sentiria à vontade em ficar com a penteadeira. Mas era ridículo gastar dinheiro para mandar fazer outra quando seu pai já tinha pagado por uma que ficou sem uso por mais de um quarto de século.

Essa habilidade de prever as reações dela não dava a Locke nenhuma satisfação. Menos ainda a capacidade dela em prever as reações dele. Assim, ele decidiu fazer algo totalmente imprevisível e levá-la para a Casa de Chá e Bolos da Lydia antes de voltarem a Havisham. Quando entraram no estabelecimento, aqueles olhos cor de uísque brilharam de absoluto deleite. Então, ele amaldiçoou a própria estupidez. Locke estava sendo gentil demais. Claro que não ajudava em nada aquele estranho inchaço que ele sentia no peito – que tornava difícil respirar por alguns segundos – sempre que ela lhe abria o mais breve dos sorrisos.

Ele não queria os sorrisos dela. Não queria que os olhos dela brilhassem. Não queria que ela lhe demonstrasse gratidão.

Ao se sentarem a uma mesa perto da janela, Portia começou a retirar lentamente as luvas. Ele não tinha se oposto a que ela usasse as luvas para o passeio. Era a coisa certa a ser feita, e ele precisava que sua esposa fosse decorosa. Mas ela precisava retirá-las de modo tão lascivo, que o fazia querer carregá-la até um quarto da taverna do outro lado da rua e arrancar cada peça de roupa que estava vestindo?

Pigarreando, ele voltou a atenção para as atividades do outro lado da janela, para as pessoas que caminhavam por ali, cuidando da vida. Ele tinha passado pouquíssimo tempo na vila, algo que seria remediado, sem dúvida, agora que tinha uma esposa. Eles deveriam estar mais presentes no futuro, garantir que fossem respeitados, não temidos por serem loucos.

– Foi muita gentileza sua dobrar a quantia que vai pagar pela entrega – ela disse.

– Fui prático, Portia. Assim vai ser mais fácil para Wortham encontrar alguém disposto a tirar a penteadeira do galpão e levar até Havisham. – Ele podia sentir o olhar penetrante dela. – Da mesma forma, vamos pagar o dobro do salário normal para seus criados. Ninguém quer trabalhar na mansão mal-assombrada.

– Com quem você brincava? – ela perguntou. – Antes de os pupilos do seu pai chegarem?

– Com ninguém.

A expressão dela refletiu tristeza.

– Não fique tão triste, Portia. Eu não conhecia outra vida, então não me sentia solitário.

Ela franziu a testa, e Locke se conteve para não estender a mão e alisar as rugas delicadas com o polegar.

– Você consegue se lembrar de escalar a biblioteca do seu pai até o teto, mas não se lembra de se sentir solitário?

– Eu imagino que, se me sentisse solitário, isso teria me marcado e me faria lembrar. Mas não. Assim como eu não estava solitário antes da sua chegada. Minha própria companhia me basta. – Isso não era verdade. Ele tinha começado a sentir a falta de alguma coisa, a necessidade de algo mais, mas não lhe contaria isso, dando-lhe, assim, algum tipo de poder. Portia era uma distração agradável, mas Locke não *precisava* dela em sua vida.

Uma moça se aproximou com um bule de chá e um prato de bolos. Depois que ela se afastou, Portia serviu o chá para Locke e para si.

— Seu pai não gosta de chá, certo?

— Ele detesta. Como você percebeu?

Os lábios dela se curvaram no sorriso mais tênue.

— A abundância de açúcar que ele pediu, mais o fato de que ele não tomou nem um gole sequer.

— Você é bem observadora.

— Tento ser. Diminui as dores de cabeça.

Observando-a comer um pedaço de bolo com delicadeza, Locke disse para si mesmo que as dores dela não lhe diziam respeito. Ele tinha certeza de que não seria motivo de nenhuma mágoa para Portia, pois, para tanto, seria necessário que ela gostasse dele, e Locke não lhe daria motivo para criar sentimentos. Ainda assim, a observação dela o incomodou.

— Você aprendeu isso do modo mais difícil?

Ela tomou um gole do chá e pareceu refletir sobre a resposta.

— Quando era mais nova, eu costumava enxergar as coisas como gostaria que fossem, em vez de como eram. Eu avaliava mal as pessoas e suas intenções.

Ele se inclinou para frente.

— O que ele fez para perder seu amor, Portia? Seu marido? Teve um caso?

Ela baixou os olhos para a xícara, passou o dedo pela borda.

— Ele tinha uma queda por moças solteiras — ela disse, com a voz tão baixa que ele quase não ouviu.

— Não precisa se preocupar com a minha fidelidade. Eu levo muito a sério os votos que fizemos.

Ela olhou para ele através dos cílios baixos.

— E se você se apaixonar por outra?

— Já lhe disse, o amor não é para mim. Isso não vai acontecer.

— Eu aprendi que o amor não é assim tão fácil de controlar.

— Nos meus 30 anos nesta terra, nunca senti nada parecido com isso.

— Não é verdade. Você ama seu pai. Do contrário, não seria tão protetor.

— Só estou cumprindo meu dever de filho.

Mordendo o lábio inferior, ela meneou a cabeça e revirou os olhos.

— Você está delirando se acredita mesmo nisso.

Ele amava mesmo o pai. Amava Ashe e Edward... e amava Albert. Ainda sentia saudade dele. Mas uma mulher? Ele nunca tinha amado uma mulher, tendo há muito tempo fechado o coração para a possibilidade de alimentar sentimentos profundos por qualquer moça.

– Milorde, milady? – uma voz feminina começou, hesitante.

Sentindo-se agradecido pela interrupção de seus pensamentos, ele se virou para a jovem, que estava com as mãos unidas. O vestido era modesto, um pouco puído nos punhos e no colarinho, mas ela estava bem arrumada. Nenhum fio do cabelo loiro estava fora do lugar. Locke empurrou a cadeira para trás e se levantou.

– Pois não?

– Meu nome é Cullie Smythe. Não queria interromper, mas ouvi dizer que estão procurando uma criada. Gostaria de me candidatar, e queria saber se posso ir até sua residência esta tarde para tratar do assunto.

– Não precisamos esperar – Locke disse, afastando ainda mais a cadeira. – Sente-se, Srta. Smythe. Lady Locksley pode conversar com você agora mesmo.

– Agora? – Portia perguntou, arregalando os olhos.

– Por que não? Nós estamos aqui. Ela está aqui. – E a chegada da moça tinha conseguido encerrar uma conversa indesejada. Além do mais, ele estava ansioso para ver como Portia se comportava, pois era improvável que ele estivesse presente nas outras entrevistas com candidatas ao emprego.

– Claro. Por favor, sente-se, Srta. Smythe – Portia disse.

Depois de ajudar a jovem, Locke voltou sua atenção para a rua, tentando dar a impressão de que não estava nem um pouco interessado no que acontecia, quando, na verdade, a curiosidade o consumia. Ele não sabia por que cada detalhe a respeito de Portia o fascinava. Ele queria observá-la interagindo com outras pessoas. Ele queria observá-la de longe, mas perto o bastante para escutar.

– Você tem alguma experiência? – ele a ouviu perguntar à Srta. Smythe.

– Eu cuido da casa do meu pai faz dois anos, desde quando minha mãe morreu.

Com o canto do olho, ele viu Portia estender a mão sobre a mesa e colocá-la sobre a da Srta. Smythe, um gesto de consolo que, por qualquer motivo insondável, fez com que ele sentisse um aperto no peito.

– Sinto muito por sua perda – ela disse em voz baixa, com uma tristeza genuína refletida em sua voz. – Sei que é muito difícil perder a mãe. Quantos anos você tem?

– Dezessete.

– Se vier trabalhar em Havisham, vai morar lá. Você tem medo de fantasmas, Srta. Smythe?

– Não tanto quanto o medo de passar fome.

– Isso pode acontecer? – A preocupação verdadeira na voz de Portia indicava que ela seria uma patroa justa. Locke não queria que ela maltratasse as criadas, mas também não queria que ela se envolvesse demais. Tudo que ele descobria a respeito de Portia contradizia suas suposições iniciais, e isso o incomodava.

– Pode sim – disse a Srta. Smythe. – Eu estava pensando em ir para Londres, na esperança de achar um emprego, mas, se eu trabalhar em Havisham, poderei ficar perto de casa, o que seria uma bênção, já que não queria mesmo ir embora.

– E quem vai cuidar da casa do seu pai?

De novo, preocupação com algo que não deveria pesar na decisão dela. Não cabia a ela se preocupar com o que as pessoas faziam.

– Minha irmã – respondeu a Srta. Smythe. – Agora ela já tem idade para cuidar das coisas.

– Foi ela que arrumou seu cabelo? Eu gostei muito.

– Não, milady. Eu mesma arrumei.

– Você aceitaria trabalhar como minha criada pessoal, em vez de criada da casa?

Locke voltou sua atenção para a mesa. Ele só conseguia ver o rosto de Portia, cuja expressão era suave, esperançosa, cheia de bondade – nem um pouco parecida com a frieza que ela exibiu quando ele a interrogou naquela primeira tarde. Se ela tivesse olhado para ele como olhava agora para a Srta. Smythe... Locke teria resistido, vendo-a como um perigo para seu coração, e a mandaria embora imediatamente.

– Oh, milady, seria muita pretensão minha tentar um emprego desses.

Portia sorriu.

– É por isso mesmo que quero você nessa função, Srta. Smythe. Admiro sua modéstia.

Locke segurou uma gargalhada. Portia não possuía um pingo de modéstia. Mas então ele entendeu, estarrecido, que um dia ela deve ter sido assim, talvez tão ansiosa e inocente quanto a Srta. Smythe – antes que seu marido traísse a confiança e o amor que tinha por ele. Locke teve uma visão perturbadora de Portia nova e ingênua, entregando seu amor a um canalha que não a merecia. Por um instante, ele desejou tê-la conhecido nessa época, só o bastante para um olhar furtivo. Ele teria mantido distância; não desejaria ser enredado pelo charme inocente dela. Não que isso pudesse acontecer. Ele nunca sentiu o apelo da inocência, e quase se arrependeu disso.

– Não sei o que dizer, milady.

– Diga sim.

– Mas não sei ser uma criada pessoal.

– Vou lhe ensinar.

– Nossa. Bom, acho que eu tinha que ser uma tonta para dizer não, não é?

– Você não me parece uma tonta, Srta. Smythe.

– Então aceito esse emprego com prazer. E vou dar o meu melhor.

– Não espero outra coisa. Pode se mudar amanhã?

– Posso me mudar esta tarde.

Portia abriu um sorriso sublime.

– Você será muito bem-vinda na Mansão Havisham.

Essas palavras foram como um chute na barriga de Locke. Quando foi a última vez em que alguém foi bem-vindo na Mansão Havisham? Ele não sabia dizer se os pupilos de seu pai tinham sido bem-vindos, pelo menos a princípio. Além de Ashe e Edward, e suas esposas, ninguém visitava Havisham. Ninguém era recebido.

Quando se deu conta das mudanças que Portia estava provocando em sua casa, sua cabeça começou a rodopiar e ele mal percebeu a saída da Srta. Smythe.

– Você está bem? – Portia perguntou.

De novo, ela se preocupando, só que, dessa vez, com ele. Locke não queria essa preocupação. Ele aquiesceu bruscamente.

– Sim, mas estamos demorando demais para voltar. Termine seu chá.

– Já terminei.

Ela começou a arrastar a cadeira para trás, e ele correu para ajudá-la.

– Foi muita gentileza sua oferecer um cargo tão importante à Srta. Smythe – ele disse depois que Portia estava de pé.

– A moça estava desesperada – ela disse. – Abordando-nos aqui, sem querer esperar um momento mais adequado, sem querer se arriscar a perder a chance de conseguir o emprego. Ela vai trabalhar duro para progredir.

– Talvez ela seja apenas ambiciosa.

Portia negou com a cabeça.

– Não. Eu conheço esse olhar de desespero, e sei o que uma pessoa é capaz de fazer quando se vê sem alternativas. Além do mais, gostei dela. Acho que vamos nos dar muito bem.

Passando pelo marido, ela se dirigiu à porta. Seguindo-a, Locke, enquanto fitava o reflexo dela no espelho, desejou que Portia não tivesse conhecido aquele olhar de desespero.

Capítulo 13

Ele pensou em Portia enquanto trabalhava nas minas. Pensou nela enquanto galopava em seu cavalo pelo pântano a caminho da residência. E pensou nela enquanto tomava banho, ou conforme caminhava pelos corredores à sua procura, certo de que a encontraria.

Na sala de música. E não se decepcionou.

Cruzando os braços sobre o peito, ele se encostou no batente da porta e ficou observando. De pé numa escada, ela tirava pó do retrato de sua mãe, vestida de modo muito parecido ao dia anterior. Desta vez, Portia estava sem suas botas, pois agora contava com a ajuda de dois rapazes – um cerca de quinze centímetros mais alto que o outro – para lidar com as malditas aranhas. Os dois novos criados empurravam os móveis para que duas moças – uma delas Cullie Smythe – pudessem enrolar os vários tapetes. Locke desconfiou que os tapetes seriam batidos na manhã seguinte, junto com as cortinas que já tinham sido retiradas. Outra moça usava uma vassoura de cabo longo para tirar a poeira e as teias de aranha das paredes. Lençóis brancos tinham sido colocados sobre o piano para protegê-lo da poeira em movimento.

Havia muita atividade naquela sala, e todos pareciam saber o que deveriam fazer. O que ele não entendia era por que Portia – uma caçadora de títulos, uma mulher que buscava prestígio e posição social – estava no meio da bagunça, em vez de ficar de lado para apenas dar ordens aos novos criados. Se um estranho entrasse, iria confundi-la com uma criada. Por que ela não estava exercendo sua posição de lady com aquelas pessoas?

Mas ele não podia negar que gostava de assistir aos movimentos dela: os quadris balançando enquanto tirava pó, o modo como o tecido do corpete grudou na lateral do corpo quando ela se esticou para limpar o canto entalhado da moldura dourada.

Ouvindo um grito agudo, ele estava para se virar na direção do som – sem dúvida emitido pela criada junto à janela – quando ouviu Portia fazer o mesmo, só que a posição dela era precária. Ela foi rápida demais no movimento, brusca demais. Soltou uma exclamação e começou a abanar os braços...

Locke tinha conseguido dar apenas meia dúzia de saltos frenéticos na direção dela antes que Portia aterrissasse nos braços do criado mais alto, que ficou sorrindo para ela como um bobo, como se tivesse ganhado um prêmio em alguma quermesse do interior. Locke estava completamente despreparado para o acesso de raiva que o sacudiu porque o homem estava segurando sua esposa. Não importava que ele tivesse impedido que ela se machucasse. Só importava ele estar sorrindo como um bufão.

Portia sorriu para ele e deu uma batidinha em seu ombro.

– Pode me soltar agora, George.

Foi o que ele fez, baixando lentamente os pés dela até o chão. Afastando-se, ela passou as mãos pelas saias antes de erguer o rosto e ver Locke. A única coisa que evitou que ele removesse para sempre o ar de satisfação do rosto do criado foi Portia lhe dar um sorriso mais caloroso e feliz do que tinha dado para George.

– Você voltou – ela disse.

Que diabo havia de errado com ele? Por que se importava se ela estava feliz em vê-lo? Por que tinha ficado irritado com o trabalhador musculoso que não deixou sua mulher se arrebentar no chão? Devia se sentir grato. Mas, na verdade, Locke estava pronto para demitir o homem.

– Por que você está trabalhando quando contratamos criados para cuidar das coisas? – ele perguntou e apontou o queixo para a escada. – Você poderia ter quebrado o pescoço.

– Difícil. A queda não foi tão grande. No máximo eu teria machucado meu traseiro. Mas sou grata a George por me salvar. – Ela de um tapinha no braço de George antes de olhar na direção da janela. – Sylvie, por que você gritou? Está tudo bem?

Sylvie, de cabelo preto e olhos azuis que eram redondos demais, fez uma mesura.

– Eu vi milorde parado na entrada. A presença dele me assustou.

– Já disse que você não precisa fazer mesura toda vez que alguém lhe dirige a palavra.

A garota fez outra mesura.

– Sim, milady.

Com um meneio paciente de cabeça, Portia se virou para Locke.

– Há quanto tempo está parado aí?

– Não muito tempo, mas, Portia, eu insisto, por que está subindo em escadas e tirando pó?

– Há tanto a ser feito. Não vi problema em ajudar.

– Não quero você subindo em escadas – ...*e caindo nos braços de jovens fortes.* – ...e pondo meu herdeiro em perigo, pois você pode muito bem já estar grávida.

Ela empalideceu tanto que Locke ficou surpreso que Portia não tivesse desmaiado.

– Sim, claro. Não pensei nisso. – Ela meneou a cabeça. – Você tem razão. Não vou mais subir em escadas. Vou encontrar outro modo de ajudar.

Locke não sabia dizer por que não tinha se sentido vitorioso com a anuência dela. Por que essa mulher tinha que confundi-lo o tempo todo? Ele tinha adivinhado o caráter dela antes do casamento. Portia não tinha o direito de não ser como ele sabia que ela era.

– Vou preparar seu banho – ele disse, de modo mais brusco do que pretendia.

– Não precisa. George e Thomas podem levar a banheira e a água para cima. Já que você quer que eles façam o trabalho deles.

Desde que eles não a imaginassem na água. Qual era o problema dele? Ele teve outras mulheres e nunca tinha sentido ciúmes – mesmo quando possuía plena consciência de que não era o único amante delas. Mas agora era diferente. Portia era sua esposa. Eles tinham feito votos um para o outro. Então não era ciúme o que ele estava sentindo, mas a manifestação da consciência de que havia certas expectativas dela e das pessoas ao redor. Os criados não deviam ficar babando nela, sorrindo para ela, e muito menos a pegando nos braços. Treinamento era certamente necessário. Ele falaria com Gilbert a respeito.

– Tem razão – ele concordou. – Vamos deixar que os criados cuidem disso.

– Muito bem. Permita-me que eu os apresente. – Ela se virou para os outros na sala e bateu palmas. – Por favor, venham até aqui. – Eles atenderam à ordem dela, embora um pouco hesitantes. – Façam uma fila – ela ordenou. – Uma fila reta. Levantem a cabeça.

Depois que Portia ficou satisfeita com a formação deles, foi até o fim da fila.

– Você já conheceu Cullie.

Ele fez um gesto com a cabeça para a garota.

– Cullie.

– Milorde. – Ela fez uma mesura rápida.

– Sylvie.

Esta lhe fez três mesuras. Ele imaginou que, se Portia não tivesse colocado a mão no braço da garota, ela continuaria com as mesuras até seus joelhos falharem.

– Já chega – sua esposa disse.

Marta era a última criada. Uma mesura muito bem-feita da parte dela. Os rapazes, George e Thomas, seguiram-na com reverências.

– É um prazer ter vocês na Mansão Havisham – Locke disse.

– A casa é assombrada mesmo? – Marta perguntou.

Sylvie deu uma cotovelada nas costelas de Marta.

– Você não deve fazer perguntas a milorde.

– Está tudo bem – Locke disse. – Mas não, a casa não é assombrada.

– Eu vi o fantasma dela no pântano – George disse.

– Posso lhe garantir que era apenas névoa em movimento – Locke procurou tranquilizá-lo.

– Mas...

– Você não deve contradizer Sua Senhoria – Portia disse, severa.

– Porque os nobres nunca estão errados. – Havia certo sarcasmo na voz de George.

Antes que Locke pudesse repreender o rapaz, Portia se colocou na frente dele.

– George, será que avaliei mal sua competência para este emprego?

O jovem apertou os dentes e meneou a cabeça.

– Não, milady.

– Espero que não, mas lembre-se de que não vou tolerar nenhum comportamento inconveniente, e não vou manter como empregado quem me irritar ou aborrecer Sua Senhoria.

– Sim, milady, mas eu *vi* o fantasma.

– É melhor guardar isso para si mesmo.

– Sim, milady.

Ela se virou para Locke.

– Você gostaria de acrescentar alguma coisa?

Ele negou lentamente com a cabeça. A mulher era volátil. Num instante agia como se fosse igual aos criados, no outro reafirmava sua autoridade de senhora da casa. Um tipo de camaleão. Durante suas viagens, Locke tinha visto criaturas com a capacidade de se misturarem ao ambiente, mas que podiam ser muito perigosas. Ele imaginou que o mesmo pudesse ser dito de Portia.

– Não, creio que você já disse o suficiente.

– Ótimo. – Ela bateu palmas de novo para chamar a atenção de todos. – Como já está anoitecendo, vou começar a me preparar para o jantar. Cullie, venha comigo. Sylvie e Marta, ajudem a Sra. Dorset na cozinha. Thomas e George, apresentem-se ao Sr. Gilbert depois que prepararem meu banho. Vai esperar por mim na biblioteca, milorde?

Como se houvesse outro lugar em que ele pudesse esperá-la.

– Vou.

Contudo, como ela ainda demoraria um pouco, ele decidiu ir ver o pai. Locke primeiro foi até a biblioteca para servir um copo de uísque para cada um antes de ir até o quarto do marquês. Ele bateu na porta e esperou que o pai o mandasse entrar. Uma vez lá dentro, entregou o copo para o pai e se encostou na janela, perto dele, observando o céu que escurecia e as sombras que se espalhavam pelo campo.

– Eu queria que você soubesse que contratamos alguns criados – ele contou.

– Estou sabendo. Portia os apresentou para mim mais cedo. Creio que esse George vai dar trabalho. Fique de olho.

– Ela sabe mantê-lo no lugar.

– É respeito que estou ouvindo em sua voz? – o pai perguntou.

Locke bebeu o uísque, mantendo o olhar no campo.

– Apenas uma observação.

– Cuidado, Locke, logo você vai gostar da garota.

– Eu não desgosto dela. – Ele apoiou as costas na parede e observou o líquido âmbar no copo. A tonalidade quente o lembrou dos olhos dela. – Ela se sente à vontade dando ordens para os criados. E se sente bem fazendo o trabalho ela mesma. Num instante, Portia dá a impressão de que é uma garota do campo, no outro, assume ares de nobreza. Qual é a história dela, mesmo?

O pai permaneceu em silêncio. Locke o fuzilou com o olhar.

– Pode me contar.

– É uma plebeia, como ela mesma disse.

– E quanto ao falecido marido?

– Era bem de vida, o bastante para que ela tivesse um lar para administrar. Pelo menos ela disse que administrava.

– Mesmo assim, ele a deixou sem nada.

– Os homens nem sempre conseguem realizar tudo o que poderiam. Nem, infelizmente, dão o devido valor à mulher em sua vida. Ou então ele era jovem o bastante para pensar que haveria muito tempo para cuidar da segurança dela no caso de sua morte. Isso é o mais provável. Ninguém imagina que morrerá cedo. Há sempre tempo para cuidar disso mais tarde.

Locke olhou para o pântano. Estava quase escuro.

– Eu gostaria de ler as cartas que ela lhe escreveu.

O pai soltou uma risada baixa.

– Isso seria fácil demais. Se quiser saber algo mais sobre ela, pergunte-lhe. Converse com ela. Ouça-a. Flerte.

Ele olhou feio para o pai.

– Um homem não flerta com a esposa.

O pai olhou para ele como se o tivesse apanhado fazendo algo que não devia.

– Não seja bobo, rapaz. É claro que flerta.

– Eu já a tenho. Qual o sentido?

– O sentido é fazer os olhos dela brilharem como a mais rara das joias, o rosto ficar corado, os cantos da boca se levantarem um pouco. O sentido é fazê-la saber que é admirada, que ainda é especial, que vale o esforço. Fazê-la se apaixonar um pouco mais. Eu flertei com sua mãe até o dia em que ela morreu. – Ele ergueu o ombro magro, curvado pela idade. – Ainda flerto de vez em quando.

Locke precisou de toda sua determinação para não revirar os olhos.

– Pode acreditar que ela se sentiu muito especial noite passada, na minha cama.

O pai dele *não* se segurou e revirou os olhos, fazendo isso com uma boa dose de exagero e óbvia decepção.

– O flerte é tão importante fora da cama quanto nela, às vezes mais. Sinto que, no que diz respeito às mulheres, falhei terrivelmente em sua educação.

– Sou muito bem educado quanto às mulheres.

– Com relação ao prazer físico delas, não tenho dúvida. Mas um relacionamento precisa de mais do que isso para florescer.

Locke entornou o restante da bebida. Ele não precisava que nada florescesse.

– Você deveria vir jantar conosco.

– E você precisa de tempo a sós com sua esposa – o pai retrucou.

– Tenho a noite toda para ficar com ela sem sua companhia.

– E você gosta de ficar com ela.

Era desnecessário negar isso.

– Mais do que eu esperava – Locke admitiu.

– Então não vou interferir.

– Você não estaria interferindo. Desconfio que ela gostaria da sua presença.

O pai coçou o queixo, e seus dedos arranhando a barba por fazer produziu um som suave.

– Esta noite, não.

– Talvez devêssemos contratar um criado pessoal para você.

O pai negou com a cabeça.

– Gilbert tem me servido bem. Você não deveria estar com sua mulher?

– Ela está se arrumando para o jantar. Mas, sim, eu preciso ir. – Ele se desencostou da parede e foi em direção à porta.

– Locke?

Ele se virou.

– Se quiser saber mais sobre o passado dela, pergunte-lhe. Desconfio que ela gostaria de ver seu interesse.

– Eu sei tudo que preciso, pai. Só estava puxando conversa.

– O homem que mente para si mesmo é um tolo.

Então ele acreditava que iria para o túmulo sendo inacreditavelmente tolo.

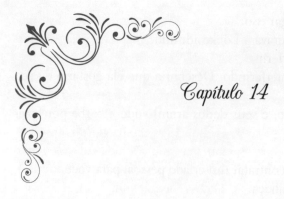

Capítulo 14

Três noites depois, ao voltar de um dia nas minas, Locke ficou desapontado ao encontrar a porta da sala de música trancada. Ele tinha se acostumado a encontrar sua esposa ali, a ter alguns minutos para observá-la antes que alguém o visse parado na entrada e soltasse uma exclamação ou um grito de surpresa. Apesar de suas garantias de que não havia nenhum fantasma pairando na propriedade, parecia que alguns dos criados ainda esperavam o surgimento repentino de um espírito.

Ele não apreciava o fato de ficar ansioso para ver Portia no fim do dia, de ela ter se tornando tão rapidamente uma parte significativa de sua vida. Ele acordava com ela nos braços, e, se tivesse sorte o bastante para que o sol ainda não tivesse nascido, começava sua manhã com uma revigorante sessão de sexo. Ela era a parceira mais entusiasmada que ele tinha tido – ou, talvez, ele apenas ficava muito satisfeito em lhe dar prazer. Os gemidos e gritos de Portia inflamavam seu desejo.

Mesmo naquele instante, parado diante da maldita porta trancada, ele a queria. Mas ele não a possuiria, não antes do jantar. Locke estava decidido a manter algum controle, a não deixar que ela visse o quão desesperado ele estava para tê-la nua debaixo de si.

Ele encostou a orelha na porta, ouvindo com atenção para garantir que ela e os criados não estavam lá dentro, que não o tinham trancado para fora por acaso – ou de propósito. Ele pensou em pegar as chaves com a Sra. Barnaby para ter certeza de que não havia ninguém dentro da sala. Mas estava tão silencioso do lado de dentro que parecia muito improvável que houvesse alguém escondido ali. Então onde ela estaria? E por que o irritava tanto o fato de, meia hora depois de seu banho, ainda não tê-la visto?

Locke quase esmurrou a maldita porta, mas ficou feliz por não fazê-lo, porque, quando deu meia-volta, encontrou-a parada no corredor, a cabeça inclinada para o lado como se o estivesse observando há algum tempo.

Portia já estava pronta para o jantar, com seu vestido azul e o cabelo para cima, naquele estilo intrigante que parecia pedir aos seus dedos que o bagunçassem. Agora que ela tinha criados, não dependia mais dele para o banho. Ele não ficaria com ciúmes de dois criados porque estes podiam cuidar das necessidades dela. Eles apenas carregavam água, pelo amor de Deus, não davam prazer a ela.

— Estava procurando por mim? — ela perguntou com um sorriso de imensa satisfação, como se já soubesse a resposta... e ela claramente sabia.

— Já é quase noite.

— É mesmo. — Ela lhe deu um olhar provocante, baixando os cílios. Droga. Ele começou a invocar silenciosamente o refrão *jantar primeiro. Jantar primeiro. Jantar primeiro.*

— Eu não esperava encontrar a porta trancada — ele disse, perguntando-se por que soava tão insatisfeito. Porque a queria naquele instante, e estava se negando isso.

— Nós terminamos de arrumar a sala esta tarde. Pensei em fazer uma inauguração oficial depois do jantar. Talvez até tocar para você.

Ele começou a se aproximar dela.

— O que é que você estava querendo tocar?

Apertando os lábios, ela revirou os olhos.

— Estou falando do piano. Foi afinado, tem um som maravilhoso.

Ele não parou até suas pernas estarem roçando a saia dela e sua mão envolvendo o rosto.

— Talvez uma música.

Então ele não resistiu mais e tomou a boca de Portia. Locke não entendia essa necessidade de possuí-la que sempre o movia. Talvez fosse a disposição com que ela o recebia, a velocidade com que Portia passava os braços ao redor de seu pescoço e pressionava o corpo no dele. Talvez fosse o fervor com que a língua dela o provocava, exigindo que ele não se contivesse. A dedicação dela, no calor da paixão, era igual à dele. Ela o acompanhava passo a passo. E conseguia criar um incêndio com seu primeiro toque.

Ela era corajosa, ousada e audaciosa, na cama e fora dela. Locke pensou no anúncio do pai. Ele tinha procurado as características erradas numa esposa, e ainda assim Locke terminou com uma que excedia as expectativas.

Ele desgrudou sua boca de Portia e fitou aqueles fumegantes olhos de uísque. Os lábios dela estavam molhados e inchados. Ele iria deixar outras partes dela molhadas e inchadas depois do jantar.

Locke estremeceu. Não, depois que ela tocasse uma música no piano. Uma música. Para fazer o gosto dela. Para parecer um bom marido, e não o devasso que de fato era. Cristo, a essa altura ele já deveria ter perdido parte do interesse nela; Portia não era mais novidade. Mas, ao contrário, tudo parecia ter crescido dez vezes. Se ele acreditasse em bruxas, poderia pensar que ela fosse uma.

– Preciso de um drinque – ele declarou, tentando um tom de voz neutro, que não entregasse a guerra que acontecia dentro dele para não ir adiante e possuí-la ali mesmo, naquele corredor, encostando-a numa parede.

– Eu o acompanho.

Como se ela tivesse escolha. Ele pode ver, pelas janelas no fim do corredor, que a noite tinha caído. Ela era dele agora. Absoluta e completamente... até o sol nascer de novo.

Expectativa é um afrodisíaco. Portia não podia deixar de acreditar nisso enquanto provava a sobremesa. Mais cedo ela se sentiu tentada a destrancar a porta, a mostrar para Locksley os resultados de seus esforços – e de seus criados. Mas durante todo o jantar ela formigou com a consciência do que estava por vir. Embora soubesse que provavelmente ele não ficaria tão encantado com a sala de música quanto ela se sentia agora que o espaço estava pronto, seu entusiasmo por mostrá-la não tinha diminuído. Aquele seria o santuário dela. Ela o tinha construído com cada aranha morta, cada teia retirada, cada bolo de poeira removido, cada centímetro de madeira polido, cada pedaço de tapete e cortina batido até que anos de abandono desaparecessem.

Com aquela sala novamente arrumada e vibrante, Portia conseguia imaginar o esplendor que um dia tinha dominado toda a residência. Era uma pena, um crime até, que aquela casa tivesse sido abandonada assim. Ela queria restituir a Locksley o que o lugar tinha sido.

Que ele tivesse crescido em meio a tanta decadência e negligência a entristecia mais do que era possível imaginar. Portia sabia que ele a queria apenas pelo conforto físico que ela podia lhe proporcionar, mas ela o enxergava além disso, queria mais entre eles. Tinha certeza de que isso demoraria para acontecer, mas, talvez, dentro de alguns anos, depois que ela enchesse a vida dele com o riso de crianças...

Se não fosse por outro motivo, aquela casa precisava ser endireitada para que os filhos deles pudessem viver em meio à alegria, conforto e felicidade. Aquela degradação, a residência decaindo lentamente... não podia continuar. Ela não permitiria, mesmo sabendo que era preciso agir com cautela para trazê-lo para o seu lado. Ela podia ter entrado nesse casamento como um último recurso, mas estava decidida a não deixar que nenhum dos dois se arrependesse.

Quando ela comeu o último pedaço de pudim e largou a colher, Thomas veio retirar seu prato. Ela não sabia onde Gilbert tinha encontrado o uniforme dos criados, ou a Sra. Barnaby o das criadas. Como os criados agora recendiam a cedro, ela deduziu que as peças de vestuário estavam guardadas em baús de cedro em algum lugar da casa, apenas esperando pelo dia em que a residência seria trazida de volta à vida.

Ela olhou para a extremidade da mesa. Seu marido tinha terminado o vinho e estava recostado, o cotovelo descansando no braço da cadeira, o queixo apoiado na mão, o dedo indicador pouco abaixo do lábio inferior. Esse dedo a tocaria mais tarde.

– O que você estava pensando? – ela perguntou.

– Não sei se já observei alguém demonstrar todo esse prazer ao comer uma sobremesa. No começo, pensei que fosse porque você teria passado algum tempo sem doces, mas, fosse esse o caso, a esta altura já teria se acostumado. Eu vejo sua empolgação crescendo conforme nos aproximamos do fim da refeição.

– Quando eu era criança, nós raramente comíamos sobremesa. Meu pai era um homem severo, que acreditava que não deveríamos nos permitir práticas que trouxessem prazer.

– Você parece não ter adotado as crenças dele.

Ela meneou a cabeça.

– Eu acredito que devemos buscar a felicidade onde for possível. Fico feliz quando como pudim, e que mal há nisso? Também fico feliz quando toco piano. Vamos para a sala de música?

Ele empurrou a cadeira para trás, levantou e começou a andar na direção de Portia.

– Antes quero passar na biblioteca e pegar um cálice de Porto. – Ele parou atrás da cadeira dela, puxou-a e lhe estendeu a mão.

– Coloquei garrafas de bebida na sala de música – ela informou depois que se levantou.

Um canto da boca dele se curvou para cima.

– Você é muito boa em atender minhas necessidades.

– Eu tento. – Ela sorriu.

Pelo modo como os olhos dele se acenderam, ela duvidou que conseguiria terminar a primeira música antes que ele a arrastasse para o quarto. Portia pensou que deveriam existir coisas piores do que ser desejada loucamente pelo marido.

Ela colocou a mão no braço oferecido e enfrentou o nervosismo que apareceu de repente, fazendo-a duvidar que seus esforços dessem alguma alegria a ele, que Locksley se importasse com a arrumação da sala, que ele fosse se importar algum dia com ela.

Portia não precisava de amor, mas de repente se viu como alguém que desejava amar. O que a transformava numa garota tola, pois Locke não era homem para amar. Mas, com o tempo, talvez, ele pudesse sentir algum afeto por ela. Nessa noite, ela queria apenas que ele apreciasse a sala tanto quanto ela.

Quando chegaram ao destino, ela retirou a chave de um bolsinho escondido no vestido e a estendeu para ele.

– Faça as honras.

Balançando a cabeça em um gesto de assentimento, ele pegou a chave, destrancou a porta e a abriu. Ela deslizou pela soleira, e então se virou rapidamente para ver a reação dele quando entrasse.

Locke conhecia aquela sala, claro. Ele a tinha explorado quando garoto, e tinha observado Portia com os criados trabalhando para arrumar tudo. Ainda assim, ele não estava preparado para o esplendor que o recebeu. Cada superfície de madeira, vidro e mármore brilhava. Flores frescas nos vasos perfumavam o ar. As cortinas estavam recolhidas, revelando a noite.

– Você mudou a mobília.

Parecia algo insignificante de se dizer, mas ele estava com dificuldade para reconciliar a sala com a que sempre conheceu.

– As traças fizeram uma festa aqui. Eu mantive o que dava para salvar. O Sr. Wortham reestofou várias peças. Algumas ainda estão na oficina dele, mas eu estava impaciente demais para mostrar a sala. Fiquei muito feliz com o resultado.

Também estava muito nervosa. Ele conseguia perceber pelo ligeiro falsete na voz, normalmente tão rouca e sensual. A opinião dele importava para ela. Ele não queria ter importância para Portia; não queria que ela importasse para ele. Mas não podia lhe negar a verdade.

– Você fez um trabalho fantástico.

Locksley olhou para o retrato sobre a lareira. Ele não lembrava de as cores serem tão vivas, da pintura ser tão realista a ponto de parecer que sua mãe fosse sair da tela e andar pela sala. Ele deu vários passos na direção do retrato.

– Fiquei feliz ao descobrir que era só poeira o que estava deixando o retrato apagado – Portia disse.

Outros retratos estavam espalhados pelas paredes da sala, mas o de sua mãe dominava o ambiente.

– Eu adoraria tê-la conhecido – Portia falou em voz baixa.

– Meu pai pouco falava dela.

– Talvez você devesse perguntar a ele.

– Isso só vai deixá-lo ainda mais triste. – Ele se virou para o canto onde antes tinha visto as garrafas. – Você gostaria de tomar algo?

– Não, obrigada.

Ele serviu um dedo de uísque num copo, bebeu, e serviu mais dois dedos antes de se voltar para ela.

– Esta sala lhe aborrece? – ela perguntou.

Não o aborrecia, mas incomodava. Ele estava acostumado com a decadência. Aquilo era uma mudança. Talvez ele não fosse tão diferente do pai. Locksley não gostava de mudanças.

– Vou precisar me acostumar, imagino.

– Você prefere voltar à biblioteca para terminar sua bebida?

Ele queria ir para o quarto, mas isso o faria sentir como se aquela sala o tivesse, de algum modo, derrotado. Isso o incomodou ainda mais, porque ela conseguia perceber que ele não estava completamente à vontade ali. Locke não queria que ela o conhecesse tão bem. Assim, embora ele quisesse sair dali, preferiu dizer:

– Eu gostaria de ouvi-la tocar piano.

O sorriso que Portia lhe deu deixou-o sem fôlego, e ele pensou que não entendia como o marido dela podia ter sido infiel. Ele, Locke, sentia uma necessidade irracional de fazer o que fosse necessário para mantê-la sorrindo.

– Sente-se – ela disse antes de dar meia-volta e se aproximar do instrumento reluzente. Ele desconfiou que ela mesma o tivesse polido, com cuidado, usando movimentos muito parecidos com as carícias de um amante.

Quando ele se acomodou na poltrona mais próxima, nem um único grão de poeira se levantou. Locke pensou que, antes da morte da mãe, todos os aposentos eram mantidos assim, imaculados. Ocorreu-lhe, num átimo, o pensamento de que o pai tinha prestado um desserviço à mãe, permitindo que a residência decaísse naquele estado de decrepitude. Isso nunca havia tido importância, até Portia chegar. Não havia ninguém para cuidar da casa, a não ser por aqueles que residiam dentro daquelas paredes. E eles se importavam?

Aborreceu-o perceber que talvez devessem ter se importado.

Locke procurou se concentrar em assuntos mais agradáveis, como Portia, que se sentava no banco do piano.

– Estou um pouco sem prática – ela disse. – Então não seja muito severo ao me julgar.

Ele quase respondeu que não lhe cabia julgar, mas os dois saberiam que seria uma mentira. Ele a tinha julgado antes mesmo de Portia chegar à Mansão Havisham, antes de saber a cor dos olhos dela ou o tom de seu cabelo, antes de saber que a língua afiada podia matá-lo com palavras e beijos.

– Tenho o hábito de evitar ao máximo qualquer tipo de diversão musical, então tenho muito pouco com o que compará-la. Por favor, saiba que, provavelmente, não ficarei decepcionado.

Ela colocou os dedos nas teclas. Ele bebeu o uísque e esperou. Os olhos dela se fecharam.

O primeiro acorde foi forte, reverberando pela sala toda, e o que se seguiu foi uma melodia assombrosa que penetrou nele e ameaçou absorvê-lo. Ele observou o modo como Portia balançava no ritmo do movimento de seus dedos. A cabeça dela caiu para trás um pouco e Portia pareceu perdida num êxtase – sem ele. Locke se recusou a sentir ciúmes de uma droga de instrumento musical.

Mas, santo Deus, observá-la era, em si, uma experiência sexual. Ele começava a compreender o que ela devia ter sentido quando entrou pela primeira vez nessa sala e viu o piano abandonado, por que ela precisou arrumar esse aposento. Tinha sido um chamado à sua alma, e agora ela estava libertando essa alma, absorvida pela música que criava com tanta habilidade.

Ele não deveria estar surpreso. Desde o momento em que entrou pela porta da frente, ela se atirou em tudo com completo abandono, fosse ao superá-lo durante o interrogatório, fosse ao beijá-lo, ao arrumar uma sala ou ao saborear a sobremesa. Ela possuía uma natureza passional que ele mal tinha começado a explorar. Nesse momento, ela o hipnotizava, atraía-o como se tivesse tecido uma teia ao redor dele e o puxasse gentilmente para a frente.

Locke não queria ficar observando de fora. Ele queria estar no meio da paixão dela, queria experimentá-la, aumentá-la. Colocando o copo de lado, ele se levantou. O mais silenciosamente possível, para não incomodá-la, então se aproximou. Quando estava perto o bastante, Locke se ajoelhou e levou a mão à barra da saia dela. Portia abriu os olhos e os arregalou para ele.

— Continue tocando — ele ordenou, levantando as saias e se colocando entre as pernas dela.

Continue tocando? Ele estava louco? Não fosse pelo desafio malicioso nos olhos dele, antes de desaparecer debaixo de suas saias, ela poderia tê-lo chutado de lado. Em vez disso, ela voltou os dedos para o teclado enquanto ele segurava seus quadris e a puxava para a borda do banco. Ela tocou uma nota errada, fez uma careta. Portia não permitiria que os beijos que ele dava na parte interna de sua coxa a distraíssem. Não importava que ela mal pudesse respirar, ou que, de repente, se sentia tão quente que poderia jurar que a sala estava pegando fogo.

Então a boca dele aterrissou no botão do prazer dela e Portia quase caiu do banco. Mas ela se segurou e martelou as teclas enquanto a língua dele descrevia círculos, enquanto o prazer crescia. Ela deixou a cabeça cair para trás, incapaz de se concentrar na música, apenas tocando acordes aleatórios. O que quanto isso importava quando ele fazia coisas tão sensuais, quando ele a distraía, fazendo com que se equilibrasse no limiar de tantas sensações incríveis que ferviam dentro dela, instando-a a gritar...?

— Locke, que diabos...

Guinchando ao ouvir a voz de Marsden, Portia se levantou de um pulo, ouvindo um amontoado de notas quando a cabeça de Locksley acertou a parte de baixo do piano. Com uma imprecação grosseira, ele saiu debaixo de suas saias e do piano, levantou-se, parou do lado dela, nada satisfeito com a interrupção, a julgar pela expressão contrariada em seu rosto.

— O que você estava fazendo ali embaixo? — o marquês perguntou.

As faces do marido ganharam um vermelho brilhante que, em qualquer outro momento, teria dado a Portia grande satisfação e motivo para provocá-lo.

— Eu estava ouvindo que notas precisavam ser afinadas.

— Parece-me que você poderia ter feito o mesmo, e melhor até, dali.

O absurdo daquilo tudo. Ela não conseguiu evitar e começou a rir. Riu tanto que lágrimas se acumularam em seus olhos e suas pernas fraquejaram. Cobrindo a boca com a mão, ela se deixou cair no banco.

– Não é engraçado, Portia – Locksley afirmou, abrupto, agora tão irritado com ela quanto estava com o pai.

– Sinto muito. – Mas ela não parecia conseguir conter os repiques de risada que continuavam escapando. Ela estava morrendo de vergonha por ter sido pega com a cabeça do marido enfiada entre suas coxas. Era caso de rir ou chorar, e ela tinha aprendido, muito tempo atrás, que rir era sempre melhor. Inspirando fundo, fazendo força para abafar as risadas, ela apertou as mãos nas bochechas que ardiam. Deviam estar tão vermelhas quanto as de Locksley.

– Que diabo você está fazendo aqui? – ele perguntou para o pai.

– Eu ouvi o piano. – O marquês deu um passo à frente. Era óbvio que ele tinha vestido o paletó às pressas, pois um lado do colarinho estava dobrado para baixo, preso entre o tecido e o ombro. – Pensei que fosse Linnie tocando. Ela adorava tocar piano. E era muito boa nisso.

– Eu não sou muito boa – Portia se sentiu obrigada a dizer.

– Você é maravilhosa. Pode tocar para mim? – Antes que ela pudesse responder, ele acrescentou: – Locke, pegue um uísque para seu pai. – Então Marsden se sentou na poltrona que Locksley tinha desocupado.

Com um suspiro, Locksley foi até o canto, parando no caminho para pegar seu copo. Portia o observou colocar uísque em seu próprio copo antes de servir um para o pai. Ela se virou para Marsden.

– Eu temia que você pudesse não gostar de eu ter arrumado esta sala.

Ele olhou ao redor, como se só tivesse reparado nesse instante.

– Eu não estive aqui desde que a perdi. Era o lugar favorito dela. Além da minha cama, é claro.

O calor que estava sumindo das faces de Portia retornou. Ela ficou feliz por ele não ter visto o que tinha acontecido com aquela sala, e mais feliz ainda por tê-la restaurado.

– A menção inconveniente à sua cama fez minha mulher corar – Locksley disse ao entregar o copo ao pai.

– Por que fazer amor, algo que pode ser tão magnífico, só é mencionado aos cochichos, como se fosse algo vergonhoso? – o marquês perguntou. – Ou feito debaixo de um piano?

Portia podia jurar ter ouvido Locksley rugir.

– Eu já disse. Estava tentando ouvir as notas com mais clareza.

– Você está ficando surdo?

Locksley se sentou na poltrona perto do pai.

– Eu agradeceria se não tivesse que ouvir você falando.

– Você sempre detestou ser provocado. Além do mais, eu compreendo muito bem como esta sala e a música podem seduzir. Acho que você foi concebido em cima do piano.

– Oh, bom Deus – Locksley murmurou. – Existem coisas que eu preferiria não saber.

– E existem muitas coisas que eu deveria ter contado, mas não contei. Ela está nos observando, sabe. Sua mãe. Acho que ela gosta de espiar pelas cortinas abertas e nos ver sentados aqui.

Portia viu como a tristeza foi se instalando lentamente no rosto do marido, e soube que o aborrecia a fantasia do pai de que a Marquesa de Marsden ainda os observasse.

– Posso tocar agora? – ela perguntou, esperando melhorar o humor de Locksley.

– Por favor. – Marsden ergueu o copo.

Em vez de tocar de memória, como tinha feito antes, ela usou a partitura que estava na estante do piano, indicando que provavelmente foi a última música a ser tocada, ou, quem sabe, talvez apenas estivesse ali para ser executada no futuro. Não importava. Portia estava certa de que, em algum momento, a Marquesa de Marsden tinha tocado essa melodia para seu marido.

Enquanto deslizava os dedos pelo teclado, ela lançou um olhar rápido para o marquês. Ele parecia tranquilo, os olhos fechados, os cantos da boca ligeiramente virados para cima. Ela esperou estar evocando memórias agradáveis.

E imaginou se chegaria o momento em que seu próprio marido conseguiria evocar lembranças agradáveis dela.

Capítulo 15

Uma semana depois, Portia destrancou uma porta e conduziu os mais novos membros da criadagem a uma sala que, ela estava quase convencida, tinha sido no mínimo uma sala matinal da marquesa. Na extremidade do aposento, as janelas se projetavam para fora, criando uma pequena alcova, com estantes de livros nas paredes dos dois lados. Ela se imaginou acomodada em uma das duas grandes poltronas perto da janela, com um livro nas mãos, lendo para uma garotinha aninhada na outra.

– Vamos começar, então? – ela ordenou enquanto abria as cortinas, tossindo quando a poeira flutuou ao seu redor.

Como o marquês pareceu não se incomodar com a restauração da sala de música – na verdade, ele pareceu adorar, já que passou a encontrá-los ali todas as noites depois que ela começou a tocar –, Portia atacou o escritório da marquesa com vivacidade. Ela passou a ter, então, um lugar onde podia escrever cartas – se tivesse alguém que gostasse de receber cartas dela. A cozinheira a encontrava ali todas as manhãs para planejar o cardápio do jantar. Ela mantinha o almoço simples: pão, queijo, às vezes sopa. Então pedia para levarem uma bandeja até o quarto de Marsden, onde almoçava com ele. Sem precisar forçar, ela o fazia falar de seu amor. Portia considerava a coisa mais maravilhosa do mundo que, após tantos anos, ele ainda pudesse amar tão profundamente sua Linnie. Ela desejou ter tido a oportunidade de conhecer a marquesa, embora por meio de suas visitas vespertinas a Marsden, Portia começasse a entender a personalidade e o temperamento de Linnie. É claro que, ao longo dos anos, ele devia tê-la idealizado, pois certamente nenhuma mulher poderia ser perfeita daquele jeito.

Mas era óbvio que ela tinha sido perfeita para o marquês, ao contrário de Portia, que era a pior escolha possível de esposa que o visconde podia ter feito. Além do mais, recentemente, ela vinha tendo dificuldade para acompanhar o ritmo dele à noite. Ela tinha começado a tirar sonecas depois de visitar o marquês, para que não ficasse exausta por completo quando o marido não se contentava com uma sessão de amor, mas quisesse duas ou três, o que geralmente os mantinha ocupados até bem depois da meia-noite. Não que ela desgostasse. Ele era minucioso e nunca se satisfazia até o prazer dela igualar ou superar o dele. Portia não estava acostumada com tanta consideração. Às vezes, ela se sentia culpada por ele ser muito melhor marido do que ela era como esposa.

Enquanto examinava cada peça da mobília para determinar qual precisaria ser levada ao Sr. Wortham para reparos, Portia pensou que teria mais energia para as noites se parasse de ajudar a criadagem na tarefa de tornar cada aposento habitável. Mas estar envolvida fazia com que os dias passassem com mais rapidez. Durante dois anos ela tinha sido pouco mais que um enfeite, esperando para ser tirada da prateleira. Ela adorava toda aquela atividade durante o dia, embora tivesse começado a terminar uma hora mais cedo para poder estar banhada e vestida no momento em que Locksley retornava das minas. Ele era bastante pontual, sempre chegando à casa pouco antes do pôr do sol.

Depois que a mobília estava examinada e movida, os carpetes enrolados e as cortinas retiradas para receberem uma boa batida, Portia começou com as prateleiras, removendo os livros um a um e limpando com cuidado anos de poeira acumulada neles. Ela não sabia por que Locksley insistia em ir até as minas todos os dia. Acreditava que ele faria melhor em contratar um bom capataz para cuidar desse assunto. Afinal, Locksley tinha nascido para ser um lorde, não um trabalhador.

Mas sempre que ela tentava falar com ele sobre o assunto, questionando o motivo de ele precisar vigiar tão de perto essa atividade, Locke apenas respondia: "Não precisa se preocupar, Portia. Eu tenho condições de lhe dar sua mesada".

O tom do marido era sempre tão sarcástico que às vezes ela sentia vontade de estender o braço sobre a mesa e torcer o nariz dele. Esse era um aspecto do relacionamento deles que a decepcionava – que ele a censurasse por querer segurança financeira. Se tivesse insistido para que

Montie lhe desse uma mesada – e se tivesse a prudência de guardá-la –, ela teria tido opções, não teria necessitado seguir por um caminho que a deixava nauseada. Mas ela o amava e confiava nele, e acreditou quando ele prometeu que cuidaria dela. Haveria alguém mais tolo do que ela em toda a Inglaterra? Portia não bancaria a tola dessa vez.

– Lá está Sua Senhoria voltando das minas – Cullie anunciou.

Piscando, Portia levantou os olhos da pilha de livros que estava organizando – ela queria organizá-los por autor nas prateleiras – e mirou o exterior. A tarde tinha lhe escapado. Ela havia aprendido a estimar a hora pelas sombras, já que não conseguia se convencer a fazer os relógios funcionarem novamente. *Isso*, ela tinha decidido, podia aborrecer o marquês de verdade.

Ela se endireitou e foi até a alcova para observar melhor o cavaleiro. Ele parecia ser do mesmo tamanho que Locksley, mas a roupa estava errada. Ao contrário das roupas sob medida que o visconde usava, os trajes daquele homem eram grosseiros e não se moldavam ao formato de seu corpo.

– Quando esta sala estiver pronta – Cullie disse –, milady pode ficar aqui à tarde, esperando a volta de Sua Senhoria.

– Só que esse não é Sua Senhor... – O homem estava mais perto agora. O chapéu puído estava baixo na fronte, escondendo boa parte do rosto, mas ela podia ver o desenho forte do maxilar. Ela meneou a cabeça. – Por que ele está usando essas roupas grosseiras?

– Bem, ele não vai usar as roupas finas nas minas. Elas seriam destruídas rapidamente no trabalho – Cullie disse.

Portia estava franzindo tanto a testa que pensou que acabaria tendo uma enxaqueca.

– Ele não *trabalha* de fato nas minas.

Como Cullie permaneceu em silêncio, Portia se voltou para ela. A garota parecia estar com medo de ser demitida.

– Cullie? Ele não trabalha *dentro* das minas, não é? O olhar de Cullie passeou pela sala, parando em cada um dos criados, como se esperando que um deles falasse. Afinal, ela pousou os olhos em Portia, lambeu os lábios e inspirou fundo.

– Trabalha sim, milady.

– Não, ele vai lá de vez em quando para supervisionar as atividades. – Era o que ele tinha lhe contado. – É só até aí que ele se envolve.

Cullie negou com a cabeça.

– Não, milady. Ele trabalha nas minas.

– Você quer dizer que ele cava em busca de minério?

— Sim, milady, e demorou algum tempo até os mineiros se acostumarem com a presença dele, mas como o estanho acabou, ele está tentando ajudá-los a encontrar mais.

Acabou? Ela deu meia-volta, mas não conseguiu mais ver Locksley. Ele sempre se aproximava dela cheirando a banho recém-tomado. Parte do motivo que a fez começar a se aprontar mais cedo era poder devolver a banheira à sala de banho antes que ele voltasse para casa. Ela tinha pensado que ele apenas era muito minucioso quanto à higiene. Na verdade, ele procurava se livrar de qualquer indício de seus esforços.

— Terminamos por hoje — ela anunciou e se dirigiu à porta da sala.
— Milady gostaria de se banhar antes do jantar?
— Depois.

Primeiro ela precisava conversar com o marido.

Na sala de banho, Locke despejou a água fumegante na banheira. A Sra. Dorset não entendia por que ele não pedia a um dos criados que preparasse seu banho, mas os criados eram de Portia, não dele. Locke não precisava tirá-los de quaisquer tarefas que sua esposa tinha lhes designado. Além do mais, quanto menos gente o visse naquelas condições, melhor.

Depois de largar o balde, ele arqueou as costas e olhou para o teto. Cristo, como estava cansado. Mas ele sabia que, assim que visse Portia, seu cansaço sumiria. O sorriso de boas-vindas dela parecia revitalizá-lo. Ele tinha começado a apreciar os recitais noturnos, não mais os vendo como um atraso irritante ao sexo com Portia, mas como um processo lento, sensual, de crescimento da tensão. Ela obtinha um tipo de êxtase deslizando os dedos pelo marfim das teclas, e Locke ficava fascinado observando-a.

Ela era uma sereia, atraindo seu pai de sua reclusão. A cada noite o marquês descia até a sala de música. Locke tinha começado a servir um copo de uísque e a deixá-lo na mesa ao lado da poltrona favorita do pai, antecipando a chegada do marquês. Às vezes seu pai falava do amor de sua vida. Nas últimas noites, Locke tinha aprendido mais sobre sua mãe do que em todos os anos anteriores.

Aparentemente, ela também era pouco convencional: corajosa, forte e audaciosa. Ele só tinha conhecido seu pai como um homem alquebrado, mas talvez ele não estivesse tão mal como Locke sempre imaginara.

Grunhindo, ele esticou os braços para cima, depois baixou os dedos até a água. Morna, ainda. Outro balde de água fervente deveria resolver. Virando-se, ele se deteve ao ver Portia parada na entrada. Ele já tinha retirado as luvas e colocado de lado a jaqueta coberta de terra, mas havia sujeira incrustada nas dobras do rosto e do pescoço. Estava ciente de sua condição deplorável, além de seu cheiro horrível.

O olhar dela passeou por ele como se nunca o tivesse visto antes.

– Você trabalha nas minas – ela declarou em voz baixa, mas confiante.

Ele sabia que em algum momento ela descobriria a verdade. Locke teria preferido que fosse mais tarde, mas considerando que ela tinha alguns criados novos, e que cada um deles sem dúvida conhecia alguém que trabalhava nas minas, Locke não viu motivo em negar o fato, embora também não fosse confessá-lo. Aparentemente, ela interpretou corretamente o silêncio dele.

– Seu pai sabe? – ela perguntou no silêncio que acompanhou sua afirmação anterior.

– Não, e prefiro que não saiba. Também prefiro que você saia, para que eu possa tomar meu banho.

– Quanto tempo faz que o estanho acabou?

– Não vou falar das minas com você, mas pode ficar tranquila, pois receberá a sua mesada...

– Maldito seja, Locksley! – ela o interrompeu com tanta veemência que ele jogou a cabeça para trás, como se Portia o tivesse esbofeteado. Mas, que Deus o ajudasse, o fogo que ardia nos olhos dela era um afrodisíaco que poderia tê-lo atraído, não estivesse ele envergonhado por ela ter descoberto como passava seus dias. – Você honestamente acredita que esse é o motivo pelo qual estou perguntando? Você é um lorde; não deveria estar cavando nas minas.

– Sou mais um par de mãos; mãos pelas quais não tenho que pagar salário.

– Então já faz algum tempo. – O tom dela expunha um fato do mesmo modo que um advogado poderia apresentar seu caso diante do juiz. Por que ele se sentia como se estivesse no lugar do réu?

Ela deu um passo na direção dele. Locke recuou, trombou na banheira, praguejou e levantou a mão aberta para detê-la.

– Não se aproxime de mim. Estou fedendo como um porco. Vou fazer com que você desmaie.

Um canto da boca de Portia se levantou.

– Não sou assim tão delicada. Por que você não me contou?

– Porque não é da sua conta.

Foi a vez de ela recuar como se tivesse levado um tapa.

— Eu sou sua esposa.

— Sua função é esquentar minha cama e me dar um herdeiro. Essa é a totalidade dos seus deveres como esposa. A propriedade, a administração dela e a renda são minhas obrigações. Não vai adiantar discutir sobre isso.

— Talvez o fardo fique menos pesado para você?

— É provável que fique mais pesado, pois, sem dúvida, você vai começar a me aporrinhar pedindo detalhes, ou vai reclamar, se eu sugerir que gaste menos com bobagens. Como você não vai ajudar, Portia, não vejo porque precisa se preocupar com os meus problemas.

Ela fez um movimento brusco com a cabeça.

— Às vezes, Locksley, você é um completo cretino.

Com isso, ela deu meia-volta e saiu da sala.

Por razões que desconhecia, Locke começou a rir. Uma risada longa, alta e forte. Então ele fez algo ainda mais inexplicável, foi até a lateral da banheira, agarrou a borda e a puxou com toda força, até virá-la e derramar toda a água no chão.

Baixando a cabeça, ele crispou os punhos. *Droga. Droga. Droga.* Ele queria que ela nunca soubesse a verdade sobre como ele passava seus dias, cavando freneticamente a terra, desesperado para encontrar o menor veio de minério que fosse, para desenterrar algum indício de que existia mais estanho, de que o futuro econômico deles não seria completa e absolutamente medonho.

Fazia quase uma hora e meia que ele estava parado junto à janela da biblioteca, bebendo uísque. Ele tinha ido para lá logo após o banho, vestindo agora as roupas que trajava pela manhã, antes de trocá-las pelos trajes mais grosseiros e resistentes que usava quando ia para as minas.

Portia estava certa. Ele tinha sido um cretino. Continuava correndo o risco de se comportar como um, porque não conseguia se livrar da raiva que o agitava agora que ela sabia a verdade de sua situação. Ele estava constrangido por sujar as mãos, por assumir o trabalho pesado que nenhum cavalheiro deveria fazer. Por não ter prestado mais atenção às minas quando chegou à maioridade, por não ter notado antes que seu pai não era o administrador mais indicado para Havisham.

Por voltar à residência todas as noites coberto de suor e sujeira. Já era ruim o bastante que os aldeões soubessem. Mas ele conseguia imaginar

Portia em Londres, durante um chá, conversando com um grupo de ladies, rindo da ideia de Locksley ter de trabalhar para garantir o jantar, como se não tivesse nascido em uma posição privilegiada na sociedade.

Ouvindo passos, ele se virou ligeiramente e a viu entrar na sala trajando o vestido azul-escuro que sempre a fazia parecer incrível, que sempre o fazia querer removê-lo com toda pressa. O traje o provocava de outro modo agora, porque Locksley desconfiava que ela iria rejeitá-lo da próxima vez que tentasse tocá-la com as mãos que trabalhavam duro. Ela tinha se casado acreditando que ele era um cavalheiro, mas um cavalheiro não passava o dia no ar frio e úmido debaixo da terra. Um cavalheiro não fedia a trabalho, em vez de cheirar a lazer.

Locke não sabia, antes, se ela desceria para jantar com ele, agora que sabia a verdade. Ele detestou o alívio que sentiu por ela ter chegado, porque não o deixaria só.

Ela parou de repente diante dele, os olhos cor de uísque vasculhando suas feições, e ele se perguntou o que ela enxergava agora, enquanto olhava para ele. Um homem que temia ser um administrador pior que o pai, um homem que não deveria tê-la tomado como esposa, que não deveria estar tentando engravidá-la quando não sabia se as terras voltariam a ser rentáveis. Ele não deveria nem mesmo estar trazendo um herdeiro ao mundo, mas ele se sentia incapaz de não mergulhar nela a cada noite. Durante algum tempo, quando estava perdido no calor de Portia, seus problemas desapareciam. Mas sempre voltavam com o sol, sempre...

Seus pensamentos pararam de súbito quando ele percebeu que ela estava lhe oferecendo algo. Baixando os olhos, Locke viu descansando na mão dela, a bolsa de veludo que tinha entregado a Portia na manhã seguinte ao casamento.

– Estou devolvendo as moedas para você. Vou anotar o que me é devido, e você poderá me pagar quando as minas voltarem a ser rentáveis.

– Não preciso que me devolva as moedas.

– Mesmo assim, eu as estou devolvendo.

– Eu não quero essas moedas.

Ela deu meia-volta, marchou até a escrivaninha e depositou a bolsa no centro do tampo.

– Eu as estou devolvendo. Você não tem escolha.

O rugido que ecoou pelo quarto era o de um animal ferido. Portia se virou para ver Locksley marchando em sua direção. Ela quase levantou as saias e saiu correndo. Mas ela já tinha fugido duas vezes na vida, e os resultados não foram nada bons.

Dessa vez, ela manteve sua posição. Ele jogou de lado o copo, que aterrissou no tapete sem quebrar. Então suas mãos envolveram a cintura dela, levantando-a e colocando-a sobre a escrivaninha, enquanto ele se colocava entre as pernas dela.

Os olhos verdes dele estavam selvagens, cheios de fúria. Ela pensou que deveria sentir medo, mas confiou que, não importava o quão furioso ele estivesse, Locksley não a machucaria. O orgulho dele estava ferido, abatido, pisoteado. Ela conseguiu ver isso, e desejou ter compreendido antes o que custava a ele trabalhar nas minas. Por que Locksley não podia ver como era admirável, da parte dele, fazer algo, e não apenas ficar sentado esperando que a situação melhorasse? Que, como ela, ele faria o necessário para consertar uma situação horrenda?

– Eu não quero o maldito dinheiro – ele grunhiu. – Eu não quero que você seja bondosa, nem generosa, nem compreensiva.

Ela projetou o queixo à frente.

– Não confunda meu pragmatismo com bondade. Você precisa do dinheiro agora para garantir que tenhamos mais no futuro.

Locksley meneou a cabeça e sua risada sombria dele ecoou ao redor deles.

– Não quero que você seja pragmática. Não quero que traga música, sol e sorrisos para esta casa. Eu quero você só para uma coisa. – Com aquelas mãos grandes e fortes que tinham dado tanto prazer a Portia, ele agarrou corpete, espartilho e *chemise*, rasgando-os ao mesmo tempo com um puxão poderoso que fez os seios dela pularem para fora. – Isto é tudo o que eu quero de você – ele rugiu antes de tomar um mamilo com a boca e chupá-lo com força.

Ela jogou a cabeça para trás quando o prazer a invadiu.

– Eu sei.

– Não quero que você me faça desejar que o fim do dia chegue logo.

Ele foi para o outro seio, fechando a boca ao redor do bico túrgido e o puxou.

– Eu sei – ela conseguiu dizer, com dificuldade crescente conforme as sensações a agitavam.

– Eu não vou gostar de você. Não vou me importar com você. Não vou amar você. – Ele segurou o rosto dela, seu olhar penetrando no de Portia. – Eu não vou dar meu coração para você, Portia. Nunca.

– Eu sei – ela concordou com espasmos da cabeça.

– Não a quero na minha vida. Só quero você na minha cama.

– Eu sei – ela repetiu, pois o que mais poderia dizer? Ela sabia disso tudo.

Ele enterrou o rosto nos seios dela, abraçando-a bem apertado.

– Eu não vou amar você – ele enfatizou lenta, ardentemente, e Portia se perguntou, então, se ele estava tentando convencer mais a si próprio do que a ela de que suas palavras eram sinceras.

Ela também se perguntou se seria suficiente, para os dois, se ela o amasse. Passando os dedos com delicadeza no cabelo dele, ela repetiu, em voz baixa:

– Eu sei.

Ele apertou os lábios na curva do seio, virando depois a cabeça para beijar o outro.

– Eu não quero que o seu sabor seja tão delicioso, que o seu toque seja tão bom.

Levantando as pernas, Portia o enlaçou o mais forte que conseguiu, levando em conta todas as anáguas inconvenientes que vestia. Talvez ela devesse aplicar para suas roupas de baixo, a regra que ele estabeleceu para as luvas – nunca usá-las quando estivesse em casa. Ela passou os dedos pelo cabelo dele e desceu as mãos, até estar segurando o rosto de Locksley entre suas palmas, erguendo-lhe a cabeça para que pudesse fitá-lo nos olhos.

– Eu sei exatamente o que você não quer. Mas o que milorde *quer*?

A imprecação grosseira que ele soltou pouco antes de se abaixar para tomar sua boca não deveria ter deliciado Portia, mas a pura intensidade do ato fez com que prazer e satisfação a sacudissem por dentro. Ela pensou que Locksley poderia muito bem devorá-la, devido ao fervor com que possuía seus lábios, sua língua. Havia sempre uma selvageria entre eles, mas aquele momento era mais bruto, mais incivilizado do que nunca.

Ela sabia que ele estava abatido e magoado por sua descoberta, mas a verdade só a fazia querê-lo mais. Eles eram mais iguais do que tinham imaginado, ambos dispostos a fazer o que fosse necessário para proteger aqueles que precisavam ser protegidos, para garantir um futuro seguro para aqueles que amavam. Embora ele afirmasse não amar ninguém, Portia sabia que Locksley se importava profundamente com seu pai, com suas propriedades, com a terra. Ela era insensata o bastante para esperar que um pouco desse sentimento pudesse ser encaminhado na sua direção.

Quando a boca quente de Locksley marcou seu pescoço com uma série de beijos e mordidas, ela não pôde evitar sentir que, no mundo do prazer, pertencia a ele assim como ele lhe pertencia. Ali eles se comunicavam com mais honestidade do que em qualquer outro momento. Aí não havia barreiras, nem mentiras, nem desilusões. Ali havia, pelo menos, carência em sua forma mais pura, desejos primitivos e necessidades expostas.

Com um braço ao redor do quadril dela, Locksley a puxou para a borda da escrivaninha, levantou suas saias, abriu as calças e a penetrou de uma vez, profundamente. O grito de prazer de Portia se misturou ao rugido de satisfação dele.

– Você é tão gostosa – ele grunhiu antes de capturar novamente sua boca, a língua investindo num ritmo que acompanhava os movimentos dos quadris, seu braço nas costas dela, fornecendo-lhe apoio.

Agarrando-se a Locksley, Portia apertou os braços ao redor dos ombros dele. Ela era maluca de se entregar assim àquele sexo ardente, com o ar frio soprando em seus seios, os mamilos tesos formigando conforme eram roçados pelo paletó dele. Ali, na biblioteca, sobre a escrivaninha, ele a penetrava em estocadas rápidas e firmes. A boca de Locksley deixou a dela para prová-la toda: o queixo, o pescoço, a pele sensível logo abaixo da orelha, onde o pulso dela tamborilava loucamente.

Tentando segurar os gritos, ela mordeu o lábio inferior, mas isso não fez nada além de abafar seus guinchos quando ela, enfim, se desfez nos braços dele, sacudindo-se com a força do êxtase. Quando Locksley contraiu todo o corpo, despejando sua semente dentro dela, seu rugido foi o de um conquistador. Com as pernas, ela apertou os quadris dele, tensionando os músculos ao redor do marido. Ele estremeceu e grunhiu antes de deixar a cabeça cair no ombro dela.

– Você arruinou a escrivaninha para mim – ele disse, as palavras entrecortadas com a respiração ofegante. – Como eu vou conseguir trabalhar aqui de novo sem imaginá-la esparramada?

– Não estou esparramada.

Levantando a cabeça, ele a fitou por um momento antes de baixar os olhos para os seios.

– Você não pode ir jantar assim.

Ela deu uma risada suave.

– Não, acho que não mesmo.

Recuando, ele baixou as saias dela, depois começou a fechar as calças. Portia não quis admitir o quanto se sentiu abandonada quando ele se afastou. Locksley alisou o paletó com a mão e o colocou sobre os ombros da esposa. Ela mal tinha fechado a abertura quando, de repente, se viu nos braços dele sendo carregada para fora da biblioteca.

— Eu posso andar — ela disse.

— Pelo modo que você gritou, imagino que esteja fraca demais. Suas pernas ainda estão tremendo.

Ela sentiu um calor irradiar pelo rosto.

— Você não ficou exatamente em silêncio, sabe.

— E de quem é a culpa disso?

Portia não se preocupou em esconder o sorriso quando deitou a cabeça no ombro dele.

Gilbert apareceu no corredor.

— Milorde, o jantar... está tudo bem com Lady Locksley, milorde?

— As costuras dela se abriram, Gilbert.

Portia levou a mão à boca para impedir que uma gargalhada escapasse.

— Minha costureira londrina não é tão talentosa com a agulha como eu acreditava — Portia disse, surpresa por conseguir manter a voz tão firme. — Os pontos que ela deu não aguentaram como deveriam.

— Como você pode imaginar, Gilbert, Lady Locksley ficou bem chocada. Nós vamos jantar no quarto. Peça para Cullie nos levar uma bandeja dentro de uma hora.

— Uma hora, milorde? — Gilbert perguntou, enquanto conseguia, apesar dos joelhos artríticos, sair do caminho de Locksley, que passava por ele para chegar ao saguão.

— Uma hora, Gilbert. Antes eu preciso acalmar os nervos da minha mulher.

Quando estavam subindo a escada, ela mordiscou o lóbulo da orelha dele com delicadeza, adorando o gemido de resposta, mas querendo que soasse mais torturado.

— Quando chegarmos ao quarto, você pode arrancar tudo. Já não dá para salvar esta roupa. — O grunhido que obteve do marido fez com que ela desejasse que ele andasse mais depressa.

Locke nunca tinha conhecido uma mulher como ela — nunca. Dando seguimento à conversa dele sobre as costuras, Portia se equiparou a Lady Godiva em ousadia, e bem que ele conseguia imaginá-la cavalgando nua pelas ruas sem que nenhuma parte ficasse corada de vergonha. E, maldição, ele a queria de novo com uma ferocidade que o fazia se sentir um bárbaro.

Depois que fechou a porta do quarto com um chute, fez exatamente o que ela havia sugerido e arrancou do corpo de Portia o que restava de suas roupas. Havia algo de muito prazeroso e selvagem no som da seda e do cetim sendo rasgados, no modo como Portia simplesmente deixou com que ele fizesse o que queria com ela, cujos olhos fumegavam com necessidades iguais às dele. Depois que ela estava nua por completo, ele a pegou de novo nos braços, carregou-a até o pé da cama e a jogou de barriga para baixo, deixando as pernas dela penduradas na borda do colchão.

Com a respiração pesada, ela se apoiou nos cotovelos e olhou por sobre o ombro para ele, que arrancava as próprias roupas, fazendo os botões espocarem e tilintarem no chão. Tão desesperado que estava para possuí-la, ele considerou apenas abrir a calça de novo, mas Locke gostava demais de sentir a pele sedosa dela na sua. Ele iria possuí-la de forma rápida e firme, mas, por Deus, dessa vez não queria roupas entre os dois.

Após se livrar da última peça de roupa, ele se colocou entre as coxas dela, abrindo-as ao afastar suas próprias pernas. Debruçando-se sobre ela, Locke colocou uma série de beijos em seus ombros, seguindo a curva do pescoço.

– Você disse que eu podia pegar você pelas costas – ele rouquejou.

Os olhos dela esquentaram.

– Eu disse mesmo.

Locke a segurou pelos quadris, levantando-os um pouco, e afundou-se nas profundezas escaldantes. O grito de satisfação dela ecoou entre eles. Ele deslizou uma mão ao redor dela até chegar aos pelos do púbis, então desceu e colocou um dedo sobre o botão inchado. Ele exerceu mais pressão, acariciando-a em sincronia com as estocadas lentas que lhe dava por trás. Portia gania e se contorcia. Ele despejava beijos entre as espátulas dela, sentindo-a ficar tensa ao redor de seu membro enquanto seus ganidos iam se transformando em gemidos guturais e sua respiração ficava irregular.

– Voe, Portia – ele grunhiu perto da orelha dela antes de passar a língua pela concha delicada. – Voe.

Ela soltou um grito e deu um pinote para trás, e seus músculos se fecharam com força ao redor dele. Locke agarrou-a pelos quadris e investiu nela umas poucas vezes antes que seu próprio clímax o despedaçasse, escurecendo as bordas de sua visão até que ele só conseguisse ver o perfil dela, com as pálpebras semicerradas, os lábios entreabertos de espanto.

Baixando o corpo, ele encostou o rosto no de Portia, apoiando o peso do corpo em seus próprios braços, com o peito roçando de leve as costas dela. Aquilo tinha sido suficiente para acalmar a fera que rugia dentro dele, que desejava que Portia fosse diferente do que era, que fosse a caçadora de fortuna e títulos com que ele pensou ter se casado.

Ela moveu um pouco o braço, e sua mão, de repente, estava no cabelo dele, puxando-o para mais perto. E Locke percebeu, com precisão total, que tinha cometido muitos erros na vida, mas no que se tratava de Portia, ele podia ter cometido seu maior erro, porque era muito possível que viesse a gostar muito dela.

E isso era a última coisa que ele queria. Infelizmente, Locke receava que pudesse ser tarde demais para se preocupar com o que queria.

Capítulo 16

Portia se inclinou para a frente, afastando-se dos travesseiros confortáveis, pegou uma uva na bandeja que jazia sobre suas pernas e colocou a fruta vermelho-escura na boca.

Descansando no pé da cama, onde pouco tempo antes ele a tinha possuído com entusiasmo desenfreado, seu marido bebia um vinho da Borgonha. O olhar dele subiu até o peito de Portia. Talvez porque ela não tivesse fechado como deveria o vestido rasgado, deixando uma boa extensão de pele visível. Ela não sabia explicar por que se deliciava tanto provocando Locksley com mostras de sua pele.

— Não se esqueça de avisar sua costureira, em Londres, de que vai precisar de outro vestido azul — ele disse.

Ela meneou a cabeça.

— Já tenho vestidos suficientes.

O maxilar dele ficou tenso por um instante, mas logo relaxou, e ela soube que o marido tinha se ofendido com sua frugalidade, de que se sentia insultado com a ideia de não poder sustentá-la adequadamente.

— Não nesse tom de azul. É o meu favorito, porque destaca o vermelho do seu cabelo.

Ela riu um pouco.

— Como se eu precisasse de alguma coisa para destacar o vermelho do meu cabelo. Meu pai costumava dizer que foi obra do diabo. — Quando ele apertou os olhos, ela desejou ter engolido as palavras em vez de dizê-las. Melhor ainda seria ter engolido a língua.

– Por que ele diria uma coisa dessas? – Locksley perguntou.

Suspirando, ela colocou outra uva na boca, mastigando-a lentamente. Pensou que a bandeja de frutas, queijos e fatias de carne não era o jantar original, mas desconfiava que a Sra. Dorset tinha decidido que um jantar no quarto pedia uma refeição mais simples. Portia engoliu.

– Porque nem meu pai nem minha mãe eram ruivos. O cabelo da minha mãe era marrom-escuro, o de meu pai, loiro. Sempre achei que o bigode dele ficava avermelhado quando o sol batia do jeito certo, mas ele nunca admitiu.

– Ele acusou sua mãe de ser infiel?

– Não, meu pai só achava que eu tinha um pouco mais do diabo em mim do que deveria. – E, de vez em quando, acreditava que poderia fazer o demônio sair batendo nela. Mas Portia não queria seguir com a conversa por esse caminho, e como Locksley tinha feito uma pergunta pessoal...

– Quanto tempo faz que as minas não produzem estanho?

Ele pegou a garrafa de vinho na bandeja e colocou mais vinho em sua taça.

– Cerca de dois anos.

– Esse foi o motivo que fez você parar de viajar.

– Pareceu-me prudente – ele concordou e tomou um gole. – As minas ainda produziam, mas cada vez menos. Durante todos esses anos escondido aqui, meu pai nunca negligenciou as propriedades, mas o administrador disse estar preocupado, porque meu pai não parecia estar levando a sério o fato de a renda estar diminuindo. – Ele levantou um ombro, deixou-o cair. – Percebi que estava na hora de assumir as rédeas. Descobri que gostei do desafio, principalmente porque as coisas não estavam indo muito bem. Acho que ficaria entediado se não tivesse com que me preocupar.

Ela desconfiou que era verdade. Um homem que escalava montanhas não se contentaria apenas em caminhar pela campina.

– Então, cerca de seis meses depois que assumi, as minas pararam de produzir totalmente – ele acrescentou.

– E você começou a trabalhar nelas – Portia afirmou.

– Pensei que teria mais sorte para encontrar algo que os mineiros tivessem deixado passar. Para não dizer que eu ficava aflito, sentado aqui esperando a notícia de que tivesse achado um veio do minério.

– Os lordes que conheci não teriam se importado. Continuariam a se divertir, deixando que os pais se preocupassem.

– Então desconfio que eles vão encontrar suas propriedades em ruínas quando as herdarem. As coisas estão mudando para a aristocracia.

Eu acredito que não podemos seguir em frente sem reconhecer que estamos prestes a nos tornar obsoletos.

– A aristocracia sempre vai existir.

– Mas nossa importância está diminuindo. Ou, no mínimo, nosso estilo de vida despreocupado precisa mudar. Não podemos continuar sendo mimados sem nos darmos conta de que isso tem um preço.

Ele colocou um pedaço de presunto e um pouco de queijo num biscoito e o comeu, sinalizando o fim da conversa. Mas ela ainda não estava pronta para terminar.

– Não consigo imaginar você sendo mimado.

– Não aqui, não mesmo. Tínhamos tão poucos criados. Gosto de fazer as coisas eu mesmo. Em uma das minhas primeiras noites num clube de cavalheiros, eu estava na sala de estar, sentado perto da lareira, tomando conhaque. Um cavalheiro mais velho, um conde, estava sentado ali perto. Ele chamou um criado porque o fogo precisava ser atiçado e alimentado com mais lenha. Lembro que pensei: "Se você está com frio, então tire esse maldito traseiro da cadeira e vá atiçar o fogo você mesmo". Aqui, nós nunca chamamos um criado até o quarto para algo que nós mesmos poderíamos fazer. Isso foi ao mesmo tempo esclarecedor e perturbador quando começamos a circular por Londres.

Ajeitando um travesseiro às costas, ela se recostou.

– Você deve ter rangido os dentes naquela primeira tarde, quando eu disse que iria chamar um criado para mudar a poltrona de lugar para mim.

Locksley a estudou com tanta atenção, tanta intensidade, que ela sentiu necessidade de se contorcer, e teve que usar toda sua força para ficar parada.

– Você mentiu naquela tarde, Portia. Não chamaria um criado. Você mesma mudaria a poltrona de lugar. Por que quis que nós pensássemos o contrário, que a víssemos como uma mulher arrogante e esnobe?

– Como o conde da sua história, que não podia atiçar o próprio fogo, toda mulher aristocrata que conheci parecia dependente. Pensei que vocês esperavam o mesmo comportamento de mim.

– Sobre o que mais você mentiu?

Tanta coisa. Com o fogo baixo crepitando na lareira, seu corpo saciado de prazer e comida, o marido falando com ela como se os dois fossem iguais, ela quase lhe contou tudo – mas o que isso traria de bom? O clima agradável entre eles terminaria, de uma vez por todas, para sempre. Disso ela tinha certeza.

– Você deveria contar sobre a situação nas minas para seu pai – ela disse, empurrando qualquer vontade de se confessar para os cantos mais secretos de sua mente.

Ele lhe deu um sorriso rápido, indicando que já esperava que ela evitasse a questão e lhe devolvesse a pergunta, e, ao mesmo tempo, que isso o tinha decepcionado. O marido estava começando a conhecê-la bem demais, mas ainda que pudesse decifrar as ações dela, não descobriria seus segredos.

– Ele não precisa se preocupar com isso.

– Mas se, como você disse, ele administrou tão bem as minas até recentemente, pode ser que tenha algum conselho para dar.

– Ele não vai saber onde podemos encontrar mais minério. Não é como se ele tivesse a capacidade de enxergar através da terra.

– Então você vai apenas continuar cavando e ficando frustrado quando seus esforços não derem em nada?

– Por enquanto. Ainda não estou pronto para desistir. Em algum lugar deve ter mais.

E até lá ele continuaria a entrar na terra com os mineiros, colocando-se em risco. Ela já tinha ouvido falar de desmoronamentos.

– Não é perigoso?

– Nós reforçamos as paredes à medida que vamos indo mais fundo. Faz anos que não temos acidentes.

Ela aquiesceu, mas as palavras dele não a reconfortaram. Embora admirasse a determinação dele em ir até as minas e trabalhar ao lado dos homens que forneciam uma renda para a propriedade, ela detestava que ele se colocasse em perigo. Por quê? Por alguns trocados? Ela queria diminuir o fardo dele, mas desconfiava que só o tivesse aumentado.

– Eu posso dispensar um criado e uma criada. Posso dispensar todos eles.

– Ainda não estamos na miséria, Portia. Falando de criados, você já terminou aqui? – Ele apontou para a bandeja.

– Já. Quer que eu toque a campainha para alguém vir tirar?

– Eu cuido disso. – Ele saiu da cama, pegou a bandeja e a levou até uma mesa baixa perto da lareira. Quando voltou, ele se deitou ao lado dela, apoiando-se num cotovelo, e passou os dedos da mão livre pelo colo dela. – O que eu disse antes, quando estávamos na biblioteca, é indesculpável.

– Você estava nervoso porque eu tinha descoberto seu segredo. – Talvez até um pouco constrangido por ser pego trabalhando, uma vez que os nobres não fazem nenhum serviço pesado. Mas não era ela quem falaria isso para ele. – Além do mais, Locksley, eu não tenho ilusões quanto aos seus sentimentos por mim.

Ele subiu a mão pelo pescoço dela, parando pouco abaixo do maxilar, seu polegar acariciando a pele delicada onde o pulso dela batia.

A MARQUESA DE HAVISHAM

— Eu gosto de você, Portia. Muito mais do que seria prudente.

— Nuca tive muito gosto por homens prudentes.

Ele abriu um sorriso.

— Adoro tanto suas respostas, sua tendência de dizer o que pensa. Gosto de ficar com você tanto na cama quanto fora dela.

Portia se perguntou se o marido tinha notado a aceleração de seu pulso, nesse momento. Seria tão mais simples, para os dois, se ele quisesse apenas sexo. Por que ela precisava se sentir tão contente por ele apreciá-la fora da cama? Locksley poderia partir o coração dela com tanta facilidade. E Portia poderia até machucar o dele. Seria melhor que os corações não fossem envolvidos, mas, que Deus a ajudasse, ela queria algo mais profundo, mais duradouro e mais verdadeiro com ele. Portia queria ser digna da aliança que ele tinha colocado em seu dedo, um lindo anel de ouro com diamantes e esmeraldas que simbolizava um amor eterno. Não que ela esperasse um dia ter o amor dele, mas o que quer que ele sentisse por ela morreria se soubesse da verdade.

Inclinando a cabeça de Portia um pouco, Locksley roçou seus lábios nos dela, com a suavidade de uma borboleta pousando numa pétala. Carinho era tão mais devastador do que a paixão rápida que ele tinha mostrado antes. A delicadeza poderia acabar com ela, inundando-a de tantos arrependimentos.

— Portia — ele sussurrou, colocando um beijo no canto de sua boca. — Portia. — Os lábios dele tocaram o canto dos olhos dela. — Portia. — A respiração dele soprou sua testa.

— Killian — ela suspirou com suavidade, enquanto seus olhos se fechavam e ela começava a se derreter nos travesseiros, no colchão.

A boca dele retornou à dela, um pouco mais exigente. Ela entreabriu os lábios, acolhendo com prazer a investida lenta e confiante da língua dele. Passando os dedos pelo cabelo do marido, ela encostou...

A rápida sucessão de batidas na porta a assustou.

— Milorde?

— Maldição — Locksley rosnou. — Gilbert é o sujeito mais inoportuno do mundo.

— Pelo menos eu continuo decentemente coberta.

— Vou cuidar disso assim que o colocar para correr. — Ele se levantou da cama. Quando ele voltasse, ela iria remover a camisa e a calça que ele tinha vestido antes de Cullie trazer a bandeja de comida.

— O que foi, Gilbert? — ele perguntou ao abrir a porta.

— Sua Senhoria está na sala de jantar à sua espera.

– Meu pai está na sala de jantar?

– Sim, milorde. Ele não permite que nós o sirvamos antes que milorde e Lady Locksley se juntem a ele.

– Você contou para ele que jantamos no quarto esta noite?

– Eu não poderia dizer isso, milorde. Acabaria colocando na cabeça dele imagens de coisas que acontecem aqui. Uma pessoa decente não conversa sobre quartos.

Locksley soltou um longo suspiro.

– Já vou descer. – Ele fechou a porta e encostou a testa na madeira.

– Parece que vamos jantar de novo – Portia disse.

Virando-se, ele começou a abotoar a camisa.

– Você não precisa descer. Eu faço companhia para ele.

– Não seja bobo. Vou chamar Cullie. Talvez eu demore um pouco, mas vá na frente e fique com seu pai.

Ele se sentou numa poltrona e começou a calçar as botas.

– Não faço ideia por que ele decidiu jantar conosco esta noite.

– Deve estar se sentindo sozinho. Talvez ele queira sua companhia por mais tempo do que a hora em que toco piano.

– Eu acho que, na verdade, ele quer a sua companhia. Acredito que você o lembra de como as coisas eram antes da minha mãe morrer.

– E como eram?

– Cheias de vida.

Seguindo na direção da sala de jantar, Locke pensou que em toda sua vida nunca tinha se sentido mais grato por uma interrupção. Ele estava a ponto de confessar que não apenas gostava de Portia, mas lhe tinha afeto verdadeiro. Depois de falar essas palavras, não teria como voltar atrás.

Na biblioteca, ele havia falado todas as coisas que não queria dela, como se fosse impedi-la de lhe dar tudo que mencionou. Como se fosse da natureza dela não se importar, não se entregar. Ela devolveu a maldita mesada, sugeriu diminuir o número de criados. Estava preocupada com o bem-estar dele.

É claro que estava, ele se censurou. Até lhe fornecer um herdeiro, ela corria o perigo de perder tudo aquilo. Mas esse argumento era fraco e falso. Ela tinha se mostrado naquele primeiro dia. Mas Portia não se mostrou por completo. Ela era composta de múltiplas facetas, complexas e intrigantes. Ele poderia passar a vida toda tentando desvendar os mistérios de Portia Gadstone St. John.

Que tudo fosse para o inferno se ele não queria passar a vida toda com ela. Ele a queria em sua vida até seu cabelo ficar grisalho e sua vista fraquejar. Ele a queria quando seu corpo estivesse curvado e velho. Locke tinha se casado com ela imaginando que não iria querer nada além das noites. Era um tolo, porque agora queria Portia durante todos os segundos do dia.

Ele entrou na sala de jantar. O pai, sentado à cabeceira, inclinou-se um pouco, como se quisesse enxergar além de Locke.

– Portia está se arrumando – ele disse ao pai enquanto puxava uma cadeira na outra ponta da mesa. – Perdoe-nos o atraso. Não estávamos esperando que jantasse conosco.

– Decidi que queria conversar, além de ouvir música. Ela está mudando as coisas, Locke. Com mais rapidez do que eu esperava.

Locke se virou para o mordomo.

– Pelo amor de Deus, Gilbert, sirva-nos um pouco de vinho.

– Sim, milorde.

Depois que o vinho foi servido, Locke pegou a haste da taça e agitou o vinho.

– Posso dizer a ela que pare, que deixe as coisas como estão.

– Ela faz o que você manda?

Locke não conseguiu evitar que um sorriso se espalhasse por seu rosto.

– Não. Normalmente, não.

– Você se casou com ela porque pensou que Portia iria abusar de mim.

– Pensei que ela iria querer tirar vantagem de você, sim. Imaginei que eu seria mais capaz de mantê-la na linha. O estranho é que eu gosto que ela seja assim, independente.

O pai concordou, satisfeito.

– Eu sabia que você gostaria.

– Você deduziu a índole dela pelas cartas?

O marquês deu e ombros.

– Acredito que sim. Até agora ela está sendo como eu esperava, pegando o touro pelos chifres, tornando este lugar dela. Você sabe que, quando eu saio do meu quarto e ando pelo corredor, sinto o aroma de jasmim e não de laranjas? Sua mãe sempre cheirou a laranjas. Eu pensava que se não permitisse que nada mudasse, minhas lembranças dela permaneceriam fortes. O estranho é que, desde que Portia chegou, minhas lembranças da sua mãe estão mais fortes do que nunca. E falando do anjo... – O pai empurrou a cadeira para trás e se levantou.

Locke olhou para trás quase acreditando que veria sua mãe ali. Mas era sua esposa, com um vestido verde-claro. Bem que ele gostaria de ter tido mais cuidado com o azul. E imaginou se o pai a consideraria um anjo se soubesse como Portia o provocava a fazer as coisas mais eróticas com ela, se o pai soubesse como ela era ativa no quarto. Se ela tivesse se casado como seu pai, o Marquês de Marsden teria morrido em sua primeira noite com a nova esposa.

Era verdade que Locke tinha salvado o pai ao substituí-lo.

– Desculpem, estou um pouco atrasada – Portia disse ao se sentar na cadeira que Locke segurava para ela.

– Bobagem, minha querida – o marquês disse. – Eu deveria ter avisado a vocês que tinha decidido acompanhá-los no jantar.

O olhar de Portia voou de Locke para o marquês enquanto eles se sentavam.

– Então isso vai acontecer com frequência? – ela perguntou.

– Se você não se importar.

– Claro que não, mas nós costumamos jantar mais cedo.

O marquês franziu a testa.

– Vocês já jantaram, então?

– Só comemos um pouco de queijo e frutas – Locke o tranquilizou. – Estou faminto, agora. – Ele fez um sinal para Gilbert, que saiu imediatamente, sem dúvida para dar ordens aos criados.

– Diga-me, querida – o pai dele começou –, que aposento você está arrumando agora?

– Acredito que seja uma sala matinal, ou talvez a biblioteca da marquesa. Tem algumas estantes de livros. Os sofás e poltronas estão revestidos de um tecido amarelo com flores bordadas.

– Ah, sim, minha Linnie gostava de ler à tarde nessa sala. Olhando pelas janelas, ela podia me ver voltando das minas. Uma vez entrei nessa sala e a encontrei totalmente nua à minha espera. Deus, como ela riu da cara que eu fiz. Ela tinha uma risada contagiante. Não conseguia ouvi-la sem rir também.

Locke pigarreou.

– Portia, acredito que precisamos trocar o estofamento de toda a mobília da casa, se não a própria mobília.

– Não seja tão puritano, Locke – seu pai disse.

– Acho maravilhoso que vocês aproveitassem tanto a companhia um do outro – Portia disse.

Bom Deus, nenhum dos dois sabia o que era vergonha? Ele já tinha se considerado um libertino, mas suas aventuras foram tépidas, se comparadas às do pai.

– Se soubesse que nosso tempo juntos seria tão curto, eu nunca teria passado um instante longe dela.

– Você poderia não ter apreciado tanto o momento, porque estaria preocupado com a ideia de perdê-la – Portia disse.

– É verdade. Imagino que não saber é uma bênção.

Graças a Deus os criados serviram o primeiro prato. Com certeza, seu pai mudaria o assunto para algo mais apropriado.

– A propósito – seu pai disse –, Ashe e Edward vão chegar dentro de quinze dias com as famílias. Pode ser uma boa ideia limpar a sala de sinuca.

– Não me diga que você teve relações com a minha mãe na mesa de sinuca – Locke disse, constrangido.

Seu pai piscou para Portia.

– Como quiser. Eu não digo.

Ela teve a audácia de rir. Um arrepio estremeceu Locke quando ele se deu conta de que, se Portia não estivesse mais ali, ele continuaria a ouvir a risada dela ecoando pelas paredes.

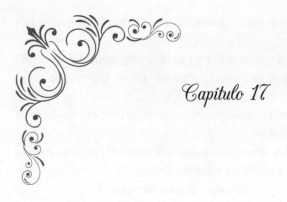

Capítulo 17

Observando seu reflexo no espelho da penteadeira, Portia se sentia um pouco nervosa com a chegada dos pupilos do marquês, naquela tarde. Uma coisa era desfilar pela vila como mulher do visconde, outra era socializar com ladies respeitáveis que estavam muito acima dela, não só em *status*, mas também em comportamento. Afinal, uma estava casada com um duque, a outra, com seu segundo conde. Embora o segundo casamento da condessa e o rápido nascimento de seu filho tivessem sido um escândalo e tanto, não mudava o fato de que ela possuía sangue nobre correndo pelas veias.

– Se eu não a conhecesse, pensaria que você está com medo – Locke disse.

Ela olhou na direção do marido, sentado colocando as botas. Concluindo a tarefa, ele se inclinou para frente, apoiando os cotovelos nas coxas. Tão incrivelmente lindo, tão autoconfiante. Ele não tinha planos de ir até as minas naquele dia. Portia desconfiou que ele não trabalharia nelas até os convidados irem embora.

– Só estou tentando decidir que vestido usar. – Girando o corpo, ainda sentada no banco, ela o encarou. – Não quero constranger você, nem me comportar de modo impróprio.

Apertando os olhos, ele a estudou.

– Quando você respondeu ao anúncio do meu pai, sem dúvida imaginava conviver com a nobreza.

– Para ser bem honesta, não. Eu sabia que ele era recluso e acreditei que passaria meu tempo apenas com ele. – Ela fez um gesto com a mão. – Ah, pensei que você apareceria de vez em quando, mas imaginei que não iria querer nada comigo.

– Se não esperava receber ninguém, por que diabos está arrumando as salas?

A sala de sinuca, a princípio, não estava no topo da lista de aposentos a serem recuperados, embora, pensando bem, Portia imaginou que deveria estar, pois daria prazer a seu marido. Quando ela entrou no local pela primeira vez, encontrou evidências de pegadas deixadas por garotos. Ao longo dos anos o pó as tinha coberto, mas não completamente. Ela podia imaginar a empolgação que tinha tomado os rapazes quando descobriram, em uma de suas excursões noturnas, o que havia naquela sala.

– Porque me pareceu uma pena que uma residência tão magnífica como esta estivesse abandonada. É claro que você quer que seus filhos apreciem a herança deles. E como isso vai ser possível se deixarmos tudo apodrecer?

Ela também tinha limpado o berçário. O marquês permaneceu sentado no aposento enquanto ela e os criados cuidavam dessa tarefa. Ele manteve um sorriso benfazejo nos lábios, como se pudesse visualizar seus netos dormindo e brincando ali. A culpa a tomou e Portia não conseguiu se livrar por completo do sentimento. As mulheres são tão mais intuitivas que os homens. Talvez fosse isso que ela temesse: que as esposas dos amigos do marido pudessem enxergar a verdade dela, reconhecer os motivos por trás de seu desespero, que elas a desvendassem.

Quanto aos quartos para as visitas, ela tinha descoberto que tanto Ashebury como Greyling tinham seus próprios quartos na ala residencial. Só precisavam ser arrumados.

Ela não gostava que o marido continuasse em silêncio, estudando-a como se estivesse começando a perceber a verdade sobre ela.

– Sou uma plebeia, Locksley – ela sentiu a necessidade de lembrar-lhe.

– Minerva também é.

A mulher do Duque de Ashebury.

– A mãe dela é nobre, então ela tem algum sangue azul nas veias. De qualquer modo, ela cresceu em meio à aristocracia. O pai dela é tão rico que um rei poderia ter pedido a mão dela.

– Você leu isso nas colunas de fofoca?

Foram fofocas contadas por algumas mulheres que ela conhecia; mulheres tolas como ela, que pensavam que conseguiriam uma vida melhor, apenas para se verem presas a uma situação bem pior.

— Eu receio fazer algo errado e elas pensarem que você foi um tolo ao me tomar como esposa.

Levantando aquele corpo alto e magro que apenas uma hora antes a tinha feito gritar seu nome, Locke se aproximou dela, agachou-se e afastou os fios de cabelo caídos no rosto.

— Você pode ter nascido plebeia, Portia, mas agora é uma lady. Como tal, você será respeitada, e nada do que fizer será questionado, muito menos pelas pessoas que chegarão hoje. O Marquês de Marsden é a coisa mais parecida com um pai que Ashe e Edward tiveram durante quase um quarto de século. Desde o momento em que chegaram, os dois se tornaram meus irmãos. Pense neles como família. Quanto às suas esposas, são mulheres extraordinárias. Posso lhe garantir que não irão julgá-la. Mas se julgarem, será para chegar à conclusão de que você é formidável.

Entreabrindo levemente os lábios, ela ficou olhando para ele, surpresa com o elogio, algo que raramente ouvia dele. Como se tivesse ficado constrangido, ele se levantou e foi na direção da porta.

— Use o vestido lavanda.

E, com isso, ele saiu.

As coisas entre eles estavam mudando, de modo lento e irrevogável. O marido começava a gostar dela de verdade. Portia tinha certeza. Ela se recusava a se sentir culpada, porque também estava começando a gostar dele. Apenas rezava para que Locke nunca descobrisse a verdade.

Após avistar as carruagens de uma janela do andar superior, Locke acompanhou Portia até fora de casa para receberem os hóspedes. Ele não ficou surpreso por ver as quatro carruagens chegando ao mesmo tempo, duas exibindo o brasão Ashebury, e as outras, o brasão Greyling. Locke tinha pensado mesmo que os amigos se encontrariam para viajar e chegar juntos, e, assim, terem a mesma primeira impressão de sua esposa.

Ele não sabia explicar por que o nervosismo de Portia apelava ao seu lado protetor. Talvez porque, desde que tinha chegado à Mansão Havisham, ela se mostrou tão independente, enfrentou-o de igual para igual, que Locke tinha passado a acreditar que Portia nunca fraquejava, nunca duvidava de si mesma. Ele não gostou que ela parecesse vulnerável, passível de se magoar. Se ao abrir a porta de casa, naquele primeiro dia, tivesse visto preocupação nos olhos dela e aquela mesma maneira de umedecer os lábios enquanto esperava que as carruagens parassem, poderia ter tido um pouco mais de pena dela. Ainda assim, não teria permitido que se casasse com seu pai, mas as coisas entre eles teriam começado de outro modo.

— Você não precisa provar nada a eles — Locke disse, em voz baixa, e ela virou a cabeça para fitá-lo. Ele não gostava dos momentos em que ela parecia tão jovem e vulnerável. — Eles não me pediram para aprovar as mulheres que escolheram. Não vou pedir que aprovem a minha.

— Eles sabem como foi que nosso casamento aconteceu?

— Não sei muito bem o que meu pai contou a eles. Eu só escrevi que tinha me casado, para que soubessem da novidade caso resolvessem nos visitar. Mostre para eles a firmeza que você me mostrou no primeiro dia e vai ficar tudo bem.

— Foi mais fácil naquele dia, porque eu não me importava se você tinha gostado de mim ou não.

Ele riu.

— Eu também não estava ligando se você tinha gostado de mim.

— Não gostei. Pensei que você era um cretino pomposo.

— Imagine-os do mesmo modo, então. — Ele sorriu.

— Eu preferiria que eles gostassem um pouco de mim.

Eles iriam adorar Portia. Locke ficou tenso com esse pensamento, que lhe ocorreu com tanta naturalidade, com tanta certeza. Se os amigos se sentissem assim com relação a ela, por que ele não poderia sentir o mesmo? Só que ele se recusava a permitir que qualquer outra coisa, além da sua razão, controlasse suas ações e emoções. Era apenas prático gostar dela, pois tornava tudo entre eles mais agradável e divertido. Locke não iria confundir uma situação prática com amor. Graças a Deus, enfim as carruagens pararam. Assim ele podia voltar sua atenção para outras questões que não explicar para si mesmo seus pensamentos ridículos. Antes mesmo que pudesse pensar no que fazia, sua mão pousou na cintura de Portia, apertando-a suavemente.

— Vamos apresentá-los a Lady Locksley.

Portia estava decidida a ser uma boa anfitriã. Os pais dela costumavam receber convidados com frequência, e assim ela aprendeu cedo como fazer com que alguém se sinta à vontade. De vez em quando eles recebiam até nobres em sua casa.

Mas nenhum dos convidados de sua família tinha sido tão importante, pessoalmente, como eram para Locksley aqueles que estavam saindo das carruagens. Portia não apenas queria deixar o marido orgulhoso, ela queria que ele ficasse feliz com os esforços dela. Permanecendo onde estava, observou criados e crianças saírem das duas últimas carruagens, enquanto seu marido cumprimentava com um aperto de mão e um tapa no ombro o homem que saltou agilmente da primeira carruagem com brasão ducal. O Duque de Ashebury. Eles tinham a mesma estatura, e o cabelo do duque não era tão escuro quanto o de Locksley. Ao lado de Ashebury, seu marido parecia mais sombrio, mais perigoso, mais proibido. Ele parecia o tipo de homem com o qual sua mãe a teria alertado para tomar cuidado.

Mas ele a tinha salvado, na verdade.

Ela afastou esse pensamento quando o duque se virou para ajudar a descer da carruagem uma mulher cujo cabelo parecia ser, ao mesmo tempo, castanho e ruivo, dependendo de como o sol batia nele. A ex-Srta. Minerva Dodger, atual Duquesa de Ashebury. O sorriso dela foi caloroso ao abraçar Locksley. Portia ficou chocada com a pontada aguda de ciúmes que sentiu no peito. A mulher era casada com um duque atraente, não estaria interessada num caso com o visconde. Pelo jeito descontraído da outra, Portia imaginou que ela devia se sentir igualmente à vontade cumprimentando um príncipe ou um rei. Mas, de acordo com os jornais de fofocas, o dote de Minerva se equiparava ao tesouro nacional de alguns países pequenos. Portia pensou que, quando alguém possuía tanto dinheiro, conseguia ficar à vontade perto de muita gente.

Um cavalheiro loiro e uma lady morena tinham saído da carruagem do conde e se aproximavam de Locksley. Ele abraçou a mulher e lhe deu um beijo no rosto. A Condessa de Greyling, que tinha conquistado o coração de dois condes. Depois Locksley apertou a mão de Greyling. Eles trocaram algumas palavras, sorrisos, risadas.

Observando a camaradagem existente naquele grupo, Portia nunca se sentiu mais isolada ou sozinha. Soube, por instinto, que eles nunca abandonariam um ao outro, independentemente de qualquer tolice ou decisão errada. Ela venderia a alma por uma lealdade dessa com amigos ou parentes.

Locksley se virou para ela e estendeu a mão. Inspirando fundo e tremendo um pouco, ela se aproximou dele, colocando a mão na palma do marido, sentindo-se grata por ele fechar os dedos com firmeza ao redor dos seus.

– Permitam-me apresentar minha esposa, Portia.

– De acordo com sua carta, imaginei que ela fosse um sapo – Ashebury disse. – É uma surpresa agradável descobrir que não é.

– Eu não a descrevi na carta.

– Por isso mesmo.

– Não falem dela na terceira pessoa, como se não estivesse aqui – Minerva disse, dando um tapinha brincalhão no braço do marido antes de se voltar para Portia. – Ashe é fotógrafo. Ele passa bastante tempo observando tudo e tentando capturar a verdade das coisas através da lente de sua câmera.

Nesse momento, Portia decidiu nunca posar para ele, porque não queria que ele descobrisse sua verdade.

– É um prazer conhecê-los, Vossas Graças.

– Oh, por favor, não precisamos ser tão formais. Meu nome é Minerva. – Ela apontou para a mulher morena. – Ela é Julia. E este é Grey.

– Eu prefiro Edward – Greyling disse, pegando a mão de Portia e beijando seus dedos.

– Ele ainda não se sente à vontade com o título – Julia disse, aproximando-se e beijando de leve o rosto de Portia. – Bem-vinda à família.

– Obrigada. Espero que as acomodações sejam do seu agrado. Mas se houver qualquer coisa que...

– O que está aprontando, querida? – Edward perguntou e Portia o viu se abaixar para pegar uma garotinha com menos de 3 anos, que estava agarrada em sua perna, espiando por trás dela. Ele a pegou no colo. – Diga olá, Lady Allie.

Ela escondeu o rosto no ombro do pai.

– A filha do meu irmão fica envergonhada na presença de estranhos.

– Mas se tornará uma pestinha depois que se acostumar com você – Ashe disse para Portia.

Ela foi apresentada rapidamente aos herdeiros de Ashebury e Greyling, nos braços de suas babás, antes de Locksley arrastar todos para o terraço onde o marquês os aguardava.

O afeto que os dois casais e seus filhos sentiam por Marsden era evidente e comovente. Também era claro que ele adorava as crianças, e, sem dúvida, era parte do motivo que o tinha feito tomar para si a tarefa de arrumar um herdeiro. Lágrimas ameaçaram aflorararm em seus olhos quando ela imaginou o amor que o marquês dedicaria a seu filho. Toda Londres podia pensar que ele era louco, mas Portia acreditava que, em se tratando de amor, ele podia muito bem ser a pessoa mais sã que já tinha conhecido.

– Não foi tão ruim, foi? – Locksley perguntou junto à sua orelha, parando um pouco atrás dela.

Ela meneou a cabeça.

— Gostei muito deles. Seu pai é maravilhoso com crianças. — Ela observou o marquês pegar a mão de Lady Allie e começar a passear com ela pelo jardim. Portia suspirou. — Preciso começar a cuidar do jardim.

— Hoje não — ele grunhiu.

— Hoje não — ela concordou, rindo. Mas em breve, se Marsden não se opusesse, Portia tinha a intenção de plantar as flores favoritas da mulher dele. Observando-o com seus pupilos e esposas, com as crianças, ela almejou o carinho familiar que nunca tinha tido, o amor que, ela sabia, seu marido nunca lhe daria.

— Então, como você a conheceu? — Edward perguntou. — Ela não me é familiar.

Ele, Ashe e Locke estavam sentados em poltronas perto da lareira, segurando copos de uísque. Portia tinha levado as mulheres à sala matinal, para tomarem chá. Seu pai tinha dito que precisava de um cochilo, embora Locke desconfiasse que o marquês estivesse brincando com as crianças no berçário. Locke se recusava a sentir culpa por seu pai se deleitar tanto com crianças e por ainda não ter lhe dado um herdeiro.

— Você conhece todas as mulheres de Londres, é?

— Uma boa parte delas, sim.

Quando solteiro, Edward era um dos cavalheiros mais promíscuos, pois, como segundo na linha de sucessão do título, nunca esperava ter que se casar. Mas então ele se apaixonou pela viúva do irmão e esse foi o fim de suas aventuras.

— Então ela é de Londres? — Ashe perguntou.

— Ela veio de Londres, mas a família é de Yorkshire. — Locke olhou para Edward. — Gadstone?

— Não me é familiar.

Locke fez uma careta.

— Na verdade, Gadstone é o sobrenome do primeiro marido. Não sei o nome da família dela.

— Um pouco estranho — Ashe disse.

— Meu pai tinha combinado de se casar com ela. Até ela chegar para o casamento, eu não a conhecia.

Ashe e Edward se entreolharam.

— Perdão? — Ashe exclamou — Não entendi muito bem.

– É uma longa história, mas meu pai colocou um anúncio procurando por uma esposa. Ela respondeu. Só que eu não confiei nela.

– Então resolveu se casar com ela? – Edward perguntou, incrédulo.

– Antes eu do que meu pai. – A coisa toda parecia ridícula e o fez parecer um tolo. – Ele tinha assinado uma droga de contrato dizendo que ela se casaria quando chegasse aqui. Era ele ou eu.

Edward soltou uma gargalhada.

– Que velho maroto. Aposto que ele planejou desde o começo casá-la com você.

– E você ganharia essa aposta. Eu descobri tarde demais. Não que eu tenha do que reclamar. Ela é bem atraente e talentosa em questões que eu admiro.

– Boa de cama, então? – Ashe perguntou, ousado.

– Maravilhosa na cama.

– Fazia tempo que seu pai queria lhe arrumar uma esposa – Edward lembrou.

– Ele não gostava quando não obedecíamos, não é mesmo?

– Ele parece... – a voz de Ashe foi sumindo enquanto ele observava seu uísque. – Mais *feliz*. Acho que essa é a palavra que eu estava procurando. Parece mais tranquilo.

– Portia mudou um pouco as coisas por aqui. A casa não é mais tão melancólica. – Isso era um eufemismo. Nem todas as mudanças provocadas por ela eram visíveis. Ele imaginava que a qualquer minuto os relógios começariam a funcionar sozinhos. – Faz algum tempo que meu pai não sai correndo atrás de fantasmas no pântano.

– Ele não está lá em cima enchendo a cabeça das crianças com histórias de fantasmas que vão pegá-las à noite, está? – Edward perguntou, a preocupação evidente em sua voz.

– As crianças são novas demais para entender direito o que ele diz – Ashe procurou tranquilizar o amigo.

– Allie não. Ela é afiada como uma faca. Saiu ao pai. Se eu não terminar uma história na hora de dormir, na noite seguinte ela sabe me dizer exatamente onde parei. É assustadora a quantidade de coisas que ela compreende e lembra.

– Tem sido difícil criar a filha do seu irmão? – Locke perguntou.

Edward meneou a cabeça.

– Não passa um dia sem que eu deseje que Albert ainda estivesse conosco. Mas ter Allie na minha vida não é problema, mesmo eu não sendo o pai dela. Enxergo muita coisa do Albert nela.

O que significava que ele via muito de si mesmo. Embora Locke não tivesse qualquer dificuldade em diferenciar os dois gêmeos, algumas pessoas tinham.

– Você acha que temos tempo para uma cavalgada rápida antes do jantar? – Ashe perguntou.

– Pensei que você não iria pedir – Locke disse.

– Eu poderia passar o dia inteiro neste quarto – Minerva disse com um suspiro suave.

Portia tinha levado as hóspedes para a sala matinal, para um chá com biscoitos. Elas estavam sentadas na área perto das janelas que se projetavam no jardim – se tivessem um. Sem dúvida ela só teria flores desabrochando no ano seguinte.

– Sempre que nós vínhamos, eu ficava curiosa com as salas por trás dessas portas fechadas, mas sempre tive medo de encontrar algum fantasma à espreita.

– Não, só encontrei aranhas – Portia lhe disse.

Julia estremeceu visivelmente.

– Você é corajosa.

– Mais ou menos. Só fiquei triste de pensar em tudo isso sendo deixado às ruínas.

– Fazia tempo que esta casa estava precisando de um toque feminino – Julia disse. – Fico feliz que você esteja aqui. A sensação já é diferente; mais acolhedora, menos assustadora. E o marquês parece bem contente.

– Ele está contando com um herdeiro.

– Você está grávida? – Minerva perguntou.

– Ainda é muito cedo – Portia respondeu, negando com a cabeça.

– Não necessariamente. – Minerva sorriu. – Pode acontecer tanto na primeira vez como em qualquer outra. É claro que estou supondo que Locksley já tenha exercido seus direitos de marido.

Portia se perguntou se o verão tinha chegado de repente. Sua pele ficou quente e úmida.

– Muitas vezes, ardentemente – ela disse, a voz baixa. Quando morava em Londres, falava com franqueza de homens com suas amigas. Portia não entendeu por que se sentia constrangida com aquelas duas. Talvez porque fossem nobres, e ela sempre imaginou que mulheres aristocratas nunca conversavam a respeito do que se passava por trás das portas dos quartos.

– Sério, Minerva, mude de assunto – Julia disse, deixando Portia grata pela repreensão. – Coitada da Portia, ficou vermelha como um pimentão. Nem todas as mulheres se sentem tão à vontade como você para falar de assuntos tão íntimos.

– Mas deveriam se sentir. Não podemos ter vergonha do nosso corpo, nem do modo como funciona. É parte da vida; deveria ser celebrado.

– Vocês aceitam mais chá? – Portia ofereceu, pronta para começar um assunto menos pessoal.

– Espero não a ter ofendido – Minerva disse.

– Não, nem um pouco.

– Oh, lá vão eles – Julia exclamou.

Portia olhou pela janela para onde sua hóspede apontava. Ela viu Locksley e os outros galopando na direção do pântano.

– Você disse isso como se já estivesse esperando.

Voltando-se para ela, Julia sorriu.

– Eles normalmente saem para cavalgar logo depois que chegamos. Acho que isso os lembra de quando eram jovens e impetuosos, embora eu desconfie que, nessa época, eles tivessem a esperança de ver um fantasma.

– Julia conhece os dois melhor do que ninguém – Minerva disse. – Bem, é claro que conheço meu marido melhor do que ela, mas Julia os conhece há mais tempo.

– Estou na família há mais tempo – Julia afirmou. – Embora eles não sejam parentes de sangue, formam uma família. Albert e Edward tinham apenas 7 anos quando seus pais morreram. Ashe tinha 8. Quando eles vieram morar aqui, Locke tinha 6.

Portia deslizou até a borda da cadeira.

– Deve ter sido estranho para ele. Locke me contou que estava sozinho quando eles chegaram, que não tinha outras crianças para brincar, nem na vila.

– Pelo que sei, aqui era muito isolado. O marquês ainda estava nas profundezas do desespero pela perda da esposa, embora já tivessem se passado anos desde a morte dela. Mas ele nunca maltratou as crianças. Você não vai ouvir nenhum dos rapazes falar qualquer coisa de ruim dele.

Mesmo assim, ela tentou imaginar como deve ter sido para Locksley. Talvez ele subisse nas paredes para chamar a atenção do pai.

– Como ele era quando você o conheceu?

Julia riu.

– Mais novo do que hoje. Acredito que faz cerca de oito anos que eu o conheci. Ele sempre foi mais contemplativo que os outros. Mais quieto. Não era de jogar conversa fora. Não que isso parecesse incomodar as mulheres. Desde que Locke dançasse com elas, não ligavam nem um pouco que ele não falasse. Mas ele raramente comparecia aos bailes. – Ela meneou a cabeça. – Para falar a verdade, ele quase não ficava em Londres. Acho que ele preferia a solidão e a aridez deste lugar.

– Mas eu arriscaria dizer que não existe mais solidão por aqui, depois da sua chegada – Minerva disse. – A propósito, como foi que você atraiu a atenção dele e conseguiu fazer com que ele se casasse?

Portia soltou um suspiro profundo. Ela não queria entrar nos detalhes.

– Foi o marquês que arranjou o casamento. Eu precisava de segurança; ele precisava de um herdeiro. Locksley obedeceu ao pai. Acho que em toda a Inglaterra você não vai encontrar um casamento mais baseado em conveniência do que o nosso.

– Mas você o ama – Minerva disse.

Portia sentiu como se Minerva tivesse dado um murro na boca de seu estômago. Ela não era mais uma garota jovem e ingênua, tola o bastante para se apaixonar por um homem que nunca a amaria.

– Não.

Ela gostaria que a palavra tivesse soado mais verdadeira, mais firme.

– Você sabe que ele gosta de você – Julia sugeriu.

Mais uma vez, Portia sentiu calor, quase ficando tonta. Ela expulsou as palavras:

– Posso lhe garantir que ele não tem grande afeto por mim.

Julia e Minerva trocaram um olhar de entendimento.

– Minha cara, eu acredito que você está errada – Minerva disse. – Baseada no modo como Locksley olha para você, eu diria que ele está apaixonado.

Portia sacudiu a cabeça. Ele não podia amá-la, se amasse, as coisas ficariam mais difíceis. Ela tinha se casado com ele porque sabia que Locksley nunca conseguiria amá-la. Era muito mais fácil quando ele queria só uma coisa dela, quando a via apenas como companheira de cama, um corpo para ser usado. Que o coração tolo dela almejasse o amor dele era apenas um desejo tolo. Não era prático, e a cabeça dela sabia que era uma péssima ideia.

– Você está enganada – Portia insistiu. – Ele jurou nunca amar.

– Nisso ela tem razão, Minerva – Julia disse. – Esse é o mantra favorito dele.

— Ele pode repetir esse mantra o quanto quiser. O coração dificilmente ouve o que nós queremos lhe dizer. Ele costuma seguir seu próprio caminho. Locke pode não estar loucamente apaixonado, mas eu aposto minha fortuna inteira que o coração dele não está tão guardado quanto ele gosta de pensar.

Ao contrário do que Minerva poderia pensar, Portia sabia que isso não era bom para o futuro dela.

Locke não conseguia se lembrar de ter estado com uma mulher que fizesse seu peito inchar de orgulho. Sem dúvida, ele não esperava ter essa reação com Portia quando se casaram, mas nada a respeito desse casamento estava saindo como ele tinha previsto. Bem, a não ser pelo que se passava no quarto. Ele tinha avaliado bem as habilidades dela nesse quesito.

Mas ele não tinha imaginado que ela seria uma anfitriã tão excepcional. Durante o jantar, a comida estava esplêndida, o vinho excelente, e a conversa, agradável. Não importava de quem falassem, Portia conhecia os personagens – não pessoalmente, mas por meio de suas aventuras reveladas nos jornais de fofocas. Ela já tinha mencionado que costumava ler essas publicações, mas agora Locke começava a pensar que Portia as devorava. Ele procuraria se lembrar de assinar alguns desses jornais londrinos, para recebê-los em Havisham.

Ele também precisava encomendar algumas partituras mais recentes. As que sua esposa estava usando para entreter os hóspedes na sala de música tinham sido de sua mãe. Portia parecia muito satisfeita com elas, mas ele imaginou que tipo de música ela preferiria tocar. Ele se pegou pensando nela um bocado, ainda que advertisse a si mesmo para ter cuidado com a curiosidade.

Ashe e Edward pareciam gostar dela. Era evidente que as mulheres estavam gostando. Embora fosse uma plebeia, ela se ajustava bem à aristocracia, sabia como se comportar. Um camaleão. Isso o fez refletir. Onde ela tinha aprendido a ficar tão à vontade com todos os estilos de vida?

— Ela é encantadora – disse Ashe, aproximando-se. – Merece mais do que um homem que afirma não possuir coração.

— O que ela merece é silêncio enquanto toca – Locke retrucou em voz baixa.

Ashe teve a audácia de apenas rir.

O marquês tinha jantado com eles, e, agora, estava sentado de olhos fechados, o rosto relaxado. Locke imaginou se o pai estaria viajando no tempo, para uma época em que outra mulher tocava piano para ele. Locke tinha passado boa parte da vida sem fazer perguntas sobre a mãe, sem querer evocar lembranças que pudessem aborrecer seu pai. Só agora ele começava a se questionar se, ao conter sua curiosidade, não tinha permitido que seu pai permanecesse perdido em sua tristeza. Mas, para ser honesto, Locke nunca quis saber o que a morte da mãe lhe tinha negado: um afago nos cabelos na hora de dormir, um sorriso doce quando completasse lições, uma risada suave quando colhesse um punhado de flores silvestres para a mãe. Sua vida teria sido diferente caso sua mãe não tivesse morrido. Locke nunca quis, de verdade, reconhecer esse fato. Ele tinha optado por ser prático e aceitar a vida como era.

Portia o fez almejar mais. Ela o fez querer abraçar a vida com paixão. Apesar de ela dizer que era uma mulher comum, não havia nada de comum nela.

Os últimos acordes que ela tocou permaneceram no ar, como lembranças que se recusam a desaparecer. Todos aplaudiram. Ele baixou a cabeça, enrubescendo. Que uma mulher corajosa como ela sempre ficasse corada o espantava. Isso a tornava ainda mais cativante, o que não era exatamente o que ele queria. Mas Ashe tinha razão. Ela merecia um homem disposto a abrir o coração.

– Alguém mais gostaria de tocar? – ela perguntou.

– Nunca consegui dominar o piano – Minerva disse.

– O que é estranho, considerando como seus dedos são ágeis quando se trata de roubar nas cartas – Ashe respondeu com orgulho demais transparecendo em sua voz.

– Você rouba nas cartas? – Portia repetiu.

– De vez em quando, se preciso ganhar. Depende das apostas. Posso lhe ensinar, se você quiser.

– Acho que isso não será necessário – Locke disse, embora não conseguisse se lembrar de uma única vez em que sua mulher tivesse obedecido às suas ordens. Se ela quisesse aprender a roubar nas cartas, ela encontraria um modo – assim como arrumou aposentos que ele a tinha proibido de arrumar, mostrando-lhe as possibilidades para que Locke não pudesse discordar. Ela era inteligente assim. Nunca pedia permissão, arriscando-se a provocar a ira dele, mas conseguindo evitá-la quando tudo estava pronto.

– Para ser sincera, estou exausta – Julia disse. – Foi um dia longo, com a viagem e tudo mais. Acho que vou me recolher.

– Nós dois vamos, certo? – Edward perguntou, levantando-se e dando a mão para a esposa.

Locke não sabia se um dia se acostumaria com Edward sendo tão solícito com Julia. Durante anos ele afirmou detestá-la, ao passo que ela o desprezava. Era muito estranho ver os dois tão apaixonados.

O marquês se levantou da poltrona, foi até a janela e olhou para fora.

– Linnie gostou de ver todos vocês aqui, esta noite.

Locke trocou olhares com Ashe e Edward. Apesar de todas as mudanças que Portia tinha feito, algumas coisas permaneciam iguais.

– Está bem tarde – Locke admitiu. – Vamos todos nos recolher.

– Quando minha hora chegar – o pai disse, virando-se para ele –, você deve me enterrar ao lado dela.

Como se Locke pudesse pensar em algo diferente.

– Claro, bem, essa hora ainda vai demorar um bocado para chegar.

– Imagino que você tenha razão. Ainda há muito por se fazer, embora seja você quem vai ter que fazer. Um herdeiro, Locke, você precisa de um herdeiro.

– Estou trabalhando nisso, pai. – Toda noite. Não que ele achasse a tarefa ruim ou desagradável. Aliás, caracterizá-la como trabalho não era certo.

– Então vamos todos para a cama e deixar que você continue – o pai disse.

Locke não conseguiu reprimir um grunhido. Francamente, o homem não pensava antes de falar. Seria um acontecimento e tanto se um dia o marquês decidisse voltar a Londres e frequentar a sociedade. Seu pai começou a mandar todos para o quarto, como se fossem crianças outra vez. Talvez fossem, na cabeça dele. Às vezes era difícil saber quando seu pai voltava ao passado.

No corredor dos quartos, Locke deu boa-noite aos hóspedes enquanto Portia lhes desejava bons sonhos. Somente depois que eles fecharam suas portas, deixando Portia, o marido e o marquês no corredor, Locke se virou para o pai.

– Às vezes você diz as coisas mais inoportunas.

– Sou velho o bastante para não ligar. O tempo é curto. Preciso ser franco. – Ele piscou para Portia. – Você foi uma anfitriã maravilhosa, minha querida. Eu sabia que seria.

– É fácil quando a companhia é tão agradável.

– Você parece cansada.

– O dia foi longo.

O marquês a observou como se procurasse algo, antes de assentir.

– Acho que foi mesmo. Vejo vocês de manhã. – Ele entrou em seu quarto e Locke virou a chave na fechadura.

– Eu gostaria que você não precisasse fazer isso – ela disse.

Ele também gostaria.

– Muitas lembranças foram evocadas hoje. Ele vai ficar vagando pelo pântano se eu não trancar.

– Ele parecia tão contente esta noite.

Locke quase virou a chave para o outro lado.

– Porque ele acredita que minha mãe estava nos espiando pela janela. Não me faça sentir culpa por querer proteger meu pai.

– Claro, tem razão. Desculpe-me.

Ele ofereceu o braço a ela e a conduziu até o quarto, fazendo o possível para ignorar os ruídos que ouvia nos aposentos pelos quais passavam. Parecia que seus amigos estavam animados. Não que Locke pudesse culpá-los. Havia algo no isolamento daquele lugar que apelava aos instintos mais básicos. Em Londres, ou durante qualquer uma de suas viagens, ele nunca ficou tão desesperado para possuir uma mulher como estava para ficar com Portia. Se não estivesse se esforçando para manter um mínimo de decoro e distância, já a teria puxado pela mão e corrido para o quarto.

Após fechar a porta atrás de si, ele se virou para encontrá-la à sua espera no centro do quarto, de costas para ele. Para Locke, soltar os fechos do vestido dela tinha se tornado um ritual de todas as noites. Depois de deixar o paletó escorrer dos braços, ele o jogou numa poltrona próxima. O colete e a gravata tiveram o mesmo destino antes que ele se aproximasse de Portia. Ele encostou os lábios na nuca da esposa. Com um suspiro suave, ela deixou a cabeça cair para trás.

– Meu pai tinha razão. Você é uma anfitriã maravilhosa.

– Os criados adicionais ajudaram.

Por que ela sempre relutava em aceitar o crédito pelo que fazia? Ele começou a soltar os fechos do vestido.

– Você vai precisar contratar mais gente conforme for arrumando a casa.

– Pensei em parar com isso até as minas voltarem a produzir.

Os dedos dele ficaram imóveis na parte de baixo das costas dela. Ele desejou que ela não soubesse a verdade das minas.

– Não é necessário. Não somos mendigos, Portia. – Pelo menos ainda não.

Ele deixou o vestido dela cair no chão. Depois que saiu de dentro da pilha de tecido, ela se voltou para ele.

– Você vai discutir a situação das minas com Ashebury e Greyling? – ela perguntou.

– Não. Eles não sabem nada de mineração. – Locke aninhou o rosto dela na mão. – Você é uma incrível senhora da mansão. Eu quero mimar você.

Depois de despi-la e de soltar os grampos do cabelo dela, ele a pegou nos braços e a carregou até a cama. Outro ritual. Ele não sabia por que gostava tanto desses detalhes, quando ela podia muito bem dar os passos restantes até a cama. Mas ele gostava de ditar o ritmo, de determinar se os dois iam devagar ou depressa.

– Fique de bruços – ele ordenou. Ela não se opôs. Portia nunca se opunha, e, pela primeira vez, ele imaginou se ela lhe diria, se houvesse alguma coisa de que não gostasse. Ashe e Edward estavam mais sintonizados com suas esposas. Isso foi evidente durante toda a noite. Eles sabiam dizer que as esposas estavam exaustas muito antes de se recolherem aos quartos. Não era que Locke não prestava atenção. Ele apenas não conhecia Portia tão bem como os amigos conheciam as esposas.

Mas eles também conheciam as esposas há muito mais tempo do que ele conhecia Portia. Embora procurasse se justificar, Locke sabia que não teve vontade de conhecê-la de verdade.

Abrindo uma gaveta na mesa de cabeceira, ele pegou um frasco.

– O que é isso? – ela perguntou.

– Um óleo com aroma de almíscar que comprei em uma das minhas viagens. O vendedor me garantiu que isto pode aumentar o prazer. Pensei em testar em você.

– Se o prazer que você me dá aumentar, eu vou acabar morrendo.

Foi bom que ele já tivesse retirado o colete. Os botões poderiam ter arrebentado, pela forma como o peito dele inchou de orgulho. Locke nunca duvidou que desse prazer à mulher. Ele só não conseguia explicar por que queria lhe dar ainda mais. Também não soube dizer por que um arrepio de medo o estremeceu quando Portia falou em morrer.

– Podemos experimentar? – ele perguntou, escovando o cabelo dela para o lado até estar todo sobre o travesseiro.

Ela levantou o tronco, apoiada nos cotovelos.

– Com visitas na casa? Não quero gritar esta noite.

– Morda o lençol. – Ele enrolou as mangas da camisa e soltou os botões próximos ao pescoço, despejando um pouco do óleo frio na palma da mão, esfregando-a na outra com vigor para aquecer o líquido. Depois, encostou as mãos na base da coluna dela. Com um gemido, Portia derreteu no colchão e fechou os olhos.

Ele fez movimentos longos, para cima e para baixo, dos dois lados da coluna dela, percebendo como ela ia relaxando com seu toque.

– Qual o nome do seu pai?

A tensão voltou no mesmo instante.

– Por que está me perguntando isso?

– Mais cedo, quando eu estava conversando com Ashe e Edward na biblioteca, eles fizeram perguntas para as quais eu não tinha respostas. Fiquei curioso.

– Ele não faz mais parte da minha vida, então o nome dele não interessa.

Ele moveu os dedos em círculos sobre os ombros. Ela já tinha lhe dito a mesma coisa antes, mas, de repente, pareceu importante que ele soubesse, se não isso, alguma coisa a respeito dela.

– Conte-me alguma lembrança da sua infância.

Ela soltou um suspiro longo e suave.

– Estou cansada demais.

Portia estava com a guarda baixa e ele era o pior tipo de canalha por se aproveitar disso, mas um sedutor precisa manter sua reputação.

– Você é muito boa para divertir os convidados. Aprendeu isso em casa?

– Sim, nós costumávamos receber visitas, e era esperado que fizéssemos um bom espetáculo.

Franzindo a testa, ele acariciou toda a extensão das costas, massageando o bumbum provocante.

– Que tipo de espetáculo?

– Fingir que éramos uma família feliz. Que meu pai era um homem bom.

– E não era?

Ela rolou o corpo, ficando deitada de barriga para cima. Locke deu um sorriso diabólico.

– Está pronta para que eu massageie a frente?

– Estou pronta para vê-la parar com as perguntas. Quem eu era, como as coisas eram... isso já não me afeta. Nem o que existe ou não entre nós. Deixei tudo isso para trás.

– Tudo o quê?

Ela meneou a cabeça.

– Não importa. Você se casou comigo sem que isso importasse. Não pode importar agora.

– Ele machucou você?

Com uma careta, ela fechou os olhos.

– Vamos dizer que ele acreditava em castigos corporais.

Ele se perguntou se a lembrança do estalo da palmatória era o que a tinha feito estremecer. Ela não tinha cicatrizes, mas era possível infligir dor sem marcar a pele.

– Por favor, deixe o passado no passado – ela pediu, abrindo os olhos.

Palavras que ele tinha murmurado com frequência para seu pai. Se o pai as tivesse ouvido, talvez Locke pudesse ter uma atitude diferente com relação ao amor, talvez ele agora não estivesse casado com Portia, nem esfregando óleo perfumado no peio dela, ou observando o líquido se acumular no vão entre os seios. Colocando o frasco de lado, ele espalmou a mão, recolhendo um pouco do óleo com os polegares e espalhando-o sobre a pele dela, até a base do pescoço, depois descendo até os quadris. Ele não devia se preocupar com o fato de Ashe e Edward saberem os mínimos detalhes sobre suas esposas enquanto ele não sabia nem os maiores sobre a dele.

Locke sabia o que era importante. Portia não era avessa ao trabalho. Não se considerava melhor do que ninguém. Era uma anfitriã excelente, era bondosa com seu pai e se preocupava com as minas, não porque o esgotamento delas pudesse privá-la de algo, mas porque poderia ser ruim para a propriedade.

Estendendo o braço, ela passou os dedos pelo cabelo dele, levando a palma até sua nuca, puxando-o até ela para que seus lábios se encontrassem. Ela nunca se permitia apenas receber. Locke devia saber que essa noite não seria diferente, não importava o quão exausta ela afirmava estar.

Ele a possuiu lenta e delicadamente. Sem pressa, sem desejos urgentes, sem fúria. Quando a paixão cresceu e ela chegou ao ápice, ele cobriu sua boca, engolindo seus gritos, deleitando-se com o corpo dela apertando o seu, liberando sensações que ameaçavam destruí-lo, embora o fizessem se sentir mais poderoso, invencível.

Ofegante, ainda trêmulo com a reverberação da explosão de prazer, ele rolou para o lado, puxando-a para perto, cobrindo os dois com o lençol. Ela estava certa. O passado não importava, mas bem que ele queria tê-la conhecido quando Portia era uma garota, para que pudesse saber tudo sobre ela.

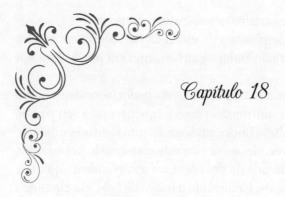

Capítulo 18

Como eles tinham hóspedes, Portia aparentemente tinha instruído a Sra. Dorset para preparar uma variedade de opções para o café da manhã, que foram dispostas sobre o aparador, onde os convidados poderiam se servir do que quisessem.

Todos estavam presentes, incluindo seu pai; todos, exceto Portia. A ausência dela o surpreendeu, porque Locke esperava que ela fosse a primeira à mesa, para garantir que tudo estivesse à altura de suas expectativas e para receber os convidados. Por outro lado, ele não tinha conseguido resistir a possuí-la novamente pela manhã, antes de se preparar para o dia. Depois de ajudá-lo a se vestir, ela voltou para a cama como sempre fazia, "só por alguns minutos". Sem dúvida ele a tinha esgotado. Como marido, Locke era um devasso. Não que ela parecesse se importar.

– Por quanto tempo vocês vão ficar? – ele perguntou, tentando não pensar nas minas e em como estava ansioso para voltar a elas.

– Só até amanhã – Ashe disse. – Queríamos dar à sua mulher as boas-vindas à família, mas não podemos nos demorar. Vocês vão passar a Temporada em Londres?

– Estou pensando nisso. – De fato, ele sentia vontade de ir aos bailes, de ter a oportunidade de dançar com Portia, entrar nos salões de braços dados com ela. Mas Locke queria que as pessoas vissem que ela era mais do que elegância e beleza. Ele queria que vissem tudo do que sua esposa era capaz. Queria que a vissem como anfitriã, a senhora da mansão. Será que ele estava mesmo pensando em pedir a Portia que organizasse um baile em sua residência de Londres?

Apesar de seu pai jamais ter voltado a Londres depois que a esposa morreu, a casa na cidade nunca fora abandonada – embora também nunca mais tivesse sido novamente habitada. Portia mudaria isso. Ela passaria pelos corredores e aposentos, bastando sua presença para iluminá-los. Ela faria...

Cullie entrou na sala do café da manhã em um passo bem apressado, mas a garota costumava se mover depressa, não importava o que estivesse fazendo, sem dúvida uma característica que tinha aprendido com a patroa. Quando chegou perto de Locke, ela se abaixou.

– Milady não está se sentindo bem esta manhã – ela disse, em uma voz baixa que pareceu se espalhar por toda a sala, pois os presentes ficaram em alerta. – Ela não virá tomar café da manhã com vocês e me pediu para avisar, para que possam continuar sem ela.

Locke ficou de pé sem nem perceber que tinha jogado seu guardanapo na mesa. Portia nunca ficava doente – ou pelo menos era o que tinha afirmado, com convencimento demais para que não fosse verdade. Então que diabo havia de errado com ela e por que o coração *dele* martelava assim, e por que seu estômago se revirava como se Locke fosse o doente? Portia estava bem quando ele levantou, nessa manhã. Foi ela quem abotoou a camisa e fez o nó da gravata dele, como fazia todos os dias. Que ela quisesse voltar para a cama por alguns minutos, não tinha sido motivo de preocupação.

– Nós vamos vê-la – Minerva disse enquanto ela e Julia afastaram suas cadeiras e se levantaram. Ashe, Edward e o marquês foram rápidos em imitá-las.

– Ela não quer atrapalhar o café da manhã de vocês – Locke insistiu.

– Se for o que estou imaginando, uma questão feminina, duvido que ela vá querer que você apareça lá.

Uma questão feminina? O significado dessas palavras acertou-o em cheio. Claro. A menstruação. Ele não tinha parado para pensar que já fazia quase um mês que os dois estavam juntos, e que eles tinham desfrutado todas as noites. Minerva estava certa. Evitar esse aspecto do casamento parecia uma boa ideia, pois ele não tinha levado em consideração que casamento significava estar com uma mulher durante sua menstruação.

– Está certo. Agradeço por irem ver como ela está.

– Ótimo. – Minerva voltou sua atenção para Cullie. – Leve um pouco de chá com mel e alguns biscoitos para o quarto de Lady Locksley.

As mulheres saíram pela porta. Os homens voltaram a se sentar.

– Você próprio pareceu doente há pouco – Edward disse.

— Ela nunca fica doente, por isso me preocupei.

— Você está começando a gostar dela — afirmou o pai de Locksley, abrindo um sorriso de satisfação.

— Não seja ridículo. Ela serve a um objetivo, nada mais. — Ele estendeu a mão para o café e notou que seus dedos tremiam, então baixou a mão até as pernas. Sua reação não tinha nada a ver com qualquer afeto que tivesse para com ela, mas com o inconveniente da situação. Mas, quando os outros recomeçaram a conversar, Locke não conseguiu evitar olhar para a porta e desejar que ele próprio tivesse ido ver Portia.

— Por que você não contou para ele o que está desconfiando? — Julia perguntou enquanto ela e a cunhada subiam a escada.

— Porque não cabe a mim contar para ele, mas por sua pergunta, imagino que esteja pensando a mesma coisa. — Minerva tinha desconfiado disso desde o momento em que foi apresentada a Portia. Um dos motivos que a faziam ser tão boa em trapacear no carteado era sua habilidade em ler pessoas e situações. Portia tinha um brilho que não tinha nada a ver com sua felicidade conjugal.

Quando chegaram à última porta do corredor, ela bateu com firmeza na porta, esperou que Portia as convidasse a entrar, e virou a maçaneta. As duas encontraram sua anfitriã enrolada em posição fetal, o rosto pálido, os olhos sem brilho.

— Oh, pensei que fosse Cullie — ela disse, começando a se levantar.

— Não levante — Minerva disse, correndo até Portia e fazendo com que continuasse deitada. — Nós só queríamos ver como você está, sem incomodar. A criada disse que você não está se sentindo bem.

— Quando eu me mexo fico um pouco enjoada. Pensei que podia melhorar se descansasse um pouco.

Minerva sorriu para Julia, que concordou.

— Minha indisposição não é motivo de satisfação — Portia disse, um pouco mal-humorada.

— Estamos sorrindo porque você está mostrando sinais de gravidez — Minerva lhe disse.

— É cedo demais — Portia respondeu, meneando a cabeça.

Julia deu a volta na cama, sentou no colchão e pegou a mão de Portia.

— Quando foi a última vez que você menstruou?

Minerva nunca conheceu alguém que parecesse tão relutante em responder a uma pergunta, mas algumas mulheres sentiam vergonha das necessidades e funções do corpo. Ela, por sua vez, nunca foi tímida, mas compreendia que sua curiosidade podia não ser bem-vinda, apesar das boas intenções.

– Não consigo lembrar. – Portia piscou várias vezes e apertou os lábios, como se estivesse tentando responder a uma pergunta difícil em um exame. – Um pouco antes de eu chegar aqui.

– E você está casada há um mês – Julia disse, a voz suave. – Eu diria que existe uma boa chance de você estar grávida. Não acha, Minerva?

– Eu diria que sim. – Ela também sentou na beira da cama e segurou a mão de Portia. A viscondessa pareceu estar muito assustada, como se tivesse sido pega fazendo algo que não devia.

– Mas o enjoo... não é cedo demais?

– Eu estava com quase dois meses quando comecei a me sentir mal, mas acho que cada mulher é diferente – Julia disse. – E você, Minerva?

– Concordo, somos todas diferentes.

– Não – Julia riu –, eu perguntei quando você começou a sentir enjoos?

– Quase desde o começo. Tem sentido mais alguma coisa, Portia?

– Tenho me sentido muito cansada ultimamente, mas pensei que era porque estou trabalhando muito para arrumar a casa.

– Aí está! – Minerva exclamou. – Eu diria que Marsden vai ter o neto que tanto deseja.

Ele esperou o máximo que aguentou. Como as mulheres não voltaram de imediato para contar que estava tudo bem, ele subiu a escadaria e entrou no quarto sem se preocupar em bater na porta. Que Minerva e Julia estivessem sentadas na cama, uma de cada lado de Portia, fez um pavor gelado envolvê-lo. Embora Locke nunca tivesse presenciado um leito de morte, o que ele viu nesse momento era exatamente como imaginava que seria. As faces de Portia não tinham nenhuma cor. Seus olhos não se acenderam com a chegada dele. O pai de Locke gostava muitíssimo de Portia. Locke não sabia se o velho sobreviveria caso a perdesse para uma doença, tornando-se outra mulher a morrer jovem demais debaixo de seu teto.

– Vou mandar chamar o médico – ele exclamou, detestando o fato de parecer incapaz de reagir com algum tipo de pensamento racional.

– Acredito que não será necessário – Minerva disse, levantando-se e sorrindo, satisfeita.

Foi o sorriso que o desarmou.

– O que há de errado com ela, então?

– Vamos deixar que ela conte.

Enquanto Minerva e Julia saíam, ele tentou se consolar com o fato de que nenhuma das duas parecia muito preocupada. Ainda assim, ele não conseguia fazer com que seu coração parasse de ribombar dentro do peito. Quando ele começou a marchar na direção da cama, sua esposa se ergueu. Ele apertou o passo, chegando até ela a tempo de afofar os travesseiros às suas costas. Aprumando-se, ele ficou sério diante dela.

– Então, que doença derrubou você?

Os lábios dela se curvaram um pouco para cima.

– Não sei bem se estou doente. Existe uma boa chance de que eu esteja grávida.

Se não tivesse firmado as pernas e travado os joelhos, Locke poderia ter caído para trás. Mas ele apenas a encarou, e imaginou o porquê de, subitamente, não conseguir mais puxar o ar para dentro dos pulmões. Ele não queria que uma criança diminuísse seu tempo com Portia; não queria pensar na possibilidade de que ela, como sua mãe, morresse durante o parto. Seu pai precisou de quase três anos para engravidar a marquesa. De repente, Locke se deu conta de que queria pelo menos esse tempo com Portia. Mais do que três anos.

– Tão cedo?

Ela se encolheu, baixando os olhos, e puxou um fio do cobertor.

– Eu pensei a mesma coisa, mas me disseram... você mesmo disse, se pensar bem... que podia acontecer logo na primeira vez que ficamos juntos. – Ela levantou os olhos para ele. – Afinal, eu admiti que era fértil.

A acidez na voz dela endireitou o mundo dele. Portia não era sua mãe. E ela já tinha trazido uma criança ao mundo e sobrevivido. Ele se encostou no pilar ao pé da cama e cruzou os braços diante do peito, desejando que os malditos tremores que desciam por seu corpo parassem.

– Admitiu mesmo.

Mas ele não tinha imaginado que ela fosse *assim* tão fértil.

Ela levantou o queixo.

– Espero que seu pai fique mais feliz com a notícia do que você.

– Ele vai ficar. – Locke fez uma careta. – Não é que eu não esteja feliz. Só aconteceu mais cedo do que eu esperava.

– O que é burrice da sua parte, considerando quantas vezes você derramou sua semente dentro de mim.

Locke não pôde evitar de sorrir. Ele não tinha gostado de vê-la tão vulnerável, mas Portia estava voltando a ser ela mesma, o que fez diminuir o aperto no peito. Ele tinha se preocupado à toa, sem dúvida.

– Não me lembro de você reclamar.

– Seu arrogante... – De repente, ela ficou branca, jogou as cobertas para o lado, saiu da cama e atravessou o quarto correndo.

Assustado, ele se afastou da cama.

– Portia?

Ela parou junto ao lavatório e baixou a cabeça sobre a bacia. Ele se aproximou com cuidado, ciente de que ela não se movia e que sua respiração estava curta.

– Portia?

Sacudindo a cabeça, ela levantou a mão. Locke colocou sua palma nas costas dela e começou a movimentá-la em círculos.

– Relaxe. Vai ficar tudo bem.

– Meu estômago... fica revirando, mas não sai nada.

– É por isso que acredita estar grávida?

– Por isso e porque menstruação não veio.

Locke sabia muito bem que tinha ficado com ela todas as noites. Droga. Ele devia tê-la engravidado logo na primeira vez.

Ela fechou a mão num punho; sua respiração ficou mais fácil.

– Sinto muito que não esteja se sentindo bem – ele murmurou.

– Isso não é nada comparado ao que vem por aí.

Ele não queria pensar no que ela teria que aguentar para trazer seu filho ao mundo, no risco que correria para lhe dar uma droga de herdeiro. Locke desejou ter mantido as calças abotoadas.

– Foi muito dolorido dar à luz ao seu primeiro filho?

Ainda com a mão dele em suas costas, ela ficou rígida.

– O que quer que uma mulher sofra, vale a pena.

Ele duvidou que sua mãe concordasse.

Uma batida ecoou na porta.

– O que foi? – ele rosnou, não gostando da intromissão.

A porta foi entreaberta e Cullie olhou para dentro.

– Trouxe chá e biscoitos para milady. A duquesa acha que vai ajudar a acalmar o estômago dela.

– Certo. Ponha a bandeja na mesa de cabeceira.

Com um tamborilar rápido dos pés no piso de madeira, Cullie atravessou o quarto, deixou a bandeja e saiu, apressada.

– Ela sempre se move com essa rapidez? – Locke perguntou.

– Acho que seu tom brusco a deixa nervosa.

– Eu só estava tentando evitar que ela a incomodasse.

Com um suspiro profundo, ela se endireitou.

– Acho que você conseguiu. Vou tentar tomar o chá.

Portia voltou para a cama, sentou-se, e pegou a xícara de porcelana na bandeja. Locke retornou à sua posição, encostado no pilar da cama, e a observou soprar com delicadeza o chá. O corpo dele reagiu como se ela estivesse soprando sua pele. Num momento desses. Ele era mesmo um devasso.

– Quanto tempo você vai ficar se sentindo mal? – ele perguntou.

– É difícil dizer. Os enjoos não devem durar muito, eu imagino. Já estou me sentindo melhor. Pode ser que voltem amanhã, e continuem por vários dias. Acho que é o meu corpo se preparando para carregar uma vida.

Cristo. Vida. Uma vida que os dois tinham criado juntos. Mesmo sabendo que o único objetivo por trás daquele arranjo ridículo tinha sido providenciar o próximo herdeiro, Locke nunca tinha pensado na responsabilidade que isso acarretava.

– Você não parece muito feliz com a ideia de ter um filho – ela disse em voz baixa antes de tomar um gole do chá, sem nunca tirar os olhos dele.

– Parece ridículo dizer, mas eu não tinha pensado muito em você grávida. Não estou insatisfeito com a ideia.

Ela piscou com afetação.

– Ora, isso faz com que eu me sinta muito melhor.

– Portia... – O que ele podia dizer? Ele não esperava que sua semente fosse tão competente, embora, para ser honesto, nunca tivesse testado sua própria fertilidade. Antes dela, Locke sempre se protegeu ao ficar com uma mulher. – Estou... encantado com a ideia de ter um herdeiro...

– Pode ser uma garota.

Ele ficou surpreso com o quanto a possibilidade de ter uma filha o agradou. Uma menina com o cabelo ruivo vibrante e os olhos cor de uísque, como os de Portia. Uma garota que passaria a vida solteira, porque ele não deixaria nenhum homem chegar a menos de um metro dela.

– Eu gostaria disso.

Com os olhos vasculhando o rosto dele, ela baixou a xícara.

– Mesmo?

– Claro. – Ele pigarreou, procurando um modo de garantir para a esposa de que a novidade não o tinha contrariado. – Eu ficaria feliz da

mesma forma com um garoto. Desde que a criança seja saudável e você...
– *Sobreviva* passou pela cabeça dele. Locke percebeu que a preocupação com ela sufocava a alegria que deveria sentir nesse momento. – ...não sofra muito com tudo que vai acontecer.

– Você está pensando na sua mãe – ela disse carinhosamente.

Por que ela parecia conhecê-lo melhor do que ele a conhecia?

– Sou forte e saudável. – Mas essas palavras não deram a Locke nenhuma tranquilidade, porque, pelo que ele sabia, sua mãe também era forte e saudável. – Não vou morrer.

Desencostando-se do pilar, ele foi até Portia, debruçou-se e roçou os lábios nos dela.

– Vou considerar isso uma promessa.

Então ele saiu do quarto antes que dissesse algo sentimental de que pudesse se arrepender. Locke não iria abrir seu coração para a esposa. Ele só queria não estar tomado de uma sensação ominosa que ameaçava retirar todo sol de sua vida.

A reação do marquês foi exatamente a que qualquer mulher gostaria. Ele ficou em êxtase. Portia teve certeza de que, se Marsden usasse roupas tão bem ajustadas ao corpo como o filho, os botões de seu colete teriam arrebentado quando Locksley anunciou na sala de música, após o jantar, que a esposa estava grávida.

Portia ficou surpresa que todos tivessem guardado a novidade, mas imaginou que quisessem um momento maravilhoso para Marsden.

– Bravo! – ele exclamou, erguendo seu copo de uísque. – Eu sabia que não demoraria muito, minha querida.

Há alguns dias ela vinha notando mudanças, como a falta de energia à tarde, o estômago embrulhado pela manhã, mas manteve tudo para si mesma, porque achou cedo demais para anunciar que havia um bebê a caminho. Mesmo agora ela não estava muito à vontade com a divulgação, mas Minerva e Julia a tinham forçado a falar.

Mas o que mais a surpreendeu foi a reação de Locksley. A morte da mãe o tinha afetado mais do que ela imaginava, sem dúvida mais do que qualquer pessoa se dava conta. Foi naquela manhã, quando o marido soube de sua condição, que ela percebeu que a preocupação dele abafou qualquer empolgação que pudesse sentir diante da possibilidade de conseguir um herdeiro.

Mas ela queria mesmo que a criança fosse uma garota. Uma menininha doce que ela pudesse cobrir com o amor e o afeto que lhe foram negados.

– Vamos ter nosso herdeiro antes de o ano acabar – Marsden disse com um grande sorriso.

– Pode ser uma garota – ela comentou.

– Talvez. – Ele bateu dois dedos no peito. – Mas aqui dentro eu sei que vai ser um menino.

– De qualquer modo, pai, você receberá bem a criança – Locksley disse.

– É claro. – Ele deu uma piscadela de cumplicidade para Portia, como se não tivesse dúvida de que ela estava carregando um menino.

– Posso tocar algo no piano? – ela perguntou, com esperança de direcionar a conversa para outro tópico que não sua gravidez.

– Você deveria descansar esta noite – Locksley disse.

– Mas não estou incapacitada. Sinto-me ótima agora. E não estou pensando em só descansar por... bem, por quantos meses ainda faltarem.

– Oito, imagino. – Ele franziu a testa.

– Às vezes os bebês vêm antes – ela afirmou. – Eu nasci antes do tempo. Várias semanas antes, na verdade. Todos os meus irmãos foram prematuros.

– Locke também – disse Marsden.

O marido se voltou de súbito para o pai.

– Eu também?

Marsden aquiesceu, observando o uísque que restava em seu copo, como se desejasse não ter falado. – Duas semanas, acho. Pode ser que o médico tenha errado a conta. Não é uma ciência exata. Nós só podemos estimar quando a concepção de fato ocorreu.

– Por falar em médicos, queremos trazer um novo para a vila – Locksley disse.

– Mas Findley está aqui há tempos.

– Foi ele quem fez meu parto, não?– Ele mesmo.

– Então nós queremos outro.

Com um mundo de tristeza nos olhos, Marsden observou o filho.

– Ele não tinha como salvar sua mãe.

Locksley se levantou com um salto e foi até o aparador com as garrafas. Se não o conhecesse, ela pensaria que ele estava agitado, preocupado com sua saúde.

– É claro que esse médico diria isso, não acha? Ou talvez seja melhor irmos para Londres quando a hora de Portia se aproximar.

Ela não queria chegar nem perto de Londres.

– O bebê deve nascer aqui mesmo, na propriedade.

– Ela tem razão – Marsden disse. – Vamos encontrar um novo médico.

Locksley encheu o copo e voltou a sua poltrona, sem parecer estar satisfeito.

– Ótimo. Vou colocar um anúncio no *Times*.

– Aproveite para pôr um comunicado do seu casamento.

O estômago de Portia se contorceu quando ela ouviu aquilo, mas não podia fazer qualquer objeção sem levantar suspeitas. Além do mais, não era realista esperar que seu casamento com Locksley continuasse um segredo para sempre. Era melhor anunciá-lo logo e esperar pelo melhor.

– Eu sei que você tem motivos para se preocupar – Edward disse em voz baixa –, mas Julia e Minerva tiveram filhos e sobreviveram.

– E os médicos sabem muito mais agora, não é? – Julia acrescentou.

– Acredito que a medicina como um todo está melhorando muito.

– Precisamos lembrar que Portia já teve um filho antes, sem más consequências.

Os olhos dos convidados pousaram nela de forma quase audível.

– Você já teve um filho? – Minerva perguntou, tristeza e pesar evidentes em sua voz.

– Ele morreu. – Ela meneou a cabeça. – Minha condição atual deveria ser motivo de celebração e alegria, não melancolia. Acho melhor eu tocar.

Antes que alguém pudesse se opor, ela levantou, andou até o piano, sentou-se e tocou um acorde poderoso, firme, contundente. Entrando num ritmo mais ligeiro, ela permitiu que a música a envolvesse e penetrasse, acalmando seus nervos. Ela não iria pensar que talvez não sobrevivesse para ver seu filho crescer. O conde estava certo. Mulheres sobreviviam ao parto o tempo todo. Portia não iria passar os próximos meses preocupada. Tudo ficaria bem. Tinha que ficar. Depois de tudo o que ela tinha feito, tinha que ficar.

Com a primeira claridade da manhã entrando pela janela, Locke observava a esposa dormir. Normalmente, ele a teria acordado com beijos no ombro nu e carinhos delicados, mas não teve coragem de interromper o sono dela nessa manhã. Não quando isso poderia apressar o desconforto estomacal da esposa.

Na noite anterior ele a tinha possuído três vezes antes que Portia pegasse no sono, satisfeita. Ele passou boa parte da noite olhando para a escuridão, escutando a respiração ritmada dela, inalando sua fragrância de jasmim. Locke procurava guardar até as lembranças mais insignificantes dela, como se Portia fosse ser arrancada dele. Chegava a ser ridículo que Locke se preocupasse tanto, quando era pressionado por outras questões: garantir que seu herdeiro recebesse uma propriedade digna, com uma renda que pudesse sustentá-lo.

Num único dia, tudo tinha mudado; tudo parecia mais urgente. Ele precisava passar mais tempo nas minas, precisava que os empregados trabalhassem com mais perseverança. Era mais imperativo do que nunca que conseguissem encontrar em breve um veio rico em minério. Ele dobraria seus esforços, aumentaria as horas de trabalho. Mas enquanto pensava em mais horas trabalhando, mais tempo passado longe de Portia, algo dentro dele se rebelou. Ele queria mais horas, mais dias, mais meses com ela.

Por que sua semente tinha que ser tão potente?

Os olhos dela palpitaram e se abriram, e seus lábios se curvaram num sorriso doce.

– Perdeu o interesse em mim agora que estou grávida?

Ele adorava a voz dela logo de manhã, arrastada de sono e rouca pela falta de uso, que acrescentava um elemento sensual aos gritos de prazer que sempre deixavam o corpo dele ainda mais teso.

– A noite passada devia ter convencido você do contrário.

– Por que não me acordou, então?

O olhar dele desceu até a barriga de Portia, e Locke imaginou quando começaria a crescer, quando ele olharia para ela e enxergaria a evidência de que seu filho crescia ali dentro.

– Depois de ontem, não tive certeza de que você estaria disposta.

Ela passou os dedos pelo cabelo dele, chamando-lhe a atenção para seus olhos.

– O enjoo só veio mais tarde.

– Ainda assim, não temos muito tempo. Nossos hóspedes em breve irão embora. Eu deveria...

Ela se sentou na cama e o lençol escorregou até sua cintura, deixando os lindos seios expostos. Puxando-o pelo ombro, ela o forçou a se deitar, para depois passar a perna sobre ele e montar no quadril do marido. Abaixando-se, ela mordiscou os lábios dele.

– Eu não sou frágil.

O apetite de sua mulher era tão insaciável quanto o dele. Locke nunca tinha conhecido alguém como ela. Ele não conseguiu lhe resistir.

Três horas depois de um sexo preguiçoso e um café da manhã tranquilo, ele estava na entrada de casa entre Portia e seu pai, observando as carruagens com seus amigos de infância e suas famílias desaparecerem ao longe.

– É bom ver que eles estão bem – o pai dele disse. – Estão felizes e isso é o que mais importa. E têm seus herdeiros. – Ele bateu no ombro do filho. – Você em breve vai ter o seu.

Marsden começou a se afastar, não na direção da casa, mas do local em que a marquesa tinha sido enterrada. Locke estava certo de que o pai iria passar algum tempo conversando com a lápide da mãe.

– Ele vai ficar decepcionado se for uma menina – Portia disse em voz baixa.

– Duvido – ele afirmou. – Você viu toda a atenção que ele deu para Allie?

– E você? – Ela olhou para ele. – Vai ficar decepcionado?

Desde que ela não morresse, ele ficaria satisfeito.

– Por que eu ficaria decepcionado se isso vai significar que nós vamos ter que continuar tentando?

Ela sorriu e um rubor lhe subiu pelas faces.

– Você vai até as minas?

– Como está se sentindo?

Ela pareceu surpresa com a pergunta. Ele tinha reparado, durante o café da manhã, que ela apenas comeu um pedaço de torrada e bebeu chá.

– O enjoo vem e vai, mas acho que é melhor eu descansar um pouco.

– Eu posso ficar...

– Não. Isso não faz sentido; não há nada que você possa fazer. Não estou doente, Locksley. Vai passar.

Ele estava dividido entre desejar que a gravidez passasse logo e que durasse para sempre. As minas seriam uma distração bem-vinda, ocupariam seus pensamentos, afastando as hipóteses nefastas que lutavam para invadir sua tranquilidade.

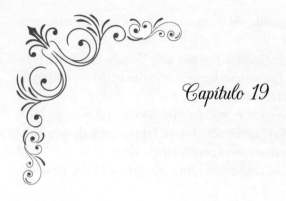

Capítulo 19

Maio chegou com o tempo mais quente do que o normal. Portia não conseguia conceber a ideia de limpar quartos quando podia desfrutar do sol aquecendo seu rosto. Ajoelhada, inspirando fundo, ela sentiu satisfação no cheiro da terra recém-revirada. Exceto por uma breve pausa para o almoço, ela tinha passado o dia trabalhando para devolver a vida ao jardim. Na próxima vez que recebessem visitas, ela queria poder convidá-los para tomar chá no terraço. Então, mais cedo naquela manhã, depois que Locksley saiu para as minas, Portia foi até a vila, visitou as pessoas que tinham as flores mais lindas e pediu mudas de suas plantas favoritas. Portia nunca tinha sido beneficiada por tanta generosidade de estranhos, e foi embora sentindo que era aceita pelos moradores da vila, como se de fato ali fosse seu lugar. Então ela voltou a Havisham, onde pôs os criados para trabalhar.

Os criados e os cavalariços estavam fazendo grande progresso arrancando os espinheiros e o mato. As criadas tiravam qualquer vegetação indesejada. O marquês, que Deus o abençoasse, estava virando o solo com uma pá, criando uma trilha estreita que acompanhava o terraço. Ela o seguia logo atrás, de joelhos, com uma pazinha de jardinagem, preparando a terra para as mudas e plantas envasadas, colocando-as com cuidado em seu novo lar, completando delicadamente com terra os buracos. Portia esperava que as plantas sobrevivessem.

– Como você aprendeu jardinagem? – Marsden perguntou, fazendo uma pausa no trabalho e descansando o cotovelo na pá.

– Minha mãe. O único momento em que ela parecia feliz de verdade era quando estava no jardim. Às vezes ela me deixava ajudar quando estava plantando ou podando.

– Minha Linnie adorava flores.

Embora usasse um chapéu de aba larga para proteger o rosto, ela ergueu a mão para bloquear o sol dos olhos quando se virou para ele.

– Baseado no que você me contou dela, isso não me surpreende. Posso imaginar como este jardim deve ter sido lindo.

– Era mesmo. – Ele se agachou ao lado dela. – Eu não deveria ter deixado que se arruinasse. Ela vai ficar feliz ao ver que você o está recuperando. Mas nós precisamos contratar um jardineiro. É uma área imensa. Não podemos deixar que você faça todo o trabalho, e os criados vão começar a reclamar do trabalho braçal se você fizer com que fiquem nisso por muito tempo.

– Depois que as plantas florirem, quem sabe contratamos alguém.

– Não é preciso esperar. Não é como se nós precisássemos economizar.

Portia não tinha certeza de que isso era verdade. Ela soube do problema nas minas algumas semanas antes. Desde então, reparou como Locksley retornava, no fim da tarde, com os ombros caídos de desânimo. O banho parecia revigorá-lo, e ele nunca demonstrava qualquer indício de preocupação quando estava com ela à noite. O marido tinha lhe garantido que eles não eram mendigos, mas Portia desconfiava que acabariam se encontrando numa situação difícil se não controlassem os gastos.

– Vou conversar a respeito com Locksley – ela disse, na esperança de desviar a atenção de Marsden das finanças da propriedade.

– Eu gosto que vocês dois conversem sobre tudo. Linnie e eu decidíamos tudo juntos. Ela era minha companheira em tudo. Ela sempre...

Sinos começaram a repicar.

– Deus – Marsden murmurou, pondo-se de pé numa velocidade que espantou Portia.

– O que foi? – ela perguntou.

As criadas levantaram as saias e começaram a correr, afastando-se da mansão e indo na direção que Locksley ia todas as manhãs. Os criados, ainda segurando suas pás, foram atrás. Uma sensação ruim estremeceu Portia, que se levantou.

– O que foi?

– John, prepare uma carruagem! – Marsden gritou para o cocheiro.

– O que foi? – Portia agarrou o braço do marquês e repetiu a pergunta, com mais vigor. – O que aconteceu?

– Houve um acidente nas minas.

A bordo da carruagem com o marquês nas rédeas, Portia chegou às minas para descobrir que seu pior temor tinha acontecido: Locksley era um dos homens aprisionados após o desabamento de uma parte do teto.

O marquês entrou na refrega – na mina – pra ajudar, o que a apavorou, embora ela compreendesse a necessidade de participar que ele devia estar sentindo. Ela podia fazer pouco mais que oferecer água para os trabalhadores que periodicamente apareciam para descansar um pouco, enquanto outros assumiam seu lugar. Ela andava de um lado para outro com as outras mulheres, retorcendo as mãos, e sempre que pensamentos terríveis com o pior resultado possível surgiam no fundo de sua cabeça, ela os afastava com fervor.

Locksley tinha viajado pelo mundo e, com certeza, vivido situações muito mais perigosas, das quais emergiu incólume. Ele sobreviveria àquela provação.

– Não se preocupe, milady – Cullie disse, parando do lado dela. – Os mineiros não iam continuar no túnel se não tivessem esperança.

– O desabamento pode continuar e pegar todos eles.

– Pode, mas a gente não pode pensar assim, e nunca vi milady esperar pelo pior. Quer que eu vá ver se dá para descobrir o que eles estão conseguindo?

Portia meneou a cabeça.

– Não precisamos pôr mais gente em perigo. Além do mais, os mineiros que vêm descansar diriam alguma coisa, se houvesse o que contar.

– Eles são uns homens duros, não gostam de dar esperanças nem de acabar com elas. Então guardam para si o que estão pensando. Mas eu posso ir perguntar...

– Não. Deixe que fiquem concentrados no trabalho.

– Mas estou ficando doida com essa espera – Cullie disse.

Portia soltou uma risada curta.

– Eu também.

– Milady não devia estar aqui, não na sua condição.

– Não estou fazendo nada a não ser esperar. Em casa, eu ficaria andando de um lado para outro até fazer um buraco no tapete. – E ficaria ainda mais preocupada. Ela não sabia dizer por que sentia que, estando ali, de algum modo alteraria o resultado. Talvez esse fosse o motivo pelo qual Locksley trabalhava nas minas. Era muito mais fácil estar presente e envolvido do que apenas esperar à distância pela notícia do sucesso.

Uma comoção na entrada do túnel chamou a atenção dela. Um grupo de homens cobertos de sujeira e lama, quase irreconhecíveis, saiu cambaleando. Mesmo assim, ela reconheceu um deles pela largura dos ombros, pela postura. Ele podia estar cavando terra com os outros, mas cada poro do corpo dele anunciava seu berço nobre.

Antes que pudesse raciocinar, Portia saiu correndo na direção dele. Locksley se virou e seus olhos verdes pousaram nela. Então ele sorriu, os dentes brancos brilhando no rosto coberto de terra. Locksley abriu os braços e ela pulou nele. O marido a pegou e girou.

– Você está vivo! Você está bem! – ela exclamou.

– Nós encontramos mais estanho, Portia. Mais estanho. – Então a boca dele tomou a dela, faminta e possessiva, passional cheia de vida. Locksley cheirava a terra profunda e úmida.

Quando ele se afastou, ela passou os dedos pelo cabelo dele, e a sujeira se soltou no vento.

– Eu pensei que tinha acontecido um acidente.

– E aconteceu, mas nós encontramos o veio pouco antes do desabamento. Agora nós sabemos que está lá. Sabemos por onde seguir.

– Mas não é perigoso?

– Vamos reforçar as estruturas. – Em seguida, ele a beijou de novo.

Locke afundou na água quente. Preso dentro da mina, envolto pela escuridão, pensar em Portia foi um farol para sua alma enquanto encorajava os outros cinco homens presos consigo a abrirem caminho até o lado de fora. Ele nunca considerou a possibilidade de não conseguir escapar, nunca contemplou a morte como rota de fuga, porque isso o teria afastado dela. Quando ele conseguiu sair da mina e a viu correndo em sua direção, a alegria que o agitou foi perturbadora. Portia estava começando a ser importante demais, mas ele não conseguia abafar suas emoções, não importava como pudessem ser perigosas para sua sanidade.

Ao ouvir a porta da sala de banho se abrir, ele olhou por sobre o ombro. Ele não deveria se sentir tão grato pela chegada de Portia, mas ficou – e como.

– Achei que você gostaria de uma bebida – ela disse ao lhe entregar um copo com líquido âmbar.

– E como gostaria. – Ele engoliu uma boa quantidade, apreciando a sensação de calor no peito.

Ajoelhando-se ao lado dele, ela pegou um pano, molhou-o na água e o esfregou no sabão.

– Você vai me lavar? – ele perguntou.

– Pensei que era uma boa ideia. – Ela lhe deu um sorriso maroto. – Você ficou com medo?

– Fiquei aterrorizado.

Ela arregalou os olhos e tudo que ele quis foi bebê-los.

– Ficou mesmo? – ela perguntou.

Locke suspirou. Ele não sabia como explicar.

– Eu não tive medo. Para ser honesto, fiquei mais decepcionado comigo mesmo, porque percebi que, se não saísse, deixaria muita coisa por fazer.

– Eu teria ficado com tanto medo.

– Não, você não teria. – Ele passou um dedo no rosto dela. – Você teria encorajado os outros a cavar até se libertarem.

– Você me dá crédito demais. – Ela começou a esfregar o pano no peito dele.

– Eu quero levar você para Londres.

A mão dela parou, perto do coração dele, e Locke se perguntou se ela conseguia ouvi-lo bater.

– Por quê? – ela perguntou.

– Para apresentá-la à Sociedade.

– Não é necessário.

– Você é minha esposa. Devia saber que iríamos para Londres passar a Temporada.

– Você não vai há anos.

– O que é mais uma razão para irmos. Para nos reestabelecermos, ainda mais agora que tenho um filho a caminho.

Ela começou a esfregar os ombros dele, o pescoço.

– Não podemos esperar até o ano que vem?

A maioria das mulheres adorava Londres e a Temporada. Ele não compreendia a relutância da esposa.

– O que há de errado com este ano?

– Ainda não sei toda a etiqueta. Preciso aprender.

– Você sabe o suficiente para se virar. – A visita dos amigos tinha mostrado isso para Locke.

– Você tem mais fé em mim do que tenho em mim mesma.

Ele possuía uma imensa confiança na capacidade de Portia se comportar como se deve em meio à nobreza.

– Eu quero exibir você – ele admitiu.

Aproximando-se, ele a beijou no canto da boca.

– Agora tire a roupa e entre na banheira comigo.

Capítulo 20

Um mês depois, quando a carruagem entrou em Londres, Portia se esforçou para esconder sua apreensão. Respirações longas, lentas e profundas a tinham acalmado durante a viagem. Assim como um mantra ordenando que relaxasse. Era muito improvável que ela fosse encontrar Montie, que ele descobrisse que ela tinha voltado. E, se descobrisse, talvez ele não se importasse, depois de todos esses meses. Sem dúvida, ele a teria esquecido e estaria com outra pessoa.

Ele não era do tipo que conseguia ficar sem uma mulher, pois não havia nada que gostasse mais do que a companhia feminina. Para não renunciar ao prazer, ele deve ter substituído Portia rapidamente. Ela tinha certeza disso, assim como não possuía ilusões quanto ao que significou para ele: nada de especial. Na verdade, Locksley a fazia se sentir mais valiosa do que Montie jamais tinha feito.

– Onde você morava?

Com a pergunta inesperada quebrando o silêncio, ela se virou para o marido, sentado à sua frente. Eles tinham conversado muito pouco durante a viagem, o que ela considerou bom, pois lhe deu tempo para se preparar mentalmente para o que a aguardava na cidade.

– Desculpe?

– Quando você estava em Londres, onde morava?

– Eu nunca disse que morava em Londres.

– Mas você veio de Londres.

Ela tinha se esquecido de como fora reservada com ele quando se conheceram, pesando cada palavra, receosa com falar demais. Pareceu errado, naquele momento, voltar a essa prática.

– Viajei. Mas eu não morava exatamente em Londres. Eu alugava uma casa na periferia. O aluguel venceu pouco antes de eu me mudar para Havisham.

– Você gostaria que passássemos por lá?

– Não tenho vontade de reviver velhas lembranças. – Era arriscado demais ser vista por alguém que pudesse reconhecê-la.

– Você não ficou com nada da antiga casa?

– Nada. – Nada era de Portia, para que pudesse ficar com ela. – Ficou tudo no passado, Locksley, que é onde eu prefiro que fique. Não há o que se ganhar revisitando minha tolice de desposar um marido que não se preocupou com meu bem-estar após sua morte.

Ele suspirou e olhou pela janela.

– Depois de todo esse tempo, Portia, acho que você devia me chamar de Locke.

– Isso sugere uma intimidade que não temos.

Ele virou o rosto para ela.

– Eu coloquei um bebê no seu ventre. Um casal não fica mais íntimo do que isso.

Ela pousou as mãos sobre este ventre, que crescia. O novo médico que tinha se mudado para a vila sugeriu, baseado no tamanho da barriga, que gêmeos eram uma possibilidade.

– Nós podemos ter uma intimidade física, mas não emocional. Acredito que podemos concordar com isso.

Chamá-lo de Locke faria com que Portia se sentisse mais próxima dele, e ela estava tentando proteger seu coração.

– As pessoas vão estranhar – ele disse.

– Quando foi que você se importou com o que as pessoas pensam? Ele abriu um sorriso.

– Isso foi algo que você leu nos jornais de fofoca? Ela sorriu para ele.

– Creio que sim. Vamos ver muita gente?

– É provável. Quando a notícia de que estamos na cidade se espalhar, vamos receber todo tipo de convite. As pessoas vão ficar ansiosas para conhecer minha esposa.

E ficariam mesmo. Todo mundo tinha uma curiosidade perversa com relação aos Sedutores de Havisham, e o fato de Locksley estar ausente de

Londres há um bom tempo tornava as pessoas ainda mais curiosas a seu respeito.

— Todos vão querer saber como nos conhecemos. O que vamos dizer?

— Que meu pai providenciou nosso encontro, e que eu não resisti a me casar com você.

— Inteligente. — Ela riu. — Não é bem uma mentira.

— Não é nenhuma mentira. Você me atraiu no momento em que abri a porta.

Ele também a tinha atraído. Conforme as lojas de Londres passavam pela janela, Portia refletiu que deveria ter insistido em se casar com o marquês. Ela não estaria de novo em Londres. Marsden nunca a levaria para a cidade. Ela continuaria em segurança em Havisham.

— Como eu poderia ter resistido ao charme das suas impertinências? — ele perguntou.

A rapidez com que os meses tinham passado desde aquele dia. Se ela tivesse imaginado o quanto viria a gostar dele, nunca teria se casado com Locksley. Embora seu estômago revirasse sempre que ela pensava sobre estar em Londres, ela queria deixá-lo orgulhoso, feliz por tê-la a seu lado. Ainda que, ao mesmo tempo, rezasse para que o fato de estar na cidade não desse a seu marido a chance de descobrir a verdade a seu respeito, o que o faria desprezá-la com cada fibra de seu ser.

Saber a verdade iria destruir Locksley e a ligação frágil entre os dois. Isso também a devastaria, porque ela tinha feito algo inconcebível. Ela tinha se apaixonado por ele.

Quando a carruagem passou pelos portões e pegou o caminho que circulava na frente de uma residência imensa, Portia percebeu que tinha passado em frente àquela mansão logo que chegou a Londres. Ela tinha passeado pelas áreas mais elegantes da cidade porque imaginava que moraria em uma delas pouco depois de sua chegada. Que garota tola ela era. E como era estranho que seu sonho tivesse se realizado, só que não do modo nem no momento em que ela esperava.

O jardim estava muitíssimo bem-cuidado; flores coloridas acompanhavam o caminho, que era ladeado por olmos imponentes. A casa em si era alta e volumosa, sem as torres e flechas que caracterizavam Havisham.

— Parece bem conservada — ela disse.

– Mais do que Havisham. Eu não costumo abrir todos os quartos quando venho, mas não deixamos que os aposentos se degradassem. Você vai ver que os criados são poucos, apenas o número suficiente para cuidar das necessidades básicas, esteja eu aqui ou não. É claro que você pode contratar mais gente.

– Vamos nos virar com uma equipe pequena.

– Portia...

Ela lhe deu um olhar enviesado, cortando-o.

– Uma equipe pequena é suficiente. Não vejo necessidade de abrirmos tudo se não vamos receber.

– Talvez recebamos.

O estômago dela pareceu cair no chão, mas foi só a carruagem balançando ao parar.

– O que você está imaginando?

– Podemos decidir mais tarde, mas, pelo bem do bebê, precisamos garantir que você seja aceita por toda Londres.

O mundo dela parecia não parar de girar.

– Parece um pouco cedo para nos preocuparmos com o que devemos fazer pelo bem do bebê. – Portia percebeu a ironia do que disse, pois isso era algo que a preocupava constantemente desde que percebeu que estava grávida.

– Nunca é cedo demais para começar com o pé direito.

O marido estava certo, claro. Ela colocou de lado os pensamentos assustadores que a bombardeavam. Tinha conquistado os melhores amigos dele. O que eram mais algumas centenas?

A porta foi aberta e um criado que ela não reconheceu lhe ofereceu a mão enquanto cumprimentava Locksley.

– Bem-vindo ao lar, milorde.

Ele a ajudou a descer. Locksley também desembarcou e estendeu o braço para ela, que fechou os dedos ao redor daquele suporte firme, sabendo que contaria com ele nos próximos dias e noites. Oh, ela deveria ter pensado que o casamento com um homem mais jovem significaria voltar à Londres e fazer parte da Sociedade.

– Em algum momento você será apresentada à rainha – ele mencionou, como se não fosse nada.

Ela parou, seu estômago revirando de um modo que não acontecia há semanas.

– Por quê?

Locksley a observou como se Portia tivesse criado asas e estivesse a ponto de alçar voo.

– Porque você é uma viscondessa.

– Eu sou uma plebeia.

– De nascimento, mas com o casamento, você se tornou uma lady. Minha lady.

Por quanto tempo? Por quanto tempo ela seria uma lady se tudo fosse desvendado? Portia tinha se casado com ele devido à proteção que Locksley poderia lhe oferecer. Ele não tinha que protegê-la pessoalmente. Ela só precisava usá-lo como ameaça para garantir que nenhum mal lhe fosse dirigido. Ele estava certo. Portia tinha se tornado uma lady. Não poderia ser tratada como se não valesse nada. E se conseguisse causar uma boa impressão na rainha... bem, esse tipo de aliança lhe cairia muito bem. Anuindo com a cabeça, ela disse:

– Vou precisar de um vestido novo.

Ele abriu um sorriso; um dos grandes, do tipo que dava sempre que pensava ter vencido a discussão com ela, do tipo que às vezes a fazia querer entregar os pontos só para vê-lo aparecer.

– Aproveite para comprar um azul.

Era uma futilidade, mas Portia não conseguiu fazer objeções quando pensou no prazer que isso daria ao marido. Um pedido tão simples como aquele. Havia momentos em que ela ficava pasma por poder agradá-lo tão facilmente.

Ele a conduziu escada acima e pelo vão de uma porta que outro criado mantinha aberta. Entrar naquela residência não era nada parecido com entrar em Havisham. O lugar cheirava a rosas e lírios, flores que estavam dispostas em vários vasos no grande saguão de entrada. Dos dois lados havia salas, portas abertas, cortinas recolhidas para que a luz do sol pudesse atravessar as janelas claras. Ela duvidou que encontraria uma única aranha ou teia naquele lugar. Mais adiante, uma escadaria larga subia para o andar de cima.

Um homem imponente se aproximou e curvou a cabeça.

– Bem-vindo à casa, milorde.

Locksley pôs a mão sobre a dela que descansava em seu braço.

– Lady Locksley, permita-me apresentar-lhe Burns.

– É um prazer – ela disse.

– O prazer é todo nosso, milady. Eu reuni a equipe.

Enquanto ela passava pela fila de criados, cada um a cumprimentou com uma reverência ou mesura, dando-lhe boas-vindas respeitosas. Ninguém ali iria enfrentá-la se ela quisesse as chaves.

Bem quando ela terminava de conhecer a última criada – a responsável pela copa –, os criados entraram com a bagagem do casal. Cullie os seguia, arregalando os olhos para o que via. Depois que Portia a apresentou a Burns, ele pediu que outra criada acompanhasse Cullie até o quarto, para que ela pudesse desfazer as malas da viscondessa. Então, Locksley levou Portia para conhecer a residência.

Os móveis dos aposentos sem uso estavam cobertos de lençóis brancos, mas não tinham cheiro de mofo. Com pouquíssimo esforço, bastando remover os lençóis, os aposentos estariam prontos para os convidados.

Quando chegaram à biblioteca, ela não ficou surpresa de encontrar a mobília descoberta, com flores frescas sobre o bufê junto à janela e livros nas prateleiras. Ela também não se espantou quando o marido se afastou e foi até uma mesa que abrigava uma variedade de garrafas de cristal.

Enquanto ele se servia de um uísque, ela se aproximou de uma janela com vista para um lindo jardim.

– Você acha que o jardineiro me deixaria levar algumas mudas para Havisham?

– O jardineiro vai deixar você fazer o que quiser. – Locksley apoiou o ombro na moldura da janela, olhou para fora e tomou um gole da bebida. – O que está achando do lugar? Até que não é tão pequeno.

Ele riu baixo, seus olhos brilhando quando encontraram os dela.

– Eu não ficaria surpreso de descobrir que você o investigou antes de responder ao anúncio do meu pai.

Teria sido o mais sensato a fazer, mas ela não se preocupou com propriedades em Londres. Portia estava preocupada apenas em ir embora da cidade o mais discreta e rapidamente possível. Ainda assim, a desconfiança dele fez com que ela sentisse um peso no peito. Depois de todo esse tempo, por que ele ainda pensava que ela estava atrás de dinheiro, poder e prestígio? Será que algum dia ele veria o verdadeiro caráter dela? Embora, com seu passado, não fosse nada do que se gabar.

– Para ser sincera, tive a impressão de que seu pai nunca vinha a Londres, então deduzi que não havia residência na cidade.

Ele ergueu o copo para que a luz o atravessasse.

– É verdade. Ele não vem a Londres desde que minha mãe morreu.

– Então esta casa é sua?

– Não, é dele. Vou herdá-la, claro, mas como ele não esteve mais aqui, nunca houve uma ordem para que nada fosse tocado.

Ela olhou para a cornija.

– O relógio não está funcionando, mas a hora não bate com a dos relógios de Havisham.

– Não foi meu pai que o parou. Fui eu. Estava me deixando louco na primeira noite que fiquei aqui.

– Então você o parou... – ela apertou os olhos, focando os ponteiros – ...às 2h15. Da manhã, imagino.

– Saí marchando por toda a casa, gritando para os criados levantarem e pararem o tique-taque infernal. Eu jurava poder ouvir as batidas nos cantos mais distantes da residência, ainda que, no íntimo, soubesse ser impossível.

– Depois que você se acostuma com o som, nem o ouve mais. Eu ouço mais a ausência dos relógios do que os próprios relógios. O que, imagino, também não faz sentido.

– Talvez, com você aqui, eu não repare tanto no tique-taque. – Ele voltou a atenção para o jardim, tomando mais um gole do uísque.

Ele poderia viver ali, com o jardim bem-cuidado, o frescor dos aromas e os aposentos arrumados, num piscar de olhos. Mas tinha optado por morar na tenebrosa Havisham, porque seus pais e as minas precisavam dele.

– Você gosta de Londres? – ela perguntou.

– Nunca conheci muito bem a cidade. Não fico muito tempo aqui. Comparada a Havisham, aqui é muito barulhento e cheio de gente.

– É mesmo. – Ela sorriu. – Eu sempre gostei da agitação.

– Mas tomou a decisão de se casar com um homem que a manteria longe de tudo.

– Eu descobri outros aspectos da cidade que não me agradavam.

Portia realmente desejava que eles não tivessem ido a Londres, que ele não a encarasse assim de frente, que não começasse a deslizar o olhar por seu rosto, como se procurasse os aspectos falhos de sua existência. Locksley apertou os olhos.

– Você estava fugindo de algo.

– Da pobreza – ela responde, virando-se para o centro da sala. – É melhor eu procurar a Cullie, garantir que tudo...

– Mais do que isso – ele disse em voz baixa. – Você é linda o suficiente, inteligente o bastante para seduzir qualquer homem de posses e fazê-lo se casar com você, caso se decidisse por isso. Você poderia ter continuado em Londres.

– Tudo isso exigiria trabalho e esforço. Responder ao anúncio do seu pai foi a solução mais simples.

– Não é do seu feitio escolher o caminho mais simples. Eu também desconfio que não foi nada fácil decidir se casar com um velho que as pessoas dizem ser louco.

Portia se voltou para ele. Ela deveria negar tudo, ou melhor, apertar o corpo contra o dele e distraí-lo dessa linha de raciocínio. Mas estava cansada de manter a guarda alta constantemente.

– Nem todas as minhas lembranças da cidade são boas. Agora mesmo estou me esforçando para não pensar nos motivos que me levaram a ir embora.

Ele colocou o copo de lado, aproximou-se dela e segurou seu rosto com as mãos fortes. Mãos que empunharam picareta e pá. Mãos que a acariciaram trazendo-lhe prazer.

– Por que você foi embora, Portia? Por que foi para Havisham?

Ela deveria lhe contar nesse instante, não se arriscar que ele descobrisse por meio de um comentário acidental ou descuidado. Mas ela tinha chegado até ali, trabalhado tão duro para deixar tudo para trás.

– Nós concordamos em deixar o passado no passado.

– Eu não acho que seja poder, dinheiro ou prestígio. Já vi você de quatro fazendo faxina. Você não se dá presentes nem roupas. Não ostenta sua posição social. Fala com as pessoas como se fossem suas iguais. Você não está aproveitando nenhuma das coisas que ganhou com o casamento. Então, por que casar com um nobre?

– Segurança. Já lhe disse isso.

– Por que casar com um nobre velho?

– Era a oportunidade mais rápida. Sério, Locksley, não sei por que estamos discutindo isso.

– Eu quero entender você, Portia.

– Não há nada para entender. – Ela pensou em se soltar dele, em recuar, mas Locke a segurava com tanta insistência... nem tanto com as mãos, mas com os olhos.

– Quando me casei com você, só me importava conhecê-la na cama. Agora, para meu grande espanto, quero conhecer tudo sobre você.

Não, não quer. Não mesmo.

Enfim, ele a soltou e se virou. Ela fechou os punhos para se impedir de tocá-lo, desculpando-se, implorando para que ele a perdoasse.

– Pensei em ir ao clube esta noite – ele disse ao sentar na borda da escrivaninha. – Mas esse não é exatamente o lugar em que desejo apresentar minha mulher para a Sociedade.

Se estava pensando em levá-la junto, só podia estar se referindo ao Dragões Gêmeos, um clube exclusivo para sócios, homens e mulheres. Ela nunca tinha estado lá dentro, embora uma vez o tivesse visto de fora. Montie nunca quis levá-la para passear, mas Portia sabia que ele frequentava esse estabelecimento. E ela não tinha nenhum desejo de encontrá-lo.

– Concordo que um antro de jogatina não causaria a melhor das impressões. Você deve ir sem mim.

— Deixá-la sozinha na nossa primeira noite em Londres não seria muito cavalheiresco.

— Para ser sincera, estou bem cansada da nossa viagem e pensei em me recolher cedo. — Dando um passo à frente, ela deslizou as mãos pelo peito do marido, subindo até os ombros. — Talvez você queira me ajudar a tirar a roupa antes de sair.

Sorrindo, ele a puxou para perto.

— Nada me deixaria mais feliz, mas você sabe que não vou ficar só nisso.

Ela mordiscou o queixo dele.

— Estou contando com isso.

Locke sempre gostou de ir ao Dragões Gêmeos, principalmente depois que o proprietário, Drake Darling, abriu o lugar para as mulheres. O estabelecimento oferecia jogos, salão de dança, de jantar, uma sala de estar para todos os membros e uma variedade de áreas apenas para homens ou para mulheres. Assim, quem tivesse vontade podia socializar com o belo sexo, ou procurar companhia menos empolgante. Locke optou por companhia menos empolgante. Mais do que isso, ele optou por atividade menos empolgante: ficar sentado no salão dos cavalheiros tomando uísque. Ele poderia estar fazendo o mesmo na biblioteca de sua casa.

Antes, tinha tentado o carteado, mas logo ficou entediado com o jogo. Em geral gostava de colocar sua habilidade contra a dos outros, mas se pegou desejando, constantemente, que Portia estivesse sentada ao seu lado. Com sua habilidade de se manter impassível, ele desconfiou que ela sairia dali com uma boa porção dos ganhos.

Foi o fato de ela ser tão boa em não se revelar que fez Locke saber que havia algo errado em Londres. Ele tinha sentido a tensão irradiando dela conforme se aproximavam da cidade. Foi algo tão marcante que ele não teria se surpreendido caso Portia tivesse saltado da carruagem e começado a correr como uma louca de volta a Havisham.

Londres a deixava ansiosa. Por que o marido tinha morrido na cidade? Por que ele tinha partido seu coração? Locke não conseguia deixar de acreditar que havia algo mais. A mulher que teve a coragem de ir a Havisham, que não pulou fora do casamento quando lhe ofereceram outro marido, não se perturbava facilmente, mas...

— Boa noite, Locksley.

Locke levantou os olhos para o homem magro que tinha interrompido suas reflexões. Ele sempre o considerou atraente e charmoso em excesso. As mulheres tinham a tendência de se juntar ao redor dele.

– Beaumont.

– Importa-se que eu me sente?

O Conde de Beaumont, apenas alguns anos mais velho e alguns centímetros mais baixo que Locke, tinha herdado seu título poucos meses antes de chegar à maioridade. Os caminhos deles se cruzavam de tempos em tempos, principalmente ali no Dragões. Os dois eram mais conhecidos do que amigos, mas Beaumont podia ser um interlocutor interessante, o que evitaria que Locke voltasse para casa apenas duas horas depois de sair. Ele não queria que Portia pensasse que o marido não aguentava ficar longe dela.

– Claro que não – ele respondeu, gesticulando para que o outro se sentasse.

Acenando dois dedos para um criado que passava, Beaumont se sentou na poltrona de frente para Locke. Ele ainda tinha uma aparência juvenil, como se tivesse um elixir que não o deixasse envelhecer.

– Soube que lhe devo os parabéns por seu casamento – ele disse para Locke enquanto o criado colocava um copo de uísque sobre a mesa. Os criados memorizavam os drinques preferidos dos sócios. Beaumont ergueu o copo. – Felicidades.

– Obrigado. – Locke também levantou seu copo. O gole não o satisfez tanto quanto se Portia estivesse com ele. Aparentemente, Locke tinha mais gosto por tudo quando ela estava por perto.

– Estou tentando lembrar o nome dela. Esta no jornal... ahn, Peony?

– Portia.

– Nome incomum.

– Ela é uma mulher incomum.

– Eu gostaria de conhecê-la. – Ele olhou ao redor como se pudesse encontrá-la em um salão reservado apenas aos cavalheiros. – Você a trouxe esta noite?

– Não, ficou em casa, descansando. A viagem a cansou.

– Posso imaginar. A estrada é longa até Havisham. – Embora ninguém, exceto Ashe e Edward, visitasse Havisham, a maioria das pessoas sabia dos detalhes a respeito da propriedade devido às histórias de que era mal-assombrada.

– Como você a conheceu?

– Meu pai.

Beaumont arregalou os olhos castanhos.

– Eu tinha a impressão de que ele nunca saía da propriedade.

– Viver em reclusão não significa estar isolado do mundo. Ele tem seus contatos.

– Sem dúvida. – O outro riu. – Meu pai sempre falou com carinho do seu, e lamentava que ele tivesse parado de vir a Londres ou de ir à nossa propriedade para o baile anual que minha mãe adorava organizar.

Locke tinha comparecido a alguns desses bailes. Os eventos da Condessa de Beaumont eram legendários. Mas, com a morte dela, as festas na casa de campo e na de Londres acabaram.

– E quanto a você, Beaumont? Imagino que esteja pensando em se casar logo. – Bom Deus, será que ele conseguiria parecer mais conformado e velho? Locke se sentiu pré-histórico. Ele, que um dia gostou de jogar, beber e procurar mulheres, no momento não queria outra coisa senão estar em casa, sentado diante de um fogo acolhedor, ouvindo, encantado, Portia lhe contar o que tinha feito durante o dia. Não importava que as aventuras dela fossem comuns, monótonas; mesmo assim, Locke se deliciava com elas, com o modo como os olhos da esposa se acendiam ao relatar o progresso na recuperação de um aposento.

– Estou de olho em duas ladies, claro. Provavelmente vou me decidir por uma delas antes que a Temporada acabe. Preciso resolver logo isso. Como você, eu preciso de um herdeiro.

Vou me decidir por uma delas? Aquilo pareceu atroz e terrivelmente injusto com as garotas, mas Locke não tinha feito a mesma coisa quando decidiu tomar Portia como esposa? Ele a tinha considerado perfeita e se decidiu por ela, porque tinha pensado que nunca conseguiria amá-la. Cristo, ela merecia mais que isso.

Ele se levantou de repente.

– Vai a algum lugar? – Beaumont perguntou.

– Desculpe-me por minha saída repentina, mas um assunto exige minha atenção.

Não um assunto, mas uma lady, uma que parecia estar perigosamente perto de possuir a chave do coração dele – não importava o quanto ele desejasse o contrário.

Embora Locke a tivesse deixado saciada, Portia não conseguiu pegar no sono depois que ele saiu. Ela tocou a campainha para chamar Cullie e se vestiu para o jantar, pois detestava comer sozinha. Sentindo-se uma alma penada, ela vagou pelos corredores tentando entender melhor a casa. As diferenças entre essa residência e a Mansão Havisham eram espantosas. Não havia nenhuma porta trancada. Ela não precisava de chave para nada. Todos os aposentos, mesmo os que não estavam em uso, tinham flores. Mas eles não continham o que ela estava de fato procurando: companhia.

Portia sentia falta de Locksley. Maldição. Alguma coisa naquela noite a fez se sentir ainda mais sozinha e abandonada, e questionar se devia estar ali – não só em Londres, mas com ele.

Durante o tempo que morou em Londres, ela tinha nutrido tantos sonhos de amor. Depois que foi embora, pensou ter desistido de todos, mas eles se esforçavam para reemergir. O amor de seu filho seria suficiente para mantê-la, pelo menos era o que esperava, porque Portia se pegou ansiando pelo amor de um homem.

Ela voltou para seu quarto – que era só e apenas dela. Não gostou que o quarto de Locksley ficasse ao lado do dela, ainda que apenas uma porta os separasse. Como ela tinha sido tola no primeiro dia, ficando triste porque não teria um quarto só para si. Duvidava que conseguisse dormir sem os braços dele ao seu redor. Ela pensou em ficar lendo até ouvi-lo voltar, para então se esgueirar na cama dele e seduzi-lo.

Portia chamou Cullie de novo, contente por tirar as roupas que a apertavam. Em breve ela teria que parar de usar o espartilho, e devia aproveitar para ir a uma costureira enquanto estava na cidade, para adquirir vestidos que lhe servissem bem. Tudo nela parecia estar mudando. Até seus sapatos começavam a parecer apertados.

– Mais alguma coisa, milady? – Cullie perguntou depois que terminou de escovar e trançar o cabelo de Portia.

– Não. Vejo você pela manhã.

– É tão bom estar em Londres – a garota disse.

Portia não compartilhava do entusiasmo. Ela desejava estar em qualquer outro lugar.

– Depois que você me ajudar a me vestir, de manhã, pode tirar o dia de folga. Vá conhecer a cidade.

– Mesmo?

– Vou pedir a Sua Senhoria algum dinheiro para você.

Cullie sorriu com alegria.

– Obrigada, milady.

– Leve um dos criados com você. Esta cidade tem uns maus elementos. É melhor evitá-los.

– Sim, vou evitar. – Ela fez uma mesura rápida. – Boa noite, milady.

Com um sorriso, Portia meneou a cabeça e caminhou até a janela, sem saber se algum dia conseguiria convencer as novas criadas de Havisham de que não precisavam lhe fazer mesuras o tempo todo. Olhando para fora, ela viu a neblina se espalhando, a iluminação das ruas brilhando, sinistra, em meio à nevoa. Abraçando-se, ela esfregou as mãos nos braços, tentando afastar uma sensação agourenta.

Quando começou a se afastar da janela, Portia viu uma carruagem entrar na propriedade. Seu marido saltou dela antes que o veículo parasse por completo. Ela ficou alarmada. Algo estava errado, com certeza. Será que, de algum modo, ele tinha descoberto a verdade? Ou alguma má notícia teria vindo de Havisham?

Ela saiu para o corredor e estava quase chegando à escada quando ele apareceu, de repente, no patamar.

– O que houve? O que há de errado? – ela perguntou.

As longas passadas dele devoraram a distância entre os dois.

– Eu descobri que não gosto de ir aos lugares sem você.

A alegria de ouvir isso a atingiu no mesmo instante em que ele a pegava nos braços. Rindo, ela apertou o pescoço dele.

– Eu estava tão solitária aqui, sem você.

– Solitária – ele repetiu e a carregou para o quarto, colocando-a ao lado da cama. – Antes de você, eu nem sabia o que essa palavra significava.

– Mas devia ter alguém no clube para lhe fazer companhia.

– Pessoas desinteressantes que ficavam falando de novos métodos agrícolas, o flagelo dos novos ricos, sua fascinação com herdeiras americanas e torneios de tênis em Wimbledon.

– Eu nunca joguei tênis.

Ele beijava o pescoço dela enquanto abria os botões da camisola.

– Eu vou lhe ensinar, mas, no momento, tenho outro esporte em mente, um em que você é excelente.

O cumprimento fez um calor envolver o corpo dela. Portia sabia que eles se davam bem entre os lençóis, mas ficou satisfeita em ouvi-lo confirmar que ela lhe dava prazer. O algodão macio escorregou por sua pele, formando um monte no chão.

Locksley atacou as próprias roupas como se fossem um inimigo que precisava ser aniquilado. Ela afastou as mãos do marido.

– Nós vamos ter que contratar um camareiro para cuidar das suas roupas. Eu passo metade do meu dia pregando seus botões.

– Dê essa tarefa a uma das criadas.

— Eu gosto de fazer isso. — Quando ele estava longe, nas minas, a tarefa a fazia senti-lo perto de si. Portia percebeu que aconteceu o que tinha prometido nunca mais permitir: apaixonar-se por alguém, por ele, mesmo sabendo que Locksley tinha o poder de destruí-la.

Depois que suas roupas estavam reunidas em uma pilha, ele a colocou na cama e a seguiu, pairando sobre ela, encarando-a, sustentando o olhar de Portia como se a visse pela primeira vez. Apoiando-se nos cotovelos, Locksley passou o dorso dos dedos nas faces dela, então tomou sua boca como se a possuísse.

Ela era dele.
Ele quase disse em voz alta as palavras que ecoavam em sua alma. Ela pertencia a ele do mesmo modo que as nuvens pertenciam ao céu, as folhas, às árvores, e o minério, à terra. Uma parte do todo. Ele não era de poesia, mas, por ela, Locke gostaria de ter a capacidade de escrever sonetos. Ele gostaria de tê-la conhecido em um baile, de tê-la cortejado — da forma certa, com flores, passeios e cavalgadas no parque. Mas gestos românticos eram tão estranhos a ele quanto o amor.

Ele nunca quis envolvimento emocional, mas não podia negar que ela possuía a habilidade de envolvê-lo.

Deslizando sua boca pela dela, seus lábios desceram para o queixo, e ele se deleitou com o gemido suave da esposa. Ela pegava fogo com tanta rapidez, e ele adorava isso nela. Desde o início, Portia nunca bancou a difícil na cama. Ela o acolhia, correspondia, retribuía.

Seria possível amar as características de uma pessoa sem amar a própria pessoa?

Tantas coisas nela lhe davam prazer. O modo como Portia ria. O modo como seus olhos pegavam fogo quando ele a beijava. O modo como ela cheirava após sair do banho. A fragrância que ela exalava depois que ele lhe dava prazer.

Segurando-a com as mãos nas costelas, ele se abaixou até conseguir tomar o bico do seio com a boca. Com um lamento urgente, Portia arqueou os quadris, pressionando sua feminilidade no ventre dele. Locke nunca foi de se vangloriar de suas façanhas nem de classificar seus encontros com mulheres. Ele aceitava que cada uma fosse diferente, nem melhor nem pior, apenas diferente, e sempre teve prazer nas diferenças.

Locke poderia passar a vida toda fazendo sexo com ela e nunca ficaria entediado. Mas nessa noite ele não queria fazer sexo com Portia; ele queria fazer amor com a esposa. Ele queria beijar cada centímetro dela, acariciar cada linha e cada curva, saborear todos os seus detalhes. Ele queria o cheiro de Portia, aquecido pela paixão, enchendo seus pulmões. Ele queria os gritos dela enchendo seus ouvidos.

Locke queria um novo começo, queria descobri-la como se ela fosse uma novidade.

Deslizando a língua do bico de um seio para o outro, ele sentiu as coxas dela apertarem seus quadris, como se Portia temesse sair voando se não estivesse bem segura.

– Você é tão linda – ele grunhiu, baixando o corpo, colocando beijos leves em cada uma das costelas dela.

– Você faz com que eu me sinta linda.

Ele queria lhe dar tantas dádivas: a dádiva do toque, do prazer, de um orgasmo devastador. Ele queria que ela se desfizesse em seus braços, que o abraçasse enquanto se recuperava do êxtase. Por ela, Locke desejou ser um romântico, desejou conhecer a fina arte do galanteio.

Mas ele nunca planejou galantear nenhuma mulher, sempre quis ser prático quanto à seleção de sua esposa. Naquele primeiro dia ele foi prático a respeito de Portia. Viu uma mulher que nunca conseguiria amar.

Mas, no momento, Locke percebeu que não tinha visto nada. Ele estava cego quando a conheceu.

Alguma coisa estava diferente naquela noite. Portia não tinha certeza do que era. O desejo estava mais intenso, mais profundo. Ele a beijou e lambeu todo seu corpo até os dedos dos pés, tão devagar, tão provocador, como se a estivesse adorando, como se ela fosse uma deusa merecedora de sua adoração.

Ele voltou a subir, demorando na coxa, provocando-a com uma promessa de que não se deteria ali, de que não tinha intenção de parar até que ela estivesse se contorcendo e implorando.

– Não me torture.

Ele lambeu e mordeu.

– Adoro o jeito que sua voz fica quando você está à beira do prazer.

– O que mais você gosta?

Locksley manteve a boca em sua coxa, mas levantou o olhar fumegante para ela. Portia não soube dizer se ele nunca pareceu mais perigoso ou mais sedutor.

– Eu gosto do seu sabor – ele respondeu.

Então ele começou a saboreá-la... no lugar doce entre as coxas, e Portia não estava mais à beira do prazer. Ela caiu no vórtice, arqueando as costas, agarrando os lençóis, sentindo como se cada uma de suas terminações nervosas tivesse ganhado vida. Locksley a fazia sentir coisas que nunca tinha sentido, experimentar sensações que só tinham chegado perto, sem nunca se concretizarem plenamente. Ele a conduzia a níveis que Portia não sabia existir; ele a fazia voar alto.

Seus próprios gritos a envolveram enquanto alçava voo. Portia ainda ascendia quando Locksley entrou fundo nela. Envolvendo-o com suas coxas, ela arrastou as unhas pelas nádegas dele, adorando o grunhido que ele soltou enquanto arqueava as costas e investia nela com estocadas mais rápidas, mais firmes...

O rugido gutural e o tremor do corpo dele revelaram para ela que o marido também alçava voo. Ela não conseguiu evitar. Portia riu, uma erupção espontânea de alegria pura, autêntica.

A risada com que Locksley respondeu foi mais baixa, grave. Ele encostou a testa na dela.

– Não deixe que isso lhe suba à cabeça, mas nunca tive tanto prazer em estar com uma mulher.

– É um pecado o tanto que eu gosto do que nós fazemos.

– Isso é ridículo. Nós somos casados, o que deixa tudo correto, na terra ou no céu.

– Mas nós fazemos coisas terríveis.

– Humm. Melhor ainda.

Saindo de cima da esposa, ele a puxou para perto e deslizou lentamente os dedos pelo braço dela. Com a cabeça aninhada na curva do ombro, Portia se deleitou com o batimento cardíaco dele, imaginando se seria possível que aquele coração se abrisse só um pouquinho.

Capítulo 21

Portia deveria ter inventado uma desculpa para não ir a Londres, mas a verdade era que cedo ou tarde teria que retornar e enfrentar seus demônios. Era melhor que fosse cedo e que os deixasse logo para trás.

Ela pediu ao cocheiro que a levasse a uma costureira – um dos ateliês mais chiques que atendia a nobreza, de acordo com os jornais de fofocas – e disse-lhe para ir buscá-la dali a quatro horas. Depois que suas medidas foram tiradas para um vestido lilás de baile, e outro azul, ela saiu e chamou um cabriolé para levá-la à periferia de Londres.

Lamentou que o vestido azul não fosse ficar exatamente como o anterior, mas o desenho da modista não conseguiu reproduzir direito o que ela descreveu. De qualquer modo, Portia não podia se arriscar a procurar Lola, sua antiga costureira. Não podia deixar que alguém a reconhecesse e espalhasse a notícia de que estava na cidade, o que poderia trazer à tona a verdade a respeito de seu passado. Lola não possuía clientes entre as famílias nobres, mas as mulheres para quem ela costurava costumavam sair com homens da aristocracia.

Por isso cabia a pergunta: que diabo Portia fazia ao vagar lentamente por sua antiga vizinhança, a caminho de sua residência anterior? Não podia se demorar, não podia ficar na esquina e observar, na esperança de ver o novo morador. Mas ela pensou que, se passasse por lá, poderia ver se outra pessoa morava ali, se Montie tinha seguido com sua vida. Se ele a tivesse substituído, era bem possível que, mesmo que a visse, não se importasse. Ele a ignoraria. Seu orgulho o forçaria a isso.

Ele era tão orgulhoso. Tanto quanto o pai dela. Portia pensava que todos os homens eram iguais até conhecer Locksley. Seria tão mais fácil se ela não tivesse começado a gostar dele. Embora soubesse que tinha sido errado se casar com ele, Locksley tinha sido tão desagradável quando se conheceram que Portia se convenceu de que ele recebeu o que merecia: uma pecadora que tinha pertencido a outro homem.

Mas, agora...

Bom Deus, ela venderia a alma ao diabo e passaria alegremente toda a eternidade queimando no inferno por uma chance de voltar no tempo, rasgar aquele contrato quando Locksley o jogou de volta a seu colo e ir embora da mansão, saindo da vida dele. Nunca iria imaginar que ele quisesse aparecer em público – em Londres, entre os nobres... com ela a seu lado. Por estupidez, ela pensou que ele a confinaria ao quarto, assim como Montie tinha feito. Que ele a manteria presa na Mansão Havisham. Que ela seria o pecadilho secreto dele.

Ao se aproximar da casa onde tinha morado durante dois anos, Portia foi atacada por lembranças. A alegria, a felicidade, a tristeza, a decepção. Ela ali crescera na presença de um homem muito mais violento que seu pai. Este castigava seu corpo. Montie tinha torturado seu coração jovem e vulnerável, que, ela pensou, permaneceria em pedaços para sempre. Mas, de algum modo, o coração tinha se recomposto e se apaixonado mais uma vez.

Uma porta foi aberta na casa vizinha à que costumava ser dela. Portia congelou, sem ousar nem mesmo respirar, enquanto observava a moça sair. Sophie. Portia não sabia o sobrenome dela. Nessa parte de Londres, ainda mais nessa rua, as mulheres não usavam o sobrenome.

Portia se virou antes que pudesse ser identificada e começou a andar na outra direção. Isso a envergonhou. Houve um tempo em que ela gostava de tomar chá com Sophie. As duas fingiam ser damas da nobreza bebericando Darjeeling enquanto conversavam sobre indecências que damas da nobreza nunca conversariam. Com Sophie – que tinha a reputação de ser uma especialista nas preferências dos homens – Portia aprendeu as habilidades necessárias para satisfazer um homem, a bancar a tímida, a manter o interesse dele. Mas, olhando para trás, Portia tinha que admitir ter aprendido muito mais com Locksley, e desejava lhe dar muito mais prazer do que tinha dado a Montie. Ela tinha trilhado um caminho estranho para chegar onde estava. Sophie tinha sido fundamental em ajudá-la a fugir, e lá estava Portia fugindo da única pessoa que pôde chamar de amiga desde o dia em que soube que sua família a tinha renegado.

E lá estava ela esnobando em segredo essa pessoa por medo de ser julgada novamente, de que a única pessoa em que pôde confiar fosse traí-la. Portia era mais forte do que isso, melhor do que isso. De repente, ela se virou.

Mas Sophie não estava à vista. Portia detestou o alívio que sentiu. Estava a salvo, seu segredo estava a salvo. Por enquanto.

Ela quis esperar ali para ver se alguém saía de sua antiga casa, mas sua curiosidade e a possível paz de espírito não valiam o risco. Além do mais, mesmo que Montie tivesse seguido com sua vida, isso não garantia que ele a deixaria em paz. Tudo o que ela podia fazer era esperar que seus planos não estivessem na iminência de serem descobertos.

– Eu gosto do seu novo vestido azul.

Calçando as luvas diante da penteadeira, Portia olhou para o marido parado no vão da porta que ligava seu quarto ao dele. Vestido em seu traje mais fino, que incluía uma casaca preta com cauda, colete, uma camisa branca imaculada e uma gravata cinza-claro, ele sem dúvida era o homem mais lindo que já tinha visto.

– Não é exatamente igual ao anterior – ela disse, perguntando-se como, depois de todos aqueles meses, Locksley ainda conseguia lhe tirar o fôlego.

– É bem parecido. Uma pena que sua antiga costureira tenha fechado o ateliê.

Uma mentirinha que ela contou para explicar por que tinha ido a uma modista diferente.

– Gostei dessa nova que conheci.

– Ótimo. – Ele se aproximou com passo lento, preguiçoso. – Também é uma pena que você precise usar luvas.

– É um baile fino. Uma lady fina deve usar luvas finas para ir a um baile fino. – Como se para demonstrar, ela puxou de leve a extremidade de cada luva onde elas terminavam, pouco acima do cotovelo.

Eles estavam em Londres há pouco mais de uma semana, sem comparecer a qualquer evento social porque Locksley não tinha considerado nenhum deles grandioso o bastante para que ele revelasse sua esposa. Mas o baile dessa noite – oferecido pelo Duque e pela Duquesa de Lovingdon – teria, certamente, um bom comparecimento, pois se tratava de um dos casais mais queridos de toda Londres. Graças aos jornais de fofoca, Portia saiba tudo a respeito deles. O baile estaria cheio de gente. Embora ela, provavelmente, seria apresentada a todo mundo que fosse alguém, era bem possível que conseguisse evitar encontrar quem não desejava. Portia se levantou.

– Vou só pegar minha capa.

Ela estava começando a dar um passo e se virar quando ele colocou a mão em seu ombro nu.

– Espere.

Locksley ainda não tinha calçado suas luvas, e o calor de sua pele na dela fez com que Portia derretesse um pouco. Como ela conseguiria atravessar a noite sem revelar o quanto ela o queria toda vez que o marido a tocava?

– Nós precisamos mesmo ir? – ela perguntou, oferecendo-lhe seu olhar mais sedutor e colocando a mão enluvada sobre o peito dele, parte sobre o colete, parte sobre a camisa.

– Apresentar você à Sociedade foi um dos motivos pelos quais viemos a Londres.

– Pensei que você veio porque precisava resolver algumas questões.

– Sim, e uma dessas questões envolve esta noite. Tenho evitado perguntas a seu respeito desde que chegamos. No baile Lovingdon os curiosos serão apaziguados.

– Tenho medo de envergonhar você.

– Bom Deus, Portia, onde está a mulher para quem abri a porta, a que me confundiu com um criado?

Aquela mulher não gostava dele, não queria fazer com que Locksley sentisse orgulho; ela se importava apenas com suas próprias necessidades. Ela levantou o queixo.

– Eu tive a impressão de que você não gostou muito de mim naquele dia.

Ele deslizou o dedo pela clavícula dela.

– Ainda assim, você conseguiu me conquistar, não foi?

O coração dela ribombou contra o esterno. Por mais que desejasse o amor dele, Portia não conseguia pensar em nada pior do que conquistá-lo.

– Aqui, uma coisinha para celebrarmos esta noite.

Olhando para baixo, ela viu uma caixa de veludo preto que ele lhe oferecia. De onde isso tinha saído? De um bolso da casaca, era óbvio. As emoções e os nervos dela já estavam à flor da pele. Um presente dele só a faria se sentir mais culpada. Ela meneou a cabeça.

– Você já me presenteou demais. Um vestido novo, uma penteadeira, a afinação do piano...

– Não vamos discutir sobre isto.

– Mas é uma joia, certo? É demais, muito pessoal.

– Você é minha esposa.

– Não porque você quisesse que eu fosse.

– Eu quero que você seja esta noite. – Com a mão livre, ele aninhou a face dela. – Esta noite você será a mulher mais linda daquele lugar, a mais generosa, a mais misteriosa, inteligente e audaciosa. E não será a única sem uma joia.

O estômago dela relaxou.

– Então, isto é por você, para que sua esposa não pareça uma mendiga.

– Vamos dizer que é esse o caso, se isso fará com que aceite a joia.

O que significava que não era o caso.

– Foi de sua mãe?

– Não. Comprei essa semana. Ocorreu-me que nunca a vi usando joias.

– Eu uso um anel.

– Então use isto também. – Ele pegou a mão dela e a fechou ao redor da caixa. – Em geral as pessoas demonstram gratidão quando recebem um presente.

– Nunca soube de um presente que viesse sem obrigações.

– Sem obrigações, Portia. Você é a esposa de um lorde e, como tal, deve usar joias.

Então era pelo orgulho dele. Mais fácil aceitar sabendo disso. Mas quando ela abriu o estojo, quando viu o lindo colar de pérolas com o bracelete combinando, não conseguiu segurar um suspiro de prazer.

– Você gostou?

Foi estranho perceber a dúvida na voz dele, saber que a opinião dela importava.

– É perfeito. Simples, mas elegante. Eu não imaginava que você tivesse tão bom gosto.

– Eu me casei... – Ele se interrompeu, pigarreou e tirou a caixa de veludo dela.

Portia só podia entender que ele estava para dizer que ter se casado com ela era um sinal de seu bom gosto, mas decidiu ficar quieto. Isso só mostrava o mau gosto dele, quer Locksley soubesse da verdade ou não. Pegando o colar, ele se colocou atrás dela e o prendeu ao redor de seu pescoço.

Observando seu reflexo no espelho, ela não conseguiu acreditar em como as pequenas pérolas a transformaram, produzindo a ilusão de que ela era uma lady. Ele colocou também o bracelete em seu pulso.

Portia tocou no rosto dele.

– Eu não o mereço, e com certeza você merece uma mulher melhor do que eu.

– Não sei muito bem se não combinamos, já que nós dois acreditamos que o outro merece alguém melhor.

Portia se sentiu arrasada ao perceber que Locksley pensava que ela merecia um homem melhor do que ele. Tudo o que ela podia fazer era garantir que fosse digna. Ela levou os dedos às pérolas frias no pescoço.

– Sou a mulher com mais sorte de toda Londres por ter você como marido.

Colocando as mãos nos ombros dela, tocando a curva do pescoço com os lábios, ele fitou o reflexo dela.

– Quando voltarmos para casa, vou tirar tudo de você, a não ser as pérolas. Prometo que, quando eu terminar, vai se sentir a mulher mais sortuda de toda a Grã-Bretanha.

Embora um marido tivesse o direito de se sentar ao lado da esposa na carruagem, Locke preferia se sentar de frente para a sua, pois isso lhe permitia observá-la melhor, estudá-la com mais atenção. De vez em quando, passava a luz de um poste da rua, refletindo nas pérolas. Ele tinha comprado as joias porque desejava mimá-la com presentes, queria que ela tivesse tudo que sempre desejou.

Estava acabando com ele perceber o quanto gostava dela.

Portia estava linda de azul. Sempre que ela olhava para Locke havia uma sensualidade em seu olhar que fazia o corpo dele reagir como se ela tivesse tirado toda a roupa. Mas era mais que sexo o que o atraía. Era o espírito generoso dela, o modo como ficou constrangida por aceitar algo tão simples como um colar de pérolas.

Quem a conhecesse naquela noite ficaria encantado. Ela se sairia bem. Disso ele não tinha dúvida.

– Não me ocorreu perguntar se você dança – ele disse.

Os lábios dela se curvaram num sorriso doce.

– Eu fui a um ou dois bailes no interior. E sou capaz de acompanhar seus passos.

– Eu não imaginava que você conseguisse ser tão dócil.

– Você não teria gostado de mim se eu fosse dócil.

– Não, não teria. – Ele gostava que ela fosse forte, que tivesse opinião, que lutasse pelo que queria... ainda que isso a tivesse levado à casa de seu pai.

– Você é amigo do Duque e da Duquesa de Lovingdon? – ela perguntou.

– Eu conheço relativamente bem os dois. Você vai gostar deles, e eles, de você. Escolhi este baile porque a duquesa é bem gentil quando se trata de introduzir alguém na Sociedade. Nenhum dos dois tem preconceito contra plebeus, porque muitos dos parentes deles não são nobres de berço.

– Acho que a aristocracia já não é o que foi.

– Receio que você tenha razão. Imagino não precisar dizer que você não deve comentar o que eu faço nas minas.

– Trabalho não é algo de que se deva ter vergonha.

– Não tenho vergonha... – Só que talvez ele tivesse. Locke não tinha contado para Ashe ou Edward que cavava ao lado dos mineiros. – Eu apenas prefiro que meus assuntos continuem particulares.

– Eu tenho orgulho de você, sabe. Tenho orgulho de ser sua esposa. – Ela desviou o olhar para a janela, como se tivesse revelado demais.

Ele ficou grato por ela ter se distraído com a paisagem que passava, em vez de reparar no espanto e no alívio que, sem dúvida, manifestaram-se no rosto dele. Locke costumava ser tão bom em manter para si mesmo seus pensamentos e sentimentos, mas, de algum modo, ela sempre conseguia desconcertá-lo.

– É preciso muita coragem para fazer algo que vá contra os costumes. – Ela olhou para ele. – Eu sei que você preferiria não estar trabalhando nas minas.

– Todos os cavalheiros preferem uma vida de ócio.

– Só que você nunca teve uma, na verdade. Não deve ter sido fácil crescer sem uma mãe. Depois teve todas as viagens que você fez; expedições que o levaram ao seu limite. E voltou para casa para cuidar de seu pai, da propriedade. Não há nada de fácil nisso tudo. Passei a admirá-lo, Locksley. Eu gostaria...

A voz dela foi sumindo, e sua atenção voltou para a janela.

– Você gostaria do quê? – ele perguntou.

Ela meneou a cabeça.

– Portia?

– Eu gostaria que tivéssemos nos conhecido em circunstâncias diferentes.

Em circunstâncias diferentes, no momento em que Locke percebesse que ela era uma mulher que ele poderia vir a gostar ou admirar, teria se afastado para proteger seu coração e sua sanidade.

– Existe outra situação na qual poderíamos ter nos conhecido?

Uma gargalhada triste e oca ecoou pela carruagem.

– Nenhuma ideal, com certeza.

A marcha da carruagem diminuiu até parar. Ela se aproximou da janela.

– Parece que chegamos. Há uma fila e tanto de veículos.

– A fila deve andar depressa. Não devemos demorar a chegar à entrada.

Portia concordou com a cabeça, soltou um longo suspiro e levou os dedos às pérolas, dividida entre querer acabar logo com aquilo e desejar que o baile já tivesse terminado quando eles chegassem. Mas Locksley estava certo, a carruagem parou na entrada curva antes do que ela esperava. Um criado entrou em ação, abrindo a porta e ajudando-a a descer. Quando se endireitou, ela viu que não estavam desembarcando apenas a carruagem deles, mas toda uma série de veículos, para abrir caminho para o próximo grupo.

Muitas pessoas, vestindo os trajes mais magníficos, subiam os amplos degraus que conduziam à porta aberta.

– Tente não ficar de boca aberta – Locksley disse, oferecendo-lhe o braço.

– É uma casa incrivelmente grande.

– É só uma casa.

– Isso é o mesmo que dizer que a rainha é só uma mulher.

– Para Albert, ela provavelmente era.

– Dizem que ela comandava o coração dele. Você acha que ele conseguia esquecer que ela também comandava um império?

– Eu imagino que o amor o faria esquecer disso, mas essa não é minha especialidade, então...

Eles entraram no saguão e Portia ficou aturdida não só com a magnificência do espaço, mas com a sensação de que aquela mansão era mesmo um lar. O amor habitava ali.

Eles foram levados à sala da frente, onde deixaram a capa dela, o chapéu e a bengala dele. Então os dois seguiram a fila escada acima. Locksley cumprimentou as pessoas mais próximas, apresentou-a, mas Portia estava distraída demais com a beleza do ambiente para guardar nomes.

Ela tinha sonhado com isso, participar de um evento como aquele. Quando foi embora de Fairings Cross, pensou que esse seria seu futuro, só que esperava estar ao lado de um homem diferente, que ela amasse e que a amasse. Portia enfim tinha chegado onde sonhara, só que não do modo como tinha imaginado.

Eles passaram por uma entrada, chegando ao patamar de uma escadaria. O mordomo anunciava os convidados, que então desciam até o salão de baile. Os espelhos reluziam; os lustres cintilavam. Ela pensou que o salão de baile de Havisham não ficaria devendo a esse.

Havia um casal à frente deles. Ela ficou tensa quando Locksley se aproximou, roçando os lábios em sua orelha.

– Estou igualmente orgulhoso por você estar ao meu lado esta noite, Portia.

Um sentimento de gratidão a envolveu, ainda que a culpa machucasse sua consciência. Antes que Portia pudesse pronunciar qualquer coisa, Locke se endireitou, deu um passo à frente e entregou o convite ao mordomo.

–Lorde e Lady Locksley! – o homem anunciou.

Então seu marido a acompanhou pela escada que a levaria ao céu ou ao inferno.

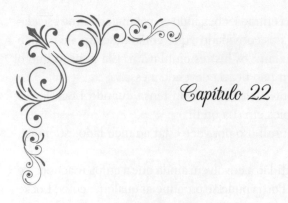

Capítulo 22

Durante todo o percurso da interminável escadaria, Portia não apenas viu, mas sentiu todos os olhos pousando neles, e temeu que alguém descobrisse a verdade e gritasse: "Falsa, mentirosa, farsante!".

Mas ela escutou apenas murmúrios indiscerníveis e viu uma ou duas sobrancelhas arqueadas por curiosidade. Ela endireitou a coluna e levantou o queixo. Portia tinha passado boa parte da vida interpretando um papel, não havia motivo para parar nesse momento.

Quando chegaram ao salão, Locksley a levou até o Duque e a Duquesa de Lovingdon, que cumprimentavam seus convidados. Eles formavam um belo casal, o duque de cabelo castanho, como Locksley, e a duquesa com um tom de ruivo mais suave que o seu. Portia sempre achou que o dela era muito vermelho, muito agressivo... talvez porque seu pai dissesse que era um sinal de possessão do diabo.

— É um grande prazer conhecê-la – disse a duquesa com um sorriso gentil.

— Estou honrada – Portia respondeu, fazendo uma mesura completa.

— Onde você encontrou esse tesouro, Locksley? – perguntou o duque.

— Meu pai nos apresentou. Não consegui resistir e me casei com ela.

Portia conteve a careta ao ouvir palavras que, sem dúvida, ele repetiria durante toda a noite.

— Como está o marquês? – Lovingdon perguntou.

– Muito bem, mas não o suficiente para viajar.

– Tendo perdido meu pai tão cedo, invejo você por ainda ter o seu.

– Na maior parte do tempo, eu me sinto grato por ele estar comigo, ainda que, às vezes, ele apronte travessuras com as quais eu preferiria não ter que lidar. – O sorriso dele era autodepreciativo, e quando Locksley piscou em sua direção, Portia entendeu com clareza a qual travessura ele estava se referindo.

– Nós precisamos nos encontrar para um chá – a duquesa disse para ela.

– Eu adoraria. – Portia foi mais sincera do que imaginava possível. Ela não teve dúvida de que a duquesa se mostraria uma aliada poderosa, se um dia isso fosse necessário.

Enquanto Locksley a afastava dos anfitriões, ela se esforçava para dominar seu espanto por estar andando em meio aos nobres e sendo tratada como tal. Eles não foram longe antes de serem rodeados por uma multidão enlouquecida. Portia sabia que o marido era adorado pela Sociedade, que perdoava com facilidade suas transgressões, mas foi uma revelação testemunhar como era genuinamente bem acolhido e adorado – e o sentimento por ele foi estendido a ela. Como se ela fosse valiosa apenas porque ele a tinha tomado como esposa.

A série de apresentações foi estonteante. Ela queria deixá-lo orgulhoso, mas era uma sensação opressiva tentar associar nomes que ela conhecia com rostos que não reconhecia. Havia ainda aqueles de quem nunca tinha ouvido falar, casais mais velhos que podiam ter gerado fofocas na juventude, mas que nesse momento tinham se acomodado na mediocridade. Locksley parecia não só conhecer a todos, mas se sentir à vontade com eles. Ela manteve a postura perfeita, fazia as mesuras adequadas quando necessário, manifestava sua alegria quando conhecia alguém e era rápida para fazer uma pergunta antes que a questionassem, um pequeno truque que sua mãe tinha lhe ensinado. Quando alguém tinha algo a esconder, era melhor escutar do que falar.

As pessoas sempre apreciavam uma oportunidade para falar sobre si mesmas, e o interesse que Portia demonstrava nelas fazia com que se sentissem lisonjeadas. A atenção de sua mãe sempre foi fingida. A de Portia, não. Desde que ela se lembrava, a aristocracia a encantava. E esse enlevo provocou sua queda, ela precisava admitir. Era estranho que sua desgraça a tinha conduzido ao lugar que antes sonhava frequentar.

– Tenho que lhes pedir perdão – Locksley disse a alguém. – Mas estão tocando a música favorita de Lady Locksley, e eu lhe prometi uma dança. Se nos dão licença...

Antes que ela percebesse o que estava acontecendo, a mão dele pousou em sua cintura e Locksley começou a conduzi-la ao redor de casais, fazendo com que abrissem caminho com nada além de um sorriso e uma eventual palavra. Pela primeira vez desde que chegaram, ela sentiu que conseguia respirar.

– Essa música não me é familiar – ela confessou.

– Eles nunca teriam nos deixado sair se admitíssemos isso. Você aguentou bem diante das circunstâncias.

– Todo mundo ama você.

– Eu não iria tão longe. Mas minha vida trágica faz com que todos estejam dispostos a abrir exceções que não abririam para os outros.

– Desconfio que muitas ladies solteiras esperavam arrastar você para o altar um dia. Havia alguma que você gostasse? – Portia não sabia dizer por que nunca pensou em perguntar isso. Talvez porque a popularidade dele nos jornais parecesse distante. Mas tendo sido testemunha desse sentimento geral, parecia impossível ignorá-lo. Ele poderia ter escolhido qualquer uma.

– Um pouco tarde para esta pergunta.

Locksley tinha jurado nunca amar, mas isso não significava que nunca tinha se interessado por alguém. Ela levantou o queixo.

– Tem razão. Arrisco dizer que você não podia gostar muito dela, já que estava disposto a desistir com tanta rapidez, e tão facilmente.

Ele abriu um sorriso sombrio e sensual.

– Tentando aliviar sua consciência?

– Não possuo consciência para aliviar.

– Eu não acredito nisso. E não, não havia ninguém de quem eu gostasse o bastante para me casar, e quando eu gostava de uma mulher, andava na direção oposta.

Confrontada com a realidade da falta de interesse dele no amor, Portia achou aquilo bem triste.

– Você teria mesmo escolhido alguém que não conseguiria amar?

Ele arqueou uma sobrancelha, dando-lhe um olhar atravessado.

– Eu não conto – ela disse. – Você não me escolheu. Fui imposta a você. Só não consigo acreditar que escolheria, de propósito, alguém que tornasse sua vida infeliz.

– Casar com alguém que eu amasse é que me tornaria infeliz, fazendo com que eu me preocupasse que, se a perdesse, poderia seguir o caminho do meu pai rumo à loucura.

– Você não pode avaliar o amor pela experiência do seu pai. Ou talvez possa. Eu acredito que, enquanto sua mãe viveu, eles tiveram uma vida inacreditavelmente feliz.

– E, quando ela morreu, ele ficou louco.

– Não sei se acredito nisso. Ele sente falta dela, imagina que ainda esteja com ele. Isso é tão horrível?

– Você teve amor no seu primeiro casamento e escolheu deixar o sentimento de lado na segunda tentativa. O que você procurou no seu segundo casamento não é tão diferente do que eu procurei no meu primeiro. Eu apenas fui pragmático e reconheci o valor de um casamento sem amor antes de você.

Os últimos acordes da música ecoavam quando eles pararam.

– Pronta para encarar as hordas de novo?

– Acho que sim. – Ela soltou um suspiro longo.

– Eu não.

A música recomeçou e ela se viu de novo nos braços dele, mantida mais perto e mais apertada dessa vez. Ela jogou a cabeça para trás e riu.

– Você vai fazer com que comecem a especular que está loucamente apaixonado por sua esposa, e que não aguenta a ideia de ficar longe dela.

Ele não respondeu, apenas a observou com atenção, seus olhos verdes penetrando nos dela.

– Você gosta de dançar – ele afirmou.

– Eu adoro dançar.

– Esta noite outros homens vão querer dançar com você.

– Vou recusar, com toda educação.

Ele meneou a cabeça.

– Não precisa, não por mim. Eu vou dançar com outras mulheres. Apenas por educação, claro. Nosso acordo exige que demonstremos respeito um pelo outro, ainda mais em público.

O acordo deles. Portia queria que o acordo deles fosse para o inferno. Mas tinha aceitado os termos. A joia de presente e o orgulho com que ele a apresentou fizeram-na pensar que, talvez, ele tivesse começado a amá-la. Como as mulheres de Londres se sentiriam se soubessem que ele era um homem sem coração? Não, ele possuía um coração. Apenas se recusava a abri-lo para a possibilidade do amor.

– Se eu dançar com qualquer outro, também vai ser apenas por educação. Ela moveu um pouco a mão que descansava no ombro dele, só o bastante para conseguir deslizar o dedo enluvado pelo maxilar. – Mas vou reservar a última dança para você.

E ela saberia que, até voltar para os braços dele, iria se sentir péssima.

Ele não estava com ciúmes, sabia que outros homens iriam querer dançar com ela e a encorajou a dançar com outros parceiros. Assim, aquela necessidade irracional de arrancar os braços de qualquer outro homem que tocasse nela não era ciúme. Ele não sabia o que era aquilo, só que era irritante e assustador.

— Aqui, beba isto — Ashe disse. — Parece que você está à beira de assassinar alguém.

Locke olhou para o copo contendo líquido âmbar, pegou-o e deu um gole demorado.

— Onde você encontrou isso?

— Na sala de carteado. Então, quem fez por merecer sua ira?

Ele não sabia se o sujeito tinha feito por merecer.

— Sheridan.

— Ah, o que está dançando com Portia.

E antes de Sheridan foi Avendale, que todo mundo sabia estar loucamente apaixonado pela própria esposa. Não havia perigo de ele tentar um caso com Portia, e mesmo que tentasse, ela recusaria. Se havia algo em sua mulher de que ele tinha plena convicção era sua lealdade.

— Vocês causaram um impacto e tanto ao chegar. Devia saber que alguns homens iriam querer dançar com ela — Ashe disse.

— Eles não precisam segurá-la tão perto nem parecer tão encantados.

— Ela é encantadora.

Locke fuzilou o velho amigo com o olhar.

— Não para mim, claro. —Ashe levantou a mão. — Minerva é a única mulher que me interessa. Bom Deus, se eu não o conhecesse, diria que está com ciúmes, mas para isso você teria que gostar dela.

— Eu gosto do fato de que ela é minha esposa. Esses nobres velhacos deveriam respeitar isso.

Ashe teve a audácia de rir baixo.

— Nós não respeitávamos quando éramos solteiros.

— Nós fazíamos um flerte inócuo.

— É o que eles estão fazendo.

Só que nada daquilo parecia inócuo. Parecia terrivelmente irritante.

— Venha jogar uma mão de *whist*.

– Não, vou pedir a próxima dança. – E a seguinte também. Cristo, o que havia de errado com ele? Eles só estavam dançando... no meio de um salão lotado, com lustres acesos, espelhos capturando seu reflexo. Era impossível que acontecesse qualquer coisa imprópria sem que toda Londres testemunhasse. Ela nunca faria algo indecoroso. Ela nunca o envergonharia.

– Eu acho que você está gostando dela – Ashe disse, um fio de alegria em sua voz.

– Você fala demais. – Qual era a duração daquela música idiota? Ele devia simplesmente interrompê-los.

– Crescendo aos cuidados do seu pai, eu me convenci que amor era algo a ser evitado. Mas estava errado. Amar Minerva enriqueceu minha vida além do que eu podia imaginar.

– Eu não amo Portia. – As palavras foram pronunciadas sem emoção.

Ashe lhe deu tapinhas no ombro.

– Continue repetindo isso para si mesmo.

Graças a Deus, o amigo, enfim, foi embora, deixando-o ficar amuado em paz. Ele não a amava, não podia amá-la, nunca a amaria. Mas existia o fato de que, ultimamente, sentia-se bem quando estava com ela. Portia acalmava sua alma, fazia o futuro parecer menos estéril. Ela usava o otimismo como um vestido de verão. Quando olhava para uma sala em ruínas, Portia enxergava possibilidades.

O coração dele estava ficando arruinado como um daqueles aposentos: nunca tocado, nunca visitado, nunca aberto. Ela fazia com que Locke quisesse se arriscar, fazia com que ele quisesse oferecer-lhe o que ela tanto merecia. Só que agora estava grávida e a possibilidade de morrer pairava sobre ela. Parado ali, era provável que viesse a fazer algo de que se arrependeria – se não enlouquecesse primeiro. Ashe estava certo, ele precisava de uma distração. Uma ou duas mãos de carteado. Então, quando já não tivesse vontade de matar alguém, dançaria com a esposa.

Estava na metade da escadaria quando a música parou. No patamar, ele se deu conta de que não tinha nenhuma vontade de jogar carta. Queria estar com Portia, levá-la para passear no jardim, beijá-la nas sombras. Essa era a última coisa que um homem deveria querer da mulher que podia beijar a qualquer hora do dia ou da noite, mas era o que ele queria com uma força arrebatadora.

Dando meia-volta, ele a viu saindo pelas portas abertas que davam para o terraço. Ele não a culpava por querer um pouco de ar puro. Em vez de ficar parado se irritando com o fato de ela ser alvo da atenção de tantos homens, Locke deveria tê-la salvado daqueles admiradores.

Ele voltou escada abaixo.

Ao sair para o terraço, Portia apreciou o ar frio noturno que acariciou sua pele. Se ela soubesse que dançaria tanto, teria levado um segundo par de sapatos. Não sabia o quanto ainda durariam os que estava usando, cujas solas já estavam inacreditavelmente finas.

Era surpreendente que o terraço não tivesse convidados descansando por ali; a maioria tinha optado por passear pelo jardim. As trilhas estavam iluminadas por lampiões a gás, que irradiavam um brilho suave que impossibilitava a identificação dos casais. Ela teve vontade de sair para uma caminhada, mas isso seria indecoroso sem a companhia do marido, então foi até a extremidade da varanda, onde as sombras eram mais escuras, e apoiou os dedos enluvados no parapeito de ferro forjado. Inspirando fundo, ela não pôde deixar de sentir que a noite tinha sido um sucesso. A única coisa que a teria tornado mais agradável seria ter Locksley como seu par constante nas danças. Nenhum outro se movia com tanta fluidez como ele. Com nenhum outro ela se sentia tão à vontade ou na mesma sincronia. Com nenhum outro...

– Olá, Portia.

Os pensamentos dela pararam de repente e seus pulmões deixaram de funcionar. Por duas horas, enquanto dançava, ela se preocupou que pudesse encontrar o Conde de Beaumont, mas quando este não apareceu, ela começou a acreditar que ele não estivesse presente. Recuperando a iniciativa, sabendo como era perigoso ficar de costas para ele, ela se virou, a saia roçando nas pernas dele de tão perto que tinha chegado. Portia ergueu o queixo, altiva, e o encarou de cima para baixo – o melhor que conseguiu, pois ele era vários centímetros mais alto. Ela detestou que ele continuasse lindo como sempre. A brisa suave brincava com os fios louros do cabelo dele do mesmo modo que ela tinha brincado um dia.

– Montie.

Com a mão sem luva, ele segurou o rosto dela, segurando-a com uma firmeza que prometia uma cena caso ela tentasse se soltar. Beaumont se curvou sobre ela, inspirando fundo.

– Senti falta da sua fragrância.

– Solte-me. Estou casada, agora. Sou uma viscondessa...

Em vez de obedecer, ele apenas envolveu o braço dela com a outra mão.

– Eu sei. Vi o anúncio no jornal. – Ela também. Logo depois que o marquês ordenou ao filho que publicasse a notícia do casamento no *Times*. Beaumont percebeu que haveria a possibilidade de dar com ela em um baile, então deve ter ficado alerta quando os jornais de fofocas anunciaram que o Visconde Locksley e esposa estavam em Londres. Seu antigo amante recuou, os olhos escuros chispando, os lábios torcidos num esgar.

– Seu marido sabe sobre nós?

Ele a puxou para mais perto, até que ela sentisse a respiração dele em seu rosto. Por que ela pensou que conseguiria fugir dele?

– Não? – ele perguntou, debochado. – Eu pensava que não. Caso soubesse, por que teria se casado com você? Aliás, como foi que você conseguiu agarrar o último Sedutor de Havisham?

– Eu preciso voltar para o baile antes que ele dê pela minha falta.

– Para dar por sua falta seria preciso que ele se importasse com você. Eu conheço Locksley bem o bastante para saber que ele não é homem de se entregar. Ao contrário de mim, que amei você e continuo amando.

– Você nunca me amou. Não de verdade. Se tivesse me amado, não teria quebrado todas as suas promessas. Você teria se casado comigo.

– Ninguém casa por amor; as pessoas se casam para ganhar alguma coisa. Não foi por isso que se casou com Locksley? Por causa do que conseguiria com ele? Um título. Posição social. Mas você continua sendo minha. Quero que venha me ver esta noite.

– Não.

– Eu vou contar tudo para ele.

Ela fechou os olhos, apertando-os. Como foi que pensou que estaria a salvo? E se ele contasse a verdade para Locksley, o que aconteceria? O que mais o marido poderia fazer além de jogá-la na rua? E Portia não poderia culpá-lo.

– Tire suas mãos da minha mulher.

Portia arregalou os olhos ao ouvir as palavras ditas em tom baixo, que soaram como um alerta e uma promessa de punição. Mesmo em meio às sombras, ela conseguiu ver o sorriso vitorioso de Beaumont, que a soltou e se virou lentamente para o homem cujo rosto estampava uma máscara de fúria que fez a respiração dela voltar dolorosamente para os pulmões.

– Locksley! – Beaumont exclamou. – Eu estava dando os parabéns para minha antiga amante pelo casamento recente.

A raiva permaneceu na expressão de Locksley quando ele desviou o olhar de Beaumont para ela. Portia podia jurar que, pelo mais breve dos momentos, pôde ver algo mais refletido nos olhos dele: dor. Ela quis morrer, quis implorar o perdão do marido, quis socar Beaumont até que seu rosto bonito deixasse de ser bonito.

— Ela não contou para você? — Beaumont perguntou com afetação.

— Dois anos...

— Montie, não — ela sussurrou, desprezando seu tom de súplica.

— Oh, minha cara, nada de bom pode vir de segredos num relacionamento. Ele merece saber. — O olhar dele nunca deixou Locksley. — Por dois anos ela esquentou minha cama e...

— Aceite o conselho dela e feche a boca — Locksley disse.

Beaumont teve a audácia de rir.

— Você deve estar curioso.

— Caia fora daqui.

— Como preferir. Adeus, querida Portia. Desejo-lhe toda felicidade.

Como se ela pudesse ter isso agora. Beaumont tinha arruinado tudo. Como ela pôde tê-lo amado um dia?

Ele deu dois passos e parou de frente para o marido dela.

— Estou vendo que em breve vocês vão merecer novas felicitações. Seja como for, eu contaria os meses com cuidado se fosse você, Locksley.

O punho de Locksley acertou o rosto de Beaumont. Ela ouviu o som de ossos quebrando. Com base no grito de Beaumont, e no modo como ele ficou segurando o queixo enquanto rolava de um lado para outro no chão de cerâmica, Portia deduziu que o marido tivesse quebrado o queixo do outro. Ela esperava que sim. Desejava que sim. Também rezava para que Locke não tivesse machucado a mão.

Pisando sobre Beaumont, Locksley apertou o peito dele com o pé, impedindo-o de continuar a rolar de um lado para outro.

— Toque-a de novo, e eu arranco suas mãos. Fale com ela de novo, e eu corto sua língua. Olhe para ela de novo, e eu lhe arranco os olhos. E se eu ouvir qualquer boato a respeito do passado de Portia ou da paternidade do filho que ela carrega, vou destruir você.

Ele deve ter apertado o pé com mais força, porque Beaumont grunhiu. Quando Locksley recuou, o outro rolou de lado e choramingou. Seu marido lhe estendeu a mão.

— Vamos embora, Portia.

Ela pôs a mão na dele, tentando tirar conforto dos dedos que se fecharam ao redor dos seus, mas não havia carinho nem delicadeza no toque dele. Locksley a puxou e ela deu a volta em Beaumont, que gemia.

— Eu posso explicar — ela disse em voz baixa.

– Agora não. Vamos embora.

Ele não disse uma palavra enquanto a levava pela lateral da casa, como se agora ela fosse algo de que se envergonhar. Quando chegaram à frente, ele mandou um criado avisar seu cocheiro que estavam prontos para partir e outro para pegar as coisas deles na sala da frente. O rosto dele estava impassível, a não ser pelo maxilar crispado.

– Você está machucando minha mão – ela disse em voz baixa.

Ele a soltou imediatamente, quando tudo que ela queria era que afrouxasse o aperto. Assim que o criado chegou com os pertences deles, Locksley colocou a capa nos ombros de Portia. Quando a carruagem chegou, ele a ajudou a subir, depois entrou e ocupou o assento de frente para ela.

– Locksley...

– Não diga nada, Portia.

O tom firme dele obrigou-a a apertar os lábios para evitar falar. Ela queria contar tudo, explicar tudo, ajudá-lo a compreender. Seu desespero, seus medos, sua falta de opções.

Ela apertou os braços ao redor do próprio corpo. Estava com frio, com tanto frio. Ela não sabia se um dia voltaria a se sentir aquecida.

Quando a carruagem parou diante da residência, ele saltou e esperou que o criado a ajudasse, como se não conseguisse mais tocar nela. Eles entraram na casa em silêncio. Subiram a escada. Ao chegarem ao quarto dela, ele escancarou a porta e esperou que Portia entrasse primeiro. Ela teve um sobressalto ao ouvir a porta bater, virou-se e encarou-o.

– Você estava grávida no dia em que nos casamos? – As palavras dele cortaram o ar, cortaram o coração dela.

Ela estendeu a mão, em súplica.

– Locke...

– É uma pergunta simples, Portia. Sim ou não. Você estava grávida no dia em que nos casamos?

Ela engoliu em seco, quis mentir, quis que a verdade fosse qualquer outra.

– Sim.

O modo como o olhar fumegante dele se arrastou por ela, como se só então ele estivesse vendo a verdadeira Portia, fez com que ela sentisse vontade de chorar. Ela deu um passo na direção dele.

– Não era para ser você. Eu não devia me casar com você. Era para eu me casar com Marsden. E ele ia ligar? – Ela estendeu um braço. – Ele teria o herdeiro que queria. Você se casaria e teria seu próprio herdeiro.

Tudo que eu desejava era proteger esta criança, dar a ela uma chance de sobreviver, de se desenvolver...

– Mas fui eu, Portia – ele disse em voz baixa, mas que reverberou pelo quarto como se fosse um trovão.

Dando meia-volta, Locksley saiu do quarto a passos largos, batendo a porta atrás de si. Ela quis correr atrás dele, quis se explicar, mas o que mais havia para ser dito? Como ela poderia explicar o inexplicável? Cambaleando para trás até suas pernas atingirem a poltrona, ela desabou ali e se curvou em posição fetal. Os soluços a dominaram, sacudindo seus ombros, fazendo seu peito doer, sua garganta apertar. Uma devastação a tomou. Ela o tinha magoado, decepcionado, e ao fazê-lo tinha destruído o resto de bondade que possuía.

Capítulo 23

Ele não suportava a ideia de ficar na residência com ela. Pensou em ir ao clube, mas não conseguiu aceitar a imposição de seu péssimo humor aos outros nem a possibilidade de encontrar Beaumont. Ele poderia matar o sujeito se algum dia o encontrasse de novo.

Então Locke se retirou para a biblioteca, com a porta trancada para que ninguém conseguisse perturbá-lo, e bebeu uísque direto da garrafa, como se fosse um bárbaro. Tudo começava a fazer sentido. Por que ela tinha respondido ao anúncio do pai. Por que se recusava a falar do passado. Por que a família de Portia não queria mais saber dela.

Ela tinha sido amante de um homem.

Ele atirou a garrafa na direção da lareira, mas não amenizou sua dor vê-la se espatifar na pedra, o vidro estilhaçar, o uísque se derramar. Ele devia se sentir grato por não haver fogo para acender o líquido, mas, no momento, Locke não tinha vontade de se sentir grato por nada. Ele foi até o armário de bebidas, pegou outra garrafa e virou metade do uísque antes de parar para respirar.

Maldita! Maldita! Maldita!

Ela havia feito com que gostasse dela. Locke se deixou cair numa poltrona e lutou contra a angústia excruciante que ameaçava colocá-lo de joelhos. Ele tinha confiado nela, apreciado sua companhia, feito amor com ela. Com Portia, era mais do que sexo. Embora nunca tivesse deixado uma mulher carente, ele tinha dado mais prazer a ela do que a qualquer outra.

Que tudo fosse para o inferno se a traição dela não doía ainda mais por causa disso. Apenas uma semana tinha se passado desde o maldito encontro dele com Beaumont no clube, quando Locke voltou correndo para casa e quase disse para ela que a amava?

Portia fazia com que ele quisesse recitar poesia, envolvia-o com sorrisos e risadas. Ela o fazia esperar pelo dia e ansiar pela noite. Ela acalmava seus demônios e lhe trazia alívio.

Ela o tinha feito acreditar que carregava seu filho. A consciência dessa fraude quase fez com que ele se dobrasse. Em vez disso, ele entornou o que restava na garrafa. Qualquer coisa para amortecer a agonia que ameaçava destroçá-lo. Ele tinha acertado em proteger o coração todos esses anos, em fechá-lo diante da mera ameaça de amor.

Amor não era algo para ser buscado, ostentado ou admirado. Era apenas uma máscara falsa para crueldade e decepção.

Locke quis uma mulher que não poderia amar. Certamente teve sucesso nisso. Antes que amanhecesse, ele pretendia se livrar de qualquer pensamento gentil, qualquer lembrança alegre, qualquer traço de carinho no que dizia respeito a ela. Ele não sentiria nada por ela. Nada mesmo.

Portia chorou até que a exaustão a dominou e ela adormeceu completamente vestida, deitada no chão. Ela não se mexeu até a porta se abrir e Cullie entrar.

– Milady! – A jovem correu até ela e se ajoelhou ao seu lado.

– Estou bem – Portia garantiu enquanto se levantava. Ela estava dolorida por dentro e por fora, mas a dor interna era muito pior. Se ela conhecesse Locksley então como o conhecia agora, não teria se casado com ele. Mas ela tinha pensado que era um homem sem coração, que nunca se importaria com ela, nunca se importaria com os filhos. Um homem dominado pela obrigação.

Um homem de quem ela não gostaria e que não se importaria de enganar. Pois Beaumont tinha lhe ensinado que não podia confiar em nenhum homem. Que todos os homens só se importavam com suas próprias necessidades. Então o que havia de errado com uma mulher que fizesse o mesmo?

Tanta coisa, ela percebeu então. Havia tanta coisa de errado nisso. Como ela conseguiria viver consigo mesma?

— Aqui, milady. Deixe-me ajudar.

Ela gemeu enquanto Cullie a auxiliava a levantar. Seu pescoço estalou quando virou a cabeça para um lado, depois para o outro. Arqueando as costas, ela massageou a região lombar. Que boba tinha sido de não se levantar e se arrastar até a cama.

— Milady está assustadora, mas acho que podemos arrumar um banho rápido antes de ir embora.

O raciocínio de Portia estava tão lento quanto seu corpo.

— Embora? Do que você está falando?

— Nós vamos voltar a Havisham. Sua Senhoria ordenou que fizéssemos as malas e que a senhora estivesse pronta para sair em uma hora.

Mas eles tinham planejado ficar até o fim da Temporada. Ela fechou os olhos bem apertados. Como poderia ficar depois da revelação da noite passada?

— Onde está Lorde Locksley?

— Na biblioteca.

— Prepare-me o banho, então. — Ela se sentia incrivelmente suja. Deveria ter lavado onde Beaumont a tocou na noite anterior, mas estava devastada demais pela reação e pelas palavras de Locksley para fazer qualquer coisa exceto chafurdar no arrependimento.

— Eu já volto — Portia disse. Primeiro, ela tinha que falar com o marido.

Ele continuava na biblioteca, como Cullie havia dito. Sentado à escrivaninha, parecia tão pavoroso quanto ela se sentia, com grandes olheiras, barba por fazer, sem casaca, colete ou gravata. Ele não se preocupou em levantar com a chegada dela. Apenas entregou dois envelopes para o mordomo que aguardava.

— Cuide para que sejam colocados no correio ainda hoje.

— Sim, milorde. — Burns deu meia-volta com rapidez e se dirigiu à porta. Ele curvou ligeiramente a cabeça ao passar por ela. — Milady.

— Burns. — Ela esperou até o mordomo sair para se aproximar da escrivaninha, onde Locksley voltou a escrever com sua caneta num papel, ignorando-a por completo.

— Pensei que fôssemos ficar até o fim da Temporada, que você tinha certos negócios para cuidar.

— Apresentá-la à Sociedade era o negócio. Todo o resto posso fazer de Havisham. — Ele jogou a caneta na mesa, recostou-se e encarou-a, os olhos verdes sem revelar nada, completamente sem emoção. — Após a noite passada, Londres deixou um gosto amargo na minha boca.

— Você vai me deixar explicar?

– O que há para explicar, Portia? Você era amante de Beaumont. Ele a engravidou, e, com certeza, recusou-se a se casar com você. Por algum motivo, após viver em pecado por dois anos, você estabeleceu como seu limite pôr um bastardo no mundo. Imagino que eu deva admirar que você tenha um limite que não ultrapassa quando se trata de comportamento indecoroso, mas sob as circunstâncias atuais, não consigo admirar nada do que lhe diz respeito. Você tentou se casar com meu pai, tirando vantagem de um cavalheiro que não está muito bem. Quando eu me ofereci, para protegê-lo, você me aceitou como substituto sabendo muito bem que o filho de outro homem – ele empurrou a cadeira para trás e se levantou – podia *ser a droga do meu herdeiro*!

Portia não sabia se preferia a frieza do olhar dele ou a fúria que no momento queimava nas profundezas verdes. Ele tinha o direito de ficar com raiva. Ela não o culparia por isso nem lhe daria as costas, embora cada segundo sob o olhar furioso dele esfolasse seu coração.

– Eu entendi bem a situação? – ele perguntou.

– Eu estou rezando para que seja uma menina.

Ele soltou uma risada de raiva.

– Então vamos ter a maldita esperança de que Deus atenda às suas preces, não é? Entre nós, um filho teria que ter cabelo castanho ou ruivo. Como você iria me explicar um filho loiro?

– Meu pai é loiro, já lhe disse. Seria possível...

– Sua vagabunda ardilosa, você tem resposta para tudo, não é?

As palavras dele doeram tanto quanto socos. Ela teria ido embora se não tivesse consciência de que merecia a grosseria que ele lhe atirou. Engolindo em seco, ela se aproximou.

– Se quiser se divorciar de mim, estou disposta a reconhecer publicamente que fui infiel. – Isso a destruiria, mas ela precisava consertar aquilo.

– Ah, sim, vamos fazer com que toda Londres discuta minha estupidez ao escolher uma esposa. Não vai haver divórcio, pois desconfio que não vá adiantar nada, já que o bebê vai chegar pelo menos dois meses adiantado, não é? Não importa o quanto nós dois possamos negar, a lei vai torná-lo meu. Mesmo que eu o renegue, mesmo que eu vá diante do Parlamento admitir que fui um idiota...

– Você não é idiota.

– Mas é claro que sou. Não, não haverá divórcio. – Ele deu a volta na escrivaninha e foi na direção dela. – Você continuará sendo minha esposa. – Ela recuou. Ele avançou. – Mas eu não vou querer mais do que estipulei no dia em que nos casamos: você irá apenas esquentar minha cama quando a necessidade surgir.

Ela parou tão de repente que Locksley quase trombou nela.

– Eu não vou ser sua prostituta.

– Você foi a dele.

O estalo da mão dela fazendo contato com o rosto dele ecoou pela biblioteca.

– Eu nunca fui a prostituta dele – Portia declarou com plena convicção. Amante, sim. A mulher que foi tola o bastante para amá-lo, sim. Mas ela nunca se entregou a Beaumont para ganhar qualquer coisa.

– É bom você comer antes de partirmos. – Ele deu meia-volta, oferecendo-lhe as costas, afastando-se dela. – Nossa viagem para Havisham não vai ser um passeio. Só iremos parar à noite.

Nesse momento, ela se deu conta de que estava enganada ao acreditar que Beaumont tinha partido seu coração. Ele apenas o machucou. Somente Locksley tinha o poder de despedaçá-lo, e fez isso com uma facilidade impressionante.

Locksley preferiu ir a cavalo em vez de viajar na carruagem com ela. Sempre que faziam uma curva, ela olhava pela janela e o via trotando à frente. Uma figura tão solitária que causava uma dor no peito. Mesmo à distância, contudo, ela podia sentir a raiva emanando dele, que estava tão rígido na sela. Mesmo quando nuvens escuras os cobriram e começou a chover, ele não procurou abrigo no recesso do veículo. Ela deveria se sentir grata pela ausência dele, mas, na verdade, lamentou-a.

Abrindo a cesta de vime que a cozinheira tinha lhe entregado antes de partir, ela retirou um pedaço de queijo, deu uma mordida e mastigou devagar. Tinha que existir um modo de acertar aquela situação. Portia não esperava que o marido a perdoasse, ela não sabia se conseguiria perdoar a si mesma. Mas, na época, ela não tinha escolha, não tinha opções... ou, pelo menos, não conseguiu ver nenhuma. Olhando para o passado...

Uma leve palpitação pouco abaixo de sua cintura fez tudo dentro dela parar. Ela não ousou respirar, apenas esperou que viesse de novo. Detectando o menor tremor, ela colocou a mão sobre a barriga ligeiramente arredondada e soltou lentamente o ar que estava prendendo. Seu bebê. Lágrimas arderam nos seus olhos. Sua pequenina. Como era possível amar tanto uma menina – ou menino – que ela ainda estava por conhecer?

Ela arderia no inferno pela escolha que tinha feito para salvar essa criança. Mas, naquele momento, ela não ligava para seu próprio bem. Portia só precisava saber, sem qualquer sombra de dúvida, que não importava o quão furioso Locksley pudesse estar com ela, ele não faria o que Beaumont tinha ameaçado: não mataria o bebê.

Locke tinha puxado o ritmo da viagem o dia todo. Não que ele estivesse ansioso para retornar a Havisham, apenas queria colocar o máximo de distância possível entre ele e Londres. Mas, como não estava querendo matar os cavalos, quando a Estalagem do Pavão surgiu à frente, ele avisou que passariam a noite ali.

Ele alugou os quartos, acompanhou a esposa até o dela e providenciou para que lhe levassem o jantar. Depois se instalou numa mesa no canto da taverna. Precisando fazer a barba e tomar banho, ele parecia mais um ladrão de estrada do que um lorde. Mas não estava com disposição para se limpar. Locke estava começando a entender por que seu pai dava tão pouca atenção à própria aparência.

Quando alguém era traído – fosse pela morte ou pela fraude –, a disposição de seguir em frente murchava até virar nada. O tamanho de seu desânimo o assombrava.

Locke tinha pensado que era dele a criança que Portia carregava, tinha acreditado que era sua, estava mais ansioso por sua chegada do que imaginava ser possível. Para descobrir que outro homem tinha plantado aquela semente...

Toda vez que lembrava daquele momento no terraço, e das palavras que Beaumont tinha atirado nele, Locke sentia vontade de socar uma parede – ou, melhor ainda, socar o rosto bonitinho do canalha. Quando pensava no conde tocando Portia, em sua mão deslizando na pele dela, beijando, chupando, penetrando...

Que Deus o ajudasse, pois ele estava enlouquecendo.

Não fazia sentido. Quando se casou com ela, Locke sabia que Portia tinha estado com outro homem, que sempre figurou como uma sombra abstrata, e o incomodou muito pouco. Além do mais, Locke acreditava que o outro estava morto. Saber que estava vivo tornava tudo repugnante. Que ela tivesse se entregado conscientemente...

Sua gargalhada sinistra fez com que os outros sentados ao seu redor se virassem em sua direção. Locke terminou a cerveja e bateu a caneca na mesa, chamando a atenção da atendente. Não se passou um minuto até que ele estivesse entornando uma nova caneca.

Ele tinha ido para a cama com mulheres que não eram casadas e nunca as achou repulsivas. Pelo contrário, considerava-as ousadas e divertidas. Se tivesse conhecido Portia em circunstâncias diferentes, em um baile, um jantar ou uma festa ao ar livre, não poderia afirmar com certeza que não teria tentado seduzi-la. Ele a desejou no instante em que abriu a maldita porta da casa para ela. Ele teria se refestelado no sexo com ela, aproveitado cada momento, e em nenhum momento a desprezaria ou sentiria repulsa pelo fato de não serem casados.

Eu nunca fui a prostituta dele.

Porque ela tinha amado o sujeito. Essa parte da história dela era verdadeira.

Eu já conheci o amor, milorde. Ele me deu pouca segurança. E agora eu desejo segurança.

Ele não conseguia aceitar que Beaumont tivesse possuído o amor dela e o desprezado. Não que Locke tenha tido o desejo de possuir o amor dela...

— Mandei preparar um banho para você.

Ele levantou os olhos para Portia, que, pelo jeito, tinha tomado banho. Suas faces estavam rosadas e seu cabelo, preso. O vestido de viagem deve ter sido passado.

— Não preciso de um banho.

— Eu diria que, mesmo daqui, posso questionar essa afirmação. Pense no seu pobre cavalo. Não vai querer que ele desmaie com seu cheiro.

Ela não o faria sorrir nem diminuiria sua raiva.

— Volte para seu quarto, madame.

Em vez de lhe obedecer, ela teve a audácia de puxar a cadeira à frente dele e sentar.

— Nosso combinado era que no mínimo seríamos respeitosos um com o outro.

— Isso foi antes de eu saber que você era capaz de me enganar de modo tão horrendo.

— Depois que nos casamos, nunca menti para você.

— Mas mentiu muito antes de nos casarmos.

Pelo menos ela teve a decência de estremecer.

— Você ao menos vai me deixar explicar?

– Não.

– Mas e se...

– Não! – De novo, ele atraiu a atenção indesejada dos outros clientes da taverna. – Você não consegue entender que eu mal consigo olhar para você? Por que diabos acha que prefiro cavalgar na chuva a viajar em uma carruagem com amortecedor?

A mulher que o tinha enfrentado de igual para igual tantas vezes ficou pálida. Lágrimas se acumularam em seus olhos. Ele não amoleceria com ela. Nunca.

– Eu pensei que você fosse um canalha frio.

– Mesmo um canalha frio deveria poder escolher se quer servir de pai para as sobras de outro homem.

– Você teria se casado comigo se soubesse?

– Não.

– Teria me deixado casar com seu pai?

– Não.

– Então perderia dez mil libras.

– Teria sido um dinheiro bem gasto. – Mas enquanto pronunciava essas palavras, Locke não teve certeza de que falava a verdade. Ele queria magoá-la como tinha sido magoado. A agonia dele não fazia sentido. Como ela tinha esse poder de acabar com ele?

– Deve ser maravilhoso, de fato, nunca ter se sentido impotente, nunca ter sentido medo, nunca ter ficado completamente só, abandonado por todos que você pensava que o amavam. Nunca ter sentido a responsabilidade opressora de saber que uma criança inocente depende totalmente de você para sobreviver. – Ela empurrou a cadeira para trás e se levantou. – Não me arrependo das minhas ações. De nenhuma. Mas me arrependo de ter magoado você, quando pensei que fosse um homem imune à mágoa, imune ao amor.

– Eu não amo você.

– Isso é óbvio. Boa noite, milorde.

Ela foi embora. Locke pediu mais cerveja, pretendendo beber até conseguir esquecer, pelo menos por algumas horas, que nunca tinha sido tão feliz na vida como foi com ela até sair para aquele terraço, que seu pai tinha lhe dado um presente inestimável ao introduzir Portia em sua vida.

Locke se lembrou do horror no rosto dela quando anunciou que os dois se casariam. Que ela fosse tão contra a ideia tinha ferido seu orgulho. Ele era um bom partido para qualquer mulher, e especialmente para uma plebeia que não frequentava as rodas aristocráticas. Ele entendeu, então, que a objeção dela não vinha do fato de Portia não o querer; ela não desejava impor-lhe o filho que carregava.

Ela estava certa de que, para o pai dele, isso não teria importado. Locke pretendia mesmo providenciar um herdeiro, algum dia. Para seu pai, a criança teria sido simplesmente um novo e bem-vindo membro da família. Se apenas ela tivesse contado a verdade...

Locke teria escarnecido dela e declarado o contrato nulo.

E o filho que ela afirmava ter morrido? Teria sido um bastardo. Por que não teve com ele o mesmo cuidado que estava tendo com o segundo? A não ser que esse primeiro filho não tivesse existido. A não ser que ela tivesse mentido sobre sua existência como modo de provar sua fertilidade, porque sabia que anunciaria sua gravidez pouco depois de estarem casados. Não era de admirar que ela estivesse tão preocupada em consumar o casamento. Se não fosse tão insaciável, ele teria estragado os planos dela. Mas Locke tinha feito exatamente o que ela queria, possuindo-a tantas vezes que seria impossível acreditar que não a tivesse engravidado.

Não era de admirar que ela tivesse demonstrado pouco entusiasmo com a ideia de ir para Londres, onde corria o risco de encontrar Beaumont. Antes de Locke interromper o breve encontro dos dois no terraço, ele viu o rosto dela, transfigurado pela repulsa, ouvia-a ordenar a Beaumont que a largasse. Ele ouviu a ameaça velada de Beaumont ao mandar que ela fosse procurá-lo – sem dúvida sugerindo que contaria tudo para Locke caso Portia não fosse.

Ele lhe contou mesmo assim, e Locke viu a devastação no rosto dela. Mas, em sua fúria, ele a ignorou. Não teve vontade de reconfortá-la; o que ele quis mesmo era estrangular Portia por fazê-lo de bobo.

E por que não? Ele tinha afirmado que nunca amaria. Ele tinha sido franco a respeito de querer só uma coisa dela: seu corpo. Sem dúvida Portia tinha visto o patife do Beaumont em Locke; só que Locke estava lhe oferecendo o que Beaumont não lhe daria: casamento.

Por que ela não agarraria essa oportunidade com as duas mãos?

Sentado ali com bebida demais circulando em suas veias, milhares de perguntas agitavam sua cabeça, milhares de coisas que ele deveria ter perguntado a ela. Ele deveria ter investigado melhor quais os motivos dela para responder ao maldito anúncio, mas ele queria encher suas mãos com os seios dela, e queria preenchê-la com seu pau. Ele não quis investigar a verdade porque receava que isso pudesse impedi-lo de saboreá-la toda.

Talvez ele não fosse melhor que Beaumont. Talvez ele merecesse ter sido enganado. Ele agiu como um bárbaro. Por que ela deveria ter se importado com as consequências para Locke, quando ele não a tratou melhor do que uma prostituta?

Portia estava deitada de lado sob as cobertas, observando o luar esmaecido que entrava pelas janelas. Sua vida tinha sido uma série de fugas, cada uma levando a algo pior do que tinha vindo antes. Lendo os jornais de fofocas ela considerou que a nobreza não fosse muito nobre. Os homens eram mulherengos, e as mulheres, umas tontas que só se importavam com vestidos, leques e parceiros de dança. Nenhuma delas tinha preocupações ou problemas verdadeiros. Com Montie, ela havia aprendido que os aristocratas eram um bando de egoístas preocupados apenas com seus desejos e necessidades.

As outras amantes que ela conheceu viam a classe mais alta como meio para um fim. Uma bela casa, roupas elegantes, joias caras. E se isso significava perder a boa reputação e o bom nome, pensavam que valia a pena, por tudo que ganhavam sendo mimadas, mesmo que isso significasse atender aos caprichos de um cavalheiro a qualquer hora do dia ou da noite. Ser a proverbial ave na gaiola dourada, para cantar quando solicitada, ou ficar em silêncio quando não.

Amantes acreditavam, por engano, que possuíam algum prestígio que escapava às tontas que trabalhavam. Portia teria preferido ser uma vendedora.

Portia não tinha seguido Beaumont até Londres para se tornar amante. Ela o seguiu para ser a esposa dele.

Mas duvidava que Locksley pudesse entendê-la. Ela desejou não ter sido tão rápida para desencorajar qualquer conversa sobre o passado. Ela estava tão preocupada que ele pudesse desvendar seus motivos que não quis lhe dar a chance de conhecê-la. Mas se o tivesse conhecido melhor, talvez ela conseguisse lhe contar a verdade antes que Beaumont disparasse seu sarcasmo odioso.

Ela tinha feito uma confusão tão grande, lidado tão mal com tudo. Mas sabendo o que Beaumont tinha planejado para essa criança – o filho *dele* –, ela não enxergou outra escolha para garantir a segurança do bebê e a dela própria. Precisava de alguém que pudesse enfrentar um conde. Um fazendeiro, comerciante ou ferreiro teria conseguido encarar Beaumont? Algum deles poderia tê-lo socado sem ser levado diante de um magistrado? Algum deles poderia ameaçar arruiná-lo e cumprir a ameaça caso fosse necessário?

Locksley poderia. Locksley fez isso quando acertou Beaumont com seu punho, e, naquele momento, ela o amou ainda mais do que pensava ser possível amar.

Ouvindo a chave na fechadura, ela se sentou na cama e estendeu a mão para aumentar a chama da lanterna. A porta foi aberta. Locksley entrou no quarto e a fechou com violência atrás de si. Ele ficou parado com os punhos crispados, com olhos de louco. Ela o tinha visto com raiva antes, mas sempre se controlou. Naquele momento, ele parecia estar por um fio que se rompia, parecia pensar em assassinato.

Quando ela saiu da cama, ele atravessou o quarto cambaleando, tropeçou e se segurou no poste do pé da cama, fuzilando-a com o olhar.

– Como foi que você se tornou amante dele? – Locksley quis saber, a repulsa endurecendo sua voz.

Ela queria explicar, confessar tudo, contar tudo para ele, mas não com o marido daquele jeito.

– Você está bêbado – ela não se importou em esconder sua repugnância por vê-lo desgrenhado, naquele estado.

– Como um peru, se não pior. – Ele fez um gesto com a mão livre e apertou a outra no poste até suas juntas ficarem brancas. – Responda-me, *milady*, como diabos você virou amante dele?

– Você quer mesmo fazer isso aqui, com as pessoas nos ouvindo pelas paredes?

– Diabos, explique o que a fez rastejar até a cama dele.

– Eu nunca rastejei, seu maldito. Eu o amava. Pensei que ele fosse se casar comigo. Eu me entreguei porque acreditava que ele me amasse também. – Lágrimas arderam nos olhos dela.

– Durante dois anos?

Ela soltou um riso amargo, vazio.

– Para onde vai uma mulher depois que está arruinada? Depois que sua família lavou as mãos a seu respeito, declarando que ela está morta para eles? Eu o amava – ela repetiu. – Pensei que se casaria comigo. Ele nunca disse que não. Só disse que iria demorar um pouco. Pela primeira vez na vida eu estava feliz. Eu me senti querida e valorizada. Não espero que você compreenda, com sua aversão ao amor, mas ter a atenção especial dele me tornava muito mais do que eu era. Eu fiquei tão feliz por tê-lo na minha vida que teria feito de tudo para mantê-lo; eu fiz de tudo.

Com a respiração pesada, ele fechou os olhos, como se fosse necessário se esforçar para manter o foco em si mesma.

– Como você o conheceu?

Juntando as mãos, ela percebeu que tudo parecia uma tolice agora. Que garota tonta ela foi.

– A propriedade dele fica perto da vila onde meu pai é o vigário. Havia um festival de outono. Meu pai sempre me proibiu de ir ao festival à noite. Quando as fogueiras crepitavam, tinha música e as pessoas dançavam e riam. Mas eu podia ouvir a festa, a alegria dos outros. Eu tinha 19 anos e decidi que estava perdendo o que havia de bom na vida. Então saí pela janela do meu quarto, desci por uma árvore e corri noite adentro como uma maluca, experimentando a liberdade pela primeira vez. Ele estava lá e dançou, conversou e passeou comigo. Pouco antes do amanhecer ele me beijou. Foi tudo tão doce e gostoso.

Diferente da primeira vez que Locksley a beijou: exigente, faminto, decidido.

– E você fugiu para Londres com ele.

Ela detestou que ele fosse tão hipócrita. Não era como se ele tivesse levado uma vida de santo. Na verdade, ela tinha voltado para casa, para uma existência que envolvia horas ajoelhada, por ordem do pai, rezando para que o diabo não conseguisse se aproveitar dela. Sempre que podia, ela fugia para ficar com Beaumont. Durante um ano foram piqueniques, passeios de bote e a pé, beijos inocentes. Mas Locksley estava bêbado demais para se importar com tudo isso.

– Não de imediato. Meu pai descobriu sobre nós. Insistiu que eu estava pecando com um lorde, embora até aquele momento não existisse nada de carnal entre nós. Mas meu pai estava decidido a não deixar que eu o envergonhasse. Ele arranjou meu casamento com um fazendeiro. Um fazendeiro, quando você queria um lorde – ele debochou.

Ela estava ficando cansada de ele sempre pensar o pior a seu respeito.

– Eu não tinha nada contra me casar com um fazendeiro, mas aquele tinha três vezes a minha idade.

– O que torna um pouco irônico você responder ao anúncio do meu pai.

– Eu fiz o que precisava. Beaumont me pediu para ir a Londres com ele, prometeu que sempre cuidaria de mim, que me amaria de todo coração. Eu acreditei que ele quisesse se casar comigo. Então fugi com ele, que era jovem, divertido, bonito e um lorde. O que mais uma mulher pode querer?

Soltando o poste da cama, cambaleou para frente e agarrou o poste mais perto dela como se ainda precisasse de apoio para se manter em pé.

– E quando você chegou a Londres?

A verdade a tinha encarado de frente, mas Portia se recusou a vê-la.

– Ele me colocou numa casa que ficava na rua conhecida como Alameda das Amantes. Vários lordes alugavam casas ali para suas mulheres desgraçadas. Na época pensei que fosse algo temporário. De qualquer modo, eu estava tão feliz por estar longe de Fairings Cross e do meu pai, por ter evitado me casar com um velho, que quando Beaumont me beijou com mais paixão e disse que morreria se não me tivesse, eu não resisti. Afinal, nós íamos nos casar.

– Mas vocês não se casaram.

– Não. Fui tonta para acreditar que iríamos até eu ficar grávida. Antes disso, ele me enrolava dizendo que precisávamos esperar até ele se estabelecer na aristocracia, até ser respeitado o bastante por todos para que fosse perdoado por se casar com uma plebeia. Do contrário, a vida seria desagradável para mim. Ele estava tentando me proteger, percebe? Pelo menos foi o que ele disse. E por que eu não acreditaria nele, quando eu o amava e ele me amava?

– Então você engravidou e percebeu que ele era um canalha.

Ela sustentou o olhar de Locksley.

– Eu percebi que ele era muito pior que isso. Ele me disse que iria dar o bebê para alguém cuidar. Fiquei arrasada. Eu mesma queria cuidar do meu bebê, contratar uma babá. Mas ele garantiu que não era assim que a aristocracia lidava com esses assuntos. Você sabe o que acontece com esses bebês?

Ele piscou, soltou a mão do poste da cama e encostou o ombro nele.

– Não.

– É o segredinho sujo da aristocracia. Na casa vizinha à minha, morava Sophie, amante de Lorde Sheridan.

– Você dançou com ele no baile.

Ela soltou uma risada.

– Dancei, e isso me revirou o estômago. – Por sorte, ela nunca o tinha conhecido, embora o tivesse visto algumas vezes entrando na casa de Sophie.

– Você não pareceu enojada com a atenção dele.

– Quando se serve de amante de um homem, aprende-se a disfarçar seus sentimentos. Sem as lições que tive com Beaumont, eu nunca teria passado do meu primeiro dia em Havisham. Você teria me desvendado num segundo.

"Bem, eu estava tomando chá com Sophie quando mencionei minha decepção que outra pessoa fosse criar meu bebê, que meu filho ou minha filha cresceria longe de mim, e que eu não tinha ideia da frequência com que poderia visitá-lo." – Juntando as mãos diante do rosto, Portia teve dificuldade para continuar.

"Sophie me explicou que quando Beaumont disse que alguém cuidaria do meu bebê, ele não quis dizer que a pessoa iria criá-lo. Na verdade, ele quis dizer que a pessoa iria matá-lo."

O silêncio que tomou conta do quarto era quase ensurdecedor. Portia queria que Locksley dissesse algo, qualquer coisa, mas ela compreendeu sua incapacidade de falar. Depois que Sophie a acertou com a verdade, Portia ficou encarando a xícara de chá por longos minutos, tentando lidar com a realidade horrenda do futuro de seu bebê.

"Ele teve uma amante antes de você, sabia?", Sophie disse.

Ela não sabia.

"Ela morou na mesma casa que você. Eu a conheci muito bem. Ela também ficou grávida e ele se livrou do bebê, que pegou minutos após o parto, quando ela estava fraca demais para impedi-lo."

O coração de Portia ficou apertado e seus olhos, rasos de lágrimas.

"Isso é horrível", eu disse.

"Ela nunca o perdoou. Quando se recuperou, ela tentou encontrar o bebê. Mas era tarde demais, claro. Ela ficou tão abatida que ele simplesmente a colocou na rua."

Portia nunca tinha se sentido tão mal na vida. Qualquer sentimento carinhoso que tivesse por Beaumont murchou diante de sua crueldade e falta de sensibilidade.

– Imagino que você tenha questionado Beaumont – Locksley disse.

Ela meneou a cabeça lentamente.

– Não, ele tinha deixado sua posição muito clara. Foi do filho dessa amante anterior de Beaumont que eu falei quando você me perguntou se eu era fértil. Com relação a ele, fingi não saber de nada até decidir o que fazer. As pessoas que ficam com os bebês põem anúncios, sabe. Geralmente é uma viúva que oferece ficar com um bebê doente por uma certa quantia semanal, com a opção de resolver o caso com uma quantia maior. – Olhando para Locksley, ela tirou algum consolo de ver o horror no rosto dele. – As pessoas, na verdade, apostam em quanto tempo a criança vai viver. É mais barato pagar por semana ou é mais vantajoso pagar logo o valor mais alto? A princípio não acreditei em

Sophie. Ninguém podia ser tão cruel a ponto de tratar mal uma criança até ela morrer. Mas eu procurei os anúncios nos jornais, encontrei alguns e, nesse processo, vi o do seu pai. Achei que era um modo de salvar meu filho.

— Você devia ter outras opções.

— Eu escrevi para os meus pais contando que estava com problemas e queria voltar para casa. Meu pai respondeu que eu estava morta para eles. E Beaumont nunca me deu uma mesada. Nunca pensei em pedir uma. Ele dava tudo que eu precisava. Então eu não tinha dinheiro. Ele tinha me dado várias joias, mas as mantinha guardadas num cofre, para que eu as usasse só quando ele quisesse. Eu não sabia como pegá-las. Pensei em penhorar alguma coisa dele, mas fiquei com medo de ser acusada de roubo. Um homem que não hesita quando se trata de matar seu próprio filho, não teria dúvida na hora de castigar a amante que o decepcionou. O casamento com seu pai me pareceu a única salvação. Uma mulher na minha posição é malvista. Eu não teria conseguido arrumar emprego nem como criada. Então diga-me, milorde, como eu faria para sobreviver e manter meu filho?

— Devia haver outro modo.

A impertinência de Locksley pensar que ela não tinha esgotado todas as opções a irritou além do razoável.

— Sim, bem, quando você encontrar outra solução, por favor me informe. Enquanto isso, está tarde e eu estou cansada. Vou voltar a dormir. — Ela se virou para a cama.

Ele levantou o braço, de repente, agarrando-a, puxando-a contra si. A fúria ainda queimava nos olhos dele, mas Portia viu algo mais ali, algo que parecia quase como uma dor inconcebível.

— Você deveria ter me contado — ele grunhiu.

Embora sentisse uma pontada de culpa por não ter dito a verdade, ela não conseguiu deixar de pensar aonde a verdade a teria levado.

— Que diferença isso faria? Eu compreendo muito bem o que sou: uma desgraça, uma mulher libertina sem moral. Se eu lhe dissesse antes de nos casarmos, você, ainda assim, teria se casado comigo? Não. Permitido que eu me casasse com seu pai, como era o planejado? Duvido muito. Teria me dado uma casa, uma mesada, jurado cuidar de mim e do meu bebê? Ou teria me jogado na rua? Se tivesse lhe contado depois de nos casarmos, você estaria mais feliz do que está agora?

Ele enfiou os dedos de uma mão no cabelo dela.

— Talvez fosse menor minha vontade de esganar você. Tem ideia de quanto controle eu precisei para não matar Beaumont naquela varanda?

Foi por isso que você hesitou ir a Londres. Você sabia que a verdade iria aparecer.

– Eu sabia que existia essa chance. Rezei para que meu segredo permanecesse oculto, mas ultimamente parece que minhas orações não são atendidas. – O que significava, com toda probabilidade, que ela daria à luz um menino.

– Você poderia ter me avisado antes de irmos para Londres.

Só que ela sabia que isso a faria perder Locksley. E ela queria ficar com ele por mais algum tempo. Portia meneou a cabeça enquanto as lágrimas queimavam seus olhos.

– Eu não consegui. Eu sabia que a verdade faria você me odiar, e eu tinha cometido o erro absurdo de me apaixonar por você.

Ele soltou uma risada cáustica.

– Você parece se apaixonar bem fácil.

Um acesso de raiva a sacudiu.

– Não vou ficar aqui aguentando suas grosserias.

Ela tentou passar por ele, mas Locksley agarrou seu braço, forçando-a a encará-lo.

– Eu fui criado por um homem que um dia entregou o coração. Você deu o seu a Beaumont. Você acha que sentir o mesmo por mim é algum tipo de honra, quando eu sei o canalha que ele é?

O orgulho dele estava ferido? Ou apenas não acreditava nela? Por que, afinal, ele acreditaria nela depois de todas as mentiras que Portia havia contado?

– O que eu sinto por você, não senti por ele. Não algo tão intenso, tão enorme, tão assustador. Eu daria qualquer coisa para este filho ser seu. A única coisa de que não me arrependo dos últimos dois anos é que tudo isso me deu a oportunidade de conhecer você.

– Maldita seja, Portia. Maldita seja por entrar na minha vida, por entrar tão fundo que, só de pensar em me livrar de você, eu fico ainda mais furioso.

Esse era o modo dele de dizer que gostava dela, que Portia o tinha decepcionado, arruinado sua vida? Ela soltou uma risada amarga.

– Ah, não tenho dúvida de que sou amaldiçoada.

– Nós dois somos. Podemos apreciar nosso tempo no inferno. – A boca dele desceu sobre a dela com uma certeza e um objetivo aos quais ela sem dúvida deveria ter se oposto, mas Portia não conseguiu rejeitá-lo, não quando ela o queria tanto, não quando se sentia ferida, exposta e tão terrivelmente só.

Ela podia absorver a força dele, do seu desejo por ela. Talvez ele não a amasse – naquele momento Locksley sem dúvida a desprezava –, mas podiam desfrutar dos corpos se unindo. Além do mais, ela o queria mais do que quis qualquer outra coisa na vida.

Olhando para o passado, Portia via, agora, que seu afeto por Beaumont não tinha sido profundo, tocando a alma, não tinha absorvido sua essência. Do contrário, ela não teria sido capaz de ir embora com tanta facilidade, sem olhar para trás, sem arrependimentos. O mesmo não podia ser dito de Locksley. O que sentia por ele desafiava descrições. Em circunstâncias normais, eles nunca teriam se conhecido, mas, caso se conhecessem, ele nunca se casaria com ela. E, ainda assim, apesar da agonia de perdê-lo, Portia não conseguia se arrepender.

Locksley arrastou a boca pelo pescoço dela, e Portia inclinou a cabeça para trás, para facilitar-lhe o acesso. Tinha sido uma tortura dormir sozinha, não tê-lo em sua cama após as palavras destruidoras de Beaumont.

– Estou bêbado – ele grunhiu. – Mande-me embora.

Se estivesse sóbrio, ele não estaria ali. Se ela fosse a garota boa e decente na qual seu pai tentou moldá-la, Portia não estaria ali. Mas ela não era boa nem decente, e se bêbado era o único modo que poderia tê-lo, ela o aceitaria bêbado.

– Não – ela disse com um suspiro rouco.

Os dois caíram na cama e ele ficou parado, completamente parado. Ela ouviu um ronco sonoro. Era melhor assim. Pela manhã, ele não se lembraria de nada dessa noite. Deitada ao lado dele, Portia encostou-se no peito do marido, tirando conforto da proximidade, sabendo que poderia nunca mais ter aquilo. Ele passou o braço sobre ela, os dedos abertos descansando sobre o abdome inchado de Portia. O bebê se mexeu, a mão dele recuou, mas depois ele a colocou com mais firmeza sobre ela.

– Eu queria que fosse meu – ele murmurou.

O coração dela quase se desfez. As coisas entre eles nunca mais seriam as mesmas, nunca mais ficariam certas, porque ele agora sabia de algo que não poderia ser desfeito, nunca poderia ser ignorado ou esquecido.

Ela também desejou que fosse dele, mas não era. Nunca seria. Ela tinha errado ao acreditar que poderia ser.

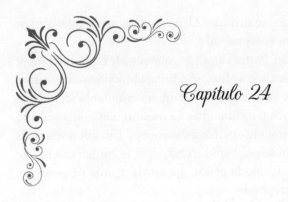

Capítulo 24

Locke acordou sentindo a cabeça pesada como seu coração. Ele desejava não ter perguntado a Portia sobre sua história com Beaumont, porque, agora, sentia uma forte necessidade de voltar a Londres e espancar o sujeito até o limite da vida. Locke tinha testemunhado lampejos da inocência dela, quando Portia matou aranhas, quando caiu nos braços de um criado atento e riu, e quando fez os dedos dançarem sobre as teclas do piano. Locke desejou tê-la conhecido antes de Beaumont destruir sua pureza, embora tivesse que reconhecer que a consideraria pura demais para um sedutor de Havisham, que ela seria agradável demais, e a última coisa que Locke queria era uma mulher de que ele pudesse gostar.

Que irônico, então, que ele acabou ficando com uma que poderia amar.

Ele não deveria ter ido até ela, deveria ter resistido, mas, no que dizia respeito a Portia, ele não conseguia oferecer resistência desde o momento em que abriu a porta para ela. Ele a amaldiçoou por apresentar a solidão em sua vida, algo que nunca tinha sentido. Antes, Locke nunca teve problema para dormir sozinho, e, agora, detestava fazê-lo. Sentia falta dela, droga, e a grande quantidade de bebida em seu corpo fez fraquejar sua determinação em evitá-la. Não que ele precisasse do álcool como desculpa. Ela ocupava seus pensamentos a todo minuto de todas as horas. Mesmo assim, ela o tinha colocado em uma situação insustentável: escolher entre dever e desejo, felicidade e desgraça, perdão e orgulho.

Entre voltar a Havisham e ficar nessa cama o dia todo, fingindo que Londres nunca tinha acontecido.

Estendendo a mão para ela, Locke não encontrou nada, a não ser lençóis amassados. Apertando os olhos, ele levantou a mão para protegê-los da ofuscante luz do sol que entrava pela janela, luz que fazia seus olhos e sua cabeça doerem. Deus, que horas eram? Quanto tempo eles tinham dormido?

Parecia que os deuses queriam que eles tivessem um dia sem serem esmagados pela realidade. Locke aceitaria.

Com um gemido, ele se levantou. Sua cabeça explodiu, ameaçando se partir em duas se ele não se movesse devagar. Ele se perguntou se seria possível que Portia estivesse lhe trazendo um café forte e algo para comer. Era provável que seu estômago não fosse gostar disso, mas ele precisava se endireitar para conseguir pensar com clareza. Certamente aquela situação tinha uma solução. Ele duvidava que essa solução fosse fácil, mas nada em sua vida tinha sido fácil até então. A facilidade era superestimada, na opinião dele.

Ele ficou sentado na beira da cama pelo que pareceu uma eternidade, esperando que Portia voltasse. Era da natureza dela cuidar das pessoas, das coisas. Claro que ela devia saber que ele acordaria com dores. Por outro lado, Portia não costumava beber e nunca o tinha visto naquele estado. Talvez ela não tivesse a menor ideia de quanto sofrimento a bebida podia causar a um homem.

Lenta e cuidadosamente, ele se colocou de pé. Uma olhada rápida no espelho fez com que ele estremecesse. Locke estava longe do seu melhor. Ele se sentiria melhor depois de se arrumar e se juntar à esposa para uma refeição rápida.

Só que ele logo percebeu que ela não estava em nenhuma das mesas, porque não havia ninguém na taverna.

– Boa tarde, milorde – grasnou a proprietária, cuja voz o lembrou do grito ardido de um pássaro irritante que ele tinha encontrado durante suas viagens.

Já era de tarde? Bom Deus, ele tinha dormido demais.

– Sra. Tandy, pode me servir um pouco de café?

– Claro, milorde. Vou pegar agora mesmo. – Ela se virou para ir à cozinha.

– A propósito, a senhora viu Lady Locksley?

Ela se virou de volta para ele, observando-o como se Locke fosse uma nova espécie de inseto estranho.

– Sim, milorde. Eu a vi logo de manhã; vi muito bem.

Falar com ela era como tentar conversar com os criados de Havisham. Às vezes, eles tomavam as perguntas muito ao pé da letra.

– Por acaso a senhora sabe onde eu poderia encontrá-la?

– Ora, vamos ver. Faz umas seis, quase sete horas, então eu diria que ela deve estar a uns trezentos quilômetros daqui. Isso se continuou viajando.

Encarando-a, ele percebeu que precisava mesmo do maldito café.

– Perdão, não entendi. Trezentos quilômetros? Está dizendo que minhas carruagens já partiram? – Isso não importava, porque ele estava a cavalo, mas não fazia sentido.

– Não milorde. Estou dizendo que ela embarcou numa carruagem postal.

Locke correu para fora sem qualquer bom motivo, como se esperasse ver o veículo em questão no horizonte. É claro que não viu. O que ele viu foi suas carruagens esperando que lhe atrelassem os cavalos, e um de seus cocheiros encostado no edifício conversando com uma das criadas. Quando Locke se aproximou dele, o cocheiro pareceu se sentir culpado. Sem dúvida porque tinha sido pego flertando.

– Você viu Lady Locksley saindo esta manhã?

O cocheiro arregalou os olhos e abriu a boca.

– Não, milorde. Como ela teria saído? As carruagens estão aqui.

Ele não iria entrar em detalhes com o cocheiro.

– Você viu Cullie?

– Eu a vi durante o café da manhã. Ela voltou para o quarto para esperar as ordens de milady.

Maldição. Como ele não notou que sua esposa tinha feito as malas e partido? Porque as coisas dela continuavam no quarto. Ele podia estar se sentindo podre, mas não estava cego. Então aonde ela estava indo e como conseguiria chegar lá?

Ele correu de volta para a taverna, subiu a escada e entrou no quarto dela. Como um louco, ele vasculhou os pertences dela.

– Milorde?

Locke se virou ao som da voz de Cullie. Ela parecia horrorizada com o que ele fazia, e ficaria ainda mais quando soubesse o que estava acontecendo.

– Estou procurando as pérolas de Lady Locksley. Onde você as guardou?

– Lady Locksley estava com elas na bolsa.

Deveria estar à vista, mas não estava. Ele fechou os olhos. Portia podia ter levado as pérolas a uma casa de penhor, para trocá-las por dinheiro.

Não duraria muito, mas ela poderia se virar durante algum tempo. Mas aonde ela iria, o que faria? No que diabos estava pensando?

E com ela fora de sua vida, por que de repente Locke sentia como se fosse enlouquecer?

Era o pior lugar a que poderia ir, mas Portia não tinha outro. Batendo na porta de serviço, segurou a respiração, tentando não pensar no que deveria estar se passando na cabeça de Locksley – além de muita dor, considerando o tanto que tinha bebido – quando ele acordasse pela manhã e descobrisse que a esposa havia partido. Ele ficaria preocupado ou pensaria "boa viagem"?

Um criado abriu a porta, arregalou os olhos, franziu a testa e Portia percebeu que o homem estava tentando se lembrar dela.

– Estou aqui para ver a Srta. Sophie.

– Qual a natureza de sua visita?

– É pessoal. – Em sua bolsa, ela tinha vários cartões de visita que Locksley tinha lhe dado quando chegaram a Londres, para o caso de ela fazer visitas. Ele tinha tanta confiança que conquistaria o respeito e o afeto da Sociedade, que seria bem-vinda, aceita como sua esposa. De fato, ela só conseguiu arruinar a vida dele. E ela arruinaria ainda mais se entregasse um cartão de visita e as pessoas descobrissem que Lady Locksley conhecia muito bem a Alameda das Amantes.

– Apenas diga que Portia quer vê-la.

– Entre.

Grata pela oportunidade de sair da vista de alguém que espiasse pela janela de uma casa vizinha, ela passou pela porta e parou no pequeno saguão em que o mordomo, a governanta ou a cozinheira recebiam vendedores que não podiam entrar na residência. Ela conhecia seu devido lugar. Que ela tivesse tentado sair dele mostrava como era uma garota estúpida.

Ela tinha chegado a Londres antes de escurecer, mas esperou a noite cair para ir até lá, esperando evitar olhares desconfiados e diminuir as chances de ser descoberta. Com Locksley aconchegando-a, a mão sobre sua barriga, ela não conseguiu dormir, e apenas ficou deitada considerando a injustiça que tinha cometido. Ciente das implicações caso aquele bebê fosse um menino, ela deveria ter se afastado, nunca deveria ter se casado com Locksley. Exausta, com medo e desesperada não eram justificativas para suas ações, não desculpavam que ela manchasse uma linhagem. Mas ela não entendia, então, o orgulho que a aristocracia tinha de sua linhagem.

O som de passos rápidos fez Portia endireitar a coluna e forçar um sorriso. Sophie apareceu num vestido de seda cor-de-rosa, com o cabelo preto caído nas costas, sobre os ombros. Ela não parou até envolver Portia num abraço bem apertado.

– O que você está fazendo aqui?

Portia recuou um pouco e se esforçou para não parecer preocupada.

– Estou com um probleminha de novo.

Sophie olhou por sobre o ombro.

– Sheridan pode chegar a qualquer momento. – Ela se voltou para Portia. – Você pode ficar no quarto dos fundos, mas tem que fazer silêncio. Ele não gosta que eu tenha companhia.

– Não vou soltar um pio.

– Está com fome?

– Morrendo.

Sophie levou-a até um quarto e mandou que lhe levassem uma refeição. Portia sentiu-se uma verdadeira glutona, sentada na poltrona diante da lareira, devorando a carne com batatas.

– Quando foi a última vez que você se alimentou? – Sophie perguntou, acomodando-se na poltrona em frente, observando a amiga com carinho. Ela era a irmã que Portia nunca teve, tão diferente e tolerante, enquanto suas irmãs de sangue tinham saído ao pai, constantemente encontrando defeitos nela.

– No café da manhã – Portia respondeu.

– Isso não pode ser bom para o bebê.

Portia riu.

– Ele fez questão de deixar isso bem claro. – Ele tinha chutado várias vezes ao longo do dia. Ela lambeu os beiços. – Beaumont veio incomodar você quando descobriu que eu tinha sumido?

Sophie revirou os olhos.

– Ele parecia um touro enfurecido, querendo saber onde encontrá-la. Mas como você não me disse, eu não tinha como dizer para ele, não importava o quão terríveis eram suas ameaças.

– Ele não machucou você, machucou?

Sophie bufou, deu de ombros e riu.

– Sheridan teria matado Beaumont se ele me encostasse um dedo, e ele sabia bem disso. Mas há pouco tempo eu vi o anúncio do seu casamento no jornal. Você casou com um lorde!

– E agora preciso me divorciar dele.

Uma grande preocupação apareceu no rosto de Sophie, que se inclinou na direção dela.

– Por quê? Você tem um título, dinheiro, *status*. Tem tudo que sempre sonhou quando conversávamos. Portia, por que desistir de tudo?

Delicadamente, Portia colocou a mão sobre a barriga.

– E se for um menino? Não posso fazer isso com ele. Pensei que poderia, mas não posso. Os títulos e propriedades de Locksley devem ir para um filho que carregue o sangue dele.

– Oh, Deus, por quê? – Sophie levantou, de repente, e começou a andar de um lado para outro. – Eles não ligam para nós. São mimados e maus. Não se incomodam em se aproveitar de nós porque nos consideram inferiores. – Voltando-se, ela cravou as mãos no encosto da poltrona. – Nós não devemos nada para eles.

– Nem eles devem para nós. Ele não colocou este bebê na minha barriga. Não é responsabilidade dele.

– E como você vai cuidar desta criança?

– Ainda não pensei nos detalhes. Tudo aconteceu tão de repente. – Dando de ombros, ela deu um sorriso nervoso. – Sou muito boa limpando casas.

Com um suspiro exagerado, Sophie desabou de novo na poltrona.

– Seria muito menos cansativo, e traria mais benefícios, encontrar outro lorde para tomar conta de você.

Ela meneou a cabeça.

– Isso não daria certo para mim.

– Oh, meu Deus. – Sophie a encarou. – Você se apaixonou por ele.

– Sim, eu me apaixonei.

– Ora, mas isso foi mesmo uma tolice. E é por isso que quer se divorciar.

Portia não conseguiu segurar o riso.

– Irônico, não é? Estou indo embora porque o amo. Eu o amo tanto, Sophie. Dez, vinte... cem vezes mais do que amei Beaumont. Ele se casou comigo para proteger o pai. É um bom homem.

Uma batida na porta e a criada enfiou a cabeça pela fresta.

– Milorde está aqui, senhorita.

Aquiescendo, Sophie se levantou.

– Obrigada. Diga para ele que desço num segundo. – Depois que a criada se foi, ela olhou para Portia. – Ele me quer – ela disse, mas não era verdade. Sheridan não a queria como Locksley queria Portia. – Fique à vontade e descanse, amanhã conversaremos mais.

– Obrigada, Sophie. Não vou ficar muito tempo aqui.

– Pode ficar o quanto quiser, desde que Sheridan não saiba. Boa noite.

Depois que a amiga saiu, Portia colocou a bandeja de lado, foi até a cama e se deitou, esticando-se. Ela deveria ter levado mais roupas, mas ficou preocupada em não acordar Locksley, e viajar com um baú teria dificultado seu deslocamento rápido, sem que fosse notada.

Ela tinha partido numa carruagem postal indo para o norte. Na vila seguinte, desembarcou e esperou por um veículo que fosse para Londres. Ela sabia que a proprietária da Estalagem do Pavão a tinha visto entrar na carruagem postal e quis deixar um rastro confuso, para o caso de Locksley acordar cedo e sair à sua procura. Ele deveria ter acordado tarde ou decidido não ir atrás dela. Provavelmente a segunda opção, o que talvez fosse melhor. Facilitaria muito para ela seguir em frente com a vida.

Infelizmente, isso não diminuía a dor de seu coração partido.

Capítulo 25

Ele tinha cavalgado como um louco, o dia todo e parte da noite, para alcançar a carruagem postal. Quando enfim a alcançou, descobriu que Portia tinha desembarcado na primeira vila em que o veículo parou. Naturalmente, quando Locke enfim chegou a essa vila, ela já não estava lá.

Então aonde diabos ela tinha ido?

Portia não voltaria para Havisham. Disso ele tinha absoluta certeza. Sem disposição para explicar a situação para seu pai, Locke mandou as carruagens e os criados de volta a Londres, enquanto ele seguia para Fairings Cross. Pensou ser improvável que ela fosse pedir ajuda aos pais, mas esperava que eles pudessem lhe dar alguma luz quanto ao local onde ela poderia ter ido buscar refúgio.

Tendo comparecido a alguns bailes na propriedade de campo dos Beaumont, Locke tinha certa familiaridade com a região, e, assim, foi até a casa paroquial perto da igreja. Após bater na porta, ele olhou ao redor, e sentiu o peito apertar ao ver o grande carvalho que se aproximava da janela do andar de cima. Imaginou Portia – ousada, corajosa, indiferente aos perigos – descendo pela árvore. Locke desejou que, onde quer que ela estivesse no momento, tivesse mais cautela. Quando a encontrasse, iria lhe fazer mil perguntas, para saber tudo a respeito dela, para que ela nunca mais pudesse fugir dele. Locke precisava saber como ela pensava, para onde podia ir, o que esperava conseguir.

A porta foi aberta e uma criada jovem olhou para ele.

– Pois não?

Ele entregou um cartão de visita para a moça.

– Visconde Locksley para ver o Reverendo Gadstone.

– Claro, milorde. Por favor, entre.

Ele entrou num vestíbulo austero e foi levado a uma sala igualmente espartana. Exceto pelas rosas, que o lembraram de Portia. Ela gostava tanto de flores. Ele sabia pelo menos isso a respeito dela.

Tudo ali era limpo e arrumado. Portia deve ter ficado horrorizada quando ele a levou na primeira excursão por Havisham. Não, ela apenas observou tudo e enxergou o potencial. Locke se perguntou se ela teria reconhecido o potencial dele, se ela sabia que conseguiria abri-lo com a mesma facilidade com que abriu a casa. Que conseguiria tirar as teias de aranha que rodeavam o coração dele e fazer entrar luz.

Virando-se ao ouvir passos, ele não ficou surpreso com a severidade do homem que entrou na sala nem com a expressão sombria da mulher que o acompanhava. Nenhum dos dois parecia ser do tipo de pessoa que costumava rir.

– Milorde, sou o Reverendo Gadstone e esta é minha esposa. Como posso lhe ajudar?

– Estou procurando por sua filha.

Ele inclinou a cabeça de lado, como um cachorro confuso.

– Florence ou Louisa?

– Portia.

A mulher soltou uma exclamação contida, enquanto o reverendo apenas endureceu as feições numa máscara intransigente.

– Não temos filha chamada Portia.

– Foi o que ouvi dizer. Existe alguém nesta família que não a tenha julgado com a mesma severidade que você?

Ele levantou o queixo de modo semelhante ao de Portia, só que Locke não o achou nem um pouco encantador ou lindo, como o de sua esposa. Na verdade, ele teve vontade de apresentar seu punho àquele queixo.

– Ela é uma pecadora que está trazendo um bastardo para o mundo. É seu? Foi você quem fornicou com ela?

– Cuidado com a língua quando falar da minha esposa.

Os dois arregalaram os olhos e jogaram a cabeça para trás, como se Locke os tivesse socado.

– Ela é sua esposa? – perguntou a Sra. Gadstone, evidentemente desconcertada com a informação.

Locke pensou se alguma outra mulher que tivesse se casado com ele não teria voltado para casa, envolta em seda e joias, chegando numa carruagem elegante, ostentando sua nova situação para os pais, exigindo que lhe prestassem reverência, que a chamassem pelo título e reconhecessem estar socialmente abaixo dela. Mas não a sua Portia. Porque conquistar um título não tinha sido o objetivo dela, não significou nada. Locke já tinha percebido isso, mas reconfirmar a informação só enfatizava como ele a tinha julgado mal. Como ele julgava mal seu próprio valor. O que ela precisava era de alguém para proteger seu filho e ela própria. Mesmo se não possuísse título e propriedades, Locke teria dentro de si a disposição para protegê-la das crueldades da vida.

– Sim, ela é. Há alguns meses, já. Nós tivemos um pequeno desentendimento. Estou tentando descobrir aonde ela pode ter ido.

– Não estou nem um pouco surpreso por ela ter fugido de você quando as coisas não estavam do modo que ela queria – o reverendo disse. – Ela sempre fugia e se escondia quando sabia que estava na hora da vara, nunca aceitando suas responsabilidades, seus deveres.

– Você batia nela com vara? – Quem conhecia Locke tinha ciência de que sua voz grave e baixa era um alerta, uma ameaça, mas Gadstone não teve a prudência de perceber que pisava em solo perigoso.

– Com frequência. Ela tem o diabo no corpo. Nunca ficava parada na igreja. Nunca decorava corretamente as passagens da Bíblia. Levantava as saias para correr atrás de borboletas. Era incorrigível. Recusava-se a me obedecer.

Que ótimo para ela, as palavras estavam na ponta da língua, mas Locke guardou seus pensamentos para si mesmo. Não era de admirar que ela tivesse visto Beaumont como sua salvação. Teria bastado um pouco de gentileza da parte dele para conquistá-la.

– Ela tem alguma amiga na vila?

– Nenhuma que continue sendo. Ela é uma perdida, uma desgraça. As antigas amigas não querem se relacionar com ela nem ajudá-la. Todas sabem o que ela é – ele desdenhou.

Portia tinha dito para Locke que não tinha ninguém, mas ele achou difícil acreditar que ela era completa e absolutamente só e sem recursos. Como a tinha julgado do mesmo modo horrível quando a encontrou, seria ele melhor do que aquela gente horrorosa? Impaciente, ele ajeitou as luvas.

– O que Portia é, meu senhor, é uma viscondessa que um dia se tornará marquesa. Sim, entendo que essas supostas amigas não queiram ficar na sombra dela. Obrigado por sua ajuda.

– Reze para não a encontrar, milorde. Ela será sua desgraça.

Conter a vontade de bater no pai de Portia fez com que seus músculos tremessem, mas não se pode espancar um homem de Deus. Locke estava passando pelo reverendo...

Ao diabo com ele. Locke se virou e acertou um murro bem dado naquele queixo farisaico. O golpe jogou o homem no chão, onde ficou esparramado, e fez a mulher gritar. Locke se curvou sobre o pároco.

– Ela é a mulher mais admirável que já conheci. Vou encontrar Portia, sim, ainda que precise procurá-la até o fim dos meus dias.

Ele saiu pisando duro, montou no cavalo e começou a cavalgar de volta a Londres. Sabia que a jornada até a cidade natal dela poderia ser em vão, mas parte dele queria ver onde ela tinha crescido, conhecer os pais dela. Que Portia tivesse se tornado uma pessoa generosa e boa era um milagre. Que fosse forte, nem tanto. Ela precisou ser, para sobreviver. Os dois poderiam ter esmagado a força de vontade da filha, mas não conseguiram. Locke a admirou ainda mais por não sucumbir aos ditames dos pais. Ele iria encontrá-la.

O Conde de Beaumont nunca teve tanta sorte jogando cartas como estava tendo essa noite no Dragões Gêmeos. Desde o momento em que se sentou, uma hora antes, tinha ganhado todas as mãos. A que estava em curso não seria exceção. A sorte brilhava tanto sobre ele que...

– Preciso lhe falar...

Cristo, ele quase pulou da cadeira com o sussurro perto de sua orelha. Ele percebeu que o tom da voz era ominoso. Virando a cabeça, seus olhos travaram nos de Locksley, cujo verde intenso indicava que um preço alto seria pago por qualquer desobediência. Mas Beaumont era conhecido por sua teimosia.

– Estou ocupado no momento. – Ele precisava ter soado como se estivesse com o coração na garganta?

Locksley arrancou-lhe as cartas e as jogou na mesa.

– Ele está fora dessa mão.

– Escute aqui...

O visconde se voltou para encará-lo. Havia uma tensão, uma ameaça nele que sem dúvida o tinha ajudado a sobreviver em suas trilhas longe da civilização. Nem mesmo o rei da floresta se meteria com um homem cuja expressão indicava que teria grande prazer em devorar sua presa no jantar.

– Lá fora.

Duas palavras. Uma ordem. Mas Beaumont não era um completo imbecil. Ele precisava ter certeza de que havia testemunhas suficientes, para que ele não desaparecesse da face da terra.

– Na biblioteca – ele sugeriu.

O visconde concordou com um aceno breve e recuou. Recuperando a compostura, Beaumont passou os olhos pelos outros jogadores.

– Eu vou voltar. – Ele esperava, rezava para tanto. – Guardem minhas fichas.

O Dragões podia ser um local de jogatina, mas era honesto. Hesitante, ele seguiu Locksley até a biblioteca, lembrando-se da noite em que conversou com o visconde na esperança de descobrir algo a respeito do casamento dele com Portia, tentando determinar quando poderia revê-la.

Como era de se esperar, Locksley escolheu dois lugares num canto retirado da sala, longe dos demais. Depois que se sentaram, ele fez pouco mais do que encarar Beaumont com um olhar penetrante até o criado trazer bebidas para os dois. Beaumont odiou que sua mão estivesse tremendo quando ergueu o copo, tomou um gole fortificante e se inclinou para frente.

– Escute – ele começou – eu não disse nada a respeito do passado de Portia, e...

– Onde ela está? – Locksley o interrompeu, indo direto ao ponto, mas Beaumont não sabia qual era o ponto.

– Quem? – ele perguntou, recostando-se, olhando ao redor.

– Portia.

– Como é que eu vou saber? – Então o ponto ficou claro, preciso, satisfatório até. Ele não conseguiu não sorrir como um lunático. – Ela fugiu.

Saber que Portia não tinha abandonado apenas ele fez seu orgulho inflar. Locksley apertou os olhos até parecerem a lâmina afiada de uma espada. O sorriso de Beaumont murchou e ele se esforçou para controlar seu impulso de fugir.

– Ela não veio me procurar.

Mas, bom Deus, como desejava que ela o procurasse. Ele sentia mais falta dela do que julgava possível sentir de qualquer pessoa. Tinha lidado mal com a situação naquele terraço. Em vez de mandar que ela o procurasse, deveria tê-la cortejado como no início. Beaumont acreditou que poderia tê-la reconquistado com a abordagem correta.

– Onde ela morava?

Como o visconde obviamente necessitava de ajuda, de repente Beaumont se sentiu superior.

– Você quase quebrou meu queixo. Ainda está doendo. – O hematoma era constrangedor, mas o pior era que ele precisava cortar a comida em pedaços bem pequenos, pois mal conseguia abrir a boca.

– Se não me contar onde ela morava, o próximo soco com certeza vai quebrar.

Beaumont suspirou.

– Ela não está lá. Minha amante atual é do tipo ciumenta. Nunca a teria recebido.

– Você não demorou para substituí-la.

– Um homem tem suas necessidades – respondeu, indignado. – Além do mais, ninguém conseguiria substituí-la. Eu a amava, sabe.

– Você tem um modo estranho de demonstrar.

– Ela não traria dinheiro nem prestígio para o casamento. E eu preciso das duas coisas.

– Você deixaria que matassem o filho que ela está carregando – Locksley sibilou.

– Esposas não gostam de bastardos correndo por aí. Foi assim que meu pai cuidou do bastardo dele. De qualquer forma, não posso sustentar um bando de crianças.

– Mas pode sustentar uma amante.

– Como eu disse, um homem tem suas necessidades. É preciso estabelecer as prioridades.

– Eu sinto uma necessidade imensa de socar você de novo. Só vai se safar porque não quero encostar em você.

Beaumont achava um absurdo que aquele homem, com título inferior ao dele, ficasse lhe dando ordens e bancando o superior.

– Bem, pelo menos meu pai não era um maluco.

Locksley o acertou com tanta rapidez que Beaumont nem percebeu o soco chegando, mas a dor que se espalhou por seu rosto deixava claro que seu nariz, no mínimo, estava quebrado. Seus olhos se encheram de água enquanto ele pegava o lenço no bolso para conter o sangue que jorrava.

– Onde era a casa dela?

Através dos dentes crispados, ele rosnou o endereço.

– Mas você não encontrará Portia lá.

– Eu sei muito bem. Mantenha esta conversa e sua relação com ela em segredo, ou irei arruiná-lo. Ashebury e Greyling vão me ajudar nisso.

Como se ele quisesse encrenca com os Sedutores. Um já era problema suficiente. Os três juntos conseguiriam que ele nunca mais fosse aceito na Sociedade.

— A ameaça é desnecessária. Acredite ou não, quero vê-la feliz. Mas se você a magoar...

Ele não teve chance de completar sua ameaça, pois Locksley já estava longe. Foi um momento estranho para perceber que nunca tinha invejado mais outro homem.

Ela detestou se desfazer das pérolas, mas não tinha outra escolha. Infelizmente não renderam tanto dinheiro quanto Portia esperava, mas foi o suficiente para que ela tivesse coragem de procurar seu advogado, para poder pagar os honorários dele. Mas, no fim, ele não a cobrou pela consulta, pois não havia nada que pudesse fazer por ela.

— Não posso me divorciar dele. — Portia andava de um lado para outro diante da lareira em seu quarto temporário.

— Pensei que infidelidade fosse uma boa razão para se conseguir um divórcio — Sophie disse.

— E é, mas eu não posso me divorciar *dele* porque *eu* cometi adultério. Só *ele* pode se divorciar de mim pelos meus erros.

— Você pode pedir divórcio se ele cometer adultério, então diga que ele cometeu.

Sacudindo a cabeça, ela parou de andar.

— Não. Não vou fazer com que alguma mulher com quem ele possa querer se casar questione a fidelidade dele. Locksley é fiel. Além do mais, não basta que ele seja adúltero. Ele precisa me abandonar por dois anos. Mas eu não preciso abandoná-lo. As leis são diferentes para homens e mulheres, o que torna quase impossível para uma mulher sair de um casamento indesejado. Na verdade, a lei torna tudo mais difícil para mulheres.

Só que o casamento dela não tinha sido indesejado. Era maravilhoso e extraordinário.

— Bem, as leis sempre foram assim, não? Dificultando tudo para as mulheres.

— Sophie, não sei como consertar a situação. — Ela desabou numa poltrona. — Eu poderia escrever uma carta para o *Times*, explicando que fui infiel. Depois que for publicada, ele não teria alternativa que não se divorciar de mim. Mas isso o faria me odiar ainda mais.

— Por que importa se ele a odeia ou não?

Portia concordou, lutando para afastar a tristeza e as lágrimas.

– Tem razão. O que importa é que o filho de Beaumont não se torne herdeiro de Locksley.

– E quando você se livrar de Locksley?

A garganta e o peito dela apertaram. Portia não conseguiria engolir em seco nem se precisasse.

– Eu vou encontrar uma família. Uma família de verdade, que irá amar este bebê e cuidar dele como se fosse seu. Eu não deveria ter sido tão egoísta de querer ficar com ele.

– Ou ela.

Portia riu.

– Ou ela. – Recentemente, contudo, ela parecia se ver com um filho de cabelos pretos como o carvão e olhos verdes.

– Mas como você vai se sustentar?

– Trabalhando, imagino. – Sem um filho ilegítimo atestando que era uma mulher desgraçada, Portia teria mais facilidade para encontrar emprego. Mas como ela sentiria falta de ter alguém para amá-la incondicionalmente.

Uma batida a fez virar a cabeça para a porta no momento em que a criada a abria e entrava.

– Um cavalheiro está à porta – ela disse, entregando um cartão de visita para Sophie, que o leu e arqueou as sobrancelhas.

– Bem, arrisco dizer que ele não está aqui por minha causa. – Ela estendeu o cartão.

Portia o pegou, seus olhos encontrando o que temia ver. Seu coração disparou como se precisasse sair correndo do quarto, da casa, de Londres.

– O que diabos ele está fazendo aqui?

– Ele veio buscar você – uma conhecida voz grave disse da entrada.

Ela levantou, de repente, recuou dois passos e segurou na cornija da lareira para não cair. Ele estava maravilhoso. Cada fio de cabelo em seu lugar, o rosto recém-barbeado, as roupas imaculadas. Tão diferente da última vez que ela o viu entrar num quarto, da última vez que ela o viu esparramado numa cama.

Com elegância, Sophie se levantou e sinalizou para a criada sair do quarto.

– O que você está fazendo? – Portia perguntou.

– Estou deixando vocês a sós.

– Você deve ser a Srta. Sophie – Locksley disse quando ela se aproximou.

Claro que ela tinha contado de Sophie para ele, droga. Isso sem dúvida o tinha ajudado a encontrá-la.

Locksley pegou a mão dela, curvou-se e deu um beijo em seus dedos.

– Obrigado por ser uma boa amiga para ela.

– Nós, mulheres perdidas, temos que ser unidas. – Ela olhou para Portia por cima do ombro. – Ele é encantador. Eu aprovo, se minha opinião vale de algo.

Só que a opinião dela não importava, não podia desfazer seu horroroso malfeito. Assim que Sophie saiu do quarto, Locksley fechou a porta e se encostou nela, sem nunca tirar os olhos de Portia. Ela não iria cair nas profundezas do verde; ela não iria deixar que ele a impedisse de seguir seu caminho.

– Fico feliz que você esteja aqui – ela declarou, sucinta.

– Não está, não.

Ela mordeu a parte interna da bochecha.

– Não, não estou. Mas você parece estar um pouco sóbrio...

– Estou completamente sóbrio.

– Pode estar mais disposto a aceitar meu plano.

– E que plano é esse?

Ele precisava ficar parado ali tão calmo, parecendo tão razoável? Portia soltou a cornija, porque seus dedos começavam a ficar dormentes, e apoiou as mãos pouco acima da cintura, acima de onde seu filho estava crescendo.

– Nós vamos simular minha morte.

A expressão de perplexidade dele deixou Portia um pouco satisfeita. Saber que conseguia abalar Locksley, assim como a aparência dele tinha feito com ela, era recompensador.

– Perdão, não entendi – ele disse.

– Você vai dizer às pessoas que eu morri. No parto, se for necessário explicar. E eu vou desaparecer, para que você possa se casar de novo.

Ele se desencostou da porta.

– Então você quer me tornar um bígamo? Nenhum dos filhos da minha segunda esposa seria legítimo.

– Ninguém precisa saber disso. Contudo, para garantir que seus filhos sejam legítimos, vamos nos divorciar primeiro. Mas um divórcio discreto, para que você não tenha que passar pela humilhação...

Ele começou a andar na direção dela.

– Não existe essa coisa de divórcio discreto. Além do mais, ficaria registrado publicamente.

– Ninguém vai procurar essa informação – ela disse, impaciente. Ele estava tão perto. Ela podia sentir a fragrância de sândalo e laranja; quis encher os pulmões com ela e mantê-la ali para sempre. Como ela conseguiria, no futuro, comer uma laranja sem pensar nele?

– Você não aprendeu que segredos nunca permanecem escondidos? Além do mais, eu já lhe disse, não vai haver divórcio.

Ela não recuou dessa vez porque sabia que Locksley continuaria avançando, então manteve a posição até ele parar diante dela. Só então ela percebeu os semicírculos pretos debaixo dos olhos dele, as rugas novas nos cantos.

– Locksley, seja razoável. Se eu tiver um menino...

– Ele será meu herdeiro.

– Isso mesmo. E essa é a razão pela qual você precisa se livrar de mim o mais rapidamente possível. Se houver um modo de anular...

– Não vai haver anulação.

– Você pode parar de me interromper? Eu fico muito irritada quando você me interrompe. Eu vou contar a mentira que for necessária...

– Chega de mentiras, Portia.

Lá vinha ele de novo, interrompendo-a, mas antes que Portia pudesse protestar, Locke aninhou o rosto dela em suas mãos. Tão quentes e familiares. Ela queria que ele a tocasse por toda a vida.

– Escute-me com atenção – ele disse, devagar, como se ela fosse uma tonta. – Nós não vamos nos divorciar, e isso não tem nada a ver com constrangimento público, vergonha ou passar ridículo. Não dou a mínima para o que os outros pensam de mim. Meu Deus, eu cresci em meio a sussurros sobre meu pai ser louco e minha casa, assombrada. Você acha mesmo que um divórcio me colocaria de joelhos?

– Então, por que não? Se está disposto a suportar a vergonha, por que não se divorcia de mim?

– Porque não estou disposto a desistir de você. Porque, sabe, minha gatinha brava, eu me apaixonei perdidamente por você.

Foi como se ele tivesse fechado a mão ao redor do coração dela. Lágrimas encheram e arderam seus olhos, rolaram por suas faces. Beaumont tinha dito que a amava, mas a declaração não foi nem de perto tão sincera, tão devastadora. Nem a enlevou tanto a ponto de fazê-la sentir que estava voando.

– Mas sua linhagem...

– Minha linhagem não me importa. Só me importa você. – Ele olhou para baixo. – E esta criança é tão importante para você. – Ele levantou os olhos para os dela. – Como eu disse antes, se você tiver um menino, ele vai ser meu herdeiro e o reconhecerei como tal. Ele irá me conhecer, e só eu, como pai. O meu foi um bom exemplo para mim. Ele criou os filhos de dois outros homens como se fossem dele. Acredito que ele seria o primeiro a concordar que a família não é determinada pelo sangue.

– Você vai contar para ele a verdade sobre este bebê?

– Ele já sabe. É o nosso bebê.

O soluço dela foi o som mais horrível que Portia já tinha produzido, mas, pelo que se lembrava, ela nunca tinha chorado, a não ser na noite em que ele soube a verdade. Ela sempre foi estoica, forte e determinada a seguir em frente. Mas aquele choro de cortar a alma sacudia os ombros dela. Quando ele fechou os braços ao redor de seu corpo, Portia encostou o rosto no peito dele, ouvindo as batidas firmes de seu coração.

– Eu amo você, Killian. Com toda minha força, há tanto tempo. Não sei por que pensei que já tinha amado antes.

– Se tem importância, ele amava você.

Surpresa, ela jogou a cabeça para trás, fitando-o. Lentamente, ela subiu a mão pelo rosto dele, continuando até a nuca de Locksley.

– Mas não o bastante. Você me ama o bastante.

Ela puxou a cabeça de Locke para si, abrindo a boca para ele, abrindo o coração, a alma. Ele aceitou tudo, sem reservas. E apesar de todos os beijos anteriores, este foi diferente, franco. Ele não estava mais protegendo o próprio coração; este não mais estava fechado para ela.

Ele era dela, assim como ela era dele. Coração, corpo e alma. Finalmente, alguém a estava aceitando, com suas fraquezas, seus defeitos e tudo mais. Ela tinha cometido equívocos, escolhido caminhos errados, mas não podia se arrepender de nada disso, pois tudo a tinha levado até ele. Espantava-a que o amasse tanto, e que ele a amasse sem limites.

Tirando sua boca da de Portia, ele passou o polegar pelos lábios inchados dela antes de olhar ao redor.

– Vamos para casa.

– Você precisa saber que Beaumont nunca saiu comigo, nunca me apresentou para ninguém da nobreza, então é improvável que meu passado volte para nos assombrar. Desde que ele não diga nada.

– Ele não tem nada a ganhar, a não ser a própria desgraça, se falar de você. Ele sabe disso. E é um idiota por não ter dado valor ao que tinha.

– Fico feliz que ele não me tenha dado valor. – Do contrário, ela não teria Locksley, e se sentia muito mais feliz com ele.

Ela pegou o vestido de viagem e a peliça. No térreo, encontrou Sophie na sala da frente.

– Estamos indo – Portia anunciou.

– Mas é claro – Sophie disse ao se levantar da cadeira para abraçar a amiga.

– Amanhã eu mando entregar o vestido para você.

– Fique com ele – Sophie disse. – Ele nunca me serviu direito. Seja feliz, Portia.

– Vou ser.

A porta da frente foi aberta de repente e Lorde Sheridan entrou. Mas logo parou.

– Locksley, que diabos está fazendo aqui?

– Minha mulher veio visitar uma amiga.

– Amiga? Sophie, o que está acontecendo?

– Como ele disse, estávamos apenas contando as novidades. Mas eles já estão indo embora.

Portia se aproximou, beijou Sophie no rosto e sussurrou:

– Se um dia quiser uma vida diferente, você sabe que pode me procurar.

Dando de ombros, Sophie deu um sorriso triste.

– Eu amo esse desgraçado.

Portia achou estranho que o amor pudesse partir e consertar corações. Aproximando-se de Locksley na entrada, ela segurou no braço dele e deixou que o marido a conduzisse para fora daquela casa e para longe de seu passado.

Capítulo 26

Assim que a carruagem partiu, Locke a puxou para seu colo, colando a boca na pele macia do pescoço dela, mordendo, chupando, subindo e descendo enquanto ela gemia, com a cabeça jogada para trás, e arfava.

— Se algum dia você me abandonar de novo sem me dizer nada...

— O quê? Você vai me bater? Vai me trancar num quarto? Não faz sentido fugir se você vai avisar com antecedência a pessoa da qual está fugindo, ou se vai deixar uma mensagem dizendo onde pode ser encontrada.

Passando os dedos pelo cabelo de Portia, Locke colocou o rosto dela de frente para o seu, encarando-a.

— Nunca mais me abandone.

— Eu fiz isso por você. Para poupá-lo...

— A agonia de perder você quase me matou. — Algo que ele nunca admitiria para ninguém mais, mas ele sentiu, de repente, que podia admitir qualquer coisa para Portia.

— Como foi que você me encontrou?

— Não foi tão fácil nem tão rápido como deveria. Fui ver seus pais.

Ela arregalou os olhos. Querendo saborear aquele uísque, ele desejou que não estivesse escuro, que os olhos não estivessem escondidos nas sombras.

— Eu disse que estava morta para eles.

— Como você mentiu sobre outras coisas, pensei que talvez não tivesse falado a verdade sobre isso. Ou, talvez, eu apenas esperava que tivesse mesmo mentido, que seus pais não seriam capazes de virar as costas para você. A propósito, dei um soco no seu pai.

Os olhos dela cresceram ainda mais, e Portia usou a mão para cobrir aquela boca que ele estava para beijar.

– Você não fez isso.

– Não gostei dele. Ele era a razão de você se esconder nas árvores.

Ela concordou, lembrando como foi imprudente ao revelar essa informação logo na primeira noite.

– Sim. Eu não conseguia fazer nada certo. Ele me fazia passar horas de joelho rezando pela minha alma, o que só me dava mais vontade de me rebelar.

– Eles sabem que você agora é uma viscondessa. Se algum dia você quiser convidá-los a visitar Havisham, vou tentar me comportar, mas não posso prometer que não vá bater nele de novo.

– Acho que vou convidá-los só para ver você bater nele. – Ela meneou a cabeça. – Não, eu nunca vou convidar meus pais. Não vou deixar que estraguem Havisham para mim do modo que estragaram Fairings Cross. Mas eles não sabiam onde eu estava, como puderam te ajudar?

Locke passou os dedos pelo rosto dela; pela testa, pela bochecha, pelo queixo. Ele não se cansava de tocá-la.

– Não puderam, mas então eu lembrei que você tinha mencionado Sophie e fui falar com Beaumont. Agora ele está com o nariz quebrado, também.

Rindo, ela apertou o rosto no ombro dele, inclinando-se para conseguir beijar o lado de baixo do queixo dele.

– Eu não tinha ideia de que você era tão violento.

– Ele chamou meu pai de maluco, um termo ofensivo para um homem doente. Ele pode não ser totalmente são, mas continua sendo um marquês e merece respeito.

– Fico feliz que você tenha batido nele.

Locke sorriu.

– Você também é um pouco sanguinária.

– Seu pai é doce, um homem gentil. Ele sente falta da esposa. Não há nada de errado nisso.

Meses antes, Locke acreditava que o pai sentia falta demais de sua mãe, mas isso tinha sido antes de ele saber como era perder alguém que amava – e, ainda assim, ele só tinha perdido Portia temporariamente. Locke sabia que ela estava viva e que conseguiria encontrá-la e recuperá-la. Para seu pai, não havia esperança de reencontrar a esposa. Pelo menos não até ele morrer.

Mas Locke não queria pensar nisso, não queria considerar o fato de que seu pai era mortal. Ele só queria pensar em Portia. Ele voltou com a boca ao pescoço dela, beijando-o até chegar perto dos lábios.

Ela colocou a mão no ombro dele, afastando-o com delicadeza.

– Você está me distraindo e eu ainda tenho perguntas. Beaumont não sabia onde eu estava, então como pôde ajudar?

– Ele sabia onde você morou, e você me contou de uma vizinha que conhecia. Quando eu soube qual era sua antiga casa, só tive que bater nas portas até encontrar a certa. Por sorte, eu a encontrei na segunda tentativa.

– Em quantas portas você iria bater?

– Em todas da maldita rua. – Ele segurou o rosto dela. – Portia, você não compreendeu que eu fico perdido sem você?

– Eu não queria ir embora. – Ela bateu a testa no ombro dele. – Eu vendi as pérolas.

– Elas podem ser substituídas. Você, não.

Endireitando-se, ela o encarou.

– Eu gosto muito de você quando está apaixonado.

– Você vai gostar muito mais de mim antes de a noite acabar.

Ela ainda ria quando a carruagem parou em frente à residência de Londres. Um criado abriu a porta. Locke desceu, virou-se e ajudou Portia a descer. Assim que os pés dela tocaram o caminho de cascalho, ele a pegou nos braços.

– Eu posso andar – ela disse.

– Você precisa conservar suas energias.

Ele a carregou pelos degraus da frente, para dentro de casa, mal percebendo o mordomo antes de subir a escadaria para chegar ao quarto. A notícia de que Lady Locksley tinha voltado se espalharia pela casa. A criada dela seria avisada, mas Locke acreditava que a garota seria esperta o bastante para saber que não seria requisitada até a manhã seguinte.

Ele colocou Portia de pé. Como o vestido não era dela e seu caimento era uma atrocidade, e ele tinha ouvido que Portia não precisaria devolvê-lo, Locke o arrancou do corpo dela, ficando satisfeito com o modo como o material se desfazia. A não ser na noite em que ela não usou roupa de baixo, ele não sabia dizer se já a tinha despido com tanta rapidez.

Fazia apenas algumas noites desde a última vez que ele a tinha visto nua, mas parecia que o corpo dela tinha mudado, ou talvez ele não tivesse prestando tanta atenção. Os seios pareciam maiores, e a barriga, mais inchada. Agora que ele sabia que a gravidez de Portia estava mais adiantada do que tinha imaginado antes, acreditou que as mudanças aconteceriam com mais rapidez.

Enchendo as mãos com aquelas esferas deliciosas, Locke deu um beijo no vale entre elas. Enfiando os dedos no cabelo dele, Portia jogou a cabeça para trás em meio a um gemido. Então, para garantir que sua mulher compreendia sua dedicação a ela, Locke ficou de joelhos e beijou-lhe a barriga.

– Locksley – ela sussurrou com a respiração entrecortada.

Ele levantou o rosto para Portia, que o fitava.

– Eu amo você, Portia. Cada parte sua, cada aspecto seu. E vou amar esta criança, se não por qualquer outro motivo, porque ela é parte de você.

– Eu não o mereço.

– Você me disse diversas vezes que eu sou um cretino. Não acho que você esteja ganhando um prêmio com o casamento.

– É aí que você se engana. Estou recebendo o maior prêmio de todos: amor.

Ele se ergueu.

– Tire minhas roupas.

Ela lhe deu um sorriso sedutor e malicioso.

– Com prazer.

Ele sempre gostou disso nela; o modo como se sentia à vontade com o corpo, com o sexo. Ele não sabia se isso vinha de ter sido uma amante ou de ter o diabo dentro de si, como afirmava o pai. Não importava. Locke estava se dando conta de que muitas coisas que antes o preocupavam, na verdade, não tinham importância. Com Portia ao seu lado, ele iria ter tudo que sempre quis, tudo que sempre precisou.

Ela demorou para despi-lo, torturando-o, lentamente acariciando a pele que desnudava, lambendo-a, pegando-a entre os dentes, mordiscando. Quando estava nu por completo, Locke fez menção de pegá-la nos braços, mas ela o impediu colocando a mão em seu peito. Os olhos dela, aqueles olhos inebriantes de uísque, encararam os dele por alguns instantes antes de ela se ajoelhar.

– Portia, você não precisa...

– Eu sempre quis fazer isto. Já ouvi a respeito, mas nunca fiz. Antes eu não queria, e Beaumont não me obrigou. Mas agora eu quero.

A boca dele ficou tão seca que Locke duvidou que conseguisse falar mesmo que a casa pegasse fogo e ele precisasse avisar as pessoas. Então, apenas concordou com a cabeça.

A superfície aveludada da língua dela acompanhou a extensão dele, para cima e para baixo, mais de uma vez. O gemido de Locke ecoou pelo quarto, e ele pensou que Portia seria sua morte. Então ela o provocou e atormentou com os lábios. Jamais tinha conhecido tortura tão indescritível. Ele pretendia retribuir a gentileza com juros.

– Ah, minha gatinha – ele conseguiu dizer, enfim. – Você tem o poder de me colocar de joelhos.

– O que tornaria isto mais difícil.

Ele não acreditou que estava rindo. Antes de Portia, Locke nunca ria ao fazer sexo com uma mulher, se bem que fazia um bom tempo que ele não pensava em estar fazendo sexo com ela. Em algum momento entre o dia do casamento e o atual, ele tinha começado a pensar que fazia amor com sua mulher.

A boca de Portia envolveu boa parte dele; seda aquecida envolta em veludo, a língua se movendo sobre ele. Locke passou os dedos pelo cabelo dela porque precisava tocá-la, precisava completar um círculo. Jesus, ele estava começando a pensar como um poeta. Antes que se desse conta, estaria derramando rimas.

Se bem que, por ela, Locke derramaria qualquer coisa que quisesse. A cada passada de língua, o prazer crescia dentro dele. Cada investida da boca de Portia parecia colocar fogo em suas terminações nervosas. Ela era inocência e sensualidade; era ousada, mas sem técnica, e ele a amou ainda mais por isso. Estendendo as mãos para baixo, passando-as sob os braços dela, Locke a colocou de pé. Sua boca estava molhada, inchada, e ele a tomou, provando o sal de sua própria pele na língua dela.

Ele a fez recuar até a parte de trás dos joelhos dela tocarem a cama. Então ele a levantou e a colocou delicadamente no colchão, para poder se deliciar nela.

Portia ainda não tinha se saciado com Locksley, mas sentiu a tensão que havia nele, o desejo que o fazia tremular. Ela o estava levando à beira da loucura. Ela sabia bem o que era isso, pois o marido fazia o mesmo com ela, fácil e frequentemente.

Afastando as coxas da esposa, ele subiu com a boca por uma perna e desceu pela outra. De novo para cima e para baixo. E mais uma vez... e parou lá. Soprando os pelos e usando os dedos para abri-la, como se Portia fosse uma rosa que precisasse de ajuda para desabrochar. Assim como ela o tinha torturado, ele a torturou com passadas lentas da língua, sabendo muito bem onde aplicar pressão e onde aliviar. Ele a atingia como ondas do oceano, ondulante, vigoroso, recuando, mas deixando umidade para trás. Enterrando os dedos no cabelo dele, Portia se perguntou se ele compreendia o poder que exercia sobre ela, que faria qualquer coisa que Locksley pedisse, até continuar sendo sua esposa.

Ele a amava. Essa noção ainda a intimidava, mas ela nunca se sentiu mais vitoriosa. Ele era dela. Por completo. Locksley lhe deu uma parte de si que nunca tinha dado para ninguém. Nenhuma outra mulher teve o coração dele, e embora não soubesse dizer o que tinha feito para consegui-lo, com certeza não era tola o bastante para contestá-lo.

Portia o amava demais, e iria amá-lo até o dia em que ela morresse.

O prazer ondulava dentro dela, fluindo e retrocedendo, dominando sua força de vontade. Com pouquíssimo esforço ele conseguia possuí-la, controlá-la, dominá-la. Ainda assim, nunca tentou ser o seu dono. Ele a presenteava com seu toque, sua língua, seus dedos. Beijos e lambidas, carícias e mordiscadas. Portia podia se perder com tanta facilidade, mas essa noite marcava um novo começo; nessa noite eles fariam amor, de modo altruísta, dando e recebendo na mesma medida.

– Killian – ela sussurrou, pairando em seu limite. – Eu quero você dentro de mim. Agora.

Ele fez uma última carícia, deu uma última passada de língua, antes de se levantar e deitar de costas.

– Monte em mim.

Levantando, ela colocou uma perna de cada lado dos quadris dele. Levando a mão ao cabelo de Portia, ele a manteve parada.

– Diga que me ama – ele pediu.

– Eu te amo.

– Eu também te amo, e pensar em perder você me aterroriza. Eu compreendo, agora, porque meu pai enlouqueceu.

– Você não vai me perder – ela disse com convicção, embora soubesse que era uma promessa que não devia fazer. Ninguém sabe o que o futuro vai trazer, mas ela precisava acreditar que, para eles, o futuro continha anos de companhia, anos de amor mútuo.

– Vou cobrar essa promessa – ele disse antes de agarrar os quadris dela e baixá-la, preenchendo-a.

Ela começou a se movimentar, controlando o ritmo, passando as mãos pelo peito dele, pelos ombros, abaixando-se para beijá-lo, para rodear o mamilo dele com a língua. Os gemidos de Locksley tomaram o ambiente; os grunhidos incendiaram a excitação dela.

Ela tinha pensado mesmo que conseguiria deixá-lo, deixar aquilo? Talvez seu pai tivesse razão. Ela era uma criatura devassa, pecadora. Mas, bom Deus, como a devassidão era magnífica, e o pecado, gratificante, ainda mais quando compartilhados com um homem que sabia tão bem o que fazer com o corpo da mulher.

Um homem que era dela.

Levando as mãos de volta aos quadris dela, Locksley guiou seus movimentos, ajudando-a a balançar com mais rapidez conforme a tensão aumentava. As sensações dançavam em um frenesi doce e angustiante, dos dedos do pé ao topo da cabeça dela.

– Olhe para mim – ele pediu. – Olhe para mim.

Ela travou o olhar no verde dele. A posição dava uma vantagem a Portia. Ela controlava o ritmo, a pressão, a pulsação no meio de suas coxas. Ela observou-o apertando o maxilar, respirando mais rápido...

– Não feche os olhos – ela ordenou.

– Você é uma bruxa.

– *Sua* bruxa.

Então foi demais. O êxtase tomou-a com rapidez, força, intensidade. Ela não conseguiu segurar o grito com as estocadas finais de Locksley, cujo grito selvagem a envolveu. Exaurida, ela desabou sobre o peito dele, ciente da última e profunda investida dele, que ficou tenso debaixo dela. Por fim, os braços dele a envolveram, segurando-a com firmeza.

– Bem-vinda ao lar, Lady Locksley.

Rindo, ela deu um beijo no centro do peito dele antes de erguer a cabeça e fitá-lo.

– Bem-vindo ao amor, Lorde Locksley.

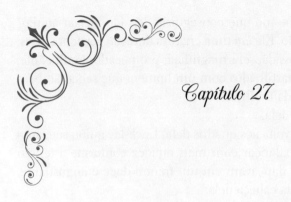

Capítulo 27

Eles permaneceram em Londres até o fim da Temporada. Não circulou nenhum boato a respeito do passado dela. De vez em quando ela avistava Beaumont, mas ele se mantinha longe. Para Portia, ele sempre parecia bem triste. Ela desejou que ele encontrasse a felicidade no futuro.

No presente dela com certeza havia felicidade. Portia ficou feliz de voltar a Havisham. Sentada no terraço com o marquês, bebendo seu chá da tarde enquanto ele tomava uísque, Portia não sabia dizer por que já tinha considerado a propriedade desolada.

— Adoro este lugar — ela disse, suspirando.

— Não é para todo mundo — o marquês observou.

Ela o fitou.

— Mas é para mim. — E seria para seus filhos. Ali, eles só conheceriam felicidade. Talvez eles viessem a trepar nas árvores, mas não para fugir de um castigo injusto.

Ela sabia que o marido logo voltaria. Atualmente, Locksley passava menos tempo nas minas. Ele ainda descia no poço com os mineiros, pois parecia incapaz de não aceitar esse desafio. Mas já não descia com tanta frequência — pelo menos foi o que ele disse a Portia. E ela não tinha motivo para duvidar. Os dois estavam começando a se conhecer muito bem. Ela confessou que não tinha medo de cavalos, mas receava que cavalgar pudesse fazer com que perdesse o bebê, então criou uma desculpa para evitá-los. Locksley prometeu-lhe horas de cavalgadas após o nascimento da criança. Portia também revelou que gostava de vinho e conhaque, mas, de novo, imaginava que bebidas alcoólicas pudessem ser prejudiciais ao bebê.

– Quero descobrir tudo a seu respeito durante nossa vida – ele disse.

Ela queria o mesmo, e, de vez em quando, ela se beliscava para ter certeza de não estar sonhando, sem acreditar que a vida podia ser tão boa e maravilhosa.

– Acho que vou dar uma caminhada e visitar Linnie – Marsden disse. – Quer me acompanhar?

– Estou precisando mesmo esticar as pernas. – Quando ela se levantou, uma dor a sacudiu. Sem conseguir segurar um gemido, apoiou a mão na mesa, como se isso pudesse diminuir a dor.

– O que foi, minha querida? – Marsden perguntou, a preocupação evidente em seu rosto.

Endireitando-se, ela inspirou fundo enquanto o desconforto diminuía.

– Oh! – Outra inspiração funda pelo nariz, expirando pela boca. – Eu tenho sentido umas pontadas desde a noite passada.

– Isso foi mais que uma pontada.

Ela concordou.

– Essa foi bem forte.

Com calma, ele afastou sua cadeira e levantou.

– Nós não vamos caminhar. Vamos levar você para o quarto. Depois vou mandar chamar o médico e Locke.

– É muito cedo para o nascimento do bebê. – Ela detestava mentir para ele, ainda mais porque não era cedo demais. Na verdade, estava mais tarde do que ela esperava, mas Portia não queria que ele questionasse a paternidade do bebê. Oh, Deus, agora que o momento tinha chegado, ressurgia a culpa que ela tinha sufocado. *Por favor, por favor, que seja uma menina.*

– Pode ser que eu esteja enganado – ele disse. – Mas vamos ter cuidado para o caso de eu saber do que estou falando.

Oferecendo-lhe o braço, ele a acompanhou até dentro de casa, onde gritou para que um criado fosse buscar Locksley e outro fosse até a vila trazer o médico. De repente, Portia se deu conta de que muitos pés se movimentavam para atender às ordens do marquês.

No meio da escada, ela teve que parar quando a dor voltou a sacudi-la. Ela se agarrou ao corrimão e ao braço dele, esperando não o estar machucando. A dor demorou mais e foi mais aguda que a anterior. Quando finalmente se dissipou, Portia deu um sorriso frágil para ele.

– Acho que você está certo.

– Geralmente estou certo sobre a maioria das coisas.

Um momento estranho para ela perceber de onde tinha vindo a arrogância de Locksley. Portia teria rido se não estivesse preocupada em chegar o quanto antes ao quarto.

Ele continuou a lhe dar apoio até ela chegar ao patamar e, depois, durante todo o corredor. No quarto, ele a ajudou a alcançar uma cadeira, ajudando-a a sentar.

– Sua criada deve chegar a qualquer instante. – Ele se virou para sair, parou, andou até a penteadeira e passou os dedos pelas bordas intricadamente entalhadas. – Você está com o toucador de Linnie.

– Nós o encontramos na marcenaria. Locksley achou que você não se importaria.

– Eu adorava ver Linnie se arrumando. – Ele a fitou. – Fico feliz que esteja sendo usado.

– Esse é o móvel mais bonito que eu já vi.

– Quando chegar a hora, passe-o para sua filha mais velha e diga que foi o avô quem deu. Eu quero que ela saiba como é preciosa para mim.

Ela podia trazer a filha mais velha ao mundo a qualquer momento, uma garota que não teria o sangue do marquês. Ela tinha pensado que uma filha diminuiria sua culpa, mas parecia que sempre haveria algo, naquilo tudo, que a incomodaria.

–Oh, milady – Cullie exclamou, entrando apressada. – Isso não é bom. É cedo demais.

– Não deixe sua lady preocupada dizendo essas bobagens – Marsden ralhou. – Os bebês vêm quando têm que vir.

Inclinando-se, ele beijou a testa de Portia.

– Vou estar lá embaixo, esperando notícias.

Ele saiu. Cullie fechou a porta e voltou para o lado de Portia.

– Precisamos tirar suas roupas.

Portia só conseguiu concordar com a cabeça e rezar para que Marsden nunca descobrisse a verdade a respeito daquele bebê. Ela não suportava a ideia de decepcionar o marquês.

Locke andava de um lado para outro diante das grandes janelas da sala de música. Ele tinha escolhido essa sala porque era a favorita de Portia e ali se sentia mais perto dela. Quando ele enfim chegou das minas, ela estava avançada no trabalho de parto, e o médico não permitiu que ele entrasse no quarto para vê-la, afirmando que sua presença a incomodaria, atrasando a chegada do bebê. Mas já passava muito de meia-noite e um dos gritos de sua esposa rasgou o silêncio.

– Droga! Quanto tempo isso demora?

– Ela vai morrer – seu pai murmurou baixo.

As palavras não poderiam ter atingido Locke mais forte, mesmo que estivessem acompanhadas de uma marreta. Ele se virou para fuzilar o pai com os olhos. Sentado em sua poltrona favorita, o marquês parecia mais velho e frágil do que nos meses anteriores.

– Por que diz isso?

O pai levantou os olhos cansados para Locke.

– Sua mãe gritava assim. O médico me garantiu que não havia nada de errado, mas, mesmo assim, sua mãe pereceu. Eu nunca me senti tão impotente em toda a vida.

– Portia é jovem e forte...

– Sua mãe também era.

– Portia não ousaria deixar essa criança...

– Sua mãe não pretendia deixar você, mas quando a morte paira nas sombras, não há como contrariá-la.

– Para o diabo com essa bobagem. – A morte não venceria dessa vez. Locke saiu da sala com passadas largas antes de se dar conta que tinha um destino, mal percebendo que subia correndo a escada, ou que irrompeu em seu quarto. Cada lembrança de cada momento passado ali com Portia passou por sua cabeça como um caleidoscópio sendo virado constantemente, para que a luz pudesse iluminar as peças de todos os modos, e ele viu todas as facetas da esposa. Arrogante, ousada, gentil, delicada. Ele ouviu sua risada, sua música, sua voz sussurrando em sua orelha.

Ele a viu no momento, exausta, molhada de suor, os olhos vidrados, mas não com menos luz, nunca com menos luz. Ela lutaria até o fim para proteger aquela criança. Ela faria o que fosse necessário para proteger quem amava; a criança, Locke, o marquês. Mas quem iria protegê-la?

– Milorde, é melhor sair – o médico disse, parado ao pé da cama como se tivesse pouco que fazer além de controlar quem entrava no quarto.

Só que Locke não podia fazer isso, não depois de ter visto Portia. Rapidamente, ele correu até ela e segurou sua mão, sentindo os dedos dela se fechando ao redor dos dele.

– Tentei vir antes, mas ele não me deixou.

– Eu sei. – Estendendo a mão livre, ela afagou o cabelo dele. – Não fique tão preocupado. Só estou cansada.

– Está demorando tanto. – Demais, desgraçadamente demais. Ele percebeu o quanto aquela provação a tinha enfraquecido. Talvez seu pai estivesse certo. Ele poderia perdê-la. Nunca em toda sua vida Locke sentiu tanto medo – e tinha encarado animais selvagens, tempestades furiosas, terrenos traiçoeiros. Sabia como era ter o coração batendo com medo, mas tudo o que sentiu naquele instante foi frio, um medo frígido que deslizou por suas veias. Locke baixou a cabeça até seu rosto encostar no dela, com os lábios perto da orelha.

– Portia – ele sussurrou –, eu sei que você está cansada e fraca, mas precisa encontrar forças para continuar. Se você morrer, eu vou enlouquecer.

– Não vou morrer. Me desculpe por ficar gritan...

– Grite o quanto quiser.

– Não me interrompa.

Ele ergueu a cabeça e a fitou, sorrindo.

– Aí está minha garota corajosa com sua língua afiada.

Ela virou a cabeça de um lado para outro.

– Você devia querer se livrar de mim.

Malditos fossem os pais dela e maldito fosse Beaumont por fazerem que ela duvidasse do próprio valor.

– Eu te amo tanto. E você lutou tanto por esta criança, Portia. Não pare de lutar agora. Lute por ela. Lute por mim.

– Eu quero lutar, mas parece que minha força acabou.

Ele apertou a mão dela.

– Eu vou ficar aqui e lhe emprestar a minha força. Tudo bem? Vamos fazer isto juntos, você e eu. Nós podemos fazer qualquer coisa, desde que juntos.

Concordando, ela começou a arfar.

– Preciso que ela empurre, milorde – disse o médico.

– Empurre, Portia – ele pediu. – Empurre.

Ela não só empurrou, como gritou por mais uma hora. Em meio aos gritos da esposa, ele murmurava sem parar o quanto a amava, o quanto ela era especial.

Quando o bebê dela – deles – enfim veio ao mundo, Locke sentiu um alívio e uma alegria inéditos.

– É uma menina – o médico anunciou.

– Quero ver minha filha – Portia disse.

Locke pegou a bebê gritando e a colocou nos braços de Portia. Então ele passou os dedos pela penugem macia que cobria a cabeça pequenina.

– Ela tem cabelo vermelho.

— Ela é tão pequena. — Portia olhou para ele. — Obrigada.
— Você fez todo o trabalho.
— Mas você estava aqui.
— Sempre estarei ao seu lado, Portia. Sempre.

Locke encontrou o pai na biblioteca, sentado diante do fogo, com um copo na mão. Ele foi até o aparador com as garrafas e pegou a de uísque.
— É uma menina.
O pai soltou um longo suspiro.
— Ótimo.
Parando, Locke virou-se lentamente para o pai.
— Não está decepcionado?
O marquês fez um gesto de pouco caso.
— O próximo pode ser um garoto.
Depois de servir sua bebida, Locke sentou na poltrona de frente para o pai e o observou, viu o modo como o marquês não sustentava seu olhar, sempre voltando sua atenção para o fogo. Ele não queria contar ao pai nada que ele não pudesse saber, mas a reação dele era bastante estranha para um homem que insistiu tanto em conseguir um herdeiro.
— Como está Portia? — o marquês perguntou.
— Cansada e fraca, mas o médico disse que era de se esperar. Ela está dormindo agora.
— Ouvi dizer que com o segundo é mais fácil.
Mas Locke continuava incomodado com a reação do pai, e tinha certeza que compreendia o motivo.
— Quando você percebeu a verdade sobre o bebê?
O pai teve a gentileza de parecer constrangido.
— Pouco depois que soubemos que ela estava grávida. Os sinais vieram cedo demais, ela começou a crescer antes da hora.
— E você não disse nada.
— Eu não queria interferir no seu relacionamento. Quando você se deu conta?
— Quando estávamos em Londres.
— Você sabe quem é o pai?
— Eu sou o pai.
O marquês sorriu.

– Que bom que pensa assim.

Locke se inclinou para frente, apoiando os cotovelos nas coxas, o copo entre as duas mãos.

– Você queria um herdeiro. Por que não disse nada?

– Eu queria que você encontrasse o amor. Conseguir um herdeiro foi uma desculpa.

– E se ela tivesse um menino?

– O amor é mais importante. Acho que você percebeu isso.

Ele tinha percebido que o amor era tudo.

Portia abriu os olhos e tentou ignorar as dores e o desconforto. Tudo tinha valido a pena.

– Você acordou.

Olhando na direção da voz de Locksley, ela o viu sentado na cadeira junto à janela, embalando a filha deles, toda embrulhada.

– Como ela está?

– Linda como a mãe.

Naquele momento, Portia desconfiou que estivesse com a aparência medonha, nem um pouco linda. Locke se levantou, aproximando-se, e, sem dizer uma palavra sequer, colocou a criança nos braços da mãe. A alegria que a sacudiu quando o peso daquele corpinho foi aninhado perto de seu peito quase a fez chorar.

– Como ela pode ser tão pequenina e causar tanta confusão?

– Você também não é muito grande.

– Está querendo dizer que causo confusão?

– Uma abundância. – O sorriso dele foi caloroso. – Como você está se sentindo?

– Cansada, mas feliz. Eu gostaria de chamá-la Madeline. Pensei que seu pai ficaria contente. Mas você sabe a verdade sobre ela, e se isso o incomodar, ou se achar que não é uma homenagem adequada a sua mãe, vamos procurar outro nome.

– A verdade sobre ela, Portia, é que é sua, e, portanto, ela é minha. Essa é a única verdade que importa. Dar o nome da minha mãe a nossa filha vai deixar meu pai contente... e a mim também. – Ele inclinou a cabeça de lado e deu um sorriso irônico. – E o fantasma da minha mãe também, sem dúvida.

– Vamos chamá-la Maddie.

Inclinando-se sobre ela, Locke lhe deu um beijo rápido.

– Combinado. – Endireitando-se, ele ficou olhando para ela, que percebeu que algo o preocupava.

– O que foi?

– Não é nada, mas é bom você estar ciente de que ele sabe. Meu pai. Ele descobriu sozinho que não fui eu que a engravidei. Mas não vou dizer a ele quem foi, pois isso não importa.

– Ele me odeia?

– Nem um pouco. Ele a ama, Portia. E vai amar nossa filha assim como eu amo.

– Você já a ama?

– É uma coisa estranha, o amor. Depois que você se abre para o sentimento, ele possui você. Eu não poderia *não* amá-la, do mesmo modo que não conseguiria *não* amar você.

– Vou lhe dar um herdeiro, eu prometo.

– Eu ficaria grato por um herdeiro, mas saiba de uma coisa, Portia: com ou sem herdeiro, meu amor por você não vai diminuir.

– Sempre que eu penso que não poderia te amar mais, você diz ou faz alguma coisa que mostra que estou enganada, e eu me pego te amando ainda um pouquinho mais.

– Então vou dedicar minha vida a provar que você está enganada.

Epílogo

Mansão Havisham
Véspera de Natal, 1887

Parada no patamar do alto da escada com o marido cingindo-a por trás, com os braços logo abaixo dos seios, e o marquês a seu lado, Portia não poderia estar mais contente.

— O que você acha, pai?

— Está lindo, minha querida. Lindo como estava da última vez que Linnie e eu demos um baile de Natal na propriedade. É claro que, na época, tivemos muitos convidados.

Ela tinha deixado para arrumar o salão de baile por último, e esse foi seu presente para Marsden. Agora todos os aposentos da mansão estavam livres de pó e teias de aranha; cada sala e cada quarto tinham sido arrumados.

— Você vai oferecer um baile aqui? — perguntou o marquês.

— Pensamos em um baile de Ano Novo, caso você não tenha alguma objeção a fazer.

— Você é a lady da mansão. A decisão é sua.

— Se você não se sentir à vontade com muita gente...

— Será bom rever velhos amigos. Você dança comigo agora?

Portia sorriu para ele.

— Não temos uma orquestra.

— A música está aqui. — Ele bateu no peito. Você não se importa, não é filho?

– Não, desde que a última dança seja minha.

– Você dança comigo, papai? – Maddie perguntou de onde estava agachada, espiando o salão através da balaustrada.

– Claro que sim – Locksley disse, pegando a filha nos braços enquanto a menina esperneava.

Portia sempre se emocionava ao ver o amor que Locke dedicava à filha. Ela era mesmo dele, sem dúvida nenhuma.

– E comigo? – perguntou o garoto de 3 anos, com o cabelo preto desgrenhado e os olhos verdes transbordando travessura.

– Com você também – Locksley respondeu e pegou o herdeiro com o braço livre antes de descer a escadaria com as crianças agarradas ao seu pescoço e rindo.

– Ele é um bom pai – Marsden disse enquanto levava Portia para a área de dança.

– Você deu um bom exemplo. – Ela apertou de leve o braço do marquês e se aproximou dele. – Obrigada.

Ele arqueou as espessas sobrancelhas brancas.

– Por que, minha querida?– Por dar seu filho para mim.

– Tudo que eu fiz foi colocar um anúncio no jornal. Você o respondeu.

– Pensando que eu me casaria com você.

– Mas eu lhe disse que seria melhor se casar com meu filho.

– Disse mesmo.

Quando chegaram ao centro do salão, ele a pegou nos braços e deslizou pela pista com uma elegância que, ela imaginou, deve ter caracterizado seus movimentos na juventude. Embora ela não conseguisse ouvir a música, era óbvio que ele ouvia; uma melodia que devia tocar quando ele dançava com sua amada.

– Obrigado por meu herdeiro – ele disse, sorrindo.

– Você já me agradeceu o bastante.

– Pois vou agradecer o quanto eu quiser. Eu amo essas duas crianças. Elas foram uma dádiva e tanto. Mas é melhor você ficar de olho nesse garoto. Outro dia eu o vi escalando as prateleiras da biblioteca.

Desde o nascimento de Maddie, Marsden estava passando cada vez menos tempo no quarto. Ele tinha uma participação mais ativa na vida deles, principalmente na das crianças. Fazia anos que Locksley não precisava trancar a porta do quarto de seu pai à noite. Nenhum dos aposentos da mansão era mais trancado.

Portia sorriu, alegre.

– Ele puxou ao pai.

– Puxou mesmo. – Marsden sorriu.

O tamborilar de pezinhos correndo fez com que os dois parassem de dançar, e bem a tempo. As duas crianças trombaram nas pernas de Marsden.

– Vovô, quer ler para nós? – Maddie perguntou.

– Quero, mas só uma história. – Ele se abaixou. – O Papai Noel vem esta noite. – Pegando a mão dos netos, ele se encaminhou com os dois para a saída do salão.

Observando-os sair, Portia sentiu uma pontada de alegria no peito. Seus filhos sabiam o que era amor em abundância.

– Dance comigo.

Virando-se para o marido, que a tomou nos braços, ela se viu de novo deslizando pelo salão.

– Você o faz muito feliz – Locksley disse.

– Acredito que as crianças fazem isso.

– Você, as crianças, o modo como a mansão voltou a brilhar. Amo você, Portia.

– Ótimo, porque eu também te amo.

Ele a pegou nos braços.

– O que você está fazendo? – ela perguntou, surpresa.

– Depois de todos esses anos, você ainda precisa perguntar? Estou levando você para a cama.

– Não até as crianças dormirem.

– Meu pai vai cuidar delas. Eu disse para ele que estava planejando dar outro filho para você como presente de Natal.

Rindo, ela encostou a cabeça no ombro do marido.

– Ele deve ter ficado feliz

– Ele ficou em êxtase.

– Espere até você ver o que eu vou lhe dar de Natal.

– E o que vai ser, minha gatinha?

– Acho que já passou da hora de eu ensinar para você como me possuir de cabeça para baixo.

Locke acordou vendo o mais tênue brilho da alvorada entrando pelas janelas. Ele pôde ver que nevava delicadamente. As crianças ficariam encantadas. Seu pai com certeza iria fazer um boneco de neve com elas.

A MARQUESA DE HAVISHAM

Aconchegando-se no corpo quente da esposa, ele enfiou o nariz na curva do ombro dela, inalando sua fragrância de jasmim. Depois de todo esse tempo, esse aroma ainda possuía o poder de excitar seus desejos. Se ela já não tivesse acabado com ele na noite anterior...

De repente, ele tomou consciência de duas coisas. O uivo do vento não era o assobio agudo a que ele estava acostumado, o que era estranho, pois sempre piorava no inverno.

E o tique-taque do relógio.

Alarmado, ele se levantou subitamente da cama, jogando as cobertas para o lado, colocando-se de pé e cruzando o quarto até a cornija da lareira. O relógio ali informava 7 horas e 20 minutos.

– O que foi? – Portia perguntou, sonolenta.

– O relógio está funcionando, e a hora... – ele olhou pela janela – ...a hora pode estar certa.

Ele atravessou o quarto, pegou as roupas no chão e começou a vesti-las.

– Killian, o que está acontecendo?

– Volte a dormir. Eu só preciso verificar uma coisa.

– Seu pai.

Ele congelou. No fundo do coração, ele sabia o que iria encontrar.

– Alguma coisa não está certa.

– Eu vou com você.

Ele queria discutir com ela, insistir para que permanecesse na cama, onde estava bem quente, mas se ele estivesse certo, iria precisar dela. Depois que ambos estavam vestidos, eles seguiram pelo corredor até o quarto do pai. A porta estava aberta, e o quarto, vazio.

– Acho que ele foi atrás dela – Locke disse em voz baixa.

– Ele pode estar lá embaixo brincando de Papai Noel.

Locke meneou a cabeça.

– Não, ele foi atrás dela pela última vez. É por isso que os relógios estão funcionando. Ele deu corda neles antes de sair.

Ele voltou para o quarto, pegou o casaco e a peliça, que entregou para Portia.

– Você não precisa vir comigo, se não quiser.

– Não vou deixar você enfrentar isso sozinho. – Ela se virou e jogou a capa pesada sobre os ombros.

Eles desceram a escadaria. No saguão, o relógio bateu sete e meia. Locke pegou a mão de Portia e a levou para fora. O vento e a neve batiam neles enquanto se dirigiam ao antigo carvalho onde ficava o túmulo da mãe de Locke.

E lá estava o pai dele, deitado de bruços sobre o monte de terra, uma mão descansando sobre a lápide como se ele a estivesse acariciando. Ele estava coberto por uma camada fina de neve. Não estava ali há muito tempo; não há tempo suficiente para que o frio o matasse.

Agachando-se ao lado do corpo, Locke encostou os dedos no pescoço do pai. Ainda havia um pouco de calor, mas não pulso.

– Acho que o coração dele parou.

– Você acredita que ele sabia que a hora tinha chegado? – ela perguntou com delicadeza. – Colocar os relógios para funcionar foi um presente de despedida para nós?

– Pode ser.

Ela se ajoelhou ao lado do marido, encostando-se em seu ombro.

– Eu sinto tanto. Sei como é difícil. Não importa a idade da pessoa... – Ela apertou mais a mão no braço dele. – Killian, olhe o rosto dele. Parece até que ele foi beijado por um anjo.

Na face do pai havia um lugar onde a neve não tinha se acumulado, um lugar cujo formato lembrava muito o de uma boca.

– É uma pegada – ele disse.

– Não existem outras nele nem ao redor. Acho que sempre foi como ele dizia, sua mãe estava à espera dele.

– Fantasmas não existem. – Embora ele não pudesse negar que o vento estava mais baixo do que costumava sibilar.

– Se eu morresse antes de você, não iria embora. Acredite que é a marca de um animal, se quiser. Eu escolho acreditar que foi sua mãe, recebendo-o de volta em seus braços.

Voltando-se para ela, Locke quis acreditar num amor tão forte, um amor que podia transcender a morte. Com o canto do olho, um movimento chamou a atenção dele, como que uma sombra de duas pessoas abraçadas se distanciando. Mas quando ele olhou diretamente naquela direção, não conseguiu ver nada. Nenhuma sombra definida, nenhuma pegada.

– O que foi, Killian? – Portia perguntou em voz baixa.

Não era possível. Fantasmas não existiam. Eram apenas alucinações causadas por tristeza, uma profunda tristeza que agora o tomava, e que tinha tomado seu pai durante anos.

Locke era um bebê quando sua mãe morreu, novo demais para compreender uma perda, para chorar por ela, mas, agora, adulto, baixou a cabeça e deixou as lágrimas fluírem por um homem que ele amava e por uma mulher que ele amou através de seu pai. Portia o envolveu com os braços e os dois ficaram ali, com o vento uivando, a neve caindo e os relógios tiquetaqueando na mansão.

— É estranho ouvir os relógios funcionando aqui — Edward comentou.

Eles estavam sentados junto à lareira na sala de música — os filhos do Marquês de Marsden e esposas. O funeral dele foi um acontecimento grandioso. Locke não estava preparado para a quantidade de gente que compareceu: membros da realeza, nobres, aldeões, criados, mineiros. As pessoas foram prestar sua última homenagem a um homem do qual muitos se lembravam com carinho. Aparentemente, seu pai tinha passado boa parte do tempo se correspondendo ao longo dos anos, escrevendo cartas com conselhos e opiniões. Seu pai podia ter sido um recluso, mas não tinha se retirado por completo da Sociedade.

Felizmente, Portia tinha se preparado para a multidão que apareceu em Havisham. Não que Locke tenha ficado surpreso. Era certo que a filha de um vigário saberia como organizar um funeral. Seu pai agora descansava em um túmulo ao lado de sua mãe.

— Estou me acostumando com eles — Locke disse a respeito dos relógios.

— Eu me lembro do dia em que chegamos — Ashe disse. — Nunca, em toda minha vida, eu quis tanto ir embora de um lugar.

— É compreensível — Portia disse. — Você tinha acabado de perder os pais.

— Era mais do que isso. Era a desolação, o vento, o silêncio dos relógios. E o modo como Marsden parecia tão perdido. Mas, naquela noite, depois que fomos para a cama, ele veio e me contou uma história sobre uma travessura que meu pai tinha aprontado na escola. E ele me falou que eu podia chorar quando sentisse saudade deles, que, durante um ano, depois que perdeu a esposa, ele chorava todas as noites. "A dor nunca vai embora", ele disse, "mas você vai aprender a viver com ela. E eu vou lhe mostrar como." E mostrou mesmo. — Ashe ergueu o copo. — Ao Marquês de Marsden e o privilégio que tivemos de conhecê-lo melhor do que a maioria das pessoas.

— Ao Marquês de Marsden! — todos entoaram erguendo os copos em um brinde.

Algum tempo depois, Portia encontrou o marido parado no terraço que dava para o salão de baile, o lugar onde ele a tinha beijado pela primeira vez, sem dúvida na esperança de afugentá-la. Ela foi até ele.

– Você está procurando o fantasma da sua mãe?

– E o do meu pai.

As palavras dele a pegaram de surpresa.

– Achei que você não acreditasse em fantasmas.

– Na manhã em que encontramos meu pai, pensei ter visto algo. Eu quero acreditar que vi. Meu pai e minha mãe, juntos.

– Então acredite.

– Isso me faz parecer maluco.

– Faz com que você pareça um homem capaz de acreditar no impossível.

Ele suspirou.

– Quando eu era garoto, acordei uma noite porque senti alguma coisa roçando minha testa. Mas não havia ninguém lá. Fiquei congelado, como se estivesse morto, com medo de estar enlouquecendo.

– Você acreditou que era sua mãe tocando em você? Ele assentiu.

– Posso ter feito um desserviço ao meu pai ao acreditar que ele estava louco.

– Você nunca o trancou num asilo. Você cuidou dele. E ele o amava. Era óbvio nas cartas que ele me escrevia.

Locke a observou por um momento.

– Eu sempre me pergunto como ele sabia que você era a mulher certa para mim. O que disse para ele nas suas cartas?

– Ele não deixou que você as lesse?

– Não, ele disse que eu precisava fazer minhas próprias perguntas. Mas fiquei curioso sobre as perguntas que ele achou importante, o que ele lhe perguntou.

Encaixando-se entre ele e a balaustrada, Portia colocou as mãos nos ombros do marido.

– Ele só me fez duas perguntas.

– Duas? Mas você disse que se corresponderam bastante.

– E foi mesmo. Na primeira carta, ele pediu para que eu me descrevesse e explicasse por que achava que atendia às exigências dele. Você soube quais foram as respostas no primeiro dia.

– E a segunda pergunta? – ele perguntou.

– Veio na última carta de "entrevista" que ele me escreveu. Marsden perguntou se eu acreditava no amor.

– E você respondeu que sim.

Ela meneou a cabeça.

– Eu disse que "não mais, porém suas cartas me fazem desejar que sim". Pensei que ele me dispensaria por causa disso, mas ele escreveu: "Você é perfeita". Então começamos a negociar os termos do contrato.

– Entre a primeira e a última carta de entrevista, se ele não fazia perguntas, o que estava dizendo?

Ela sorriu com as lembranças queridas.

– Ele me contou tudo sobre a mulher que amou e como veio a amá-la.

– Eu gostaria de ler essas cartas.

– Pensei mesmo que você gostaria, mas devo avisar que às vezes seu pai ficava um tanto explícito.

– Ah, meu Deus, não me diga que ele lhe escreveu sobre o piano.

– Tudo bem, eu não digo.

A risada dele ecoou pelo jardim, onde na primavera uma variedade de flores desabrocharia. Então Locke a puxou para si e tomou sua boca com o mesmo fervor e a mesma paixão da primeira vez em que estiveram naquele terraço.

Se ele não a tivesse beijado, Portia poderia ter conseguido ir embora naquele dia. Mas o beijo selou o destino deles. E Portia ficou muito agradecida por isso.

Nota da autora

Dispor dos bebês, como retratado aqui, era uma prática vitoriana real. Nos nossos dias, talvez seja difícil compreender como dar à luz uma criança fora do matrimônio podia ser uma desgraça e uma condenação. Espero ter conseguido retratar o desespero de Portia em relação à época em que vivia. Obviamente, é pouco provável que uma mulher em sua situação tivesse se casado com um aristocrata – mas é por isso que eu escrevo ficção.

Esta série ainda não acabou. Ainda quero compartilhar com vocês a história de amor que deu início a tudo. Vem por aí a história de amor do marquês, trazendo como protagonistas o Marquês de Marsden e sua Linnie, em um livro com um final feliz muito especial.

Felicidades,
Lorraine

Este livro foi composto com tipografia Electra Std e impresso
em papel Off-White 70 g/m² na Formato Artes Gráficas.